U0048094

劉和平

北平無戰事

第三卷 荷塘月色

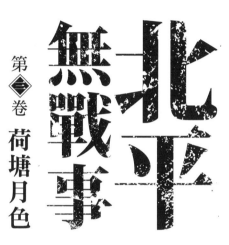

【好評推薦】

林博文（專欄作家）
南方朔（文化評論者）
夏　珍（風傳媒總主筆）
趙少康（資深媒體人）
管仁健（文史工作者）
廖彥博（歷史學者／作家）
劉燦榮（知本家文化社社長）

當一個巨大的存在，一瞬間消失，不是土崩瓦解，而是一堵高牆，
歷史在那邊，我們在這邊。

——獻給西元一九四八

【目錄】

導讀

民國北平的最後一瞥

廖彥博

《北平無戰事》是一部精彩萬分的懸疑諜戰小說，之所以精彩，除了情節之外，還在於小說的時空背景：那令我們既熟悉又陌生的一九四八年北平城。

二十一世紀初的台灣，關於「民國」的符號在我們身邊仍然隨處可見：買早點時從口袋掏出有蔣中正頭像的硬幣、報紙或公文書上的民國年號、以及不一定出得了台灣島的青天白日滿地紅國旗。

現在兩岸交流日漸頻繁，我們身邊不乏有在大陸工作、就學的家人、同學、朋友，從台北直飛北京，航程是三個小時。北京，眾所周知，是人民共和國的首都，人民大會堂、翻飛的紅旗、毛澤東紀念堂、天安門城樓上的毛像……好像是北京的「臉」。從台北看，北京與民國之間，距離似乎非常遙遠。

可是，就是這座北京城，曾經有二十多年，叫做北平（民國十七年，國民革命軍北伐進入北京，改北京為北平）；在這座北平城裡，上一段提到的建築，全都還沒有出現，而今日已經看不到的景觀，那時仍然存在。曾經有一段時間，青天白日滿地紅國旗在城裡飄揚；曾經略顯破舊失修的天安門城樓上，張貼的是「天下為公」四個大字，懸掛的是蔣主席（後來成了蔣總統）的肖像。《北平無戰事》把故事背景設定在這座北平城裡，那是北平的最後一瞥，也是民國在大陸的謝幕演出。

一九四八年，也就是民國三十七年，七月初夏，戰爭，離北平似乎很遠。此時，「戡亂」的烽火在山東，在東北，在陝北，而國軍的戰況，在經過當局審查過的報紙上，消息一片大好。如果你是個在北平念書的大學生，也許在上下課的間隙，你所見到的還是林語堂筆下「過著一千年來未變的生活」的老北京：

離協和醫院一箭之地，有些舊式的古玩鋪，古玩商人抽著水煙袋，仍然沿用舊法去營業，誰去理那回事？穿衣盡可隨便，吃飯任擇餐館，隨意樂其所好，暢情欣賞美山——誰來理你？

或者，你會期待著老舍筆下盛夏之後，乾爽宜人的秋天：

中秋前後是北平最美麗的時候。天氣正好不冷不熱，晝夜的長短也劃分得平勻。沒有冬季從蒙古吹來的黃風，也沒有伏天裡挾著冰雹的暴雨。天是那麼高，那麼藍，那麼亮，好像是含著笑告訴北平的人們：在這些天裡，大自然是不會給你們什麼威脅與損害的。西山北山的藍色都加深了一些，每天傍晚還披上各色的霞帔。

可是，戰爭其實離北平愈來愈近。北平軍政高層人物的變動更迭，更讓人感到戰雲密布。今年三月，原來統管華北五省三市（山西、河北、熱河、察哈爾、綏遠五省，北平、天津、青島三市）的北平行轅主任李宗仁，突然宣布要競選副總統。李上將是桂系首腦，又有人稱「小諸葛」的國防部長白崇禧力挺，居然打敗蔣總統支持的國父之子孫科，當選行憲後第一任副總統。他留下的華北重任，就落在新成立的華北剿匪總司令部總司令傅作義的肩上。

傅作義是人稱「山西王」的太原綏靖公署主任閻錫山的老部下，如今統管華北，坐鎮北平，手上有五十萬大軍，看起來威風八面，實際上，他正一步步陷入進退不得的困局裡。首先是戰事吃緊，蔣總統有意將華北大軍南撤，而這是傅總司令不願意看到的。其次，北平城裡龍蛇雜處，既有傅作義的老部屬，也有中央的嫡系將領，據說更有共產黨的潛伏分子，以各式各樣的面目，出現在我們身旁。上海有名的政論刊物《觀察》周刊一針見血地說：「傅作義想要運用平津兩市的人力物力，那就不得不捲入一些公私的是非之中。」

《觀察》的記者說得太客氣，傅作義捲入的不只是公私是非，他和整座北平城正面臨一場即將吞噬一切的巨大風暴。糧食配給、學生請願、軍警鎮壓、物價飛漲、幣制改革……事情發生的速度，猶如一道愈來愈快的氣旋，在北平軍民來不及仔細思索其中含意的時候，中共的華北、東北兩大野戰軍，已經在今年年底連成一氣，北平和天津變成了廣大「解放區」裡飄搖的孤島。一九四九年一月，戰已不能、退又無路的傅作義，不得不和中共談判，和平交出北平。一月二十二日，也就是南京蔣中正宣布「下野」、離開總統職務的隔天，華北剿總宣布和中共簽署停戰協議。三十一日上午十時，昂首闊步的解放軍士兵，就在市民的夾道歡迎下，由西直門列隊進入北平城。

讓我們回到前面那個北平大學生的視角，看看這段風雲變幻的時期。七月五日，東北流亡學生不滿華北剿總強制他們參軍，和北平各大專院校學生四千多人到市參議會前示威，青年軍第二〇八師竟然開槍鎮壓，打死十八人，受傷百餘人，史稱「七五事件」（這也是小說的開場）。他可能就在抗議的隊伍當中。

八月十九日，他在報紙上看見行政院頒布財政經濟緊急處分令，停用節節貶值的法幣，改發行金圓券，住在上海的家人來信，說他們踴躍響應政府號召，將原來持有的外幣、黃金全都兌換成金圓券。對此他心有疑慮，但是來不及阻止。沒過兩個月，物價再次飆漲，金圓券形同廢紙，政府採取限價政策，於是糧食也不運進城，北平城裡米麵一日數漲，一石米要價幾十億元。就在這個百姓對政府信心全失的時候，不肖官吏在糧食分配上，還要上下其手、中飽私囊……

就在這個人心苦悶、驟變將至的北平危城裡，我們都可能會與《北平無戰事》中的角色擦肩而過：穿著飛行夾克的帥氣飛官方孟敖，他看似滿不在乎的神情底下，隱藏著重大的祕密。他的弟弟、北平市警察局偵緝處方孟韋副處長，夾處在剿總與貪腐的官吏之間。方副處長的直屬上司，是陰陽莫測的「中統」情治人員、局長徐鐵英，他心中打的是什麼算盤？方孟敖、孟韋兄弟的父親，中央銀行北平分行經理方步亭，被交付了什麼樣的祕密計畫？還有國防部預備幹部局的曾可達少將，奉「經國局長」（也就是當時正在上海督導經濟的蔣經國）之命，來到北平查案，國民黨僅存的清廉良心、「戡亂建國」的革命大業，在國共雙方的夾攻底下，能夠逃出生天嗎？

民國北平的最後一幕，現在正式登場。

（本文作者為歷史學者、《止痛療傷：白崇禧將軍與二二八》合著者）

【黨國組織關係圖】

◆華北勦總司令部

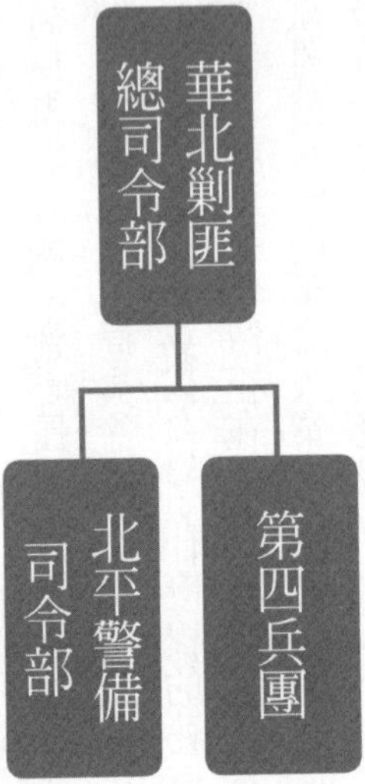

◆國民黨組織

◆國民政府組織架構

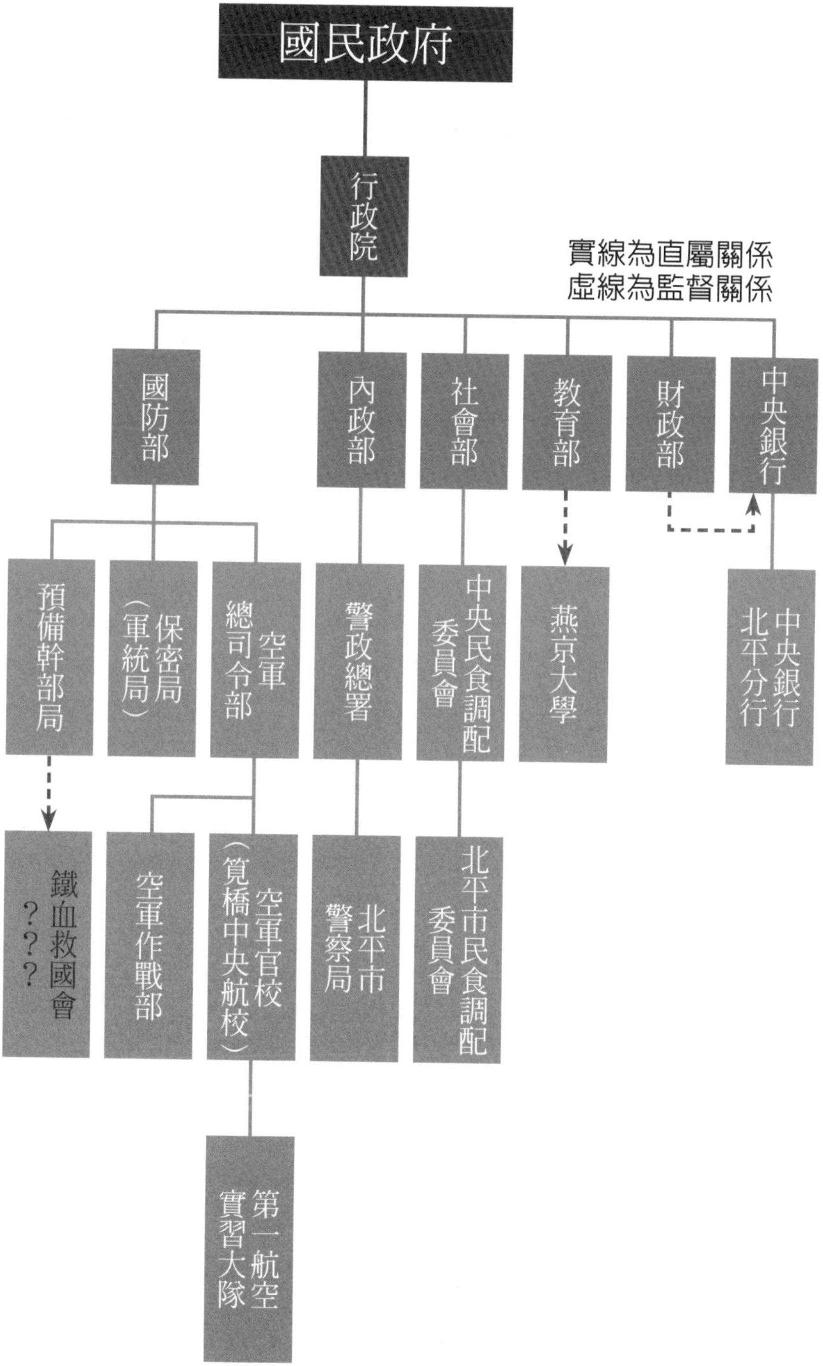
國民政府
行政院
實線為直屬關係
虛線為監督關係
國防部
內政部
社會部
教育部
財政部
中央銀行
預備幹部局
保密局（軍統局）
空軍總司令部
警政總署
中央民食調配委員會
燕京大學
中央銀行北平分行
鐵血救國會？？？
空軍作戰部
空軍官校（筧橋中央航校）
北平市警察局
北平市民食調配委員會
第一航空實習大隊

#【登場人物介紹】

方孟敖：國民黨空軍筧橋中央航校上校教官、第一航空實習大隊隊長，也是對日抗戰有功的王牌飛行員。能力超群、冷靜沉著，外表玩世不恭，內心卻有著歷經苦難的堅韌與豁達。

方步亭：中央銀行北平分行經理。方孟敖十年不認的父親，有著經濟學家的頭腦和資深政客的手腕，其所作所為只是出於保護家中兒女，亂世中求自保而已。

謝培東：中央銀行北平分行襄理、方步亭妹夫。做事牢靠、盡忠職守，於公於私都是方步亭最信賴的得力助手。

崔中石：中央銀行北平分行金庫副主任。為人簡樸低調，疑為共產黨地下黨員。在軍統局西山祕密監獄被處決。

何其滄：燕京大學副校長、國民政府經濟顧問。有著俠客的豪放、也有學者的耿介，更保有赤子的真誠，運用自己的影響力對當局施壓，保護進步學生。

方孟韋：北平警察局副局長兼北平警備總司令部偵緝處副處長，方孟敖之胞弟。年輕有為的優秀青年，冷靜自持、熱血愛國，一心敬愛父兄，也愛慕謝木蘭。

何孝鈺：何其滄的女兒，燕京大學學生。美麗聰慧、溫柔堅毅，總是考慮別人遠甚於自己，感情在梁經綸和方孟敖之間搖擺。

謝木蘭：謝培東的女兒，燕京大學學生。熱情直爽、美麗大方、有些孩子氣，和何孝鈺是形影不離的姊妹淘。

梁經綸：燕京大學最年輕的教授、何其滄的助理，學貫中西的菁英學者。看似風流倜儻，實則深沉孤獨。

曾可達：國防部預備幹部局少將督察，也是鐵血救國會核心成員。幹練冷峻、嫉惡如仇，恪守上級「一次革命，兩面作戰」的指示，既要對抗國民黨的腐化，又要對抗共產黨的惡化。

徐鐵英：國民黨中央黨員通訊局聯絡處主任，也是新任的北平警察局局長。在中統局幹過十多年，為人貪婪，私念重於職業。

王蒲忱：國防部保密局北平站長。深藏不露、陰沉內斂，遊走於國民黨內派系之間。

侯俊堂：國民黨空軍作戰部中將副部長，涉嫌參與民生物資走私案。

杜萬乘：國民政府財政部總稽核，「七五事件」五人調查小組召集人。憎惡貪腐、有正義感，具有洋派書生氣息。

王賁泉：國民政府中央銀行主任祕書，「七五事件」五人調查小組成員。

馬臨深：國民政府中央民食調配委員會副主任，「七五事件」五人調查小組成員。

馬漢山：北平民食調配委員會副主任，也是北平市民政局長。軍統出身，充滿江湖氣息，熱愛斂財。

程小雲：方步亭的續弦妻子。溫柔、賢慧、識大體。

葉碧玉：崔中石妻子，性喜嘮叨。

陳長武：方孟敖部屬，實習飛行大隊隊員，正直敏銳、多愁善感。

邵元剛：方孟敖部屬，實習飛行大隊隊員，憨直耿介、功夫了得。

郭晉陽：方孟敖部屬，實習飛行大隊隊員，反應敏捷、率性而為。

第二十五章

方邸行長辦公室的那張大辦公桌上堆滿了崔中石留下的帳。

謝培東的頭埋在帳冊裡，顯然通宵都在做著一件旁人看來很難理解的事：他的左邊是一本攤開的帳簿，正中是一本攤開的書，右邊是一本攤開的記事簿。

左邊的帳簿上寫著一行行工整的數字，在冊頁最後一行的簽名處寫著謝培東十分熟悉的那三個字——崔中石！

謝培東的目光按照順序在帳簿上專找偶爾用紅墨水記下的那一個個數字。

按照三個紅字一組，謝培東先照第一個紅字翻開了擺在面前那本書的頁碼，再照第二個紅字數到了書中這一頁的某一行，最後照第三個紅字找到了這一行的那個字！

他的眼很快，翻書的手也很快，一個數據出來了！

謝培東立刻在右邊那本攤開的記事簿上快速書寫！

隨著筆尖，這行字顯現了出來：

六月二十四日　揚子公司孚中公司套美元外匯一千二百萬元平價大米以高於五倍之黑市價售與民調會

謝培東又重複著前面的程序，先找崔中石帳簿的紅色數字，接著翻書找字，然後又在記事簿上寫出了以下文字：

平津貪汙所得利潤一千萬美元　揚子公司孚中公司60％　軍方20％　民調會20％

天大亮了，那本記事簿已經記錄了民調會四月成立以來貪汙的詳細機密，謝培東翻看著這些用崔中石生命記錄的鐵證，不禁又望向了崔中石所記的帳簿上那個簽名：崔中石。

「崔中石」三個字慢慢幻成了他那張忠誠憨厚的臉！

謝培東的眼有些濕潤了。

電話鈴尖厲地喚醒了他！

謝培東合上記事簿放進內衣的口袋，拿起了話筒。

對方的聲音十分急迫：「方行長嗎？方行長，我是王賁泉哪！」

這麼早，語氣這麼急，南京央行主任祕書打來的這個電話顯然事關重大！

謝培東謙卑地答道：「王主任嗎？我是謝培東呀，我們行長出去了。」

電話那邊王賁泉的聲音更急了：「能夠立刻找回來嗎？」

謝培東：「大約要半個小時。」

「等不及了！」王賁泉急速地說道，「北平行營立刻會通知他去開會，我將事情告訴你，你一定要在他開會前詳細轉告！」

謝培東：「您說，我記。」

王賁泉的聲音更急了：「不能筆記，用心記下來！」

謝培東：「知道了，請說吧。」

＊　＊　＊

顧維鈞宅邸曾可達住處。

「是我，我是可達，建豐同志。」曾可達抓住話筒，等了一夜，終於等來了建豐同志的電話。

「出大事了，知道嗎？」電話裡建豐的聲音有些近於悲憤。

「出什麼大事了？建豐同志，和我們的工作有關嗎？」曾可達露出了驚恐。

「客觀上有關，主觀上不要你們負責。美國人突然照會，一億七千萬第一批援助物資突然停在了公海邊，沒有進港。昨晚司徒雷登給美國政府打的報告！」建豐同志電話裡的聲音像海上吹來的寒風。

曾可達臉都白了：「我正要向您報告，昨晚陳繼承下令抓了梁經綸和學生，是不是何其滄給司徒雷登告了狀？」

建豐同志電話裡的聲音：「更嚴重。是李宗仁那邊跟美國人通的消息。」

「這個老東西！他想取代總統嗎！」曾可達罵得十分悲憤。

「司徒雷登那些美國人想扶植李宗仁也不是一天兩天了。自己人不爭氣，讓人家有機可乘呀……」建豐電話裡的聲音轉作淒涼，「我們的反貪腐行動好不容易得到了美國政府的肯定，卻又被陳繼承那些人昨晚的抓捕行動一錘子砸了，抓學生，還抓了我們自己的人。能不被人家利用嗎？就是剛才，李宗仁向總統建議要召開反貪腐的緊急會議，總統還不得不答應。記住，會議的名單中有你，代表國防部調查組堅定表態，加大追查民調物資貪腐的力度！」

曾可達：「請問建豐同志如何加強力度？」

建豐在電話那邊的聲音露出了「鐵血」的強硬：「批捕馬漢山和民調會涉案人員，查北平分行的帳！這件事，你開完會後立刻交給方孟敖大隊去辦。然後以我的名義把徐鐵英和保密局北平站的站長王蒲忱叫到你那裡碰頭，命令中統和軍統祕密調查北平行營，兩件事：一件是李宗仁和他的人有沒有跟共產黨祕密和談！還有一件，李宗仁手下的人也有貪汙，徹查出來，直接報我！」

「是！」曾可達大聲答道，緊跟著提出最後一個問題，「建豐同志，據我們調查，徐鐵英和中央黨部就與民調會的貪汙案有關。牽涉到他們，查不查？怎麼查？」

建豐心裡顯然早有安排，當即答道：「腐敗，首先是黨內的腐敗。可已經積重難返，戡亂反共時期，牽涉黨產暫時只能姑息。但也絕不能讓他們扛著黨產的招牌，私人貪腐！徐鐵英就是這樣的人，你代表我敲打他一下，讓他明白，立刻停止貪腐，真誠配合我們。倘若再玩弄陰謀，下一個批捕的可能就是他！」

「可達明白！」

＊　＊　＊

這邊，謝培東也接完了電話。

他急速地推開辦公室門，走到樓梯口，就看見了坐在客廳的方孟韋。

方孟韋警服筆挺，身旁放著一口大皮箱，一口藤編箱，這是要搬出家去！

方孟韋顯然是在等著謝培東，跟他交代一句，然後離家。這時望見了姑爹，立刻站了起來。

謝培東瞟了一眼他腳旁的兩只箱子，再望他時臉色特別凝重：「上來吧。」轉身走進辦公室門。

就在辦公室門口，謝培東望著方孟韋：「想搬出去？」

方孟韋點了下頭。

謝培東：「因為木蘭？」

方孟韋沉默了一會兒，這次頭點得很輕。

「聽著。」謝培東緊盯著他，「你大哥給你爸的壓力已經很大了，接下來還會更大。你不能再給你爸加壓。箱子放在家裡，立刻開車去小媽家，接上行長到北平行營開會。」

方孟韋這才抬起了頭：「出什麼事了？」

謝培東：「剛才我接了兩個電話。一個是南京央行打來的，一個是北平行營打來的。美國人突然照會暫停了一億七千萬美元的援助，事情因北平而起，理由是指責政府有人在繼續貪汙他們的援助。」

方孟韋感到了事態的嚴重：「才一個晚上怎麼會有這樣的變化？」

謝培東：「聽說是昨晚陳繼承抓了抗議民調會的學生，還抓了何校長的助理，就是那個梁經綸。李副總統出面也沒有解決問題。事情捅到了美國大使館。」

方孟韋一時心裡五味雜陳：「這個梁經綸到底是什麼人！」

謝培東：「不要再糾纏那個梁經綸的事了。我會在家裡開導木蘭。接到行長時，情緒輕鬆些。」

「我去了，姑爹。」方孟韋轉身走向樓梯，背影是那樣孤獨。

謝培東站在門口，望著方孟韋走出了客廳的大門。

接著，他的目光轉望向二樓那一邊女兒的房間。

＊　＊　＊

燕大何宅院內梁經綸住處。

「謝木蘭同學的事我們今天不說了，好嗎？」這裡，梁經綸在深望著不看他的何孝鈺。

何孝鈺：「方孟敖再問我，我怎麼回答。」

「告訴他，梁先生是獨身主義。」忍心說出這句話，梁經綸望向了窗外。

何孝鈺倏地抬起了眼，她深深地望著梁經綸。

梁經綸的目光又從窗外收了回來，望向望著自己的何孝鈺：「陳夢家那首《野花》還能背嗎？」

何孝鈺眼眶濕了，她能背，卻搖了搖頭。

梁經綸：「我背第一段，你接著背第二段。就算陪我吧。」

不再看何孝鈺，梁經綸輕輕站了起來，在屬於他的那片小小的空間慢慢踱了起來，長衫又能飄拂了，用他那特有的磁性的聲調，帶著幾分江南的口音，吟誦起那首他們都曾經深愛的詩：

一朵野花在荒原裡開了又落了。
不想這小生命，向著太陽發笑。
上帝給他的聰明他自己知道。
他的歡喜，他的詩，在風前輕搖……

何孝鈺依然沉默，梁經綸的長衫便依然飄拂。

何孝鈺的眼中，那長衫彷彿即刻便將飄拂得無影無蹤，她害怕了，輕聲開始背誦第二段：

一朵野花在荒原裡開了又落了。
他看見青天，看不見自己的渺小。
聽慣風的溫柔，聽慣風的怒號。
就連他自己的夢也容易忘掉……

長衫停止了飄拂，活生生的梁經綸依然站在面前。

「這首詩以後就屬於方孟敖了。」梁經綸的聲音在何孝鈺聽來是那樣遙遠。

「這也是組織的決定嗎？」何孝鈺倏地站起來。

梁經綸又望向了她，定定地望著她：「不是。是我的建議。」

何孝鈺：「什麼建議？你可不可以說明白些？」

梁經綸又移開了目光：「學聯的鬥爭需要方孟敖，北平人民的生存需要方孟敖。你去接觸的方孟敖必須是真實的方孟敖。你必須知道他喜歡什麼，不喜歡什麼……」

何孝鈺：「那你就不用說了，我知道他喜歡什麼。」

梁經綸：「他喜歡什麼？」

何孝鈺：「喜歡喝酒，喜歡抽菸，凡是男人的壞毛病他都喜歡。」

梁經綸輕輕搖了搖頭：「優點呢？為什麼不說他的長處？」

何孝鈺：「他喜歡音樂，喜歡西洋的美聲，而且唱得很好。」

梁經綸閉上了眼：「還有呢？」

何孝鈺：「還喜歡唱民歌，一首《月圓花好》，能唱得讓人感動。」

梁經綸仍然閉著眼：「還有呢？」

何孝鈺咬了咬嘴唇：「還喜歡把汽車開得像飛機一樣快，隨時可能撞上人，也可能撞上任何東西。」

梁經綸睜開了眼：「還有呢？」

何孝鈺：「不知道了。等我知道了，我會告訴你。」

梁經綸沉默了片刻：「我告訴你吧。他還喜歡詩。喜歡泰戈爾的詩，後來又喜歡上了新月派的詩。特別喜歡的就有剛才那首《野花》……還有徐志摩的《再別康橋》、卞之琳的《斷章》……孝鈺，你要把新月派的詩都背誦下來。」

何孝鈺：「還有嗎……」

梁經綸：「還有就是他不喜歡人家總順著他。」

何孝鈺：「還有嗎？」

梁經綸：「我能告訴你的也就這麼多了。」

何孝鈺：「我明白了。我能不能也向你提個要求？」

梁經綸：「當然可以。」

何孝鈺：「以後，除了跟工作有關的事，方孟敖還喜歡什麼、不喜歡什麼，我能不能夠不告訴你？」

梁經綸是這樣想看這時候的何孝鈺，目光轉過去時卻望向了窗外，嘴裡突然迸出兩個字：「可以。」

說完，他的長衫帶著風飄拂出了門外。

何孝鈺的眼淚終於流出來了，愣愣地站了片刻，突然聽見院子裡父親的聲音：「孝鈺呢？」

她急忙拿出手絹印乾了眼淚，向窗外望去。

父親和方孟敖，還有梁經綸都已站在院內。

她輕輕地深吸了一口氣，走出了這間小屋的門。

何宅，院門外保護方孟敖的青年軍都挺得筆直，望著一輛剛開來的別克轎車，那輛轎車的車頭上插著一面中華民國的小國旗！

在北平誰都認識，這是李宗仁副總統的專車！

梁經綸已站在何其滄的身邊，何孝鈺也走過來了，他們都看見了那輛轎車。

「有時候我真希望自己的預見是錯誤的。」何其滄這句話是對方孟敖說的。

方孟敖似乎明白他的意思，深點了點頭。

何其滄接著望向梁經綸：「看樣子至少今天沒有人再敢抓你了。你先休息一下，然後幫我把那堆廢紙再整理一遍吧。」

梁經綸：「先生說的是不是那份經濟方案？需要帶去開會嗎？」

何其滄：「不是方案，是廢紙。南京政府要的就是廢紙。今天的會與這堆廢紙無關。我去，是聽說陳繼承也會參加，他不把昨晚的事給我解釋清楚，回來就將這堆廢紙燒了。」說著手一揮，走向院門。

「爸！」何孝鈺在背後喊道，「您還沒有吃早餐！」

「李副總統那裡有。」何其滄拄著拐杖已經走出了院門。

院門外的人同時整齊地行禮！

何其滄走到了那輛別克轎車的後座門，是那個李宗仁的上校副官親自候座，一手擋著車頂，一手將他扶進了車，再大步走進了前排副座。

前邊是兩輛摩托，後邊是一輛軍用中吉普，護擁著何其滄的車走了。

「一個晚上，也不知道帳查得怎麼樣了。我也得走了。」方孟敖望向梁經綸和何孝鈺。

「能載我一程嗎？我要去看看木蘭。」何孝鈺只望著方孟敖。

方孟敖望向了梁經綸。

梁經綸向他伸出了手：「感謝方大隊長救出了同學們，救出了我。方便的話請你送一趟孝鈺。」說著緊握了一下方孟敖的手。

方孟敖感覺到了這一握隱藏著意思，又看見何孝鈺決然的樣子：「好。我們上車。」

青年軍又敬了禮。

方孟敖走到自己的吉普前，猶豫了一下，拉開了後座的車門。

梁經綸還站在院門口，望著何孝鈺上了車，又望著方孟敖接過了士兵雙手遞上的大檐帽。

方孟敖戴好了大檐帽，向梁經綸遠遠地行了個揮手禮，上了駕駛座。

鄭營長上了後面的中吉普。

青年軍有些上了中吉普，更多上了最後那輛十輪大卡車。

三輛車都開動了。

梁經綸仍然站在院門口，他已經不能看見坐在方孟敖車裡的何孝鈺了。

方孟敖的車。

何孝鈺在後座看方孟敖。

方孟敖在車內的後視鏡裡看何孝鈺。

何孝鈺卻看不到後視鏡裡看自己的方孟敖。

「很多人說，我的背影比我的正面好看。是不是這樣？」方孟敖說話和他的行動一樣，總是讓人猝不及防。

何孝鈺愣了一下，答道：「有人喜歡看你的背影嗎？」

方孟敖：「喜不喜歡，都在看我的背影。我的背後有無數雙眼睛在看著我，我卻看不到他們。」

這幾句方孟敖顯然是隨意說的話，何孝鈺聽後心裡卻一震。她明白這話說的是他的孤獨和危機，說出來卻像新月派的詩句。她耳邊驀地響起了不久前梁經綸說的話：「他還喜歡詩。喜歡泰戈爾的詩，後來又喜歡上了新月派的詩……」

背後的梁經綸，眼前的方孟敖，不知是哪一個讓何孝鈺這時心跳得特別厲害：「你害怕人家在背後看你？」

方孟敖：「害怕。」

何孝鈺：「我怎麼一點兒也看不出你害怕的樣子。」

方孟敖：「他們也看不出。知道為什麼嗎？」

何孝鈺：「不知道。」

方孟敖：「我比他們都跑得快，經常讓他們看不到我的背影。」
何孝鈺：「你指的這個他們是誰？」
方孟敖：「所有的人。」
何孝鈺：「也包括我？」
方孟敖：「所有的人。」
何孝鈺：「那天你把車開得那樣快，也是這個原因？」
方孟敖：「哪天？」
何孝鈺：「我和木蘭坐你的車那一天。」
方孟敖：「今天呢？」
何孝鈺這才感覺到今天的車開得又平又穩，甚至很慢。她回過頭從吉普車的後窗望去。
跟在後面的那輛中吉普都顯出了慢得不耐煩的樣子。
「討厭跟在後面的車嗎？」方孟敖又突然問道。
何孝鈺立刻轉過了頭：「你能看見我？」
方孟敖沒有回答，又望了一眼前座頂上那面後視鏡。
何孝鈺明白了：「你能看見我，我卻看不見你，這不公平。」
方孟敖接道：「你們都躲在背後看著我，我的前面卻看不見你們任何一個人，這公平嗎？」
何孝鈺知道接頭的時刻到了：「那你還是跑快些，把後面那些人甩掉吧。」
方孟敖的背影不經意地動了一下，何孝鈺的心卻跟著一顫。
「你願意跟我一起跑？」方孟敖的聲音沒有剛才平靜了。
何孝鈺：「願意。」

「誰叫你來的？」方孟敖話鋒一轉，突然問道。
何孝鈺愣了一下，接著堅定地答道：「組織。」
方孟敖：「我不知道什麼組織。說人的名字，我能相信的人的名字。」
何孝鈺下意識地抓緊了車座旁的扶手，又定了定神，說出了一個人的名字：「崔中石……」
方孟敖的手立刻捏緊了方向盤：「再說一遍，說清楚些！」
何孝鈺提高了聲調：「崔中石同志！」
車突然加速了，何孝鈺的身子被重重地拋在靠背上！

＊　＊　＊

北平民調會總儲倉庫大坪。
「立正！敬禮！」守在大門內那個青年軍排長挺直了身子率先敬禮。
那一排青年軍同時立正，同時敬禮。
曾可達在前，他的副官在後，走進了大門，青年軍排長緊跟了上去。
「方大隊長在哪裡？」曾可達步速不減。
青年軍排長：「報告將軍，方大隊長昨晚出去，還沒回來。」
曾可達的腳步停了：「去哪裡了？」
青年軍排長：「報告將軍，鄭營長帶人跟去的，我們不知道。」
曾可達：「稽查大隊其他的人，還有馬局長那些人呢？」
青年軍排長：「報告將軍，馬局長昨晚跟方大隊長一起出去了一趟，天亮前被送回來了。稽查大隊和民調會有關人員都在裡面。」

曾可達望向了王副官，二人交換了一個疑惑的眼神。

曾可達向王副官：「打電話，找到鄭營長，請方大隊長立刻回來。」

「是。」王副官向門衛室走去。

曾可達又向裡面走去：「吹口哨，集合！」

青年軍排長：「是！」

口哨聲尖厲地吹響了！

馬漢山趴在民調會主任辦公室的辦公桌上，鎖著眉頭睡得很沉。

窗外，口哨聲在不停地吹。他翻了一下眼皮，覺得那口哨聲很遠，又閉上了眼。

可接下來沉沉的跑步聲讓他驚覺了，這回他是真睜開了眼，趴在桌上聽著。

「不要查了！」竟是曾可達的聲音！

馬漢山抬起了頭，側耳傾聽。

「統統抓起來！等你們方大隊長一到，全部帶回軍營，直接審訊！」曾可達的聲調沒有方孟敖好聽，每一個字都讓馬漢山聽得咬牙。

接著是整齊的碰腳聲，顯然很多人在敬禮。馬漢山再聽時，窗外的聲音已經很亂了：

「科長以上押到值班室去，科長以下押到倉庫去！」

「走！」

「動作快點，走！」

馬漢山下意識地望向了門口，果然很快傳來了腳步聲，是那個叫陳長武的空軍走了進來，還提著一副手銬。

「馬副主任，請你站起。」陳長武在他身前直望著他。

馬漢山依然坐著：「銬我？你們方大隊長呢？」

陳長武：「方大隊長還沒回來，這是曾督察的命令，請你配合。」

「你過來。」馬漢山壓低了聲音略帶神祕地仰了一下頭。

陳長武依然站在原地：「有話請說。」

馬漢山：「我跟你們方大隊長有約定，就是昨天晚上。銬不銬我，他一回來你就知道了。」

陳長武還真被他說得有些猶豫了，想了想：「那好，我先不銬你。」說著在他對面的椅子上坐下了。

王副官從門衛室飛快地向站在民調會倉庫大門口的曾可達走去。

曾可達望著他。

王副官輕聲報告：「聯繫上了，鄭營長不久前給顧大使宅邸打了電話，他們現在在西北郊三〇九師軍營，說是方大隊長開著車帶著那個何孝鈺甩掉了他們，去了西北長城一帶，他們正在找。」

曾可達皺了一下眉頭，他明白，是梁經綸派何孝鈺開始接觸方孟敖了，可偏又在這個時候！

「一群廢物！」曾可達罵了一句，大步向門外的車走去，「我跟徐局長、王站長在宅邸開會，你就在這裡看著，方大隊長一到直接傳達國防部的命令！」

王副官：「是。」

＊　＊　＊

北平西北郊一段長城腳下，這裡並沒有路，當然沒有人跡，到處是高低參差的雜樹，方孟敖的車也不知是怎樣開進來的，停在樹林間一片草地上。

方孟敖的背後高處就是長城，他坐在山腳的斜坡上，這裡能夠一百八十度掃視附近的動靜。

何孝鈺站在山腳的草地上，需微微抬頭才能跟方孟敖的目光對接。

太陽照何孝鈺背後的綠蔭滿地，照方孟敖背後的長城連天。

有鳥叫，有蟲鳴，方孟敖和何孝鈺卻對視沉默。

「我好像聽明白了。」方孟敖說道，「你是學聯的人，學聯派你來爭取我，希望我幫助你們學聯反貪腐反迫害？」

何孝鈺點了下頭：「是。」

方孟敖：「你又是共產黨的地下黨員，北平地下組織派你來跟我接頭？」

何孝鈺：「是。」

「我又不明白了。」方孟敖盯著她，「到北平後我一直領著我的大隊在查貪腐，也在保護你們學生，學聯還有必要來爭取我嗎？」

何孝鈺：「我剛才說了，代表學聯只是一層掩護，我的真正任務是代表黨組織跟你接頭。」

「那就更不要接了。」方孟敖斷然打斷了她，「我不是共產黨，你是不是我不知道，我不會對別人說，你最好也不要再對別人說。」

何孝鈺：「你是共產黨黨員，是崔中石同志介紹入的黨，我知道他介紹你入黨的過程。」

方孟敖坐在斜坡的岩石上依然未動：「我都不知道的事你倒知道？說出來聽聽。」

何孝鈺知道他此刻的心境，換了一種方式：「我們不說共產黨，也不說組織，尊重一下女性，你能不能不坐在那麼高的地方，下來跟我平等談話。」

方孟敖還真站起來了，信步走下山坡，走到平平的草地上，在離她一米處坐了下來：「現在你比我高了，我尊重你，說吧。」

何孝鈺是那樣的不習慣他的做派，可又不能夠不耐心：「我能不能也坐下？」

方孟敖抬頭望著她，一動不動審視她，目光讓她害怕！

何孝鈺恍然明白了，立刻說道：「我知道，那是一九四六年農曆八月十五中秋節晚上，崔中石代表你家裡到空軍筧橋航校看你。你陪他在機場的草地上散步。後來你坐下了，他還站著，在你身邊來回踱步，給你介紹了共產黨對中國未來的主張……你不就是懷疑我不知道這個細節嗎？我不習慣像他那樣在你面前走來走去，我想坐下。」

方孟敖盤腿坐著的身軀依然一動沒動，絲毫看不出內心有何震撼，只是望著何孝鈺的目光多了一些複雜：「是站著講故事不太自然吧。那就請坐，我的聽力很好，離我近一點兒遠一點兒都行。」

「那我就坐在你背後吧，反正你今天也不會跑。」何孝鈺盡力用輕鬆的語言使他慢慢接受自己。

「有個更好的理由嗎？」方孟敖問道。

「當然有，你聽就知道了。」何孝鈺輕輕地走到他背後約一米處坐下，輕輕地朗誦了起來，「『你站在橋上看風景，看風景的人在樓上看你。明月裝飾了你的窗子，你裝飾了別人的夢。』這個理由好嗎？」

方孟敖的背影依然像一座小山，端坐在那裡一動沒動。

何孝鈺望著他，有些茫然了。

她看不見方孟敖的內心，不知他今天為什麼會這樣拒絕自己。

其實閉著眼的方孟敖，眼裡早已浮現出了一幕幕過去的景象：

——杭州筧橋機場草坪，崔中石和自己在月下併肩而行，兩人同時輕聲背誦著聞一多的《祈禱》、《死水》……

——杭州灣入海口上空，方孟敖駕機在一千米的低空飛行，坐在身旁的崔中石望著清晰的入海口景和無際無涯的大海，滿臉興奮。

「好看嗎？」方孟敖望著前方問身旁的崔中石。

崔中石：「壯觀！」

方孟敖：「問你一句，我要是把飛機飛到延安去，毛主席、周副主席敢坐我開的飛機嗎？」

崔中石：「我想，他們會很高興坐你開的飛機。」

方孟敖：「那我們現在就去？」

崔中石：「現在不行。」

——白天變成了黑夜，浩瀚的杭州灣大海變成了死水般的什剎海後海，崔中石默默地站在自己的身旁。

崔中石：「我不是中共地下黨，你也不是中共地下黨，這都無關緊要。可當時你願意加入中國共產黨，本就不是衝著我崔中石來的。你不是因為信服我這個人才願意跟隨共產黨，而是你心裡本來就選擇了共產黨，因為你希望救中國，願意為同胞做一切事情。你不要相信我，但要相信自己。」

方孟敖倏地睜開了眼，崔中石消失了，滿目是樹影斑駁的光點，還有背後那個等著他的何孝鈺！

「能不能坐到我前面來？」方孟敖的聲音讓何孝鈺心動。

「好。」何孝鈺來到了方孟敖的面前，扯好了裙子，準備坐下。

方孟敖：「離我近些。」說著伸出了手。

何孝鈺的心怦怦跳起來，她不應該害怕，卻仍然害怕，將手慢慢伸給了他。

方孟敖輕拉著她的指尖，何孝鈺向前一小步，坐下，太近了。

方孟敖鬆開了她的手：「我下面問的話不是衝你來的，你回答我就是，不要害怕。」

何孝鈺只能輕輕點頭。

方孟敖：「崔中石為什麼死的？」

何孝鈺：「為革命犧牲的。」

方孟敖：「我是問他為什麼會死？」

何孝鈺看見了他眼中的沉痛，她不知道該怎麼回答，又不能夠不回答：「原因很多，我也不是太了解。有很多事情都屬於組織的祕密……」

「不要跟我說什麼組織！」方孟敖的聲調突然嚴厲了，「去告訴梁先生，告訴學聯，我和我的大隊是受國防部調查組指揮的，查貪腐，保證北平民眾的配給糧是我的任務，不需要你們來爭取我。」

何孝鈺點了下頭：「我會如實轉告。」

方孟敖：「還有，我從來不知道崔中石是什麼共產黨。我沒有加入國民黨，也沒有加入共產黨。還是那句話，你是不是共產黨我不管，不要再來跟我談什麼接頭的事。」

何孝鈺是真的慌了，也急了：「崔中石同志用生命保護你發展你，你怎麼能夠這樣否定他為黨為你做的一切工作？」

「你們為什麼一定要強加於人！」方孟敖的面孔冷酷得讓人心寒，「崔中石跟我是朋友，像我大哥一樣的朋友！不管他是怎麼死的，為誰死的，讓他死的人我總會清楚，一個也不會放過！上車吧。」說著大步向吉普車走去。

何孝鈺懵在那裡，她發現自己竟邁不開步。

方孟敖回過頭，發現何孝鈺在忍著不發出聲，眼淚卻在不停地流。

「還要在背後看著我？」方孟敖竟如此不近人情。

何孝鈺將眼淚強咽了下去：「你走吧，我自己會回去。」

方孟敖大步向她走來：「我帶你來的，必須帶你回去。」

「我不是你帶來的，我跟你沒有任何關係。」何孝鈺莫名地心裡發慌，想繞開他，向另外一個方向走去。

方孟敖的身影一閃，面對面地擋在了她的身前：「沒有關係就對了。這次我送你回去，以後不要再找我。」

何孝鈺像是猛地醒悟了什麼，心不慌了，卻空落落的。面對面這麼近，不再怕他，不再迴避，兩隻眼望著他的兩隻眼。

她要答案。

方孟敖的聲音特別低沉：「我的祕密，沒有跟任何人講過，信不信，都告訴你。我這個人命很硬，只能夠一個人獨往獨來。在空軍，凡是一配一跟我搭檔的，不管是我的長機，還是我的僚機全被打了，二十七個人，沒一個人能活著回來。來北平前，南京軍事法庭開庭，跟我一個案子，三個人受審，一個共產黨，一個國民黨，那兩個人都被殺了，只有我活了出來。我的家，你知道的，只有崔中石跟我往來，現在也死了。告訴派你來的人，不要再派人來送死，我永遠只能是一個人。」

何孝鈺聽得心裡直發涼！

「走吧。」方孟敖這回沒有絲毫強迫她的感覺，轉身又向吉普走去。

何孝鈺跟著他走去。

方孟敖先打開了後座的門，接著自己上了駕駛座。

何孝鈺上了車，關了門。

方孟敖將前座車頂的後視鏡扳向了右邊：「我看不見你了，你可以躺下，睡一覺，醒來就能把什麼都忘了。」

吉普車發動了，路不平，車卻很穩。何孝鈺望著窗外連天的長城，突然說道：「從來就沒有什麼救世主，更沒有人能主宰別人的生死。我會再找你，你跑得再快，也躲不了我……」

方孟敖沒有再接言，目光只望向前方。車慢慢開上了公路，接著加速，向北平城方向馳去。

＊　＊　＊

碰頭會在曾可達住處緊急召開。

「我必須鄭重說明。」曾可達顯然是打斷了徐鐵英或是王蒲忱剛才的談話，「沒有什麼兩難。總統和副總統之間，總司令和副總司令之間，不存在什麼矛盾，也形成不了什麼矛盾。在中國，總統和副總統只能絕對服從總統；在北平，也不能因為李宗仁兼了行營主任就聽他的。至於軍事方面，傅作義總司令和陳繼承副總司令之間只能聽傅作義總司令的指揮。這不是我的意見，這是建豐同志和黨部的陳部長、保密局的毛局長的一致意見。開完會，你們可以各自打電話去問……」

「對不起。」曾可達坐的是一把靠背高椅，向茶几對面沙發上的徐鐵英和王蒲忱打了聲招呼，站起來去接電話。

電話鈴響了。

「報告曾將軍，方大隊長找到了。」對面是鄭營長打來的電話。

曾可達：「怎麼找到的？他去哪裡了？」

「報告，他去長城了。」鄭營長在電話裡答道。

「長城那麼長，他去哪個長城了！」曾可達呵斥道。

「報、報告。」鄭營長知道不能敷衍了，「大約是在離三〇九師營地十幾里的那一段長城，沒有人煙，全是樹林……以屬下觀察，方大隊長甩掉我們是跟那個何孝鈺祕密幽會去了……請示將軍，這樣的事屬下以後是不是該迴避……」

「護送方大隊長立刻回城，去民調會！」曾可達擱下電話，轉身去坐時，發現徐鐵英和王蒲忱臉色都很陰沉，而且有些怪異。

「我代表黨部先表個態吧。」徐鐵英說話了，「總統不只是中華民國的總統，也是黨的領袖，我是黨部派到北平的，有完全的責任擁護領袖的形象和權威不受到任何人的挑戰。總統的意志是絕不跟共產黨妥協，任何人企圖跟共黨接觸，甚至和談，我能保證北平警察局堅決反對之！除了總統，我們還會接受建豐同志的指揮，也只有建豐同志能夠代表總統。在這一點上，我發現陳繼承副總司令也是堅定的。因此，我們黨部的人在北平要支持陳副總司令。我擁護建豐同志反貪腐的行動，同意批捕馬漢山和民調會涉案人員。可在反貪腐的過程中還要維護黨國的形象，尤其是不能被共產黨所利用。美國人突然暫停對我們的援助，恰好證明了有人利用反腐打出了跟共黨和談的牌。

反腐和反共，首先是反共。對於建豐同志起用方孟敖，我只能服從，但我一直保留意見。這個人在空軍養成了一些惡習，不服從上級，率性而行，昨晚竟公然闖到軍統將那個共黨的嫌疑犯放了出來。通過這件事我不能不考慮曾督察曾經說過的話，這個人很可能已經被共黨利用了。還有，馬漢山這個人已經無可救藥，昨晚就是他配合方孟敖去放的那個共黨嫌疑犯。他們之間暗中有沒有某種交易？我看有。因此能否請曾督察向建豐同志建議，將馬漢山一干涉案人員移交我們北平警察局。我兼著配合國防部調查組查案的任務，由我審查馬漢山，審查民調會，能夠絕對向建豐同志負責。」

曾可達可算是非常了解徐鐵英的人了，從他剛才那一番長篇大論裡立刻看出了他的動機，耳邊不禁又響起了建豐同志針對他的那段指示：「徐鐵英就是這樣的人，你代表我敲打他一下，讓他明白，立刻停止貪腐，真誠配合我們。倘若再玩弄陰謀，下一個批捕的可能就是他！」

「我可以向建豐同志建議。」曾可達開始斟酌如何敲打他，「馬漢山民調會搞得民怨沸騰，鬧出個七五事件，現在直接影響到了美國的援華政策。我想聽聽徐局長怎麼審他們，預期的目的是什麼，我好向建豐同志詳細彙報。」

徐鐵英：「這首先要理解建豐同志的預期目的是什麼。我想，建豐同志的預期目的應該有兩個。一個是長遠的，那就是徹底整肅黨國內部的貪腐之風。我說了，這是長遠的，需要時間的，是建立在先打敗共產黨的基礎之上的。另一個就是當下之急，那就是抓一批甚至殺一批，讓那些還在貪腐的人有所顧忌，加強國統區的經濟管制，爭取盟國對我們援助的信心，以利於總統指揮國軍將士在全國各個戰場打敗共軍。」

曾可達緊望著徐鐵英：「抓一批抓誰？殺一批又殺誰？是不是還像殺侯俊堂那樣，殺了人，貪的錢照樣追不回來？」

徐鐵英被點了要穴，將眼睛翻了上去，做思考狀：「這個問題值得我們深入思考。」

曾可達這時望了一眼王蒲忱，王蒲忱卻道：「老毛病，要抽菸了。知道曾督察不能聞菸味，我能不能出去抽支菸？」

「我能聞，王站長在這裡抽就是。」曾可達就是要當著一個人敲打徐鐵英，「剛才徐局長提出的這個問題要深入思考，這裡就牽涉到你們軍統的前站長，王站長也應該有所意見。」

王蒲忱點頭做慎重狀，長長的手指已經掏出了一盒菸和一盒火柴，點火，吸菸，接著便是咳嗽。

一個翻眼故作沉思，一個咳嗽有意拖延，曾可達的眉頭皺起來。

等王蒲忱把嗽咳完，曾可達沉著臉：「不能總是深入思考吧？得把思考的意見談出來，這可是要具體向建豐同志彙報的。」

「什麼東西！」徐鐵英在心裡恨恨地罵著，嘴上卻不能不有交代，「那就追贓！馬漢山，還有其他人到底貪了多少，我加強審訊，盡力追出贓款。」

「盡力是多少？」曾可達以會議主持人的身分再不給徐鐵英面子，「美國人的情報可不是吃素的，還有共產黨的諜匪。貪了多少，哪些人都有份，我們查不出來，人家可有數據。如果一千萬美元，我們追出的是一百萬，甚至一百萬都不到，徐局長，這恐怕交不了差。這樣說吧，我先代表建豐同志同意你去審民調會那些人，你說能追出多少贓款？」

「曾督察。」徐鐵英不能再忍耐了，「你給個數字吧。」

「一千萬美元！」曾可達直接回答，「這個數字美國人應該能夠接受。」

徐鐵英笑了，笑得絲毫不掩飾對抗：「你審吧。我配合你。」

「你當然應該配合，必須配合！」曾可達加重了語氣，「這是建豐同志的原話。王站長，我的意見是仍然讓方孟敖徹查民調會，查到背後的人，不管是哪一級，哪個部門，我們都要配合。你的意見呢？」

王蒲忱想把菸按熄，可茶几上又無菸缸，便拿起了自己那個茶蓋，從茶杯裡倒進了一點兒水，濕滅了菸頭，這才答道：「我配合反腐，更重要的是反共。方孟敖及其大隊真能查出貪腐那是國防部調查組的期待。代表國防部保密局，我建議從北平站挑選一個班的人，暫時改裝為青年軍，編入鄭營長那個排，監督方孟敖及其大隊，既查貪腐，也要嚴防共黨滲入。」

「我同意，報建豐同志批准。」曾可達又望向徐鐵英，「徐局長是否還反對國防部稽查大隊執行審案？」

徐鐵英：「我反對的不是國防部稽查大隊，而是有共黨嫌疑的人！那個梁經綸擺明了就是煽動學潮的共黨嫌疑犯，方孟敖跟馬漢山聯手逼迫王站長放人，這個情況向南京彙報沒有？讓方孟敖審馬漢山我代表全國黨員通訊局首先表示反對。我會將我的意見報告葉局長並陳部長。」

曾可達知道這是短兵相接了，可方孟敖的行為他自己心裡本就無底，報上去很可能引起上層意見分歧，除非建豐同志態度堅定。他望向了王蒲忱：「王站長是不是也要請示你們毛局長，確定由誰來審訊民調會？」

王蒲忱又從口袋裡掏菸了，這回沒有掏火柴，只是拿著菸：「我就不單獨請示了吧。上邊決定由誰來審都行，我都配合。」

「那徐局長就抓緊請示吧。」曾可達站了起來，「方孟敖估計也快到民調會了，我這就過去，布置將馬漢山及其所有涉案人員帶到稽查大隊軍營羈押。南京給我們的時間可只有三天。如果有人故意干擾辦案，三天不能給南京一個滿意的答覆，讓美國人立刻恢復援助，下一個批捕的就是他！」

徐鐵英倏地站起，扯了一下衣服下襬，徑直走了出去。

徐鐵英的車在北平城內還沒有開得這樣快過，司機也顯出了本事，從大街轉入方邸的胡同仍未減速，方向盤一打，就馳了進去。

車停了，停得有些急，後座的徐鐵英也只盯了一眼前座的司機，沒有等他開門，自己開了門便下了車，緊接著便愣在那裡。

方邸大門外停著一輛車，一輛小吉普，方孟敖就站在車旁！

徐鐵英不可能再退回車內，因為方孟敖已經看見了他，卻只瞟了一眼，顧自開了他那輛吉普的後車門，但聽他叫道：「該醒了，到了。」

「能把你的水壺給我嗎？」何孝鈺真的在車裡睡了一覺，卻又不立刻下車，向方孟敖要水壺。

方孟敖愣了一下，從前座拿起他的軍用水壺擰開蓋子遞了過去。

何孝鈺的手伸到車外，接過水壺，又一隻手伸了出來，拿著手絹，將水壺的水倒向手絹。

徐鐵英好不焦躁，只得望向街口那邊。

何孝鈺浸濕了手絹，在車內擦了臉，攏好了髮，套上頭箍，這才下了車，再不看方孟敖，向大門走了進去。

「徐局長。」方孟敖的聲音在身後響起。

徐鐵英回過頭，裝出長輩的笑容：「就應該這樣，整天工作，也該考慮自己的生活。」

方孟敖：「你的車似乎應該倒一下，讓我出去。」

「方大隊長不進去了？」徐鐵英只問了一句，接著便對司機，「倒車！」

＊　＊　＊

方邸一樓客廳裡，蔡媽迎住了何孝鈺，向二樓喊道：

「老爺、夫人，何小姐來了！」

茶不思、飯不想、妝也不梳，躺在自己房間裡的謝木蘭立刻從床上坐起來。

走到門邊，她的手剛伸到暗鎖的把手又縮回去了，愣愣地站在門邊出了會兒神，轉身走向裡邊的衛生間。

方步亭又脫了上衣，趴在臥室的床上，背上滿是火罐。

程小雲站在床邊望向床邊的謝培東，謝培東也在望著她。

「孝鈺是來找木蘭的，培東，你去，開了鎖吧。」方步亭趴在床上說道。

「唉！」謝培東嘆了口氣，走了出去。

「謝叔叔好。」何孝鈺望著走下樓梯的謝培東。

謝培東：「來看木蘭的吧？」

「是。」何孝鈺見謝培東已經走到面前，低聲說道，「方孟敖送我來的。」

謝培東眼中閃過一道亮光，望著她。

何孝鈺神情的低落立刻減弱了謝培東眼中的光亮，接著說道：「我先去看木蘭吧。」

謝培東點了下頭，將鑰匙遞給了她。

何孝鈺上樓時與謝培東擦身而過用更低的聲音：「徐鐵英來了。」

何孝鈺上了樓。

徐鐵英出現在客廳門口，笑道：「謝襄理呀，你們行長在嗎？」說著便往裡走。

謝培東還是迎了過去：「拔火罐呢。」

「病了？剛才開會好像還挺好嘛。」徐鐵英四處張望。

謝培東：「是中了暑。徐局長如無要緊的事，能不能改個時間？」

徐鐵英十分嚴肅：「事情往往就誤在時間上。有時候十分鐘就能誤了一條人命。我現在必須見你們行長。」

「那徐局長請坐，請稍候。」謝培東伸了下手，「蔡媽，給徐局長上茶！」

謝木蘭匆忙梳洗了，換了件衣服，看著站在自己房間門口的何孝鈺，眼中不自然地笑著，背後卻像有一根根芒刺。

何孝鈺進了門，又輕輕關了門，見她仍然站在原地，淡淡笑道：「有什麼祕密怕我看見？」

謝木蘭只好招呼她，讓開了身子，露出窗邊桌上紗罩裡一口未動的早餐：「胃疼，不想吃東西。」

何孝鈺走到桌前坐下：「我也沒吃早餐呢，陪我吃點兒吧。」

謝木蘭以為她在為自己掩飾尷尬：「都什麼時候了，你還沒吃早餐？」

何孝鈺已經揭開了紗罩：「不到七點你大哥就開車拉我出去兜風了，他不餓，以為人家也不餓。我能吃嗎？」

「吃。我陪你吃。」謝木蘭臉上立刻有了光澤，在另一邊坐了下來，「是我大哥送你來的？」

「嗯。」何孝鈺喝了一口牛奶。

謝木蘭也立刻端起杯子喝了一口牛奶。

接著，兩個人又無話了。

客廳裡的徐鐵英站起來，望向二樓走廊。

方步亭依然衣冠楚楚，髮型整潔，臉上顯然是用滾燙的毛巾擦過，因此並無多少病容。眼中似有徐鐵英，似無徐鐵英，徐步走到辦公室前的樓梯口，才站定，望向徐鐵英：「請到辦公室談吧。」

徐鐵英也回以幾分矜持，點了下頭，不疾不徐走向樓梯。

走進二樓行長辦公室，方步亭在窗前圓桌旁的籐椅邊站住了，目光望著另一把空著的籐椅，沒有說話，也就是沒有邀請徐鐵英入座。

徐鐵英站在室中，竭力端著的那幾分矜持立刻沒有了。

方步亭還在望著那把椅子，眼神不像在看椅子，倒像看著椅子上坐著的人——椅子上並沒有人！

徐鐵英眼前一花，閃過那天坐在這把椅子上的崔中石！

方步亭的厲害不是他們中統的那種厲害，這時但見他從自己平時靠窗能看見院子那把專坐的籐椅前離開，走到了崔中石曾經坐過的那把籐椅前，在那裡坐下，這才說話：「剛才謝襄理說徐局長有要緊的事找我，請坐，請說。」

徐鐵英走過去，坐的還是當時那把椅子，面對的卻已經是方步亭：「方行長，我是違反紀律來的。剛才曾可達代表國防部調查組把我和軍統的王蒲忱叫去了，傳達了鐵血救國會的祕密指示。下手狠哪，第一個牽涉的就是你！我本來應該先去報告葉秀峰局長和陳立夫部長，但覺得還是必須先告訴你。」

方步亭：「牽涉我，就不要告訴我。」

徐鐵英：「不是只為了你。牽涉到太多的人，包括央行，包括宋家、孔家。方行長，不為自己，為了上峰，為了朋友，很多人的身家性命，我們不能再負氣，必須同舟共濟！」

方步亭露出一絲冷笑：「央行的船、我家裡的船都已經被你們打破了，怎麼同舟共濟？」

徐鐵英：「大家的船都是破的。眼下唯一的辦法就是修補，修補！方行長同意我的看法嗎？」

方步亭：「既然是你的看法，我也不能阻止你談。」

徐鐵英：「他們要抓人了，接著就是殺人。突破口是馬漢山，負責審訊的是方孟敖，您的大公子！崔中石是馬漢山執行的，孟敖已經昏了頭，誰都會抓，誰都會殺！三綱五常都沒有了……」

「你是擔心我們家人倫巨變？」方步亭打斷了他，「『八一三』我為了保住別人的財富拋妻棄子，已經壞了人倫。現在我的兒子真要來抓我、殺我，那也是我的報應。徐局長，你的看法要是談完了，就該去向你的上峰報告了。」說著站了起來。

徐鐵英跟著站了起來：「那就不談看法了。我提一條建議，切實可行。由我接手審訊馬漢山民調會，遏止局面惡化。我能說服葉局長和陳部長，請方行長考慮向宋先生、孔先生彙報一下。我們兩方面聯手就能壓住鐵血救國會，他們也就不能再利用孟敖了。這不只是為了我們好，也是為了孟敖好！」

方步亭在沉思。

徐鐵英殷切地望著他，終於看到他又坐下了。

老的在過坎，小的也在過坎，謝木蘭望著何孝鈺：

「我不會再衝動，可我不能夠就這樣被他們關在家裡，我得跟同學們在一起，就是為了跟同學們在一起……」

何孝鈺望著她，竭力用平靜理解的目光望著她，幫她掩飾眼神中的閃爍。

謝木蘭反而又不敢望何孝鈺的眼了，低聲地：「主要是我爸。他們都說我大爸厲害，在我們家其實最厲害的是我爸。現在能夠跟他說的只有你了，說我跟你在一起，我爸一定會答應你……」

何孝鈺：「我可以幫你去說，但謝叔叔不一定會聽我的。」

「謝謝你了，孝鈺！」謝木蘭立刻跳了起來，「現在就去幫我說吧！」

何孝鈺望著她，一陣可憐湧上心頭，是在可憐謝木蘭，還是在可憐自己，她分不清楚。

第二十六章

方邸後院竹林裡，昨夜無風，一晌無風，這時乍然風起。

何孝鈺的聲音便有些飄忽：「他最後說……『我的祕密，沒有跟任何人講過，信不信，都告訴你……』」

「我想想吧。」謝培東突然打斷了何孝鈺，從石凳上站起來。

想什麼？何孝鈺詢望著謝培東，跟著站起來。

謝培東踱到身邊一竿竹旁折下一根竹枝，說道：「在我們老家，兒子不聽話，就是用這個教訓。我生的偏偏是個女兒，從小沒媽，打不得，還罵不得，何況長大了。」說著將竹枝遞給何孝鈺，同時遞給她一個眼神。

這番話顯然是在借說謝木蘭而暗指方孟敖，何孝鈺接過竹枝，回了一個會意的眼神。

謝培東的目光又轉望向何孝鈺手中那根竹枝。

何孝鈺也望向了手中的竹枝，這才注意到起風了，風吹竹枝擺向洋樓方向。她明白了謝培東的另一層意思，輕聲問道：「這裡說話，樓上也能聽見嗎？」

「來。」謝培東慢步向下風處走去。

何孝鈺跟在他身邊。

謝培東娓娓說道：「不管你剛才說的話樓上能不能聽見，今後都要記住，幹我們這個工作，說話盡量讓別人站在上風，我們站在下風。站在上風說話是為了讓下風能聽見，站在下風說話是為了讓上風聽不見。」

雖然有些費解，何孝鈺還是有幾分明白了，他這是在言傳身教。

何孝鈺望著謝培東在另一條石凳旁坐下的身影，便覺得他既是上級又像自己的父親。

謝培東：「現在可以說了。坐吧，接著剛才的話，把方孟敖的原話說完。」

何孝鈺只點了下頭，沒有再坐下，肅然站著，一邊想著，一邊輕輕答道：「他說，『……我這個人命很硬，只能夠一個人獨往獨來。在空軍，凡是一配一跟我搭檔的，不管是我的長機，還是我的僚機全被打了，二十七個人，沒一個人能活著回來……』」

風漸漸大了，何孝鈺感到自己轉述方孟敖的話像在長城上空飄浮。

「接著說，我能聽到。」謝培東在側耳傾聽。

何孝鈺接著轉述：「他說，『……來北平前，南京軍事法庭開庭，跟我一個案子，三個人受審，一個共產黨，一個國民黨，那兩個人都被殺了，只有我活了出來。我的家，你知道的，只有崔中石跟我往來，現在也死了。告訴派你來的人，不要再派人來送死，我永遠只能是一個人。』」

謝培東翻眼望向何孝鈺。

何孝鈺回望著謝培東，表示轉述完了。

兩個人於是沉默，風吹竹林已有呼嘯之意，何孝鈺感到了有些衣裙不勝，等著坐在石凳上的謝培東判斷。

謝培東關注到了，沒有先說這個話題，而是挪動了坐位：「雨前風涼，坐到這裡來。」長條石凳的下風處被讓開了，何孝鈺坐了過去。謝培東替她擋住上風。

謝培東這才說道：「你今天的任務完成得很好。」

這個結論有些讓何孝鈺意外。

謝培東加快了語速：「方孟敖沒有承認自己是共產黨，以後跟他接觸你就不要再提黨組織接頭的事。」

「那我還有必要跟他接觸嗎？」何孝鈺不解。

謝培東：「當然必要。學聯那邊還會繼續派你跟他接觸。」

何孝鈺心中浮起了疑惑：「我已經告訴他學聯派我去只是一層掩護，我的真實身分和真正任務是接替崔中石同志跟他接上組織關係。不提接頭，我沒有理由再跟他接觸。」

謝培東望著像自己女兒般的這個下級，千頭萬緒，不能不跟她說明白，又不能都跟她說明白：「你已經跟他接上頭了。他也已經相信了你的真實身分。他之所以這個態度，很可能是擔心情況太複雜，會牽連上你，希望組織另外派人跟他接觸。可接下來的任務只有你能完成：第一，你是學聯那邊派去爭取他的，學聯是周邊組織，爭取他是學生們的正常願望，以這個身分繼續接觸方孟敖，你和他都相對安全。第二，只要你繼續跟他接觸，他就會明白，你其實是在代表組織，知道並默認他所做的一切。」

何孝鈺：「國民黨國防部叫他所做的一切，組織上也默認？」

謝培東：「是。他現在必須去做國防部叫他做的事情。最後，才能完成黨交給他的重大任務！保持與他接觸是為了讓他始終感到黨在承認他重視他；不給他交任何任務是為了讓國民黨找不到任何懷疑他的證據，保護他。崔中石同志跟他接觸三年，一直到最後犧牲，就是這樣做的。從來不跟他談任何任務，從來不干涉他的任何行動。」

何孝鈺在風中屏住了呼吸。

謝培東：「就這樣預料不到的情況還是發生了，方孟敖同志突然上了國民黨軍事法庭，後來又突然被國民黨上層一個核心部門看中，派到了北平，情況變得異常複雜起來，組織上也有些猝不及防哪。崔中石同志最後只能以犧牲自己來保護孟敖，保護組織，真是太難為他了……」

何孝鈺立刻感受到了謝培東談到崔中石的這份沉痛，同時想起了方孟敖在談到崔中石時的那份沉痛。崔中石這個名字今天是第二次在震撼何孝鈺的心靈！

一種神聖的使命感油然在她心中升起：「謝叔叔，我也能這樣做。任何時候我都會保護好方孟敖，保護好組織。」

謝培東望向她的目光中有欣慰有鼓勵同時透著嚴肅：「還要保護好你自己！上級有明確指示，要保護方孟敖，也要保護你。今後他要完成的任務，必須你配合了……你們兩個人都要堅持到最後，堅持到勝利。這很難，有些難處組織上可能都無法替你分擔，只能靠你自己在心裡承受，你要有充分的心理準備。」

何孝鈺忽然覺得這個原來一直有著距離的同學的爸爸，後來才知道是黨內負責同志的謝叔叔跟自己的心這樣近——他比任何人都難，才會這樣理解崔中石和自己的難！

「我能承受，謝叔叔。」何孝鈺真誠地望著謝培東。

謝培東再望她時也有了知音之感：「你馬上還要去見梁教授，把方孟敖回答學聯的那些話，包括你剛才轉述方孟敖的最後那段話都如實轉述給他。」

「牽涉到崔中石同志的話也能告訴梁教授？」何孝鈺太想知道梁經綸在組織中的真實身分了，可她不能問，只能以這種方式得到肯定或否定的答案。

「除了你代表組織跟方孟敖接頭的真實身分和所談的內容，其他的話都應該如實轉告梁教授。」謝培東完全是肯定的態度，「對學聯，對梁經綸教授，你的原則態度是：真話不全說，假話全不說。」

風吹得竹林上空已滿是黑雲，大雨隨時將至，何孝鈺卻感到眼前一片光明照耀，心中磊落。她哪裡知道，謝培東此時就是以這種原則態度在對待她。他不能說出梁經綸是鐵血救國會成員的真話，除此也沒有對她說一句假話。這樣，梁經綸就不可能從何孝鈺身上察覺共產黨對他的懷疑，同時也就不會察覺何孝鈺是中共黨員的身分。

「雨要下來了。孝鈺，謝叔叔也有需要你幫助的地方，我們談談木蘭吧。」謝培東這時又變回了一個父親，一個長輩。

何孝鈺剛才眼前的那片光明蒙上了謝叔叔目光中的憂慮。

＊　＊　＊

方邸二樓行長辦公室。

風在這裡也已經穿過陽臺、穿過開著的落地窗，直撲人面。

正說著話的徐鐵英站起來，過去關窗。

「不用關。」一直冷對徐鐵英的方步亭，這時雖被風吹髮亂，依然篤定，語氣平靜，「關也關不住八面來風。徐局長接著說吧。除了崔中石，我北平分行還有誰是共產黨？」

徐鐵英只好收了手，依然讓窗開著，坐回來，陪著方步亭吹風：「我沒有說北平分行誰是共產黨，但能肯定，共產黨一定還會在北平分行冒出來，他們要崔中石的帳！」

這回方步亭像是有些認可了，點了下頭，目光掃向牆邊的帳櫃，還有依然擺放在辦公桌上的一些帳冊：「徐局長是不是想說民調會的人要由你來審，央行的帳也要搬到警察局去由你保管，由你來查？」

「誤會了。」徐鐵英立刻辯白，「我再不懂規矩也知道任何部門都不能把央行的帳拿走。」

方步亭：「那就是擔心共產黨會從我這裡把帳拿走。」

徐鐵英：「不得不防。我來北平以前不知道，到北平以後之所以二十四小時派人守著崔中石的家和他本人，就是這個原因。央行的帳就是黨國的帳，黨部派我來，我在北平一天，就有責任不讓共產黨拿走一頁帳目！」

方步亭：「那徐局長就不必擔心了，崔中石的帳謝襄理都清點了，一頁不缺。」

方步亭的聲音總是不大不小，風吹得便聽著吃力，徐鐵英只好又雙臂交叉趴到桌上靠近他：「問一句話，方行長請不要多心。您這間辦公室，這些帳，都有誰能進來，有誰能看到？」

方步亭：「我，還有謝襄理，偶爾孟韋也能進來。我們三個人你擔心哪一個會把帳拿給共產黨？」

後院竹林中，謝培東眼中有些淒然：「孝鈺，其實你也明白，木蘭說的都是藉口。她不會跟你在一起的。你現在擔負的任務也不允許常跟她在一起。別人或許認為我有私心，不願讓自己的女兒參加學運，怕她會出危險……可現實情況是黨在北平的組織正面臨著嚴峻考驗，接下來的鬥爭會更加複雜激烈。以我在黨內擔負的責任，這個時候木蘭的一舉一動都可能給組織造成嚴重後果。這就是我不能放她出去的真正原因，你應該能夠理解。」

何孝鈺：「我理解，謝叔叔。可這個原因也不能跟木蘭說啊。您現在關著她，我也不幫她，她會認為我們是有意在阻止她追求進步……」

說到這裡，她腦子裡突然浮出的是學生們在民調會抗議的場景，是謝木蘭在人群中在背後緊緊貼抱著梁經綸的景象：「……她會恨你，也不會原諒我……」

謝培東手一揮：「那就讓她恨我好了。不只是她，包括絕大多數追求進步的學生，黨組織都有清醒的認識，也有明確的指示，肯定他們的進步熱情，不鼓勵他們的盲目衝動。他們不像你，不可能成為組織發展的對象。」

何孝鈺真是心緒紛紜：「那我怎麼去回答她？」

謝培東：「你不用回答她，我來回答。」

雨點終於下來了。

謝培東立刻站起，何孝鈺跟著站起來。

謝培東大步走出竹林：「小李！」

方步亭那個司機坐在前院大門簷下正跟守門的說話，聞聲轉頭，看見了雨點中的謝襄理和何小姐，叫了一聲「哎喲！」抄起備好的雨傘，飛跑了過去，趕緊撐開遮在謝培東和何孝鈺頭上，將二人接到了大門簷下。

謝培東：「開車，送何小姐回家。」

「好嘞！」那李司機應道。

謝培東：「大雨天，開慢些，注意安全。」

「您放心。」

李司機的雨傘護著何孝鈺走出了大門。

謝培東站在那裡目送。

暴雨擊打著傘頂已經到了停在門外的車邊。

後座門拉開的那一剎那，何孝鈺回頭一瞥。

她看見依然站在大門內擺手的謝培東，又看到他背後已在雨中的洋樓，不知為何，驀然一陣心酸！

謝培東向她揮手，示意趕快上車。

何孝鈺不敢再看，轉頭進了車門。

後座門關了，雨幕中的傘飄到了前座駕駛門。

暴雨中的車像一隻小船，慢慢向胡同口倒去，轉眼不見了。

謝培東依然站在大門內的簷下。

「襄理，行長叫您。」

謝培東這才回頭，是蔡媽舉著傘站在背後。

「行長，你叫我？」謝培東進辦公室的門時，又跺了跺濕鞋，接著便感到了窗外吹來撲面的風，雨聲震耳，發現窗門依然開著。

徐鐵英已經帶笑站起來了。

方步亭依然坐著：「是徐局長有事叫你一起來商量。」

謝培東只匆忙向徐鐵英點了下頭便快步向窗前走去，沉著臉盯了一眼方步亭，說道：「剛拔的火罐，怎麼還吹風？」

飛快地關了窗門，雨聲立時小了。

徐鐵英見這時的方步亭坐在那裡受著責備反倒像一個犯了過錯的孩子，等謝培東轉過身時對他更加客氣了：「不怪你們行長，是我大意了，謝襄理請坐。」

謝培東在規矩上絲毫不亂，過去攙著方步亭的手臂：「行長，你坐到自己椅子上去。」

方步亭又乖乖地讓他攙著，坐回到自己的專椅上去了。

謝培東站到方步亭剛坐的那把椅子邊，這才轉對徐鐵英：「徐局長請坐。」

徐鐵英點著頭，還是等著謝培東一同坐下了。

「我說？」徐鐵英又望了一眼方步亭，得到默認，轉對謝培東，「謝襄理也知道，事情已經很急了。我剛才跟你們行長取得了高度一致的認同，不能讓孟敖再被任何人利用。民調會的案子必須由我來審，北平分行的帳必須由你來查，辦幾個人，清出一些贓款向南京做個交代，讓美國人趕緊恢復援助。關鍵是口徑必須統一。」

說到這裡徐鐵英先停了下來，又望了一眼方步亭。

方步亭望向謝培東。

謝培東知道下面的話至關重要，點了下頭，對徐鐵英：「我在聽，徐局長請說就是。」

徐鐵英：「整個案子的實情是，崔中石被民調會馬漢山那些貪員和空軍侯俊堂那些敗類買通了，瞞著北平分行，通過黑市交易走私倒賣美援物資貪汙非法利潤。方行長察覺後及時通報了我，我抓捕了崔中石，卻被馬漢山帶著他軍統的舊部劫到西山殺人滅口了。所幸崔中石掌管的帳目被及時繳獲，經謝襄理清查，貪款是三百二十萬美元！」

「三百二十萬？」謝培東望著徐鐵英，又望向方步亭，「這個數字怎麼得出來的？且不說帳難做，落實到人向誰追繳現金？」

方步亭：「不要急，先聽徐局長說完。」

「曾可達要追繳的可是一千萬！」徐鐵英說到這裡顯得十分氣憤，「一千美元買一條命都算貴的了，一千萬美元是多少條人命？他不查，倒叫孟敖查，少說也有一萬個人在等著跟孟敖拚命！為了爭寵，借刀殺人，我們兩敗俱傷，他們坐享功成！不用共產黨來打，就曾可達這些人也會把黨國滅了！」

說到這裡黑沉沉的窗外扯下一道長長的閃電，接著從天邊傳來一連串雷聲。雨下得更大了。

＊　＊　＊

雨幕連天，雨聲撼地。

西北郊稽查大隊軍營大坪上，二十個稽查大隊的飛行員都光著上身卻穿著軍褲皮鞋，兩米一個，一排站在雨中。

每個飛行員的對面都站著一位民調會的人，有西裝，有中山裝，全濕透了粘在身上。

這種一對一的審問，也只有方孟敖大隊想得出來。

「多少？一萬美元？」郭晉陽大聲地反問對面的王科長。

「一千！郭長官，我說的是一千！」王科長已經被雨打得不行了，卻又急得必須大聲辯白。

「什麼？你說的是十萬？」郭晉陽立刻給他加了十倍。

「不是呀……」王科長被一大口雨水嗆住了。

「一百萬？」郭晉陽又給他翻了十倍。

「我不說了……」王科長扛不住了。

「你願意了……」郭晉陽大聲吼著表揚。

「槍、槍斃我吧……」王科長再也站不住了，一屁股坐到雨地上，雙手抱著頭，除死無大禍。

郭晉陽雙手抱臂依然挺立在雨中，一動不動。

「你說什麼？五千六？是美元還是銀元？」

「剛說的兩萬，怎麼又是一萬九了！」

「再說一遍，三萬還是四萬？」

大雨中一路吼問，那些民調會的人全都要崩潰了。

＊　＊　＊

謝培東已經把辦公室的燈都開了，接著搬來幾本帳冊，走回圓桌邊，把帳冊放到桌上。他找出其中一本帳冊，仔細翻著，一邊說道：「照徐局長剛才的說法，三百二十萬美元也是三千二百個人，怎麼查，帳上也查不出這個數來。」

徐鐵英耐心地賠了個笑：「這也就是個說法。人跟人身價不一樣。馬漢山一個人怎麼也得值五十萬，民調會一個科長怎麼也值五萬。還有北平其他部門一些人，軍方一些人，一萬、兩萬、十萬，身價不等。往死裡追就能追出三百二十萬。」

謝培東：「為什麼一定是三百二十萬？」

徐鐵英這次不回答了，望向了方步亭，讓他來答。

方步亭嘆了口氣接言道：「我剛才向央行問清楚了，美方這次停止援助還有個重要原因。這些人貪得昏了頭，竟將美國駐華公司應得的一千七百多萬利潤也吞了！美國在上海的公司正好抓住七五發生的事件點了北平方面的名，指出北平民調會就侵吞了他們三百二十萬。司徒雷登對國府本就成見很深，現在有了美國駐華公司的指控，向華盛頓再一報告，美國政府還不停了美援？兩頭起火，先滅大頭吧，只能追出三百二十萬給美國駐華的公司。」

謝培東嚴肅地聽著，還像以往一樣，在方步亭交底時，不立刻表態，而是沉思。

方步亭在等著他思考。

徐鐵英也只能看著他思考。

謝培東心裡雪一般明白，北平所貪的民生物資贓款共有一千萬美元，孔家揚子公司和宋家孚中公司占六百萬，徐鐵英從侯俊堂那邊暗吞了八十萬，現在只追三百二十萬，賠付美國公司的也是三百二十萬，孔、宋和徐鐵英他們的六百八十萬恰巧都可以不追了。身為中共地下黨員，潛伏在金融戰線，他不信什麼天命，但這種巧合也使他不得不暗自心驚，國民黨政權的氣數確實盡了。

謝培東像是把思路理清楚了，帶著憂慮點出自己的擔心：「我這裡可以做出三百二十萬的帳，可國防部調查組點明的數目是一千萬，他們敢這樣說，就一定是得到了什麼經濟情報，認真追問起來，還有六百八十萬哪裡去了，怎麼交代？」

徐鐵英：「揚子公司、孚中公司有一條運送美援物資的船在公海沉了，空軍有兩架走私物資的飛機墜落了，天災加上人禍，損失了六百八十萬。因此我們追出的贓款就是三百二十萬。」

謝培東望向方步亭。

方步亭點了下頭。

謝培東：「那我就做三百二十萬的帳，追回這筆錢可是徐局長的事。」

徐鐵英：「好！我這就回去給葉局長、陳部長痛陳利害，請方行長也立刻通過央行總部向宋先生、孔先生那邊說明情況。兩方面同時呈報總統，總統自然會權衡利害，阻止國防部查案，孟敖也就解脫出來了。南京指令一到，我立刻把人犯轉押到警察局審訊。關鍵是謝襄理要盡快做平那三百二十萬的帳。」

謝培東又望向方步亭。

方步亭這次沒有立刻表態，而是望著徐鐵英問了一句似乎毫不相干的話：「警察局那邊都誰參與審訊？」

徐鐵英早在等他這句話了：「方行長放心，警察局審這個案子我絕不讓孟韋沾邊。他接下來的工作我已做了調整，只負責北平市民的外勤，抓學潮的事我也不會再讓他參與。」

徐鐵英這番安排，使方步亭對他的看法終於有了轉變，一直冷冷的臉色浮出了和顏。這個人雖然貪婪心黑，到底還懂得同船共渡。一口一聲解脫孟敖自然是鬼話，可主動解脫孟韋確是人情。

「費心了。」這是方步亭今天第一次對徐鐵英說的客氣話，接著站起來。

謝培東和徐鐵英跟著站起來。

方步亭先望了一眼謝培東，接著望向徐鐵英：「就按徐局長的意見辦吧。」

「我始終是那句話，同舟共濟。」徐鐵英說到這裡拿起帽子戴上，「時間緊，告辭了。」說著突然向方步亭敬了個禮！

方步亭沒有心理準備，被他這個禮敬得一愣，緊跟著微微還了一躬。

徐鐵英又將手伸向謝培東，跟他緊緊一握，這才走了出去。

「培東，我們送一下。」方步亭立刻說道。

「下雨，行長不要出去了。」謝培東獨自緊跟了出去。

方步亭還是跟著走出了辦公室門。

方步亭望著謝培東送徐鐵英已經下了樓，自己還想跟下去，可突然覺得頭又昏了，趕緊扶住了樓梯口的欄杆：「徐局長，培東送你，我就不送了……」

樓外的大雨聲淹沒了方步亭微弱的聲音，謝培東陪著徐鐵英已經走出了客廳。

走廊那邊的臥房門立刻開了，程小雲顯然聽到了方步亭的聲音，出門便是一驚，急忙走到方步亭身邊，攙住依然扶著欄杆的方步亭：「身子不要緊吧？」

「不要緊的。」

程小雲：「到房間去吧。」

方步亭看見了程小雲眼中的憂急：「怎麼了？木蘭又哭鬧了？」

程小雲搖了搖頭：「是孟韋。他要走，我跟他談了好一陣子了，你們在談事也不好叫你。」

「唉！」方步亭一聲長嘆，讓程小雲攙著向臥房走去。

方步亭走進臥房門便站住了，只覺一陣心酸！

站在窗邊椅子旁的小兒子換上了一身學生裝，兩口箱子就在身旁。這不是要搬出去住，是要出遠門了！

「怎麼回事？想到哪裡去？」方步亭依然端嚴地低問。

「先去香港，然後去法國。」方孟韋低聲答道。

「去法國幹什麼？」

「留學，打工，幹什麼都行。」

「留什麼學？打什麼工？你當自己是那些學生想走就能走！」

「這麼大聲幹什麼？」程小雲趕忙插言道，「孟韋這不在等著跟你商量嗎？」

方步亭：「跟我商量什麼？他是國民政府的人，是在冊軍職，戡亂時期擅離職守是要上軍事法庭的。」

「爸。」方孟韋這一聲叫得不是委屈而是蒼涼，「大哥也是在冊軍職，你不一直在想方設法讓他去美國嗎？」

方步亭被問住了，沉默了好一陣子，聲調柔和了下來：「你知道的，何必拿這個話來堵我。兩個兒子，從小就你聽話，後來一直跟在我身邊，沒有讓我操過心……實在要走，告訴我個原因，我幫你去求人……」

「坐下吧。坐下慢慢說。」程小雲發現方步亭有些站不住了，連忙扶他在床邊坐下。

方孟韋身子動了一下，是想也過來扶父親，看見小媽一腿站在床邊一腿跪在床上，穩穩地扶著父親的後背，便又沒動了。

程小雲：「孟韋，好好跟你爸說。」

方孟韋低頭沉默著，終於下了決心，要把心裡話說出來了：「在重慶讀完初中我要接著讀高中，您卻要把我送去三青團中央訓練班。我實在不願意去，您摔了杯子……那天晚上我只能一個人在房間流淚，我想要是媽還在一定會讓我去讀書，一直讀完大學，還會送我到國外去留學……誰叫我沒有了媽呢……」

方步亭身子震了一下，身後的程小雲也跟著震了一下，兩手攙緊了方步亭。

方孟韋的腳也緊跟著動了一下，還是沒有邁步，放低了聲音：「小媽，我說這個話不是衝著你來的，你不要放在心上……」

「我知道……」程小雲眼中有了淚花，「說吧，都說出來，你爸就明白了……」

方孟韋卻沉默了。

方步亭剛才已閉上了眼睛，這時又慢慢睜開了：「那時候是我錯了。接著說吧，說出來，就算我替你媽做主，都依你的，好嗎？」

程小雲在背後已經強烈地感覺到方步亭說這段話時身子有些微微發顫，便坐了下來，緊挨著方步亭，一是能用身子撐住他，二也能不讓孟韋看見自己流淚。

「我沒有說您錯了。」方孟韋把自己的眼淚嚥了下去，「上海失散後，您千方百計派人找到了我們。當時哥不願再見您，卻一定要我到您身邊來……我還記得走的時候哥說他要戰死沙場為媽媽她們報仇，再三囑咐要我跟著您好好讀書，做個有學問的人，為我們中國爭氣……」

「不要說了，我將功贖罪。」方步亭一口氣又挺直了身子站了起來。

「爸……」

「步亭……」程小雲跟著站了起來。

方步亭已不再要她扶，而是深情地望著她：「你跟著我，讓孟韋帶著木蘭去法國吧？」

程小雲連忙深深點頭：「我去跟木蘭說。」

方步亭：「我去。」

「大爸？」

謝木蘭一直在房間裡等著何孝鈺，沒想到進來的卻是方步亭，見他輕輕掩上了背後的門，一時愣在那裡。

方步亭笑著：「怎麼，大爸臉上有什麼，你這樣看著，也不請大爸坐？」

「大爸您坐。」謝木蘭連忙扶正了窗邊的椅子，又過來扶方步亭，目光卻依然望著門口。

方步亭盡力春風和煦，說道：「就是我。」

「孝鈺呢？」謝木蘭還是忍不住問道。

「孝鈺來了嗎？」方步亭反問道。

謝木蘭：「可能在跟我爸聊天吧。大爸您坐。」

「哦。」方步亭坐下了，「我昨晚不在家，今天又開了一上午會，剛剛才知道，你爸不像話，怎麼能把你鎖在房裡呢。」

謝木蘭心裡還是鬼精的，知道大爸這是在哄她，接著話立刻說道：「現在您回來了，他也不敢鎖我了。大爸，用您的車送我和孝鈺去學校吧。」

方步亭依然笑著：「女兒大了，像鳥兒一樣，就應該放出去遠走高飛。大爸支持你，不但要讓你出去，還要讓你飛得更高更遠。怎麼樣？」

謝木蘭端詳著他，琢磨著他的話，試探道：「大爸可不許騙我。」

方步亭：「胡說。長這麼大，大爸什麼時候騙過你？」

謝木蘭眨眼想了想，撒嬌道：「還真沒有。大爸，是我說錯了。」

方步亭笑著點了點頭：「知道認錯就好。」接著裝出十分輕鬆的樣子，想了想，問道，「你們同學在一起討沒討論過世界上哪個國家風情和景點最想去看一看？」

謝木蘭有些警覺了，可望著大爸的樣子又不像要強迫自己做什麼，便答道：「討論得多了，大爸是不是又想跟我說美國？」

方步亭：「美國有什麼好說的，一百多年的歷史，無非就是一些高樓罷了。你大爸在美國六年，其實最想去的地方還是歐洲，比方巴黎，那裡有盧浮宮，有埃菲爾鐵塔。你和你的同學沒有談起過？」

「當然談起過。」謝木蘭有意裝著平淡的樣子，「可我們中國現在這樣落後，我們去了別人也瞧不起。」

方步亭：「你這話有道理，也不全對。蔣宋夫人美齡也是中國人，在美國議會演講就贏得了全體議員長時間的掌聲，之後所到之處都受到了全美國的尊敬。因為什麼？因為她留過學，有知識，有閱歷。木蘭，大爸希望你成為這樣的優秀女性。」

謝木蘭似乎明白了他話中的來意：「大爸想送我去留學？」

方步亭只望著她：「不好嗎？」

「不好。」謝木蘭立刻回道，接著又改口道，「不是不好，我大學還沒畢業呢，要去也不是現在。」

方步亭：「那不是問題。大爸有同學在巴黎大學負責教務，可以讓你轉到那裡念完大學，接著讀碩士。」

「你們是不是都商量好了，一起要趕我出去？」謝木蘭終於急了，「不用你們趕，我現在就走。」

謝木蘭立刻去提那口早已準備好的皮箱。

「木蘭。」方步亭站起來，「不許這樣子。」

謝木蘭對大爸還是有感情的，改變了語氣：「大爸，我只是想去住校，你們讓我去，我又不是不回來看您……」

門突然被推開了，謝培東黑著臉走了進來：「不要跟她多說了。行長，你有病去歇著吧。」

「還是要好好說，好好說……」方步亭依然態度慈和。

謝培東：「有什麼好說的？正在放暑假，住什麼校？無非就是想跟著那些學生去胡鬧！你出去吧，我鎖門了。」

謝木蘭的臉唰地白了：「我住到孝鈺家去，怎麼就是胡鬧了？孝鈺呢……」說著，尚存一線希望地向門外望去。

謝培東：「回去了。我用車送的。行長，我們出去……」

「你鎖門我就從窗上跳下去！」從來不敢跟爸爸頂嘴的謝木蘭終於爆發了，「你不是我爸，我從來也沒有爸爸，只有封建家長！我再也不會受你的壓迫了！」

謝培東也沒想到女兒會突然這樣對他，雖依然沉著臉，心裡卻一片冰涼！

「木蘭！」這回是方步亭喝她了，「怎麼能對你爸這樣說話！」

謝木蘭再不讓步，提著皮箱站在那裡：「我不說話了，你們說吧，讓不讓我出去？」

方步亭今天又一次顯得如此的無奈，只好望向謝培東。

謝培東也知道自己絕不能讓步：「那我就也當沒有生這個女兒！不是要出去嗎？除了北平，去哪兒都行。提上箱子，走吧。」

「去……去哪兒？」謝木蘭聲音都有些顫抖了。

謝培東：「火車站。你想去哪兒，我都派人送你去。」

謝木蘭將手裡的皮箱慢慢放到樓板上。

「丫頭……」方步亭察覺到她可能要做傻事了。

果然，謝木蘭轉身就上了椅子，踏上了窗臺。

方步亭嚇壞了，頓覺措手無策，但見眼前一閃。

謝培東一個箭步已經跨到窗前，一把抓住謝木蘭，接著手臂一挾，便把她牢牢地挾在腋下：「反了你了！來人！」

謝木蘭被父親像小鳥一樣挾著，十分軟弱，也十分絕望，閉上眼流淚，卻不再掙扎。

「培東！」方步亭真不知該如何是好了，「不要這樣子……」

「行長，你就不要再說話了好不好？」謝培東說著，另一隻手又提起了皮箱，便準備向門外走去。

「姑爹，將木蘭放下。」方孟韋的聲音突然在門口響起。

謝培東一愣，站在那裡。

方步亭看見門口的兒子也是一愣。

方孟韋穿著整整齊齊的警服，臉色也很白，卻非常平靜：「木蘭是學生，學生就應該去學校。你們不讓她去是沒有道理的。姑爹，把皮箱給我。」

方孟韋走了過去，向謝培東一伸手。

謝培東卻沒有把皮箱給他：「孟韋，長輩的事，你不要來摻和。」

方孟韋挺立在謝培東面前，慢慢望向仍被橫挾著的謝木蘭，見她身子一動沒動，卻將淚臉轉了過去，顯然是不願讓自己看見，心中更是一寒。

方孟韋不再看謝木蘭，盯著姑爹的眼：「姑爹，我現在就是在請求長輩，請你們不要再剝奪兒女的自由。您不會等著讓我也動手吧？請您把皮箱給我，把木蘭放下。」

謝培東心中也在翻江倒海，此時怎一個難字了得！

方步亭：「姑爹，就聽孟韋的吧……」

謝培東提皮箱的手慢慢伸了過去，方孟韋接過了皮箱。

謝培東又慢慢將女兒小心地豎著放下，方步亭立刻伸手過去挽住了謝木蘭的手臂。

方孟韋目光沒看謝木蘭，話卻是對她說的：「去裡面洗個臉，我開車送你去學校。」

謝木蘭這時反倒癡癡地仍然站在那裡。

方孟韋：「放心，我送你到燕大門口就會離開。」

「我沒有那個意思……」謝木蘭抹了一下眼淚，望著方孟韋，「我感謝你，小哥。」

方孟韋嘴角一笑：「走吧。」

說完便提著皮箱平靜地從兩個老人中間向門口走去。

謝木蘭夢遊般跟著向門口走去。

方步亭在愣愣地望著走出房門的兩個背影。

謝培東也在愣愣地望著走出房門的兩個背影。

腳步聲響，一兒一女已經消失在兩雙淒然的目光以外了。

這時樓外的雨也小了，遠遠的便能聽見吉普車發動到離開的聲音。

方步亭坐在他那把專用的沙發上。

謝培東也坐在一旁的沙發上。

兩個人誰也不看誰，都在那裡發呆。

程小雲在門口出現了，收了雨傘，掛在傘架上，輕輕地走了進來。

「孟韋都說了些什麼？」方步亭望向程小雲。

程小雲走了過去，也坐了下來：「聽見你們在吵，他就回房間換了警服。好像只說了幾句……」

說到這裡，她欲言又止。

「說吧。」方步亭已不只是心焦。

程小雲低下了頭：「都是氣頭上的話，說了一句國破家亡，又說了一句走投無路……」

方步亭倏地站起來：「培東！」

謝培東跟著慢慢站起來。

方步亭：「去，直接給孔先生和宋先生辦公室打電話！」

＊　＊　＊

北平西北郊稽查大隊軍營大坪。

下午四時許，風雨都停了，儘管滿地泥濘，一個個車輪還是洶洶地閃碾過去！

稽查大隊軍營大坪上，二十個依然光著上身站在那裡的飛行員同時警覺地向大門方向望去！

坐在泥地上那幾十個民調會的人雖已渾身泥汙筋疲力盡，這時也都睜大了眼望向大門那邊。

兩輛美式軍用中吉普在前，跟著是兩輛美式軍用小吉普，後面是三輛十輪美式軍用大卡，進了大門車速依然不減，直馳向大坪！

陳長武立刻對身邊的郭晉陽：「是陳繼承派來的。快去報告隊長！」

郭晉陽立刻向營房大步走去。

車隊直開到離這些人幾米處才猛地停下！

第一輛中吉普前座下來的是那個特務營長，跟著跳下的是國軍第四兵團特務營精挑的十個特務兵。
第二輛中吉普前座下來的是軍統那個執行組長，跟著跳下的是軍統執行組十個行動組員。
第一輛小吉普前座下來的是孫祕書，打開後座車門，徐鐵英下了車。
第二輛小吉普後座車門直接開了，王蒲忱下了車。
三輛十輪大卡上跳下來的全是北平警備司令部的憲兵，一色鋼盔大皮靴，卡賓衝鋒槍！
從大門到整個軍營周邊，跑步聲中，三卡車的憲兵都布崗站住了！
徐鐵英、王蒲忱在前，特務營長和軍統的執行組長帶領特務營的兵和軍統行動隊員跟著走到了陳長武他們面前。
那個特務營長和執行組長大聲呵斥依然坐在地上的那群民調會的人：「起來！都站起來！」
「不許動！」陳長武緊跟著喝住了那些剛想站起的人。
特務營長、執行組長和他們帶著的人立刻逼了過去。
陳長武和飛行員們也立刻迎了過來。
兩邊的人眼看就要衝突。
「都不要動！」徐鐵英喝住了自己這邊的人，接著望向陳長武，「你們方大隊長呢？」
陳長武：「報告去了。」
徐鐵英又把目光向坐在地上的那些民調會的人掃去。
身上是泥汙，臉上也是泥汙，一個個都只能看見兩隻眼睛，頗難辨認，但徐鐵英還是看出了，這些人裡沒有馬漢山。
徐鐵英又問陳長武：「馬局長呢？」
陳長武：「跟我們大隊長在一起。」

郭晉陽從營房出來了，大步走到陳長武面前：「大隊長問，都是些什麼人，來幹什麼，有沒有國防部的指令？」

陳長武望向徐鐵英。

徐鐵英當然知道這時必須自己去面對了，可也不能一個人去，便望向王蒲忱：「南京方面的指令是下給我們的，能代表國防部的是你們保密局。王站長，我們去帶馬漢山吧。」

王蒲忱又抽菸了，抽菸便咳，咳了幾聲才回答道：「去吧。」

徐鐵英便又對陳長武：「南京方面有指令，領我們去見方大隊長。」

陳長武和郭晉陽還有身邊的邵元剛碰了個眼神，三人默契了意見。

陳長武這才對郭晉陽：「你領徐局長和這位長官去見隊長吧。」

郭晉陽：「二位長官請吧。」

郭晉陽領著徐鐵英和王蒲忱向營房走去。

那個特務營長和執行組長也緊跟著走去。

陳長武和邵元剛立刻攔住了特務營長和執行組長：「長官們的事，你們跟去幹什麼？」

徐鐵英停住了腳步：「南京的指令就是要他們執行，跟著來。」

陳長武和邵元剛又交換了一下眼神：「那好，我們陪著去。」

一行六人走向營房。

＊　＊　＊

北平顧維鈞宅邸曾可達住處。

和今天的天氣一樣，情況一日數變，曾可達真不知道該如何應對了。

拿著電話，心裡急說話還不得不耐著煩：「王祕書呀，這到底是怎麼回事？他們接到了南京的指令，我卻沒有得到建豐同志的指示。很快方孟敖就會問我，那些人應不應該讓他們帶走，我怎麼回話？」

對方王祕書的聲音這次顯然也有些急：「建豐同志也是剛知道的消息，立刻去了總統官邸。走的時候說了，你要是來電話，叫你先沉住氣。他見了總統後，有可能會直接給你打電話。」

曾可達：「說沒說把人交給他們？」

對方王祕書的聲音：「沒有明確指示。我聽建豐同志的語氣，是讓你們先拖一拖。」

曾可達：「我明白了。」

明是明白了，可接下來怎麼幹？曾可達放下電話站在那裡想。

＊　＊　＊

稽查大隊營房方孟敖房間。

這裡的情景倒絲毫沒有緊張的氣氛，相反讓徐鐵英既尷尬又暗惱。

方孟敖坐在椅子上，馬漢山也坐在他身旁的椅子上，徐鐵英和王蒲忱卻站著。

方孟敖拿著那份指令在看，馬漢山卻把眼睛望向窗外，兩個人都不瞧自己和王蒲忱。

王蒲忱反倒沒有任何表情，細長的手指又拈出了一支菸，對著原來那個還沒有吸完的菸蒂點燃了。只管吸菸，只管咳嗽。

那個特務營長和執行組長被陳長武和邵元剛擋在門外，也是站著，一臉的不耐煩，想看房裡的狀況，偏又被兩個高大的身軀併肩擋住了門。
「看完了？」徐鐵英問方孟敖。
方孟敖將那紙軍令放在腿上，卻沒直接回答徐鐵英，向門外說道：「陳長武。」
「有！」陳長武在門外答道。
方孟敖：「搬兩把凳子進來，給兩位長官坐。」
「是！」
陳長武一手提著一把凳子走進來，擺在房裡：「兩位長官請坐。」說完又走了出去。
徐鐵英和王蒲忱這才有了座，坐了下來。
「這道軍令是給你們下的，對我不管用。」方孟敖這才說上正題。
徐鐵英沉著臉：「清清楚楚，國防部的軍令，民調會涉案人員一律交給我們警察局審訊。對你怎麼不管用？」
一直假裝望著窗外的馬漢山這時零碎動了一下，忍不住望了一眼方孟敖。
方孟敖：「我們是國防部調查組稽查大隊。這道軍令卻沒有一個字是下給我們調查組的，當然不管用。」
徐鐵英：「國防部調查組歸誰管？國防部的軍令一定要下給你們調查組嗎？」
方孟敖：「問得對。國防部調查組是國防部成立的，從我們手裡要人，卻不給我們下指令。說句徐局長不愛聽的話，你聽不聽？」
徐鐵英：「你說。」
方孟敖將那張指令遞還給他：「這道軍令是假的。」
徐鐵英倏地站起來：「方大隊長，開玩笑也不是這樣開的！誰敢偽造國防部的軍令，殺頭的罪！你敢嗎？」

方孟敖卻不動氣：「什麼事都有人敢做。也許你這道軍令蓋的真是國防部的大印，但這件事有假。」

徐鐵英也就拿方孟敖無可奈何，壓住了氣，說道：「電話就在你身邊，你可以立刻給你們曾督察打過去問。」

方孟敖：「我執行任務從來不問。真要我幹什麼上邊會跟我說。」

徐鐵英：「那好，你不打，我打。」

曾可達的辦公桌上兩部電話，同樣顯眼的是電話旁擺了一本線裝書，也沒翻開，封面上赫然印著「曾文正公文集」！

曾可達這時就端坐在「曾文正公」面前，閉著眼睛在等電話，他需要靜氣功夫。

電話鈴響了！

曾可達眼皮動了一下，有意不急著去接，在心裡默念著：「要有靜氣。要有靜氣。」這才睜開了眼，可很快又沒有靜氣了，他看清了在響著的那部電話是北平內線。接還是不接？他慢慢提起了話筒放到耳邊卻不吭聲。

對方的聲音倒很大：「曾督察嗎？我是徐鐵英呀。」

曾可達依然不吭聲。

對方的聲音更大了：「曾督察嗎？請說話，說話！」

曾可達用另一隻手將機鍵按了，剛要將話筒往上擱，又不擱了，放在桌上。

那部電話便是長長的占線聲！

稽查大隊營房方孟敖房間。

方孟敖聽覺何等敏銳，立刻知道了對方曾可達沒有接徐鐵英的茬兒，偏又問道：「曾督察怎麼說？」

徐鐵英放下了話筒，知道再有氣此時也不能跟方孟敖撒，答道：「給他面子就問他一聲，按規矩我們完全可以不理他。軍令上既有國防部的大印，還有主管的秦次長親筆批文。方大隊長，我們從來不想跟你過不去，希望你也不要讓我們為難。」

方孟敖：「怎麼不讓你們為難？」

徐鐵英望了一眼王蒲忱：「王站長也在這裡，他可是也接到了國防部保密局的命令。請你將馬局長，還有外面民調會那些人移交我們。」

方孟敖望向了馬漢山。

馬漢山直到此刻才真正將目光望向了早已進來的徐鐵英，附帶瞟了一眼王蒲忱，卻依然坐在椅子上，毫無起身之意。

方孟敖像是在商量，問馬漢山：「馬副主任，馬局長，你願意跟他們走嗎？」

馬漢山：「我姓馬，可老子不是馬，也不是騾子，誰叫帶走就帶走呀？」

「馬局長！」徐鐵英對他可就沒有好口氣了，「帶你走可不是我們的本意，國防部的軍令就在這裡，你是不是也看一眼？」

馬漢山：「也不是下給我的，我歸民政部管，我看什麼？」

徐鐵英唰地將那道指令遞到他面前：「當然不是下給你的，可上面有你的名字，你是受審人員！」

馬漢山卻將目光望向了王蒲忱：「蒲忱，上面是這樣寫的嗎？」

王蒲忱剛踩熄了菸蒂，這時又掏出菸來：「老站長，您知道，我是從來不會無事惹事的。軍令上確實寫著您的名字，調查嘛，也沒就要將您怎麼樣。」

「蒲忱哪！」馬漢山這一聲叫得真是江湖路遠，「你還年輕，接了我的班，我教你一句，他們今天能這樣對我，明天就會這樣對你。」

徐鐵英：「馬漢山，我最後提醒你一句，你那套老江湖要收起來了。如果今天還用這一套對付黨國，我們想救你，南京也饒不了你！」

「徐鐵英！」馬漢山也直呼其名抗之，「你不是黨國。南京那麼大哪塊地也不是你的！汪精衛還當過偽南京政府的主席呢，說過南京是他的嗎？拿南京來嚇我，告訴你，我不是侯俊堂，更不是崔中石，拿了人家的錢背後捅刀子，不要說黨國，江湖上也瞧不起你這號人！看著我幹什麼？想吃了我？方大隊長就在這裡，侯俊堂、崔中石兩條人命死在誰手裡，他心裡比明鏡還亮！」

「來人！」徐鐵英咆哮道。

門外那特務營長和執行組長便要闖門：「執行公務，請你們讓開！」

陳長武、邵元剛兩肩一併，比那條門還寬。

特務營長和執行組長拔出了槍！

陳長武、邵元剛立刻準備奪槍！

「讓他們進來！」方孟敖發話了。

陳長武、邵元剛還是猶豫了一下，勉強讓開了一道縫隙。

特務營長和執行組長只能側著身子從他們中間鑽了進去。

進了房，那個特務營長便用槍口對準了馬漢山，那個執行組長手中的槍卻依然垂著，畢竟馬漢山是他的老上級。

徐鐵英震怒過後，現在要抓人了，又冷靜了些，對方孟敖道：「方大隊長，馬漢山我們是一定要帶走的。請你體諒。」

方孟敖慢慢站起來，身子恰好半擋在馬漢山前面：「現在可不是我不讓你帶人，而是馬局長信不過你，不願走了。馬局長，你拿我的槍幹什麼？」

其實，方孟敖的槍雖然擺在椅子後的床頭，馬漢山並未拿他的槍，聽他這一提醒，還有什麼不明白的？有了這個靠山心中便有了底氣，立刻抄起床頭那把槍，上了膛，唰地站起，從方孟敖身後竄到身前，恰好面對的是徐鐵英，那把槍便頂在了徐鐵英的腰上！

徐鐵英雖是老中統，卻長期從事文職，平時打靶都十打九空，玩起槍來哪是馬漢山的對手？這時腰間被他的槍口頂著，胸襟還被他另一隻手揪著，別說不能動，一動準定就是一槍！

「馬漢山，你這樣做可知道後果！」徐鐵英畢竟還是老薑，這時身子不動，說話也依然不露怯意。

馬漢山：「人知道後果槍可不知道後果，走了火那是誰也擋不住的！蒲忱！」

王蒲忱這時依然冷靜地站在那裡，只不過手裡拿的那支菸沒有點燃罷了，聽馬漢山叫自己，答道：「老站長，不要這樣子嘛。」

「你懂個屁！」馬漢山不是罵他而是教訓，「黨通局這些傢伙從來就沒把我們軍統的人當人看！老子今天不這樣子，挨不到晚上就會是第二個崔中石。你們等著到停屍房給老子收屍好了。聽我的，帶著那兩個人出去。」

王蒲忱：「好，好，我帶他們出去。老站長您可千萬別幹傻事。出去吧。」

王蒲忱又細又長的手指夾著那支菸一招，自己先慢慢走了出去。

那個執行組長急忙跟了出去。

只有那個特務營長還握著槍兀自猶豫，但見方孟敖兩眼閃光向他瞪來，也不得不收了槍走了出去。

方孟敖這時發令了：「長武、元剛，去把營房的門鎖了。」

門外的陳長武和邵元剛齊聲答道：「是！」

營房裡，方孟敖這個房間只剩下三個人了。

方孟敖：「馬局長，可以把槍收了，好些事，我們三個人正好說清楚。」

「說不清楚的，方大隊長。」馬漢山依然揪著徐鐵英，槍口反而轉頂向了他的心臟部位，「姓徐的，你知道這顆子彈射出去就是你的心臟。老子近來有些酒色過度，手經常發顫，說不準扳機就動了！你現在說，那天晚上你是怎麼布的局，怎麼害死的崔中石！」

方孟敖閃光的眼盯向了徐鐵英。

徐鐵英依然一動不動，只是閉上了眼。

＊　＊　＊

又是那部北平內線的電話響了！

曾可達乾脆翻開了《曾文正公文集》，看得進看不進都在看著，就是不願接那個電話。

這個電話也真固執，便一直響著。

曾可達一手握書，一手提起了話筒，本是想將它按掉，又改變了主意，還是將話筒放到了耳邊。

「曾督察，我是蒲忱哪。」話筒裡王蒲忱的聲音不大卻吐詞清楚，語氣不急卻顯出事情很急，「我知道你很為難，我們這邊也很為難。現在事情無法收拾了，你如果在聽，就回我一句話。」

曾可達不得不回話了：「我在聽，王站長請說吧。」

王蒲忱的聲音：「方大隊長不願放人哪。現在馬局長已經瘋了，拿槍頂住了徐局長，上了膛的，說不準就會走火。民調會的人到底歸誰審訊，請你打個電話請示一下國防部預備幹部局吧。」

曾可達聽了也是心驚，想了想，說道：「徐局長的做法是不厚道的，我真是不願搭這個言。既然王站長在那裡，同屬國防部，就請你先穩住局勢，最好不要把事情弄得不好收拾。我這就給預備幹部局打電話。」

王蒲忱的聲音：「好。我等曾督察的電話，打到軍營門衛室來。」

曾可達掛了電話，接著把「曾文正公」也扔了，望著那部直通二號專線的電話，卻遲遲不想去打——建豐同志不在，打給誰去？

曾可達心裡焦躁，乾脆開了門，走了出去。

園子裡已是黃昏，雨後一片蔥蘢。

王副官就住在他廊簷對面的小房子裡，見他出門立刻走了出來，輕聲問道：「督察，雨後空氣好，跑跑步再吃晚飯？」

「這時能跑跑步真好啊！」曾可達一聲長嘆，「去告訴廚房先不要做飯，什麼時候叫做了再做。」

王副官：「是。」走回自己房門口關了門，然後下石階，轉右徑，向廚房方向走去。

曾可達深吸了一口氣，蹲下身子，在廊簷的磚地上手腳撐地，快速地做起俯臥撐來。做了有十來個俯臥撐，猛地聽見房間內電話鈴響了！

建豐同志電話裡的聲音總是發出回響：「我是在一號專線給你打電話，聽著就是。」

曾可達：「是。」

建豐同志電話裡的回響：「革命總是艱難的，現在尤其艱難。他們已經完全不顧黨國的生死存亡，為了一己之私無所不用其極。今天兩大勢力盤旋於總統身邊，說我們國防部調查組被共產黨利用了，這才出現了國防部那道誤黨誤國的軍令。我跟總統深談了兩個小時，總統教導，關鍵是任何時候都不能被共黨利用。他們所指的共黨無非是方孟敖。我現在問你，梁經綸同志那邊的工作做得怎麼樣了？他派的學聯那個人跟方孟敖接觸過沒有？方孟敖跟共黨的聯繫是否完全切割乾淨了？現在不要回答，我給你半個小時，把上述問題落實清楚，通過二號專線把電話轉到一號專線來。給我一個明確的答覆，我就能讓總統放心，徹查北平的貪汙案，讓美方立刻恢復援助。」

「是。我立刻落實，建豐同志！」曾可達大聲答道。

一號專線的電話掛了。

「王副官！」曾可達大聲叫道，可立刻想起他去廚房了，便不再叫，急劇思索。終於，他下了決心，拿起那部北平內線電話，撥了起來。

＊　＊　＊

「是我，是可達，建豐同志！」曾可達抑制不住聲調激動。

何宅一樓客廳裡，電話鈴聲將默坐在那裡的謝木蘭驚了一跳，兩眼茫茫地望向坐在對面的何孝鈺，怯聲問道：「不會是我家裡打來的吧？」

何孝鈺：「你家打來的也不要緊。應該是找我爸的。」說著拿起了電話。

在何孝鈺聽來，話筒那邊是個陌生的聲音，其實就是曾可達的聲音：「請問是燕大何校長家嗎？」

何孝鈺答道：「是的。請問您是誰？」

電話那邊的曾可達：「我姓曾，是清華經濟系的教授，我想請問梁經綸教授在不在？」

何孝鈺捂住了話筒，輕聲地對謝木蘭：「清華的曾教授，找梁先生的。」

謝木蘭不只是鬆了口氣，而且眼睛也亮了。

何孝鈺在電話裡回話：「曾教授您好，梁先生在這裡，可正在陪何校長做一個很急的方案。如果不是要緊的事，您能不能晚點打來？」

對方曾可達的聲音：「實在打攪了，我這裡有個很急的事，就占梁先生幾分鐘時間，麻煩請他來接電話。」

何孝鈺把電話拿在手裡，不再看謝木蘭，向樓上喊道：「梁先生，清華的曾教授電話！」

二樓何其滄的房間有了椅子移動聲，接著有了腳步聲。

謝木蘭再也忍耐不住，望向那扇房門，眼中閃出了光亮！

第二十七章

一向簡潔的何其滄臥房今夜像北平城一般零亂。

掠過樓板上一摞摞為國民政府發行金圓券提供論證的參考書籍和資料，書桌那份手稿的封頁，在檯燈的照處，標題赫然是：「論立刻廢除舊法幣推行新幣制之可行性」。

梁經綸移開木椅後，離開了書桌，從堆積的資料和書籍中走向靠牆的茶几，去拿熱水瓶。背對何其滄，他的臉和書桌上那行標題一樣沉重。

曾可達竟然嚴重違反接頭的規定，把電話打到了何家。這不僅使梁經綸棘手，更使梁經綸心慌。促成何其滄上書推行金圓券是他的第一任務。這個電話一接，很可能引起懷疑！強勢的上級為什麼從來就不考慮下級身處困境的艱難呢？

梁經綸提起熱水瓶回到書桌前揭開先生面前的杯蓋，添上了熱水，望著隔桌的先生。

何其滄對這個學生如同對自己的兒子，看出了他的為難，往圈背籐椅上一靠，拿起那份手稿顧自看了起來：「去接吧。」

梁經綸：「清華曾教授正在趕一篇發表的論文，其中採納了我的一個觀點，我擔心這個電話幾句話說不清楚……」

何其滄依然看著稿子：「那就給人家說清楚。我們這個方案，嗨！南京政府急著明天要，我未必明天就給。」

梁經綸：「先生答應王雲五部長的事還是不耽誤為好。我盡快上來謄稿。」

一片燈光從二樓何其滄拉開的房門灑向了一樓客廳。

謝木蘭的目光投向二樓，已如野馬而無韁，渾然忘記了身邊還站著何孝鈺。

何孝鈺拿著話筒卻不能不跟著望向二樓，其實她現在既不想望梁經綸，更不忍看見謝木蘭的激動。

梁經綸的身影終於出現了，他輕輕地拉上了臥房門，從走廊向樓梯口走來。

梁經綸的步幅，在謝木蘭的仰望中那樣無法抗拒。

——那頭「聞一多式」的蓬髮比以往更加「離騷」了！

——面容憔悴卻難掩目光深邃！

——身軀疲憊而依然長衫挺立！

——腳步輕緩更顯得下襬徜徉！

像屈原，似賈誼，還有幾分李白！

漸漸近了，又都不是，更像揮手再別康橋的徐志摩，彷徨欲發出吶喊的魯迅！

謝木蘭怦怦的心跳聲，伴隨著梁經綸下樓的踏步聲，愈響愈大。

何孝鈺耳邊能聽見的卻是雨後隱隱傳來的涼風習習聲。

梁經綸放慢了下樓的步幅，在心裡默念著「間諜攻防守則．心理篇」中的要訣：「徹底忘掉自己的真實身分，讓別人理解，讓別人認同，讓別人心儀……」

可面對愛自己而自己都愛，需要自己而自己都需要的兩個女孩，這些要訣如此教科無力。

梁經綸步下了最後一級樓梯，先望了一眼謝木蘭：「木蘭同學來了。」

謝木蘭站起來，面對眼前人，斂住了秋水泱泱，望向何孝鈺，望向何孝鈺手中的話筒：「我到孝鈺同學這裡住幾天。」

梁經綸的手已經伸向何孝鈺，目光也已轉向何孝鈺。

何孝鈺遞過話筒：「清華的曾教授，人家等久了。」

梁經綸有理由立刻接過話筒了：「曾教授嗎？對不起，在樓上幫何校長整理一份方案，讓您等久了。」

曾可達滿目焦灼，拿著話筒，望了一眼手錶，急劇斟酌著措詞：「梁教授，我這裡也有一份立刻要交給校方的方案，校長催我半小時就要遞上去。偏遇到個死結，百思難解，必須向你請教。你那裡說話方便嗎？」

梁經綸勉強一笑，對著話筒答道：「你們清華總是把一些學術問題看得那麼重，牽涉到你們的研究成果，我聽了不好吧……是兩個同學，我的學生，應該沒有關係……」

說到這裡，梁經綸向何孝鈺、謝木蘭望了一眼。

何孝鈺立刻對謝木蘭：「我們到院子裡散散步吧？」

「好。」謝木蘭已經更善解人意地向門口走去了。

何孝鈺跟著向門口走去。

兩個人的背影很快消失在客廳門外。

梁經綸立刻放低了聲音：「我一個人了，曾教授請說吧。」

曾可達立刻問道：「你派的那個何同學跟那個方先生接觸了沒有？」

梁經綸盡量使語調平靜：「接觸了。」

曾可達眼睛一亮：「立刻將接觸情況告訴我！」

梁經綸一愣：「您知道，我今天一直在幫何校長做那個經濟方案。因此還沒來得及過問其他的事情。」

「什麼叫來得及過問，什麼叫來不及過問！」曾可達急了，語氣也嚴厲了，「你一直就在心裡抵觸我的建議，不願讓何同學接觸方先生。聽明白了，現在急於知道結果的不是我，而是二號專線！你是不是心裡還在抵觸？」

梁經綸已經完全不在乎曾可達屢屢強加的這種委屈了，卻明白情況確實很嚴重而不能不分辯：「配合何校長趕出這個經濟方案才是我現在的第一急務，時間已嚴格限定，明天必須上交。」

曾可達被他噎了一下，已顧不得再用保密暗語，壓低了語氣，加快了語速：「不要分辯了。二號專線剛從一號專線給我來電話，北平這邊跟我們較量的那些人，已經通過他們在南京的上層向一號專線進了讒言。一號專線動搖了對我們的信心，相信了他們，指責我們已被共方利用，叫我們交出調查的權力，一切任務交給他們去執行。二號專線十分痛心，十分憤慨，也十分憂慮。責成我半小時內向他彙報今天接觸的情況，那個方先生到底有沒有被共方利用，這一點已成關鍵！如果他真被共方利用，我們就將前功盡棄。如果沒被利用，二號專線就能夠立刻向一號專線做出保證，粉碎他們的陰謀，奪回調查的權力！」

說到這裡曾可達又看了一眼手錶：「二號專線給我的時間現在只剩二十五分鐘了！我給你二十分鐘。十五分鐘內問清情況，十五分鐘後直接打這個電話，將結果明確報我！」

「啪」的一聲，他擱了電話，這時才發現，雖然只穿著夏季短袖軍服，自己已經滿臉滿身是汗！

他焦躁地一邊解衣釦，一邊走到門邊，開了房門，一陣涼風撲面，只見路燈漫處，雨後的顧園樹木搖曳，這其實是來北平最涼爽的一個夜晚。

「王副官！」曾可達更牽掛的是方孟敖大隊的情況。
「在！」王副官從不遠處的樹影路邊出現，立刻走來，「應該吃晚飯了。」
曾可達：「吃什麼飯。打個電話給鄭營長，問問軍營那邊的情況。」
王副官：「是。」立刻向對面自己的房間走去。

＊　＊　＊

軍營大牆四角的碘鎢燈都開了，照得軍營如同白晝，警備司令部的憲兵們沒有得到新的命令，依然釘子般排立在圍牆四周。
王蒲忱站在大門口門衛室前不遠。徐鐵英被鎖在營房內，這裡負最大責任者就是他了，可他始終不說一句話，甚至站在那裡連地方都沒挪動過，只是抽菸。
第四兵團那個特務營長和十個特務兵，軍統執行組那個執行組長和十個行動隊員全站在他身邊，都已有些倦怠。
唯有徐鐵英的孫祕書一個人單獨站在營房的門外，一動不動，他一邊關注地試圖聽見緊鎖的營房內傳出的聲音，偏又被陣陣傳來的跑步聲干擾著。心裡焦灼，臉上兩眼一如既往沒有表情。
正在跑步的是大坪中那些飛行員，依然光著上身，又沒吃晚飯，還精神十足，將民調會那些人圍在中間，繞著圈不停地跑步。
跑步圈中，李科長、王科長和民調會那些人也餓著肚子，有些蹲著，有些坐著，一個個都已精疲力竭。
王蒲忱手中這支菸又抽完了，開始往口袋中掏菸。隨著他細長的手指，但見他兩個中山裝的下邊口袋全都鼓鼓囊囊，至少裝有七八盒菸，看來他已經做好了通宵鏖戰的準備。

可他的手下人不作如是想。

他聽見了哈欠聲。開始是一個人在打，接著像是受了傳染，好幾個人都打起了哈欠。

他循聲望去，是軍統執行組那些人，細長的手指便從掏出的「前敵」牌菸盒中一次掏出了一把，有十幾支，對軍統的手下：「抽菸吧，邊抽邊等。」

軍統執行組自組長以降，人人抽菸，只是在站長面前執行公務忍著不敢抽，這時全都過來了，紛紛接菸。一時間，火柴與火機同響，菸癮共煙霧齊飛。

王蒲忱也擦燃了他特有的細長火柴，又見鄭營長從門衛室快步跑來了。

「王站長！」鄭營長敬了個禮，「你的電話。」

王蒲忱還是點燃了菸，像一隻水中徜徉的鶴向門衛室走去：「哪裡來的？」

那鄭營長跟在他身後，像是早就對他這種不緊不慢心有不滿，這才告訴他道：「陳總司令。」

王蒲忱剛才還徜徉的鶴步瞬間停了一下：「為什麼不早說？」加快了步伐，走進了門衛室！

營房大門外孫祕書的目光立刻格外關注地投了過來！

軍營門衛室。

「徐局長正在跟那個方大隊長談。」王蒲忱拿著電話，「他的意思好像是牽涉到國防部預備幹部局，盡量不要發生衝突……是。陳總司令放心，我會全力配合，半小時內完成不了任務，就請您親自來。」

對方顯然把電話擱了，話筒裡傳來長音，王蒲忱又抽了一口菸，卻依然將話筒貼在耳邊，假裝聽著，思索到底要不要給曾可達再去個電話？接下來看了一眼手錶，還是放下了話筒。

＊　＊　＊

何宅院西梁經綸的房內。

何孝鈺低著頭在沉默。

梁經綸也低著頭在沉默。

「開車送你回來的路上，他就什麼也沒說了？」梁經綸把沉默控制在約二十秒鐘，抬起頭，望向何孝鈺。

「一直沉默，再沒說話。」何孝鈺也抬起了頭，「對不起，學聯交給我的任務我沒有完成好……」

梁經綸：「你的任務完成得很好。」

何孝鈺一愣，望著梁經綸，耳邊立刻響起了另一個聲音！

——謝培東在方家竹林裡的聲音：「你的任務完成得很好。」

梁經綸將何孝鈺的錯愕看成了必然的反應，接著輕聲說道：「知道剛才來電話的是誰嗎？」

何孝鈺：「不是清華的曾教授嗎？」

「不是。他就是我們學委的一個負責同志。」梁經綸說這句話時必須看著何孝鈺，「剛才打電話就是為了了解你今天爭取方孟敖的情況。」說到這裡他站了起來。

何孝鈺跟著站了起來。

梁經綸：「學委那個負責同志還在等我的電話。我現在只能簡單地跟你交流一下我的看法。第一，方孟敖今天的表現是正常的，如果他輕易答應了你，爭取他意義就不大。第二，你今天不應該去看謝木蘭同學，更不應該答應她到這裡來。回客廳後先把她帶到爸爸的房間去，陪老人聊聊天。我打完電話……」

「我直接送她到外文書店你住的地方去吧。」何孝鈺離開了對面的椅子，向梁經綸這邊的門口走來。

梁經綸突然拉住了她的手：「孝鈺，還有幾句話，聽我說完，好嗎？」

何孝鈺被他拉著，眼卻望著門外，沒有說好，也沒有說不好。

梁經綸不是說，而是輕輕朗誦了起來，而且是用英語在朗誦：

「The furthest distance in the world」（世界上最遙遠的距離）

「Is not being apart while being in love」（不是　明明知道彼此相愛　卻不能在一起）

「But when painly cannot resist the yearning」（而是　明明無法抵擋這股思念）

「Yet pretending you have never been in my heart」（卻還得故意裝作絲毫沒有把你放在心裡）

梁經綸的手不捨地鬆開了，何孝鈺的手等他的手完全鬆開後才抽了回去。

「我陪她去爸爸房間吧。」

何孝鈺的快步留給了梁經綸一個匆匆離開的背影。

梁經綸的長衫留給了這間小屋一陣惆悵飄拂的風。

坐到一樓客廳電話旁，梁經綸右耳聽到的是讓他心煩的問話。

話筒裡曾可達的聲音：「什麼『斷章』？卞之琳是什麼人？」

不知如何回答，還必須回答，梁經綸答道：「『斷章』是一首詩，卞之琳是這首詩的作者。」

對方話筒出現了短暫卻顯然尷尬的沉默。

梁經綸左耳聽到二樓傳來兩個女孩哄老人開心的歌聲：

浮雲散，明月照人來，

團圓美滿今朝最……

「曾教授，我沒有時間詳細解釋了。」梁經綸在剛才這十幾秒鐘顯然根本沒有在聽曾可達電話裡無聊的催問，「以上就是他們今天見面的全部內容……我不能做判斷，更不能下結論……」

說到這裡，但見梁經綸微微愣了一下，對方顯然將電話掛了！

梁經綸慢慢放好了電話，乾脆坐在那裡，閉上了眼睛，聽著二樓傳來的歌聲：

這暖風兒向著好花吹，

柔情蜜意滿人間……

他看不見，卻能想像到——二樓何其滄的房間，何孝鈺和謝木蘭站在那裡用青春哄著老人，又一遍重複這首《月圓花好》：

浮雲散，明月照人來，

團圓美滿今朝最……

「是，建豐同志，這就是梁經綸剛才報告的全部內容……」

＊　＊　＊

曾可達的精力似乎已經在跟梁經綸往來通話中耗盡，現在向建豐彙報完，感到極度疲乏，話筒雖依然緊貼在耳邊，身體卻再不能挺得筆直，利用話筒那邊幾秒鐘的沉默，另一隻手悄悄地撐住桌沿。

話筒那邊的沉默結束了，接著傳來建豐的回響：「把方孟敖說崔中石的那段話重複一遍。」

「是。」曾可達必須當即回應，接下來卻一片茫然，要重複哪段話？

建豐在話筒那邊像是能看到他的茫然，提醒道：「關於他跟崔中石是朋友那段話。」

「是，建豐同志。」曾可達立刻敏感到建豐同志要聽這段話必有深意，腦子裡一邊急劇地搜索這段原話，心裡同時揣摩著重複這段話的重要性，措詞便更加謹慎，「梁經綸同志說，方孟敖對何孝鈺說的原話是『崔中石跟我是朋友，像我大哥一樣的朋友！不管他是怎麼死的，為誰死的，讓他死的人我總會清楚，一個也不會放過……』」

「這段話是什麼意思？」建豐電話裡緊接著追問，「不要往梁經綸身上推，我現在想聽你的直覺。」

曾可達更愣了。

曾可達應該理解建豐同志今天的心情，可他偏偏忽略了至關重要的一點——上級在心情不好的時候，恰恰是最容易放大下級弱點的時候！自己剛才試圖往梁經綸身上推卸責任實在不智！

他額上臉上的汗又密密地滲出了，答道：「是，建豐同志……我也想過這個問題……第一，這可能與方孟敖個人的性格有關，愛之欲其生，惡之欲其死……第二，也可能因為他跟共產黨接不上頭，便用這種極端的手段，迫使共黨地下組織趕緊與他接頭……」

「我要你說出直感！」電話裡的回響挾帶著一股冰冷的寒風，「不是什麼第一『可能』，第二『可能』！我現在不需要聽分析，你的分析我已經聽夠了。告訴我你的直覺，方孟敖為什麼揪住崔中石的死不放？」

曾可達方寸大亂了，再也不敢「分析」，偏又帶著分析答道：「是，建豐同志。我認為這是因為方孟敖跟崔中石的感情太深……」

建豐電話裡的聲音更冷峻了：「是跟崔中石個人的感情太深，還是跟共產黨的感情太深？」

曾可達慌亂地用彎曲的食指刮了一下流到嘴邊的汗，他必須選擇一個答案了：「根據我的直覺，方孟敖應該是跟崔中石個人的感情太深……」

「共產黨內是不允許講個人感情的。方孟敖這樣做，說明什麼問題？想一想，從你自身找原因！」

「是。建豐同志。」曾可達回了這句再也忍不住喉頭的哽咽，「也許我一開始懷疑方孟敖就是錯誤的……甚至懷疑崔中石是不是共產黨都因為我有成見……」

「為什麼會這樣想？」

曾可達竭力鎮定自己：「方孟敖是個沒有城府的人，但也是個極聰明的人。如果崔中石是共產黨，或者說他知道崔中石是共產黨，絕不會在這個時候還拚命將自己往崔中石身上靠……當時您就提醒過我，黨通局保密局都周密調查過他和崔中石的關係，並無任何跡象能證明他已被共產黨發展。都因為我的固執干擾了您的判斷，這再一次證明不相信您是會犯錯誤的……」

「好，你有現在這個覺悟，證明我相信你沒有錯。」建豐話筒裡的回聲終於有所緩和了，「批評與自我批評，不是共產黨的專利。你下一步怎麼想怎麼做？」

曾可達又挺直了身子：「堅決貫徹建豐同志的指示，團結一切可以團結的力量戡亂救國……我向您保證精誠團結方孟敖，精誠團結梁經綸同志，以利於狠打北平的貪腐，爭取美國政府恢復援助，配合總統和您即將推行的幣制改革，為總統指揮國軍將士在各個戰場打敗共軍，至死不渝！」

「共同努力吧。」建豐同志這時的聲音顯出了一絲悲愴，「剛才侍從室又接到陳繼承的電話了，他已經親自去稽查大隊軍營，揚言要逮捕方孟敖。你現在可以代表國防部保密局給北平站的王蒲忱打電話，命令他在那裡穩住局面。然後你趕過去，代表我轉告陳繼承，方孟敖是我的人，不是共產黨。他要敢再跋扈，就警告他，我一直在總統這裡，他的一舉一動我都知道。他要把人帶走，必須先給我打電話。」

曾可達：「是……」

建豐同志電話那邊的聲音壓低了：「給王蒲忱打完電話，立刻開通專用電臺，有一份絕密方案，你看後就明白了。」

「是！」曾可達這才明白自己不但沒有失寵，反而更被信任了，不禁熱淚迸湧。

建豐同志那邊把電話輕輕地擱了。

曾可達抹了一把熱淚，抑制住澎湃的心潮，立刻撥通了軍營門衛室的電話：「稽查大隊門衛嗎？我是國防部，立刻叫王蒲忱站長接電話！」

王蒲忱在營房門衛室靜靜地聽完了曾可達的電話：「是，知道了。陳總司令大約還有半個小時到軍營……好，這半個小時我會盡力維持這裡的局面，希望曾督察早一點兒趕來。」

王蒲忱從門衛室出來後，軍統執行組和第四兵團特務營都在大坪上看著他。

遠在營房門外的孫祕書也在看著他。

王蒲忱卻使那些人失望了，臉上依然沒有任何可以看出的資訊。

他走到原來的地方，又掏出了一盒菸，給軍統們發了一輪。

自己在擦燃火柴時才順勢望了一眼手錶，接著將火柴扔到地上，向仍在跑步的飛行員們走去。

依然站在營房門外的孫祕書見狀，也跟著向飛行員們走去。

「大家也歇歇吧。」王蒲忱走到跑步圈外停住了，提高了平時總是弱弱的聲音。

跑步中，陳長武和郭晉陽、邵元剛碰了一下眼神。

「聽口令，停止跑步！」陳長武發出了口令。

所有的步伐漸漸慢了，漸漸停了。

陳長武：「隊形不變，原地休息！」

還是一個圓圈，飛行員們面向圈外，統一地跨開雙腿，光著的兩臂全都交叉抱在胸前。

陳長武走向王蒲忱。

孫祕書也走了過來。

陳長武對王蒲忱：「長官，有何吩咐。」

王蒲忱用商量的口吻輕輕地對他說道：「陳總司令可能會親自來。是不是開了營房門，讓方大隊長和徐局長都出來？」

孫祕書眼睛一亮。

陳長武依然是那個神態：「報告長官，我們隊長有命令，只有他叫開門，我們才能開門。」

王蒲忱依然商量著道：「那能不能請你先進去，把陳總司令要來的情況報告你們方大隊長？」

陳長武：「對不起，長官，我們隊長給我的命令是跑步操練。」

說到這裡陳長武轉身走回圓圈佇列：「聽口令，預備——跑步！」

圓圈又跑動了起來。

王蒲忱輕嘆了口氣，看了一眼手錶，跟孫祕書交換了一個無奈的眼神，又深吸了一口菸，轉身又向來處走去。

「王站長！」孫祕書終於開口了。

王蒲忱又站住了，回頭望著他。

孫祕書：「我認為我們局長已經被挾持了，陳總司令到來之前，您有責任進去保證我們局長的安全。」

王蒲忱慨慨地望著他的臉：「忘記問了，你叫什麼名字？」

孫祕書愣在那裡。

冷冷地扔下這句問話，王蒲忱根本不需他回答，轉身向門衛室方向走去。

孫祕書閉了一下眼，睜開後悲壯地走回營房門前，釘子般站著。

* * *

顧維鈞宅邸王副官房間。

門緊閉著，窗簾緊拉著，王副官在電臺前還戴著耳機，在譯著後一頁電文。

曾可達已在緊張地看第一頁電文。

那頁右上角用紅字標著「絕密」的電文，便顯出這份電文與慣用的電文格式上的差別！

這一頁電文只標著三個代號。

第一行赫然九個字是行動代號——「行動代號『孔雀東南飛』」！

第二行的人員代號卻讓曾可達一愣——「方孟敖代號焦仲卿」！

第三行的人員代號也讓曾可達一愣——「梁經綸代號劉蘭芝」！

「譯完了嗎？」他流著汗催問王副官。

「第二頁快了。」王副官停下筆轉頭回道，「後面還有三頁。」

「趕緊譯！」

「是！」

曾可達將身子俯了過去，急看王副官還未譯完的第二頁電文。

第二頁第一行赫然標著——「行動計畫」！

以下頻繁出現的便是那兩個陌生的代號——「焦仲卿　劉蘭芝」！

王副官將譯完的第二頁遞給曾可達時，曾可達已經俯在他身後看完了第二頁的內容：「抓緊譯完後面三頁！」

「是！」

曾可達還是那個姿勢，緊盯著王副官的筆。

第三頁電文出現的幾個名詞讓曾可達有些茫然：

——「新月派」！

——「太陽吟」！

——「聞一多」！

——「朱自清」！

＊＊＊

稽查大隊營房方孟敖房間。

已經被祕密取了代號的方孟敖，依然看不見他背後發生的一切，一如既往地喜歡光明，二十平米的房間用的是一盞兩百瓦的燈，和外面大坪一樣，亮如白晝。

方孟敖的一隻大手，三罐可口可樂一掌抓著，大拇指間還夾著一瓶法國干紅，一把擺到桌上。

馬漢山已經坐回到原來的椅子上。

徐鐵英雖早被「釋放」了，卻依然形同軟禁，被迫坐在馬漢山對面桌前的凳子上。

不願對視的兩雙眼這時都在看著方孟敖一個人在遊戲般忙著！

「啪」的一聲，紅酒瓶塞被方孟敖手裡一把多功能瑞士小軍刀啟開了！

三個軍用的草綠色搪瓷大缸併排擺在桌上，紅酒從瓶口呈一線順著三個搪瓷大缸倒了出來。一路倒過去，又一路倒過來。酒瓶見了底，三個缸內的紅酒分得非常均勻。又聽啪的一聲，一罐可樂開了，倒進了一個搪瓷缸。接著另兩罐可樂也開了，倒進了另兩個搪瓷缸裡。

望著冒泡的搪瓷缸，馬漢山猜著了，這是在調雞尾酒，洋玩意兒，便有些莫名其妙地興奮起來，眼睛睜得比剛才更大了。

徐鐵英只看著，面無表情。他雖然不知道外面的情況，但知道這裡的情況一定已經報告了陳繼承。他現在能做的就是等，在等的過程中保持冷靜，絕不能與方孟敖發生衝突。

方孟敖卻密集地展開了攻勢，望向了二人：「全世界的空軍，飛行時都嚴禁喝酒。我們飛駝峰時卻破了這個例，因為大家都知道，進了機艙十有八九便回不來了，強烈要求不喝酒不起飛。可醉了又怎麼飛？報告送到了史迪威那兒，他也為了難。還是陳納德那老頭有辦法，發明了可樂兌紅酒這個高招，一比一的比例，每人一搪瓷缸，喝了先交杯子，然後起飛。考考二位，這是什麼意思？」

方孟敖先望向馬漢山。

馬漢山立刻握住了他面前那個搪瓷缸的把手，端了起來，大聲說道：「風蕭蕭兮易水寒，壯士一去兮不復還！」

「有學問！」方孟敖用有些陌生的目光望著他。

馬漢山受了表揚血脈賁張舉缸就飲。

「慢點！」方孟敖又止住了他，「我只說你有學問，沒說你猜對了。先把酒放下。」

馬漢山立刻又失落了，怏怏地將酒缸放回桌上，凝神又想。

方孟敖目光轉向了徐鐵英：「徐局長，我們三個人數你文化最高，一定能猜出意思。給個面子，猜出來我們一起乾了。」

徐鐵英一生黨務，從來矜持，今日落在這一正一邪兩個玩命的人手裡，平時那三十六條計謀，七十二般變化全不管用了，卻還想維護他那一套黨部的形象：「方大隊長，抗戰已經勝利了，黨國會永遠記住那些犧牲的英雄。為了他們，你也應該更好地駕著飛機，履行軍人之天職，發揚既往之光榮，戡亂救國，再建新功……」

方孟敖的臉立刻冷了：「我請你喝酒，你給我上課。徐局長，再聽見你打一句官腔，我立刻就走。這頓酒你和馬局長喝去。」

「我贊成！」馬漢山大應了一聲，立刻站起來，同時立刻明白了自己剛才何以興奮，「我舉雙手贊成！」

說著，他一條腿已經踏在椅子上，捋起了左袖，又捋起了右袖，一手端起了搪瓷缸，一手又抄起了那把槍。這哪是要喝酒，分明是隨時準備跟徐鐵英你死我活！

徐鐵英咬了一下牙，接著閉上了眼。

方孟敖：「徐局長，我出去以後會給你們十分鐘時間。過了十分鐘我就給上面打電話報告，說你在單獨審訊馬局長。槍一響，我會帶著你們王站長一幫人再回來。那時地上躺著一個死去的人，我應該沒有責任。」

「老子也沒有責任！」馬漢山立刻接言，「老子也會報告，某人貪了某人的錢，被老子知道了，幾天前就折斷了老子一條胳膊，威脅老子不許說出去！今天某人又以審訊為名要殺老子滅口，老子豈能不正當防衛！」

徐鐵英再也不能閉眼了，睜開後，不看馬漢山，只看方孟敖：「方大隊長，你有什麼想法完全可以直接說出來，我從來沒有說不願意聽。我們雖然分屬兩個部門，畢竟同屬一個調查組……」

「我沒有想法。」方孟敖不上他的套路，「我只想請你們喝酒，喝酒前只想你回答我剛才那個問題。」

徐鐵英從來沒有此時這般無奈：「什麼問題？」

方孟敖：「為什麼可樂兌紅酒，一比一的比例？」

徐鐵英只能強迫自己思考了。

這時馬漢山反而焦躁了，緊盯著徐鐵英，一心希望他答不出來。

「不為難你了，我告訴你們答案吧。」方孟敖剛才還玩世不恭的神情不見了，有些嚴峻，又有些悲涼，「一半紅酒是壯行的，可能回不來了。一半可樂是祝福的，希望還能回來。」

「哦……」馬漢山配合的這一聲長嘆好生怪異，是失落還是感慨他自己心裡都不分明。

徐鐵英卻立刻感覺到了另外一層含義，方孟敖要亮出底牌了！

「那麼多飛機，那麼多飛行員，還是大多數沒有回來。」方孟敖沒有理睬他們的反應，「我卻每一次都回來了。直到今天我還在問自己，要是能把這個身軀連同飛機摔在駝峰多好……」

馬漢山也不敢再配合了，一臉的端嚴。

徐鐵英更是暗自緊張了，等著他即將到來的爆發。

「要是那樣，我也不會交上崔中石這個朋友！」方孟敖果然亮劍了！

他閃光的眼先瞟了一下馬漢山，接著直盯徐鐵英：「那麼忠厚的一個人，三年來像大哥一樣月月到航校看我，給我送菸送酒，我還以為他多有錢呢……到了北平我才知道，他在天天被逼著替別人賺錢，自己家裡兩個孩子上學卻連學費都交不起……我是個渾蛋！怎麼就沒想到他會突然走了……怎麼就不知道在他走之前請他喝一缸可樂兌紅酒？現在，只能請你們喝了！」他倏地端起一個搪瓷缸，接著另一隻手向馬漢山一伸。

馬漢山開始還愣了一下，接著明白了，把手裡的槍遞給了方孟敖。

方孟敖把槍擺到自己面前的桌子上，搪瓷缸依然端著。

馬漢山將手慢慢伸向了搪瓷缸，又慢慢地端了起來，望著方孟敖：「我喝！不管怎樣，我對不起老崔。人在江湖，死也是一杯酒，活也是一杯酒。姓徐的，知道喝了這缸酒等著你我的是什麼嗎？」

徐鐵英哪裡會去碰那個搪瓷缸，沉住氣低頭思索有頃：「方大隊長……」

「不要打岔。」方孟敖立刻打斷了他，「聽馬局長把話說完。」

徐鐵英：「他不會有什麼正經話……」

「我想聽！」方孟敖的目光更嚴厲了，「你聽不聽？」

徐鐵英只能又閉上了眼：「那就說吧。」

馬漢山一條腿又踏到了椅子上，大聲說道：「等著你我的只有兩個結果！喝醉後眼睛一閉還能睜開，那就是還活著。喝醉後眼睛一閉不能睜開，那就是已經死了！喝！」

「有意思。」徐鐵英這次眼睛睜得很亮，而且還笑了，握住他那個搪瓷缸的手把端了起來，「馬漢山居然能說出這樣的話，這杯酒我還真願意喝了。」

方孟敖看徐鐵英的眼反而有些緩和了，搪瓷缸碰了過來。

三缸一碰，馬漢山搶先便喝，發出一陣咕嘟咕嘟聲，接著將缸底一亮。

方孟敖點了下頭，表示讚許。

馬漢山這時反倒不在意方孟敖的表揚了，兩眼只盯著徐鐵英。

方孟敖也在望著徐鐵英，舉著搪瓷缸，等他喝下。

「我會喝。」徐鐵英望著方孟敖說道，「喝前有幾句話必須跟方大隊長說明。崔中石死的那天晚上，你父親和你姑爹都在我的辦公室。我下沒下過槍斃他的命令，問他們就知道了。」

說完，他慢慢地開始喝那缸可樂兑酒。

方孟敖舉著搪瓷缸，望著在那裡慢慢喝酒的徐鐵英，剛才還灼亮的眼睛慢慢空了，又顯出了在天空尋找不到敵機那種茫然。

徐鐵英也喝完了，沒有像馬漢山那樣亮缸底，只將空搪瓷缸輕輕放回到桌上。

這回方孟敖閉上了眼，端著那缸可樂兑酒蒼涼地說道：「中石大哥，這杯酒敬你了……」說完自己喝了一口，接著將酒酹在地上。

徐鐵英、馬漢山似有預感，同時望向了桌面那把槍。

果然，方孟敖倏地睜開了眼，拿起了那把槍！

「出門列隊！」鄭營長突然大聲發令。

青年軍那個排和原來的那個門衛班立刻跑步列隊出了軍營大門，在大路邊分左右兩排執槍挺立。王蒲忱和特務營、軍統執行組也看見了，公路轉向軍營的路上開來了車隊。

四輛三人摩托開道，緊接著就是陳繼承的那輛最新美式的小吉普，再後面跟著一輛最新美式的中吉普。

「我們也列隊吧。」王蒲忱將才抽了幾口的菸扔到腳前踩熄了，接著走到門口，在軍營大門內的左邊站住了。

軍統執行組緊跟在他身後，在左邊的大門內站成一排。

第四兵團特務營長連忙領著那十個特務兵走到軍統執行組對面，在右邊的大門內站成一排。

「預備——立正！」大坪上，陳長武也發出了口令。

一直繞圈跑著的飛行員們原地站住了。

陳長武走出佇列，招了一下手，邵元剛和郭晉陽立刻向他走去。

三人的目光都望向了軍營大門外，看見陳繼承的車隊顛簸著離軍營大門只有幾百米了。

陳長武連忙低聲對邵元剛和郭晉陽說道：「陳繼承來了，隊長還在裡面，你們說怎麼辦？」

邵元剛望向了郭晉陽。

郭晉陽：「進營房，關上門，聽隊長的指揮。」

陳長武：「好。把人都帶進去。」

「還有那個孫祕書。」邵元剛平時沉默寡言，言必有中。

陳長武、郭晉陽同時點頭，三人快步回到佇列邊。

陳長武：「聽口令，將這些人統統帶進營房去。行動！」

所有的飛行員：「是！」

「走！」

「都起來，走！」

陳長武在前，邵元剛、郭晉陽緊跟，飛行員們押著民調會那些人隨後，很快到了營房門口。

「陳總司令來了，你們還想幹什麼？」那孫祕書竟然挺身擋著營房門。

「敬禮！」

遠遠地傳來了鄭營長的口令聲。

陳長武飛快地瞥了一眼大門那邊，但見所有的人都在敬禮！

陳長武立刻使了個眼色，邵元剛、郭晉陽一步跨了過去，一邊一個夾住了孫祕書！

「你們要幹什麼？來人！」孫祕書大聲向牆邊的憲兵喊道。

沒有徐鐵英或王蒲忱的口令，警備司令部一直站在牆邊的那些憲兵依然釘子般站著，一動不動。

陳長武飛快地開了營房的鎖，邵元剛、郭晉陽推著孫祕書撞開了營房的門。

所有的飛行員押著所有的人蜂擁進了營房。

軍營大門那邊，陳繼承的車隊剛剛開進來。營房的門也恰在這個時候從裡面關了！

進了營房宿舍，陳長武大聲喝令那些民調會的人：「蹲下！統統蹲下！」

「聽見沒有，統統蹲下！」

民調會的李科長、王科長和那些科員全在床的夾道中蹲下了。

「咔嚓」一聲，孫祕書卻被郭晉陽銬在了一張上下床的鐵杆上。

外。

陳長武、邵元剛、郭晉陽三人又對了一個眼色，讓陳長武一個人走向了隊長最裡邊的單間門

隊長單間的門緊閉著。

陳長武大聲報告：「報告隊長，警備司令部陳繼承總司令到軍營來了！」

「包圍營房！」陳繼承站在軍營大坪親自發令。

立刻是沉沉的皮靴跑步聲，原來站在牆邊的憲兵們都端著衝鋒槍，從四周包圍了那座營房！

所有飛行員都拿起了槍，望著隊長那道門。

門猛地開了，方孟敖也提著槍出現在門口：「守住門窗！告訴外面，這裡是國防部調查組稽查大隊，敢擅自闖入者，開槍！」

「是！」

大門和幾個窗口立刻都有飛行員靠在兩旁，槍口全對準了可能闖入的進口！

陳長武仍站在方孟敖身邊，低聲道：「隊長，我幫你守裡邊一個窗口。」

方孟敖：「你去大門傳話，裡邊不用你們管。」

方孟敖進去了，門立刻又關了。

陳長武只得走向營房的大門。

「你們去！」陳繼承對著那個特務營長，「傳我的命令，叫裡邊立刻開門！」

「是！」特務營長舉槍一揮，領著那十個特務兵洶洶地湧向門外。

「裡邊聽著！」特務營長吼道，「陳總司令有令，立刻開門！」

「外邊聽著！」門內傳來陳長武的聲音，「這裡是國防部調查組稽查大隊，任何敢擅自闖入者，我們就開槍！」特務營長回頭望向陳繼承。

十個特務兵一起回頭望向陳繼承。

「娘希匹的！」陳繼承臉色鐵青，又模仿校長的罵人了，「開槍，把門射開！」

「陳總！」這一聲叫得像梟鳥一般尖厲！

陳繼承望去。特務營長和那些特務兵望去。

誰也想不到這一聲刺耳的叫聲竟是從王蒲忱那個病軀裡發出來的。

王蒲忱的腳步也從來沒有這般快過，幾步便跨到了陳繼承身邊：「陳總司令，他們畢竟是國防部預備幹部局的。真發生衝突，死了人，後果不堪設想。」

「娘希匹……」陳繼承有些猶豫了，在那裡瞪著眼狠想。

所有的目光都在等候著他。

王蒲忱竟拿著一支菸向他遞去，兩眼無比誠懇。

「你什麼時候見我抽過菸了？」陳繼承將氣向他撒來，「你們保密局這些人能不能夠回應一下總統的新生活運動！」

見陳繼承目光掃來，軍統中仍有些拿著菸的人只好將菸都扔了。

陳繼承的目光又轉向了營房門，大聲說道：「什麼國防部預備幹部局！國防部的軍令也敢違抗，他們已經什麼也不是了！從大門和各個窗口衝進……」

「都不許動！」王蒲忱此刻完全像變了一個人，身上竟顯出了幾分當年戴笠才有的一股殺氣，先阻住了那些特務營和憲兵，立刻對著軍統執行組大聲說道，「我有國防部保密局的命令，今天的事絕不能發生衝突。你們都站到各個窗口去，用身軀執行軍令！」

執行組從組長到組員兀自猶豫。

王蒲忱的槍已經指向了執行組長：「行動！」

「一邊五人，行動！」執行組長不得不帶著組員們分兩邊跑去。

王蒲忱自己則站到了營房門口：「陳總司令，請聽我一言，再等十分鐘！」

陳繼承已從愕然中醒過來，親自掏出了槍對著王蒲忱：「娘希匹的！你們條條歸保密局管，在北平塊塊仍歸老子管！也敢抗命，站不站開？」

王蒲忱把自己的槍放進了大褲袋裡，答道：「陳總司令，我現在既是向保密局負責，也是向您負責！您不理解，就開槍吧。」

陳繼承竟跺了一下腳：「黨國的事全誤在你們這些人身上！好，我給你十分鐘。看好錶！十分鐘以後裡面再不開門就開槍衝進去！敢阻擋的也就地解決！」

方孟敖的房間對開著兩扇窗戶，現在都大開著。

左邊窗戶臉朝外站著徐鐵英。

右邊窗戶臉朝外站著馬漢山。

窗戶也就一米多高，只要手一攀就能跳出去，可兩個人還是一動不動站在那裡，能看見窗外站著一個軍統執行組員挺立的背影，也能看見端著衝鋒槍指向房間的憲兵們！

可兩人依然沒敢動，直直地站著。

因為坐在椅子上的方孟敖手裡又多了一把槍，一把指著徐鐵英，一把指著馬漢山：「酒你們都喝了。窗口今天就是你們的駝峰，想跳出去就是機毀人亡，守住了，就還可能活著。」

營房門外，陳繼承又在看錶了，眼睛的餘光瞄見王蒲忱的手在往口袋裡掏，以為他要掏槍，猛抬頭喝問：「幹什麼？」

王蒲忱從衣服口袋裡掏出的是菸和火柴：「抽支菸。十分鐘一過，您不槍斃我，這個站長也得撤了我，想參加新生活運動也不可能了。」

「明白就好。」陳繼承一臉陰沉，「還有四分鐘，你抽吧。」

「謝謝陳總司令。」王蒲忱擦燃了那根長長的火柴，點著了菸，一口便吸了有三分之一多，吞了進去，竟然沒有一絲煙霧再吐出來。

陳繼承看得眉頭都皺起來。

王蒲忱在等著的那輛吉普，此時正像一條巨浪中的船，在通往軍營的路上顛簸跳躍！路況如此之差，車速已掛到三檔，王副官的腳還不得不緊踩著油門。

坐在後排的曾可達竟還右手亮著電筒，左手緊捏著最後一頁電文，雙腳緊蹬著前排座椅下架，盡力穩住身體，堅持在看最後一頁電文的內容。

電筒光打著的電文紙，標著「5」字的那頁電文上竟是一首詩——《太陽吟》！

曾可達顯然不止是在看電文，而是在強記背誦電文上的這首詩。

他的目光已經緊盯在最後一段，心裡默念：

——「太陽啊，慈光普照的太陽……」

車輪突然陷進了一個深坑，緊接著是劇烈的一顛！

後座曾可達的頭碰到了車頂！

王副官立刻踩了剎車：「長官……」

「開車！」

「是！」

吉普爬出了深坑。

「不要減速！」曾可達大聲說道，目光立刻又轉向電筒打著的電文，接著默念：

——「往後我看見你時，就當回家一次；我的家鄉不在地下乃在天上……」

十分鐘顯然已經到了，陳繼承不再看錶，只盯著王蒲忱。

王蒲忱主動看錶了，心神卻在耳朵上。

陳繼承從他的神態中察覺了端倪，很快便明白了——軍營大門外傳來了吉普車疾馳的聲音！

王蒲忱倏地抬起頭，向大門那邊望去。陳繼承也轉過頭向大門那邊望去。

「敬禮！」大門口緊接著傳來了鄭營長的口令聲。

青年軍那個排和門衛那個班又在敬禮了。

曾可達那輛吉普毫不減速徑直向營房這邊馳來！

「吱」的一聲，吉普一直馳到離陳繼承和王蒲忱幾米處才猛地剎住。

曾可達跳下來，同時將電文塞進上衣的下邊口袋。

陳繼承終於明白了今天保密局北平站站在了國防部調查組一邊，那張臉更黑了，轉過頭緊盯著王蒲忱！

王蒲忱一直忍著的咽炎再也不用忍了，低著頭猛咳起來！

「陳總司令！」曾可達走到陳繼承身邊，標準地舉手敬了個禮。

陳繼承這才望向他：「有國防部新的軍令嗎？」

曾可達：「我沒有國防部新的軍令，只是想請陳總司令到門衛室去……」

「沒有就不要再開口！」陳繼承當然知道他不可能有新的軍令，立刻喝斷了他，緊接著望向王蒲忱喝道，「王蒲忱！這就是你要的十分鐘！從現在起你已經不是北平站的站長了，要咳嗽一邊咳去！」

王蒲忱卻依然站在那裡咳嗽，咳得越發厲害了。

陳繼承倏地舉起了右手。他身後的憲兵隊握緊了槍，但等他的右手一揮。

就在陳繼承舉起的手剛要揮下的一瞬間，被曾可達緊緊地捏住了！

陳繼承猛地怒望向曾可達！

曾可達的兩眼也閃出了威嚴：「一號專線的電話，請陳總司令立刻到門衛室去接！」

陳繼承頓時愣住了，望著曾可達好一陣審視。

曾可達慢慢放下了捏住他的那隻手：「南京方面特許，這裡的電話已經加密特控，現在直通南京，直通一號專線。」

陳繼承終於心裡暗驚，但見曾可達完全是一副陪等他的樣子，只好也慢慢放下了那隻下令衝營的手，向門衛室走去。

曾可達緊跟著他向門衛室走去。

「是，是。建豐同志，陳總司令就在這裡。」曾可達將門衛室的電話雙手捧給陳繼承。

建豐是誰，陳繼承當然知道，這時他的臉色有些變了，卻依然十分嚴肅，接過話筒，不稱名而稱字：「建豐兄嗎？」

話筒裡，蔣經國的聲音冷冷地發出回響：「陳總司令不要這麼客氣，稱我的名，或稱同志就是。」

這就是不讓自己套近乎了，陳繼承乾脆也拉下了臉，直接問道：「校長好嗎？」

蔣經國的聲音：「陳總司令指的校長是誰？」

陳繼承這才一愣。

蔣經國的聲音：「現在是憲政時期，請大家都遵守憲法。你是問總統嗎？」

陳繼承接不住對方的招了，只好答道：「總統好嗎？」

蔣經國的聲音：「總統很好。作息規律正常，現在是九點一刻，我剛侍候老人家就寢。是不是平津方面有緊急軍情，陳總司令要我請總統起床接你的電話？」

「沒有。建豐同志。」陳繼承趕忙答道，同時改了稱呼，「千萬不要影響總統休息……」

蔣經國的聲音：「那有什麼事，能不能先跟我溝通一下？」

「建豐同志。」陳繼承知道繞不過他這道坎了，「你在南京，我在北平，這裡的情況我清楚些。國防部調查組那個稽查大隊有共黨的內奸，利用你反貪腐的決策，配合共黨煽動學潮，把北平全搞亂了……」

電話那邊，蔣經國立刻打斷了陳繼承：「調查組稽查大隊是我建立的，人員是我組織的，你說誰是共產黨的內奸？」

陳繼承：「方孟敖！這個人是共黨祕密發展的黨員！」

「證據。告訴我他是共產黨祕密黨員的證據。」

陳繼承愣了一下：「現在只能說跡象，種種跡象已經顯示。具體證據黨通局和保密局會有詳細的後續調查報告。」

蔣經國的聲音：「那就是沒有證據。也就是說種種跡象都是你的猜測。」

陳繼承有些急了：「建豐同志。我受總統的重託，守著北平，我必須向總統負責，同時也是向你負責……」

蔣經國電話裡的聲音變得冷峻起來：「抓我的人，不跟我打招呼，沒有證據，就說是共產黨。你沒有義務向我負責，希望你向黨國負責！」

「建豐同志！」陳繼承的臉脹得通紅，「我今天的行動，奉有國防部的軍令。這道軍令是向總統報告過的！」

蔣經國的聲音更冷了：「總統有明確批示嗎？你幫著另一些人，私自給總統打了那麼多電話，希望總統同意抓我的人，是嗎？」

「娘希匹」！這句不倫不類的國罵，差點兒從陳繼承心裡脫口而出，幸虧立刻意識到對方才是純正的浙江奉化口音，而且是純正的溪口聲調，那三個字才沒有罵出聲，卻被憋在喉頭。他的那頂大簷帽下也開始流汗了，禁不住向站在一旁的曾可達望去。

曾可達背對著他，明顯是假裝望著外面，其實哪句話他沒聽到？

「陳總司令，我希望聽到你的明確答覆。」電話那邊卻不容許他沉默。

「建豐同志。」陳繼承還想竭力保住自己的臉面，「我希望聽到總統的明確指示。」

蔣經國電話裡的回響變得清晰了：「好，那就請你記錄，在心裡記錄。」

「是！」陳繼承不得不雙腿一碰，挺直了身子。

蔣經國這時的聲音變成了公文式的表述：「陳繼承是我的學生，對我還是忠誠的。一時糊塗，可以改正。叫他替我看好北平，嚴防共黨煽動學運民運，尤其要嚴防共黨的策反行動，配合傅作義跟共軍作戰。犯不著去巴結別人，蹚金融經濟的渾水，淹進去，那就誰也救不了他。」

傳達已經完畢，陳繼承依然筆直地挺立在那裡。

「陳總司令聽明白了嗎？」話筒裡雖依然是奉化溪口的聲調，但語氣已經是建豐的了。

「是！」陳繼承這一聲答得好生惶恐，顯然是在回答他的轉述，「學生明白！」

「校長對你還是信任的。」蔣經國這次接受了他的惶恐，主動將總統改成了校長，「聽我一句勸，國防部那道軍令暫時不要執行，將調查民調會物資和北平分行帳目的責任交還給國防部調查組。我這也是為了你好。」

陳繼承：「我明白，建豐同志……」

陳繼承的車隊開走了。曾可達放下了帽檐邊敬禮的手。

第四兵團特務營和警備司令部那些憲兵兀自愣愣地筆挺在那裡。

曾可達：「沒你們的任務了，都撤了吧。」

特務營長只好領著那些特務兵上了中吉普。

憲兵們紛紛整隊，爬上了十輪軍用大卡車。

三輛車開出了大門，軍營裡立刻安靜了，只剩下了曾可達、王蒲忱和軍統執行組的那十幾個人。

曾可達這才騰出空來將手伸向王蒲忱一握：「辛苦王站長了。」

王蒲忱又恢復了那副病懨懨的狀態：「執行任務，應該的。」

曾可達鬆開了手：「還有任務需要王站長配合，我們一起進去吧。」說著走向營房的大門邊。

大門依然緊閉，裡面竟出奇的安靜。

曾可達大聲說道：「我是曾督察！陳總司令他們都撤了，開門吧！」

營房方孟敖單間。

郭晉陽又搬進來兩把凳子，放在曾可達和王蒲忱身後，便立刻退出去將門關了。

「不坐了。」曾可達沒有坐下。

除了方孟敖依然坐在那把椅子上，其他的人也只能站著了。

「民調會的案子性質已經變了。」曾可達瞟了一眼徐鐵英，商量著望向方孟敖，「查案的和被查的互相串通，湮滅罪證，掩蓋真相，還在領袖那裡誣告國防部調查組。從現在起，馬漢山和民調會幾個重要案犯要隔離審訊。」

「我贊成！」徐鐵英知道陳繼承已撤，現在自己只能以中央黨部聯合辦案的身分獨自背水一戰了，「根據你們國防部的軍令，我今天來就是為了將馬漢山一干重要案犯拘押到警察局隔離審訊。」

曾可達露出了一絲冷笑，陳繼承都落荒走了，徐鐵英仍然扛著中央黨部的牌子試圖頑抗，可見他們是何等的害怕深究馬漢山。

他乾脆坐下了，也不再看徐鐵英，而是望向方孟敖：「忘記告訴二位了，南京有最新指示，國防部那道軍令暫不執行，馬漢山一干重要案犯必須押至一個更安全的地方。至於哪裡更安全，我想聽方大隊長的意見。」

方孟敖又出現了讓所有人都感到頭疼的沉默。

因為別人看不到，他自己在這種沉默的時候，眼中就會出現天空，眼前的人就會幻化成飛機！

曾可達這時在他的眼中化成了自己的僚機，儼然在配合自己作戰。

徐鐵英變成了自己這架長機和曾可達那架僚機共同追擊的敵機。

「開火！」方孟敖心裡發出了擊落敵機的指令！

可很快他發現，自己按下的炮鈕竟沒能發射出炮彈。轉頭望去，曾可達那架僚機對自己的指令竟充耳不聞。徐鐵英那架敵機依然在前方飛著！

方孟敖目光一閃，和以往一樣，他從神遊中又回來了。天空消失了，飛機也消失了。他眼前的曾可達依然是曾可達，徐鐵英依然是徐鐵英，而自己依然是一個孤獨的自己！

他不再看這兩個人，轉望向馬漢山：「馬副主任，今天你很配合，我聽你的意見，你願意跟誰走？」

馬漢山的臉一直朝著窗外，這時慢慢轉過身來，問道：「方大隊長，還記不記得那天晚上你和我在後海？」

方孟敖看見馬漢山這時的眼神竟也如此孤獨！

也就是這一刻，方孟敖突然明白了什麼叫做人的複雜。曾可達要在他身上找到默契，馬漢山也要從他身上找到默契。兩相比較，反而是馬漢山有幾分親近。他望著這個此時的弱者，點了下頭，答道：「當然記得。」

馬漢山：「當時在水裡，你問我看沒看到那個人，可還記得？」

方孟敖的臉凝重了，只點了下頭。

徐鐵英、曾可達，包括一直裝作置身事外的王蒲忱都豎起了耳朵。

「我現在回答你。」馬漢山突然慷慨激昂起來，「我看見那個人了，他還跟我說了話！」

方孟敖：「他怎麼說？」

馬漢山：「他告訴我，有些人為了保財，有些人為了升官，安了個共產黨的罪名殺了他，下一個就輪到我了。」

——崔中石！

這一下不止是徐鐵英，曾可達也明白了他在說誰。

兩個人的目光同時狠狠地盯向馬漢山！

「聽他說完。」方孟敖滿眼鼓勵地又望著馬漢山，「他還說了些什麼？」

「洪洞縣裡無好人！他說，這把爛牌從一開始就被人聯手出了老千，人家贏了錢，他卻賠了命。」說到這裡，馬漢山的目光猛地轉向徐鐵英和曾可達，「姓徐的，那夜在警察局你說崔中石是共產黨，絕不能留了。殺了他以後，你又對著崔中石的屍體說他不是共產黨。現在當著方大隊長，你說，崔中石到底是不是共產黨？不是共產黨，你為什麼要殺他，是誰在逼著你殺他？」

第二十八章

東中胡同二號崔中石家院內，方孟敖營房那盞兩百瓦的燈在這裡變成了院門簷下十五瓦的燈，便如一團突然縮小了的昏黃的月，照向院子裡影影綽綽的大樹，照著大樹下的方步亭，益顯煢煢孑立。

其實還有兩個人站在院子裡，不過是在樹影外，一個是謝培東，一個是兩手拎著禮包的程小雲，正望著開了門的北屋。

北屋的燈跟著亮了，趕去開了燈的葉碧玉走了出來。

葉碧玉顯然沒有想到這麼晚謝襄理會陪著行長和夫人突然來到，這時也分不清是受寵若驚，還是忐忑不安，開了燈返回來，說話時便失去了平時上海女人那種俐落，有些慌亂：「行長、夫人和謝襄理，快坐屋來吧！」

謝培東和程小雲都望向了樹影下的方步亭。

但見方步亭依然站在樹下，微抬著頭，像是在看樹，又像是在看天。

今夜又無月，北平城還是大面積停電，滿天的星就像在大樹頂上。

葉碧玉心中更加忐忑了，茫然望向謝培東。

謝培東：「行長，去屋裡坐吧。」

「哦？」方步亭這才慢慢轉過頭來，望向他們，又望了一眼亮了燈的北屋，眼中閃過一道旁人不易察覺的猶疑，「院子裡涼快，不進屋了，這裡坐坐吧。」

這一絲瞬間閃過的目光，謝培東和程小雲看到了。

謝培東沒有接言，望向程小雲，顯然是商量好的，讓女人跟女人說話更容易溝通。

程小雲主動迎了過去，一開口便顯出了隨和：「大姐，行長怕熱，我們就在院子裡坐坐吧。」

「怎麼好讓行長和夫人坐在院子裡？」葉碧玉立刻顯出不安，「樹上還有鳥窩，又有蟲子，不乾淨的。」

「中石還真是個有福氣的人哪。」方步亭感嘆了一句，已經撩起長衫的後襬在樹下石桌旁的石凳上坐下了，望向程小雲，「只聽他說過夫人細心體貼，今天見到了吧？好好學學。」說到這裡，他又轉對謝培東，「行裡還有事，你就先回去，再叫司機來接我。」

「好。」謝培東答著，轉對葉碧玉，「崔副主任那邊為行裡爭來了不少美援，行長心裡高興。這才想著一定要來看看你們。沒有別的事，我先失陪了。」

「這也太辛苦謝襄理了。」葉碧玉連忙跟著謝培東向院門走去，替他開門。

＊　＊　＊

營房方孟敖單間。

兩百瓦的燈照著一團身影閃向門邊。

馬漢山就像一隻彈起的貓，躍到剛剛進來站到門口的孫祕書面前，「啪」的一記耳光，好生響亮！

孫祕書的手立刻抬起來，顯然是要去擒拿馬漢山，卻又硬生生停在那裡。

——他看見了黑洞洞的槍口！

依然坐在椅子上的方孟敖的手比他更快，一把槍已經遠遠地瞄著他的頭。

徐鐵英懵在那裡。

曾可達愣在那裡。

就連一直站在窗口置身事外的王蒲忱也吃驚地望向了這邊。

「狗日的！有本事今天將老子這條胳膊也折了！」馬漢山也不知看沒看見背後那支幫自己的槍口，一把揪住孫祕書的衣領，幾乎是臉對著臉，吼得唾沫都噴在孫祕書的臉上。

「你站開。」方孟敖發話了。

馬漢山慢慢轉過頭，這才看見方孟敖的槍口在指著孫祕書的頭，又見方孟敖是望著自己，更是熱血翻騰，捨不得站開。

方孟敖：「站開，讓徐局長問他。」

馬漢山望方孟敖的眼滿是人情，鬆手時仍然恨恨地扯了一把，這才又走了回來。

方孟敖把手槍放回了桌面，對徐鐵英：「問吧。」

徐鐵英一生在中央黨部位居要津，怎麼也沒想到今天會受國防部所轄兩個部門如此挾持。馬漢山不恥鬥，方孟敖不敢鬥，只得望向曾可達。

曾可達也望著他，偏不接言。

孫祕書挨了打受了氣，這時還不得不筆直地挺立在那裡，徐鐵英不發話，他是一個字也不會吐的。

徐鐵英慢慢閉上了眼。

崔中石放棄了組織安排的營救，選擇了並不慷慨的赴死，這時起到了作用。錯綜複雜的黨國內部各派，竟然無一人敢承認他是共產黨，還不得不承擔殺他帶來的後果。馬漢山這番發難，徹底解脫了方孟敖的共黨嫌疑，卻死死地纏住了徐鐵英。鐵血救國會也正好達到了重用方孟敖的目的，可以放手實施一手堅決反共，一手堅決反腐的兩面作戰了。

「主任！」孫祕書打破了沉默，望著徐鐵英卻不叫他局長，而稱主任，「您請坐下。」

徐鐵英睜開了眼，其他人都望向孫祕書。

孫祕書：「您代表中央黨部，您請坐下！」

徐鐵英這時反被部下這股慷慨之氣喚醒了，心中也不知是何滋味，點了下頭，坐了下來。

孫祕書的目光倏地轉向馬漢山：「你們叫這個黨國的敗類站起來！」

馬漢山猛地站起來，不是因孫祕書叫他站起，而是又想衝上去打人。

「馬漢山！」這回是曾可達喝住了他。

馬漢山愣生生地站在那裡，兩眼卻依然惡狠狠地望著孫祕書。

曾可達轉對孫祕書：「架子擺完了嗎？擺完了就回方大隊長的問話。」

孫祕書：「回什麼問話？」

曾可達：「崔中石怎麼死的？」

孫祕書：「是不是牽涉到誰都可以說？」說到這裡他的目光望向了方孟敖，「方大隊長，牽涉到你的父親是不是也可以說？」

方孟敖的那隻大手倏地又伸向了桌面！

所有的目光都盯了過去，望向桌上那把槍！

方孟敖卻是去拿菸，拿起盒子裡的一支雪茄：「接著！」將雪茄扔向孫祕書。

孫祕書下意識地接住了那支雪茄。

方孟敖接著又拿起了桌上的打火機，站起來走到孫祕書面前，打燃了火機：「定定神，慢慢說。」

＊　＊　＊

東中胡同二號崔中石家院內。

「不著急，慢慢吃。」方步亭這時像個慈祥的祖父。

崔中石的女兒平陽坐在他的一條腿上，兒子伯禽被他輕輕摟著站在身邊。

寧願三歲沒娘，不願五更離床。兩個孩子睡夢正酣，被媽媽從床上叫起，開始老大不情願，待到聽說方爺爺送來了爸爸從美國捎來的巧克力，頓時睡意全無，一人手裡拿著一塊吉百利巧克力嚼著，眼睛同時望向石桌上打開的巧克力盒。

方步亭立刻又從盒中抓出一把塞給平陽。

「不好這樣子吃的。」葉碧玉笑臉對著方步亭，說出的話卻讓平陽收回了手。

「爸爸去了美國，還會給你們寄來。今天不聽媽媽的，只管吃。」方步亭將巧克力硬放到平陽的小手掌中。

平陽的小手掌向上攤開，卻依然不敢去握那把巧克力，兩眼望著媽媽。

程小雲說話了：「讓孩子吃吧，不要拂了行長的意。」

「那就快接著。」葉碧玉偷偷掠了一眼方步亭的臉色，方步亭的目光只在兩個孩子身上。

平陽握住了方步亭塞給她的那把巧克力。

伯禽早已做好了接糖的準備。

方步亭這時偏又沒有接著去抓盒中的巧克力，只問平陽：「數一數，爺爺給你的是幾塊？」

平陽很快就數出來了：「四塊。」
方步亭這才笑著轉望向伯禽：「妹妹是四塊，你想爺爺給你幾塊？」
伯禽想了想：「三塊。」
方步亭愣愣地望著他：「為什麼只要三塊？」
伯禽：「爸爸從小就跟我說了孔融讓梨……」
方步亭的手在伸向石桌上的盒子時便有些慢，是竭力不使手發顫。
「大姐也嘗一塊吧。」程小雲哪能不知道方步亭這時的心境，心裡隨著他難過，還得幫他掩飾，搶著先拿起來一塊巧克力遞給葉碧玉。
葉碧玉果然被她這個動作引過神去，慌忙說道：「給孩子的，我們大人哪能吃這些東西。」
方步亭也察覺了程小雲在幫他掩飾，立刻鎮定了心神，已經拿起三塊巧克力塞到了伯禽的手裡。
程小雲接著從盒中又拿起了一塊：「崔副主任說了，這些東西大姐也要吃。要不我陪你吃一塊？」
葉碧玉這就不得不接了，眼望著程小雲先將自己那塊塞進了嘴裡，兀自有些羞澀，將巧克力塞進嘴裡輕咬了一口。
程小雲裝出笑容，同時望向方步亭。
方步亭也不得不笑了，卻對兩個孩子：「問媽媽，好不好吃？」
兩個孩子這時雖都在偷看媽媽吃糖，待到媽媽的眼睛望過來時連忙又將目光移開，哪還敢問。
方步亭望向程小雲：「這個中石呀，家教可比我嚴。」

* * *

營房方孟敖單間。

孫祕書剛才也不知道說了些什麼，這時再不開口了，似乎留了一個極大的懸念，一副堅不吐實的神態，以致於屋內所有的人都沉默在那裡，空氣也跟著凝固了。

方孟敖的眼在盯著孫祕書的手，見他左手拿著自己那只美式打火機，右手拿著那支雪茄，雪茄並沒有點燃。

「徐局長。」方孟敖轉對徐鐵英。

徐鐵英也陰陰地望向他。

方孟敖：「你的部下太緊張了。幫個忙，叫他把菸點上，抽幾口。」

「他不抽菸。」徐鐵英冷冷地答道，「我從來不叫部下幹他們不願意幹的事。」

「你叫他殺崔中石呢！」方孟敖的話緊逼了上來，「也會問他們願不願意？」

「問得好！」馬漢山忽然這一嗓子，把所有緊張的目光都奪了過來。

馬漢山這時絲毫不顧其他人的反應，只配合方孟敖：「姓徐的，但凡還講一點兒義氣，對這麼忠心的部下你也不會把責任都推給他吧！」

「曾督察！」徐鐵英再也不能忍耐，站了起來，盯著曾可達，「我也是南京指派的調查組成員，我現在提議，立刻將這個貪汙犯先押出去！」

曾可達儘管也十分厭惡馬漢山，但今天的目的十分明確，就是徹底爭取方孟敖深挖北平案的貪腐，以貫徹建豐同志接下來更重要的指示。面對徐鐵英的所謂提議，他佯裝想了想，答道：「馬漢山當然要關押，可現在他是在跟孫祕書對質。你的部下不配合，你似乎應該先叫你的部下配合。」

「主任！」孫祕書不沉默了，喊了一聲徐鐵英，「為了黨部的形象，您也犯不著再替人家遮掩了。」

「胡說什麼？」徐鐵英這時最擔心的就是這個部下又犯愚忠。

孫祕書卻不再看他，轉對方孟敖：「是。崔中石是在方行長離開以後，被馬漢山帶著北平站的人拉到西山槍斃的。」

馬漢山見他開口反而興奮了：「說，接著說下去，當時你拉著老子在一旁說了什麼！」

孫祕書：「我傳達了徐局長的命令。」

馬漢山：「什麼命令？」

孫祕書：「崔中石的情況太複雜，應該將人送到國防部調查組去。」

——誰都能聽出，也能看出，孫祕書這是在撒謊。可這個謊撒得卻又合乎情理，況且沒有第三個人能證實！

所有人的注意力便都下意識地集中到馬漢山身上，等著他撲上去跟孫祕書拚命！

馬漢山這回的反應卻讓所有人的期望都落空了。

他非但沒被激怒，而且看也不再看孫祕書一眼，慢慢轉對徐鐵英：「姓徐的，你在中統，我在軍統，兩邊雖然都是從成立那天吵過來的，終歸還有一條底線，誰也不要向對方移禍栽贓。你現在指使部下踩底線了。打電話叫我帶北平站的人來只為將崔中石送到國防部調查組去，笑話！你警察局那麼多員警都睡覺去了？你現在說不說實話？是不是要逼老子也踩底線，將你在背後盤算國防部調查組和北平分行那些事都抖出來……」

「丟人誤國！」曾可達一掌拍在桌子上，「我現在代表國防部調查組傳達南京的最新指示，將馬漢山和孫朝忠交保密局北平站羈押審訊，方大隊長負責的稽查大隊獨立辦案，徹查貪腐，有任何部門再敢於干擾，直接報建豐同志處置。方大隊長。」

方孟敖這次站起來了。

曾可達：「你還有沒有別的意見？」

方孟敖：「羈押到北平站的人我能不能隨時審訊？」

曾可達：「北平站也歸國防部保密局管，你當然可以隨時審訊。」

方孟敖又坐了下去。

曾可達這才對徐鐵英：「徐局長還有沒有別的意見，我現在希望你最好不要再有別的意見。」

徐鐵英這一仗可謂一敗塗地，倏地站起來，既不再答話，也不再打任何招呼，徑直向門外走了出去。

孫祕書就被自己的上司孤零零地撂在了這裡。

「王站長。」曾可達也不再理走出去的徐鐵英，望向王蒲忱，「這兩個人就交給你了。除了國防部調查組，任何人不得提審。」

「這沒問題。」王蒲忱答著，立刻向外面喊道，「執行組！」

軍統北平站執行組的人就在門外的營房，聞聲那個執行組長立刻帶著兩個人進來了。

王蒲忱：「保護馬副主任和孫祕書去西山。」

「是。」執行組長本就是等著執行抓馬漢山任務的，卻沒料到還要抓孫祕書，因此在回答這一聲時，有些詫異地望向孫祕書。

孫祕書反倒十分乾脆，自己主動向外走去。

「站住。」方孟敖叫住了他，「把我的打火機和菸留下。」

一個軍統執行組的人從他手裡拿過了打火機和菸，送回了桌面。

方孟敖這才說道：「可以押他走了。」

那個軍統押著孫祕書走了出去。

剩下的就是馬漢山了，可他還是坐在那裡，絲毫沒有要站起來的樣子。

王蒲忱對他仍不失禮貌：「老站長，替黨國幹事哪能不出些差錯，事情總會說清楚的。我們走吧。」

「你還年輕！」馬漢山依然坐著不動，盯著王蒲忱，「最好不要接這個把，老子死在你那裡，你負不起這個責任！」

「給臉不要臉！」曾可達怒了，倏地站起來，「我跟方大隊長還有重要問題商量，你是不是也想留下來參加？」

馬漢山當然知道自己不能留下來參加，又望向了方孟敖。

方孟敖望向了王蒲忱：「人你可以帶走。我剛才說了，我隨時要調查，隨時要能見到馬副主任。見不到人，責任可是你的。」

王蒲忱心裡沒這個底，當然不會表這個態，望向曾可達。

曾可達當即表態：「請王站長配合。」

王蒲忱這才表態：「我配合國防部調查組。」

馬漢山不得不站起來，居然將手伸向了方孟敖。

方孟敖也站起來，將手伸了過去。

馬漢山緊緊地握著他的手，有些激動：「可樂兌紅酒，我記住了。」

曾可達的眉頭又悄悄皺起了。

方孟敖：「『死也是一杯酒，活也是一杯酒』。我也記住了。」

「相見恨晚哪！」馬漢山突然壯懷激烈起來，撂下這句不倫不類的話，也不搭理曾可達和王蒲忱，大步向門外走去。

執行組長和另一個軍統跟著走了出去。

王蒲忱倒不著急，跟曾可達和方孟敖分別握手：「曾督察、方大隊長放心吧。」這才依然徜徉著向門外走去。

曾可達也才起了身，跟了過去，不是送王蒲忱，而是去關門。

方孟敖不露聲色，坐在那裡靜靜地等他。

曾可達緊接著轉身走了回來，將椅子挪到方孟敖身邊坐下，滿臉懇切，突然叫道：「孟敖同志。」

方孟敖靜靜地望著曾可達，毫不掩飾目光中的陌生。

方孟敖在陌生地打量著曾可達。

曾可達在耐心地等待著方孟敖。

空軍服役十年，方孟敖一直沒有加入國民黨和三青團，因此從來沒人叫他同志。只有那個晚上，崔中石祕密介紹他加入共產黨，叫過他一聲同志，此後也再沒有以同志相稱。現在這個稱呼突然從曾可達嘴中叫出，方孟敖明白自己等待的這一刻終於逼近了。

方孟敖從桌上慢慢拿起那只打火機和那支雪茄，卻突然將雪茄向曾可達遞去：「抽菸！」

曾可達望著伸到自己面前的雪茄，這可是剛才遞給孫祕書的雪茄，他絲毫沒有慍意，坦然地接過了雪茄。

方孟敖接著打燃了打火機，慢慢伸過去。

曾可達將雪茄生澀地含到嘴裡，方孟敖伸到他面前的火卻又停住了：「這可違反了新生活運動。」

「沒有那麼嚴重。」曾可達主動將菸湊向火，吸燃了，「共事一個月了，上面指示，想聽聽你對組織的看法。」

方孟敖蓋上了打火機的蓋子，望著他：「組織？哪個組織？」

曾可達：「我們國防部調查組，建豐同志領導的國防部預備幹部局。」

方孟敖：「我沒有什麼看法。你們對我有什麼看法，可以直說。」

此時曾可達面前的方孟敖已經不再是以往的方孟敖，疊現在他眼前的是不久前建豐發給他的那份電文，是電文上那三個字的代號「焦仲卿」！

他一改以往居高臨下的態度，表現出從未有過的寬容大度春風和煦，說道：「也好。那我就先傳達建豐同志對你的評價。」

* * *

帽兒胡同二號院門內。

院門被老劉雙手使著暗勁往上抬起，很快打開了，卻沒有發出一點兒聲響。

謝培東閃身進了院門。

在院門內等著他的是張月印。

那扇門又被老劉往上抬著很快關上了。

張月印跟謝培東飛快地緊握了下手，沒有說話，立刻向北屋走去。

老劉緊跟著走去。

＊　＊　＊

飛行大隊營房方孟敖單間。

曾可達的嘴在張合著，可從他嘴中發出的聲音，在方孟敖聽來已不是他的聲音，而是他背後天空中傳來的帶著濃重浙江奉化口音的回響：「方孟敖人才難得，很健康，有尊嚴！」

方孟敖看此刻坐在面前的曾可達也已經不是曾可達了。他看見的是一個虛幻的替身，他想竭力看到隱藏在這個替身背後的那個身影。

可曾可達的背後是敞開的窗戶，窗戶外是無邊無際的夜空。

「很健康，有尊嚴……」這幾個字依然在回響，在窗外的夜空回響，在方孟敖的內心回響。

——這六個字方孟敖感覺十分熟悉，他想起了是學界對新月詩派代表人物聞一多先生新詩的評價，現在曾可達背後那個人物竟能將這個評價拿來評價自己！

方孟敖的目光從窗外收了回來，望向曾可達，試圖從他的眼神中捕捉到他背後那個聲源！

曾可達的眼神中卻只能看出他在竭力記憶，因此他的嘴也只是在機械地張合。那聲源於是很難捕捉，那個浙江奉化口音的回響於是總在遠處飄忽：

「……不了解他的人接受不了他的自我表現，了解他的人才能欣賞他超越於功利之上的精神，也就是聞一多先生在評論唐詩時說的宇宙精神。我們以往的錯誤就犯在不能接受這樣的人才，這樣的精神……」

方孟敖眼前出現了飛行時無邊無際的天空，天空中是一片飛行時最忌諱的逆光！

「你代表我將一首詩送給他。這首詩是他最喜愛的，我也喜歡……」

曾可達的身影已完全消融在逆光中，遠處那個帶著濃重浙江奉化的口音開始抑揚頓挫地朗吟起來：

太陽啊，刺得我心痛的太陽！

又逼走了遊子的一齣還鄉夢，

又加他十二個時辰的九曲迴腸！

太陽啊，火一樣燒著的太陽！

烘乾了小草尖頭的露水，

可烘得乾遊子的冷淚盈眶……

——建豐同志叫曾可達送給方孟敖的詩歌竟是聞一多的《太陽吟》！

滿目的逆光在漸漸退去，方孟敖眼前出現了遠山上空一輪真實的太陽！

穿過時空，回到了一九四三年，雲南，昆明郊外，空闊的機場：

背向太陽臨時搭成的演講臺上，挺立著聞一多先生那一襲代表中華民族永遠不屈的長衫！

蓬勃嚮往蒼穹如飛雲的亂髮，深深眷戀大地如松針的硬鬚，深藏在鏡片後沉痛而深邃的目光，還有拿在手中畫著弧形的碩大的菸斗！

演講台下，一排排，一行行，挺立著一個個飛虎隊的青年空軍！

一張張隨時準備為國捐軀的年輕的臉龐！

年輕的臉龐中，方孟敖的雙眼最是崇敬神往。

他左邊眼睛裡的聞一多先生是那樣慷慨激昂！

右邊眼睛裡的聞一多先生又是那樣沉痛悲愴！

現實的曾可達嘴唇還在機械地張合，傳達他背後的那個聲音。

方孟敖看見聽見的卻是演講臺上的聞先生和他那天風海潮般的聲音。

一個遙遠空間的聲音和一個遙遠時間的聲音重疊在了一起：

——一個浙江奉化的口音，一個湖北蘄水的口音，極不和諧地在同步朗誦著《太陽吟》後面的詩句：

太陽啊，六龍驂駕的太陽！
不是剛從我們東方來的嗎？
我的家鄉此刻可都依然無恙……
太陽啊，我家鄉來的太陽！
北京城裡的宮柳裹上一身秋了吧？
唉！我也憔悴的同深秋一樣……

＊　＊　＊

帽兒胡同二號北屋內。

——方孟敖眼中昆明機場上空的太陽，營房單間內那盞兩百瓦的燈，在這裡變成了一盞昏黃的煤油燈。

四方桌前，和上次不同，張月印坐在了上方，謝培東坐在東面桌前，老劉坐在西面桌前。這就是北平城工部上層的正式會議了，張月印主持會議。

張月印和老劉前面說了些什麼話似乎都無關緊要，現在兩個人都望著謝培東，顯然謝培東下面的話才重要。

「國民黨內部的矛盾因美國突然暫停了經濟援助，已經全面激化。」謝培東神色凝重，「鐵血救國會連陳繼承都開始打壓了，推在前面衝鋒陷陣的就是方孟敖同志。從我們經濟戰線的情報分析，美國一旦恢復了援助，國民黨立刻就會推行幣制改革。平津方面推行幣制改革的重點是北平分行，為了使北平分行全力配合他們……」說到這裡，謝培東停頓了一下，說出了那個使他們十分糾結的名字，「蔣經國，會不惜一切代價排除一切障礙重用方孟敖對付方步亭……這個時候，我想請組織慎重考慮，該不該跟方孟敖同志接上組織關係。」

老劉望向了張月印。

張月印卻沒有與老劉交流，仍然平靜地望著謝培東：「謝老的擔心是不是有以下兩層意思。一是你說的那個人物已經做了全面佈控，我們任何接頭行動都會被鐵血救國會發現。第二就是繼續利用梁經綸讓何孝鈺同志接頭，又擔心何孝鈺同志的經驗和感情都無法應對梁經綸，更無法應對如此錯綜複雜的鬥爭？」

謝培東沉重地點了下頭。

老劉也跟著點了下頭。

這次是張月印無聲地沉默了。

＊　＊　＊

飛行大隊營房方孟敖單間。

方孟敖已經閉上了眼，他眼中的太陽不見了。

只剩下那盞兩百瓦的燈在照著滿臉流汗的曾可達，他顯然已經忘記了這首詩的最後幾句，只能將手伸向上衣下邊的口袋，掏出那張電文紙。

方孟敖卻在心裡朗誦起了最後那幾句：

太陽啊，慈光普照的太陽！
往後我看見你時，就當回家一次，
我的家鄉不在地下乃在天上！

「不用念了。」方孟敖睜開了眼，打斷了拿著電文紙的曾可達，「為什麼要念這首詩給我聽？」

曾可達只好又將電文紙放回口袋：「建豐同志想知道，你聽過他送給你的這首詩後的感受。」

「我沒有什麼感受。」方孟敖這才將目光慢慢轉向曾可達，「只是記得寫這首詩的人已經死了。」

「是。」曾可達的語氣顯出沉重，「這正是建豐同志叫我跟你交流的下一個話題。」

方孟敖：「什麼話題？一個晚上，談完了一個死去的人，又談一個死去的人？」

曾可達從方孟敖的眼神中已經看出，他不是在問自己。

＊　＊　＊

帽兒胡同二號北屋內。

「小王！」

幾分鐘的沉默，張月印仍然沒有給謝培東還有老劉答案，卻突然向隔壁叫道。

隔壁房間，小王立刻走了出來。

張月印：「華北城工部的電文來了沒有？」

那個小王很少聽到張月印同志這種平時不會有的問話，因這樣的指示一到，自己會立刻遞交，何需催問？不好答話，只能搖了搖頭。

張月印：「立刻向華北城工部發電，六個字：『三號時間有限』！快去。」

小王：「是。」又快步走進了隔壁房間。

張月印：「謝老，今晚約您來，是因為上級有重要指示，要請你、我，還有老劉同志一起等候。」

謝培東：「關於幣制改革的指示，還是關於方孟敖同志的指示？」

「也許都有。」張月印這才將剛才沉默了幾分鐘無法回答的問題，斟酌著用理論來回答，「您剛才對必須面臨的突然性而帶來的鬥爭複雜性所做的分析，已經客觀地發生了。事情往往不以人的意志為轉移。方孟敖同志本來是應該用在最關鍵的時候率部起義的。一切社會關係的總和使事物往另一個方向發生了變化。方孟敖同志沒有這個思想準備，我們也沒有這個思想準備呀……謝老，等上級的指示吧。」

＊　＊　＊

曾可達流露出的激動這時還是真的激動，建豐同志平時的教導還有不久前叫他背誦聞一多的詩，此刻全明白了，對待真誠唯有真誠！他站了起來，完全進入了情境：「建豐同志說，我們幾千年來都在犯著同一個致命的錯誤，就是往往不喜歡自己最優秀的兒子。」

方孟敖：「這個我們是誰？」

曾可達：「太多了。比如當時殺聞一多先生的那些人，今天想抓你的那些人，都是。」

方孟敖：「你說的那些人又是誰的人？」

曾可達：「誰的人都不是。他們自詡是黨國的人，其實是誤黨誤國的人。」

方孟敖：「這和幾千年又有什麼關係？」

曾可達：「慣性！幾千年歷史造成的強大慣性！這正是建豐同志希望我今天和你談話的重要內容。」

「太深了吧，我聽不懂。」方孟敖從桌上的雪茄盒裡又掏出了一支雪茄，這回沒有再遞給曾可達，而是響亮地打燃了打火機，自己抽了起來。

「建豐同志說你能聽懂。」曾可達十分耐心，盡力將建豐這段話說得像建豐同志的語氣，「幾千年封建專制的歷史，就是一部維護既得利益集團的歷史。誰來維護，只能重用小人。重用小人的結果必然是排斥優秀的人才！楚國放逐屈原，司馬氏集團殺嵇康，就是典型的例證。其結果不是速亡，就是釀成萬馬齊喑的衰運。相反也有兩個典型的例證，唐肅宗不殺李白，宋神宗不殺蘇東坡，是他們吸取了前朝的教訓，懂得一個道理，『殺高人不祥』！一個善念，保護了李白，保護了蘇軾，就為我們這個民族留下了不可取代的文化。這兩個朝代無形中延續了許多年，不能說與此無關。建豐同志經常跟我們反思這個歷史，十分感嘆。一再強調，我們這個民族一定要學會喜歡自己最優秀的兒子……」

「我好像聽懂了一點兒。」方孟敖打斷了他，「你說這麼多，是想告訴我，殺聞一多先生與誰都無關？」

「不是有關無關的問題！」曾可達又激動起來，「我剛才已經告訴你，建豐同志說了，這是絕不該發生的錯誤！聞先生被暗殺後領袖就十分生氣，嚴令懲辦那些小人！建豐同志也正是因聞先生之死十分痛心，才跟我們談起了剛才那段歷史。比如今天，你能從陳繼承的槍口下脫身，不也證明了建豐同志的態度嗎？」

方孟敖：「曾督察這個比方我不明白。」

曾可達：「什麼不明白？」

方孟敖：「照你們的說法，屈原、嵇康，李白、蘇東坡，還有聞一多先生都是高人。我只是個軍人。」

曾可達：「你是個能夠保護高人的軍人！建豐同志為什麼要把聞先生的《太陽吟》送給你？因為他知道你崇拜聞一多先生，像聞先生一樣，愛我們這個民族，愛我們這個民族的優秀文化，愛我們這個民族所有的同胞！」

方孟敖開始沉默，接著笑了一下：「太大了吧？我愛得過來嗎？」

曾可達：「責任！這是責任！我們為什麼來北平？因為在這裡還有像聞先生一樣的朱自清先生、陳寅恪大師，連他們的家裡都斷糧了！何況北平的兩百萬民眾。你和我，我們都有責任保護他們。」

方孟敖慢慢在菸缸裡擰熄了雪茄：「想要我幹什麼，直說吧。」

曾可達眼睛慢慢亮了，他感覺建豐同志的指示起作用了，從衣服上面口袋抽出了筆，又從衣服下面口袋掏出了一張空白的公文紙。

方孟敖見他在紙上慢慢寫出了五個字——「孔雀東南飛」！

又慢慢寫出了三個字——「焦仲卿」！

＊　＊　＊

河北阜平縣中共華北局城工部報務室。

這裡是一片嘀嘀答嗒的收發報機聲。

馬燈，一盞、兩盞、三盞。

深夜的窗口都蒙掛著軍毯，報務室悶熱如蒸籠。

電臺前，幾個解放軍的報務員都在揮汗收發電報。

長桌前，幾個解放軍的譯電員都在揮汗翻譯電文。

劉雲站在一個譯電員身旁，輕搖著一把蒲扇，正接過北平方面剛發來的那封電報。

呈遞電報的那個譯電員同時輕聲說道：「部長，沒有簽署，是北平城工部發來的。」

劉雲的目光盯向電文——「三號時間有限。」

「催什麼催！」劉雲心裡暗說，眉頭擰了一下，接著目光望向了最裡邊那架電臺。

「這個張月印，也不是大將之才。」甩出這句話，他將那份電報往桌上一按，逕自穿過幾部電臺，走向了最裡邊那架電臺，問那個報務員，「中央的指示還沒有動靜？」

中央的指示一到，自己會立刻呈交，何需催問？那個報務員也露出了像張月印身邊小王一樣疑惑的眼神，望著部長。

劉雲立刻明白了自己這一問與張月印那份電報的一問心情一般，水準也一般，將手裡的蒲扇一揮，又甩了一句讓那個報務員更加不解的話：「也不是大將之才。」搧著蒲扇走回了譯電桌旁。

大門突然傳來了敲擊聲響：三下，又是三下，還是三下！

所有的人都把目光翻望向並看不見的夜空，專注地聽著即將傳來的聲響！

劉雲也停下了手裡的蒲扇，側耳聽著。

——沉寂的夜空隱約傳來了飛機的聲音！

大門輕輕推開了一線，進來了腰挎手槍的警衛排長，有些緊張：「國民黨的飛機，兩架！請首長和同志們先去防空洞吧！」

劉雲的目光又望向了桌上張月印那份電報，接著又望向接收中央指示的那臺電報機，蒲扇又一揮，像是要揮去時遠時近隱約傳來的飛機轟鳴聲：「瞎飛！不要理它。各單位繼續工作。」

幾臺收發報機立刻繼續收報發報，幾個譯電員也立刻接著翻譯電文。

那個警衛排長也有些固執，敬了個禮：「請首長防空，注意安全！」

劉雲的目光這時敏銳地盯向了最裡邊那架電臺——報務員正在收報。中央的指示終於來了！

劉雲對著擋在面前的警衛排長：「聽你的，還是聽我的？繼續監視，加強戒備！」

警衛排長只好雙腿一碰，無奈地又敬了個禮：「是！」走回大門拉開一線又退了出去。

劉雲已經到了那架電臺前。

那個報務員站起來，雙手遞過密碼電報：「部長，是周副主席簽發的！」

劉雲一把抄過密碼電報，大步走到譯電桌前，對那個年齡最大的譯電員：「立刻翻譯！」

那個譯電員還真是個高手，鉛筆用最快的速度寫出了劉雲急於要見的文字：

——「炕灰未冷山東亂，劉項原來不讀書，可找《玉臺新詠卷一》一讀，並告北平二號。」

等了半天的中央指示，周副主席親自簽發的，竟只是要找一本書。

納悶之後便是驚愕，劉雲盯著這份亂石鋪街的電文，目光下意識地望向了牆中央貼著的朱總司令右邊的毛主席畫像，接著心裡暗叫了一聲：「主席！」

悟到這裡，臉上不禁開始冒汗，緊接著叫道：「葉科長！」

「在！」葉科長急忙走了過來。

劉雲已放下蒲扇，從桌上拿起一支鉛筆，在一張空白紙上急速寫下「玉臺新詠卷一」幾個字，遞給那個葉科長：「帶一個班，去縣中學，直接找到石校長，無論如何要立刻借到這本書，就說我想看。」

那葉科長雙手接過紙條：「是。」立刻走了出去。

劉雲當即走到靠牆的一臺發報機前，將剛收到的中央電文遞了過去：「照原文給北平二號發報。」

報務員剛伸手接電文，劉雲又收了回來：「等一下。」將電文紙放到電臺前的桌上，拿起鉛筆，將電文上「一讀」的「一」字圈了一下，一根線畫到旁邊的空白處，改成了「備」字。

「一讀」改成了「備讀」。

報務員來接，劉雲又停住了，接著在自己寫的那個「備」字上畫了一個叉：「還是照原文吧。」

這才遞給報務員，迸出兩個字：「發吧！」

隨著嘀嘀答嗒的發報聲，飛速掠回到北平，停在帽兒胡同一帶居民區的上空！

這裡依然一片漆黑，北平的民生一切早已無法保證，居民區照舊大面積停電。

＊　＊　＊

帽兒胡同二號四合院北屋。

桌旁，煤油燈前，張月印、謝培東和老劉站在那裡看剛收到的電文：

——「炕灰未冷山東亂，劉項原來不讀書，可找《玉臺新詠卷一》一讀，勿誤。」

老劉看完了電文，望向張月印，滿臉疑問。

張月印仍低頭望著那份電文，沒有疑問，臉上露出的是更加深的焦慮和凝重，抬頭回望了一眼老劉，又慢慢望向了謝培東：「這不是正式指示，是華北城工部轉發的緊急通知，中央的正式電文密碼會改。必須立刻找到《玉臺新詠卷一》這本書。」

老劉：「是一本什麼書，我們的同志家裡能不能找到？」

張月印搖了搖頭：「是一本古詩集，我們的同志家裡不會有。」

「那就只有到琉璃廠去買了。」老劉立刻明白了這本書的重要性，「我去吧。」

「全城戒嚴，這時不能去琉璃廠。」張月印當即否定了他的建議，轉向謝培東，「謝老，您不能久等了。收到了正式指示我們再跟您聯繫。天亮前後能不能打方家那個電話？」

謝培東：「這段時間，我都能接電話。方步亭今晚去了崔中石同志的家，天亮後還會去何其滄家，一是為了躲開方孟敖，二是為了向何其滄了解美國方面對幣制改革的意向。」

「謝老這個情報也很重要。」張月印望向老劉，「我一併給華北城工部回電。老劉同志，你把謝老送到門口，告訴護送的同志務必保證安全。」

這個叮囑讓老劉眼中掠過一絲不快，便不回張月印的話，直接攙了一把謝培東，「謝老，我送你出去。」

謝培東站起來，握向張月印伸過來的手。
老劉已將房門打開，謝培東向房門走去。

＊　＊　＊

北平西北郊軍統祕密監獄。
牢門被打開了，竟是不久前關梁經綸的那間牢房。
「孫祕書。」押送孫祕書的那個軍統態度還算客氣，「今晚只好先將就一下，缺什麼明天給你送來。」
孫祕書望向他：「他們都在洗澡，能不能讓我先洗個澡？」
「這恐怕不能。」那個軍統也不再說為什麼不能，「折騰了半個晚上，睡吧。」
孫祕書不再說話，習慣地扯了一下衣服的下襬，挺直腰板走進了牢房。
牢門立刻在他背後「嘭」地關上了。

＊　＊　＊

帽兒胡同二號四合院北屋。
「嚴春明同志隱蔽的地方有多遠？」張月印望向回來的老劉。
老劉：「不遠。就在隔壁胡同。」
「能不能立刻把他找來？」張月印問。

老劉立刻沉默了，稍頃：「嚴春明最近的情況很複雜，這樣重要的指示不宜讓他知道，同時也不能讓他知道你在這裡。要找這本書，我另外想辦法。」

「沒有別的辦法了，立刻把嚴春明同志找來吧。」張月印的目光又轉向了那份電文。

老劉向他望去，張月印的神態怎麼看都有些瞧著工農幹部沒有文化的意味。

老劉便繼續沉默。

張月印抬起了頭，察覺了老劉的反應，更嚴肅了：「根據組織原則，你我對華北城工部的電文指示發生意見分歧，可以請示劉雲同志裁決。可今天這封電文非同小可。」

老劉：「不是轉發中央城工部的指示嗎？」

「中央城工部誰的指示？」張月印反問道。

「周副主席的直接指示？」老劉立刻肅穆了。

張月印：「指示肯定是周副主席下的，電文內容卻像主席的口氣！」

老劉震了一下，穿著便衣卻像軍裝在身，立刻挺直了身子，望著張月印的眼一下子緊張起來。

張月印：「主席學問大，有些指示連中央領導都要翻閱很多書籍才能領會。這條電文叫我們找的這本書牽涉到很多古文典故，對接下來我們理解後面的電文至關重要。你和我都沒有這個水準，因此必須立刻找到嚴春明同志。」

「他是我安排轉移的，身邊也沒帶這本書。」老劉還是堅持己見。

張月印：「帶沒帶這本書也將他立刻請來。」

這就不像商量工作了，老劉於是又沉默。

張月印只好耐心地等待他的態度。

半生殘酷的革命鬥爭讓老劉認為，知識份子靠本本主義那一套總是吃虧。可偏偏對毛主席和周副主席的大學問，他又發自內心地佩服，認定那才是將書本知識和中國革命實踐相結合的真本事。現在牽涉到要理解主席和周副主席的大學問，自己還真沒有那個水準。他驀地冒出一種感覺，革命勝利後，依靠的可能還就是張月印和嚴春明這些黨內的知識份子。

「好吧。」他不能再否定張月印的建議，「我去將他帶來。」

「注意安全。」張月印送他走向門邊，沒有立刻開門，接著說道，「老劉同志，黨把北平城工部的重任交給了我們，我能不能給您提個意見？」

老劉望著他，那雙眼神明確地傳遞出他已經知道張月印要提的意見，希望張月印不要將下面的話說出來。

張月印今天像是有意要跟老劉過不去，堅持嚴肅地提道：「您剛才說把嚴春明同志帶來，我代表組織，希望你把這句話改成，將嚴春明同志請來。」

老劉再不掩飾黨內工農幹部的本色，回道：「我能不能不接受這個意見？」

張月印：「只要能說出理由。」

老劉：「他如果是民主人士，我當然去請。黨內的同志，就是平級，好像也沒有這個規定。」

「下級當然要服從上級。可這是兩回事。」張月印態度更加嚴肅了，「嚴春明同志原來是南開大學中文系的教授，因為北平學運工作重要，才特別安排到燕大去當的圖書館主任。對黨內這樣的大知識份子，周副主席有過明確指示，一定要尊重。」

又是周副主席！

老劉不再爭辯：「我接受批評，去把他請來。」

看著老劉出了門，張月印立刻低聲向側門喚道：「小王。」

小王從側門走了出來。

張月印吩咐：「守住電臺，收到新的電文，如果密碼對不上，就直接交給我。」

「是。」小王又走進了隔壁房間。

＊　＊　＊

軍統祕密監獄站長休息室。

在這裡馬漢山的待遇就截然不同了，他由原來的手下們陪著洗了澡，站在門口，那張江湖臉顯然比平時少了好些風浪多了好些平靜，陌生地慢慢掃視著這間房子。

陪在身邊的王蒲忱，站在身後的三個軍統，都剛洗了澡，一色的軍統夏布中山裝，等著馬漢山進去。

馬漢山依然站在門口：「這是我原來那間房嗎？」

王蒲忱答道：「是。老站長就在這裡休息吧。」

馬漢山：「那張黃花梨的床，還有那張小葉紫檀的桌子呢，賣了？」

王蒲忱淡笑了一下：「沒有，都鎖在倉庫裡。老站長要是嫌單人床睡得不舒服，可以叫他們把那張大床洗擦一下搬進來。」

馬漢山開始有些驚異，接著搖了搖頭，向靠牆邊的那張簡易單人木床走去，在床邊坐了下來。

王蒲忱跟著走了進去，拿開了擺在床頭木椅上的幾本書和一個偌大的菸灰缸，陪著他在木椅上也坐了下來。

馬漢山又掃視了一眼牆邊的兩個書櫃，和挨牆的一個木書桌，轉望向王蒲忱，感慨地嘆了口氣：「軍統在全國各站，像你這樣自律的人太少了。」

說到這裡，馬漢山望向還站在門口的那三個軍統：「都進來吧。」

門外那三個軍統這才走了進來。

馬漢山又對王蒲忱：「那張床不是拿來睡的。你問問他們，我把它搬到這裡擺了兩年，睡過沒有？」

三個軍統實在不知道該不該接這個話茬兒，看到王蒲忱望向他們，這才輕輕搖了搖頭。

馬漢山：「知道我為什麼不睡嗎？」

王蒲忱再望向馬漢山時，目光不經意掃了一眼書桌上的小鬧鐘，耐著性子聽他這個時候還要說什麼床的來歷。

馬漢山顧自說道：「張伯駒看過的，三百多年了。李自成打下開封的時候，就是從這張床上抓的福王，真正皇家的東西。雖不吉利，卻很值錢。北平站開銷大，知道你手頭拮据，我走的時候才特意給你留的。你當時若賣了，怎麼也值十萬大洋，沒想到你一直擱在倉庫裡。不要擱了，明天我給你介紹個買主，現在出手也值兩萬大洋。」

「好，明天再說吧。」王蒲忱站了起來，先走到書桌邊打開抽屜拿出一條菸，又從書桌上拿起一本書，捎帶拿起了那個鬧鐘，對那三個軍統，「老站長也累了，你們伺候他睡了，也都去休息吧。」

「睡不著了。」馬漢山也站起來，「蒲忱呀。」

王蒲忱只得站住轉過身又望向他。

馬漢山：「難得你將這間房讓給我住，我也不看書，叫他們三個將那張桌子給我抬來吧。」

四雙眼睛都望向了他。

馬漢山：「讓他們在門外守著我，不如到屋裡陪我打麻將。」

王蒲忱目光避開馬漢山，望向那三個人。

三個軍統臉上都沒有表情。

王蒲忱：「老站長今天沒帶錢，去總務室支五百美元，在行動經費上走帳，過後我去簽字。」

「是。」三個軍統這一聲答得響亮，立刻走了出去。

房間裡只有馬漢山和王蒲忱兩個人了。

「老站長，這裡原來是您的家，現在還是您的家。」王蒲忱這時才對馬漢山示以安慰，「我身體不太好，先去睡了。有什麼事您隨時都可以叫我。」

馬漢山站在那裡望著王蒲忱，眼眶突然有些濕潤了：「明天抽個時間到我住的地方去，還有好些東西，你看得上眼的都拿去，不要便宜了那些小人。」

王蒲忱只是靜靜地聽著。

馬漢山：「不都是身外之物。幹了我們這一行，命不是自己的，身體還是自己的。有個刻著藏經的盒子，裡邊裝著兩斤上等的蟲草，你一定要拿著。晚上睡覺前用開水泡五根，早上醒來後連水帶蟲草都吃了，對身體好。」

「謝謝老站長。」王蒲忱答了這句，不再逗留，快步走了出去。

馬漢山又坐回到床邊，在那裡想。想什麼，恐怕他自己也不知道。

＊　＊　＊

河北阜平縣中共華北局城工部報務室。

「部長。」這次是那個報務員拿著那份剛收到的電報走到了譯電桌前，「中央新的電報，還是周副主席親自簽署的。」

劉雲顯然是在調整自己急切的情緒，用正常的態度接過電報，用正常的態度轉手遞給桌旁那個年長的譯電員：「立刻翻譯。」

「是。」老譯電員接過電報，在桌前對著密碼本立刻翻譯電文。

恰在這時，派去找書的葉科長推開一道門縫快步走了進來：「找到了，部長，您看是不是這本書。」

劉雲立刻從參謀手裡接過那本不厚的白宣紙線裝書。

書的封面，左側長條線框中，上方豎印著「玉臺新詠」四個大字，下方豎印著的卻是「冊一」兩個小字。

劉雲緊接著翻開了封面，兩目炯炯，果然在首頁第一行看見了「卷一」兩個影印宋體字！

劉雲這才笑了：「不錯。這個石校長還真什麼書都有。」

「報告部長！」那個年長的譯電員這時卻顯出了慌張，「這份電文多數密碼譯不出來。」

劉雲：「把能翻譯的先譯出來，譯不出來的保留密碼。」

「是。」譯電員這才不緊張了，電文也很快譯出來了。

劉雲接過那紙電文。

電文內容：

——「獲悉考卷由一號出題，二號監考，試題為0040　0004　0001　0002　0003　0004　0005，考生甲為0040　0002　0011　0012　0013，考生乙為0040　0002　0014　0040　0086　0001　0002，速查明考卷的具體答案，確認考生代號的真實身分」

劉雲立刻將目光轉望向另一隻手裡拿著的那本《玉臺新詠卷一》，接著快步向隔壁自己房間走去。

劉雲辦公室的方桌上，左邊擺著那份文字夾著數字的電文，右邊擺著那本《玉臺新詠卷一》。

劉雲拿起鉛筆，先在電文上將「一號」二字畫了個圈，一個箭頭畫向上方的空白處，寫了「蔣介石」三個字；又在電文上將「二號」兩個字畫了個圈，一個箭頭，在「蔣介石」旁邊寫了「蔣經國」三個字！

緊接著，他的左手食指點向了那份電文裡第一個密碼數字0040，右手開始翻那本《玉臺新詠卷一》，翻到了第四十頁。

他的左手食指移到了電文的第二個密碼數字0004，右手同時移向了《玉臺新詠卷一》第四十頁的第四行，仔細看著，目光疑惑，他否定了這個數字，陷入思考。

一個新的想法，使他重新翻書。

他翻到了正文的第一頁。

第一行「古詩八首」四個字赫然在目！

劉雲恍然有悟，立刻拿鉛筆寫下了一個阿拉伯數字「8」！

接著翻了幾頁，目光又定在「古樂府詩六首」一行字上！

劉雲在「8」字後面飛快地寫了個「+」號，又寫下了「6」！

再翻下去是「枚乘雜詩九首」！

鉛筆寫下了「+」和「9」！

書在次第地翻，鉛筆在不停地寫著加號。

翻到那本書最後兩頁的時候，他的目光定住了。

這首詩沒有了前面那些詩「第幾首」的字樣，直接印著：「古詩無名人為焦仲卿妻作（並序）」！

劉雲飛快地翻閱完最後兩頁，發現這已經是最後一首。

他於是將前面記下的數字心算了一下，筆下得出的數字等於「39」！

又想了想，眉頭展開了，在「39」那個數字後又寫了個「+」號，接著一個鉛筆箭頭直指最後那篇「古詩無名人為焦仲卿妻作（並序）」，在這首詩上方的空白處重重地寫下了「0040」這個數字，密碼便在這首詩裡！

摁住這首詩，劉雲對照第二個密碼數字0004，數到第四行，眼睛立刻亮了：這一行前五個字赫然印著「孔雀東南飛」！

劉雲的目光盯向了0004後面的五組密碼數字0001、0002、0003、0004、0005！

再無懷疑，一號出題，二號監考的試題就是這五個字！

「試題為」幾個字後，鉛筆對照五個密碼寫上了標準答案：

——「孔雀東南飛」！

繼續對照密碼，鉛筆在「考生甲」字樣後面的密碼上方寫出了答案：

——「焦仲卿」！

接著，鉛筆在「考生乙」字樣後面的密碼上方寫出了答案：

——「劉蘭芝」！

劉雲長出了一口氣，放下鉛筆。

那份電文的內容完整了：

——「獲悉考卷由一號出題，二號監考，試題為『孔雀東南飛』，考生甲為『焦仲卿』，考生乙為『劉蘭芝』，速查明考卷的具體答案，確認考生代號的真實身分」

劉雲拿起這張已被自己破譯的電文，又拿起了前不久那張電文對照看著：

——「炕灰未冷山東亂，劉項原來不讀書，可找《玉臺新詠卷一》一讀，並告北平二號」

立刻明白，自己不能將破譯的電文直接發給北平二號，那邊的破譯工作只能靠張月印自己去完成了。想到這裡，拿起橡皮擦，擦掉了自己用鉛筆寫在那份電文紙上破譯的所有字跡，接著將那份沒有破譯的原文電稿放進口袋，快步向門外報務室走去。

劉雲徑直走向最裡面那架電臺，對剛才收報的那個報務員：「發兩份電報！」

那報務員轉過頭來望向劉雲，發現他手裡並無電文稿，便只好疑望著他。

劉雲：「第一份呈中央城工部。我直接口述。」

報務員立刻轉過身去，握住了發報鍵：「是。」

劉雲開始口述：「指示收悉，任務明白，請放心，劉雲」。

由於要聽口述，發報鍵斷斷續續完成了發報。

劉雲低聲說道：「複述一遍。」

「是。」報務員答道，「指示收悉，任務明白，請放心，劉雲」。

劉雲：「第二份發北平二號。」

「明白。」報務員又做好了發報準備。

劉雲這時才從口袋裡掏出了那份被他擦掉鉛筆字跡的電文：「照中央電文原件，發過去！」

「是。」這回機鍵敲擊得快了。

＊　＊　＊

軍統祕密監獄機要室。

關上那道厚重的鐵門，快步走到機要桌旁，王蒲忱手裡的鬧鐘剛好響了。

將鬧鐘放到機要桌上，他還是習慣地望了一眼——鬧鈴停了，短針指向二，長針指向十二！

王蒲忱立刻打開了收發報機，戴上耳機，拿起了筆。

發出收聽的信號後，耳機裡很快傳來嘀嘀答嗒的密碼聲。

王蒲忱急速記錄。電文紙上一組組密碼數字很快寫滿了。

緊接著，王蒲忱開始翻譯密碼，鉛筆寫出的赫然也是那五個大字：

——「孔雀東南飛」！

王蒲忱飛筆疾譯：

——「任務行動，徹查民調會貪腐案，準備推行幣制改革，組建方孟敖飛行大隊，執行空運」！

王蒲忱仍在飛筆疾譯：

——「核心成員，方孟敖代號焦仲卿，梁經綸代號劉蘭芝」！

王蒲忱繼續飛筆疾譯：

——「保密局北平站任務，嚴密監視接觸焦仲卿劉蘭芝所有人員，發現共黨立即祕密逮捕」！

譯完了這句，王蒲忱的筆停頓了一下，才鄭重地寫下了最後兩個字的譯文：

——「建豐」！

放下筆，王蒲忱從不流汗的臉在燈光下也有了點點汗珠。

接著，他扭開了發報機鍵，熟練地敲擊，向南京回電！

第二十九章

帽兒胡同二號四合院北屋。嚴春明一個人坐在煤油燈前。

張月印和老劉一左一右靜靜地站在他的身後。

和劉雲看到的一模一樣的那份又有文字又有數字的電文靜靜地擺在煤油燈前的桌面上：

——「獲悉考卷由一號出題，二號監考，試題為0040 0004 0001 0002 0003 0004 0005，考生甲為0040 0002 0011 0012 0013，考生乙為0040 0002 0014 0040 0086 0001 0002，速查明考卷的具體答案，確認考生代號的真實身分」

嚴春明在專注地望著電文，面前擺著的那支筆一直沒動，擺著的一張紙依然空白。

老劉已露出了焦躁的神情，望了張月印一眼。張月印有意不看他，沉靜地在等待嚴春明思索。

嚴春明終於抬起了手。張月印和老劉眼睛一亮。

嚴春明的手卻不是去拿筆，而是從口袋裡掏出手絹擦臉上的汗。

老劉終於失去了耐心：「又不是算八字！不要想了，這樣想出來的也不準確。我去找那本書吧。」

「我想我已經想出來了。」嚴春明不敢看老劉，望向張月印。

老劉便又停住了腳步，望向嚴春明的眼仍然閃爍著懷疑。

張月印先對老劉使了個眼色，然後輕聲對嚴春明說道：「什麼內容，您先寫出來看看。」

嚴春明依然猶豫著：「肯定是那幾個字，可內容我不理解。」

張月印：「寫出來，我們一起理解。」

嚴春明這才拿起了筆，忍不住終於望向了老劉。

老劉似乎也感覺到了這些下級對自己過於畏懼，放緩了語氣：「寫吧，寫錯了也沒有關係，我再去找書。」

嚴春明這才拿起筆在紙上飛快地先寫下了五個字：

——「孔雀東南飛」！

老劉望向張月印，張月印眼睛發亮，很肯定地點了下頭。

老劉於是也有些相信了：「還有兩道題是什麼？」

嚴春明於是又寫出了兩道題的答案：

——「焦仲卿」！

——「劉蘭芝」！

張月印已經完全相信嚴春明譯出了這份密碼的「試卷標題」和「第一題」、「第二題」！可為了讓老劉放心，也為了讓嚴春明沒有心理壓力，有意問道：「為什麼是這幾個答案，您給我們解釋一下。」

「好。」嚴春明這回有些像大學的教授了，指著那份電文的數字，解說起來，「0040這個數字我原來以為指的是第四十頁，想了想第四十頁的內容，怎麼也覺得語句不通，後來想到《玉臺新詠卷一》一共收有四十首詩，仔細一想第四十首詩的內容，通了。0040指的是第四十首詩。」

老劉又望向張月印，張月印這次沒點頭：「第四十首的詩名？雖然很多人習慣叫作『孔雀東南飛』，可我記得《玉臺新詠卷一》上印的是『古詩無名人為焦仲卿妻作』。」

「月印同志好學問！」嚴春明有些驚異地望向張月印，由衷地讚了一句，接下來將手指向電文稿時便有了興致，「我是根據接下來0004這個密碼，再聯繫下面的0001、0002、0003、0004、0005五組密碼理解的。《玉臺新詠卷一》第四十首詩第一行是標題，也就是月印同志剛才說的『古詩無名人為焦仲卿妻作』。第二行第三行是這首詩的序言，0004指的應該是第四行，而0001到0005，應該是第四行的第一個字到第五個字，也就是這首詩的第一句：『孔雀東南飛』！」

張月印：「不會錯了，一號試卷的標題就是『孔雀東南飛』！」

「至於後面兩道題的答案……」嚴春明也看出了張月印叫自己解釋是為了讓老劉放心，於是接著準備解釋那兩道題的答案。

「我相信，不用解釋了。」老劉這次主動地肯定了嚴春明，「就是焦仲卿和劉蘭芝！」

張月印望著老劉：「老劉同志也會這首詩？」

「我會什麼詩。」老劉臉上閃過一絲自嘲的笑，接下來很認真地說道，「我看過這齣京戲，姜妙香和程硯秋演的，男角就叫焦仲卿，女角就叫劉蘭芝。反封建的，詩是好詩，戲是好戲。」

張月印立刻笑了，笑得爽朗卻又露出一絲詭祕，望著嚴春明和老劉。

嚴春明卻還不敢笑，他發現老劉收了笑容，態度又嚴肅了。

張月印望著老劉：「老劉同志剛才說得對，共產黨人不是八字先生。我堅持要請嚴春明同志來，是確定他一定能破解這個密碼。前年春明同志在南開大學講『古樂府詩』，有一次講的就是《玉臺新詠》。我去旁聽了，發現他什麼書也沒帶，卻每一首都能背出來。」

老劉的眼睜大了。

嚴春明一下子顯得十分激動：「月印同志在南開聽過我的課？」

張月印笑道：「一半為了工作，一半為了學習，可又只能做旁聽生。您的課受歡迎哪，窗外都站滿了人，其中有一個，那就是我。」

老劉何等精明，當然知道張月印這既是在貫徹周副主席尊重大知識份子的指示，也是在做自己的工作。事實擺在面前，他就服事實，望著嚴春明：「春明同志，上次我在圖書館跟你說的話作廢。解放戰爭勝利了，我先跟你學文化。」

嚴春明愣在那裡，不知如何回答。

接下來老劉同志的態度更讓他受寵若驚，但見他對張月印說道：「月印同志，我建議春明同志就在這裡的東廂房休息。接下來理解上級的指示缺不了他。大知識份子就是大知識份子！」

張月印：「我同意。」

「我服從組織安排。」嚴春明立刻激動地表態。

「我送您去。」老劉去開門了。

張月印望著嚴春明備受尊敬地走向老劉為他打開的門，目送二人走出門去。

轉過頭，張月印立刻低聲急喚隔壁：「小王！」

「在！」小王總是能及時地從側門出現，而且這一次還主動地拿著檔夾和鉛筆。

張月印：「立刻回電華北城工部，記錄。」

「是。」小王拿起了筆。

張月印口述：「指示收悉，任務明白，立刻執行，保證完成。」

小王飛快地記錄完畢，將檔夾和筆遞給張月印。

張月印見記錄無誤，在檔上簽了名。小王這才捧著檔夾回到隔壁房間。

隱隱約約的發報機聲很快傳來。

張月印的目光又投向了桌上那份依靠嚴春明翻譯出來的電文。

他的神情和《玉臺新詠卷一》一般凝重：

什麼是「孔雀東南飛」？

誰是「焦仲卿」？

誰是「劉蘭芝」？

回電保證完成任務，怎麼完成？

桌上的煤油燈還在亮著，張月印背後的窗戶已經泛白了。

＊　＊　＊

北平的夏季，天在將亮未亮時，房影、樹影、人影都像剪影，絲毫沒有南方黎明時那份朦朧。

方邸前院，方孟敖領著邵元剛和郭晉陽跨進了大開著的院門。

整個院子空空蕩蕩，只有一個人拿著一把大竹掃帚在那裡慢慢掃著院子裡的落葉。

——謝培東！

方孟敖站住了。邵元剛和郭晉陽在他身後也站住了。

方孟敖閉上了眼，站在那裡沉默了好些時候。

邵元剛和郭晉陽在他身後也沉默著，他們看出了隊長心裡那份難受。

「你們先在這裡守著吧。」方孟敖輕輕說了這句，一個人走向仍在掃著院子的謝培東。

謝培東依舊在掃落葉：「還有幾分鐘就掃完了……」

方孟敖走到掃帚邊，那雙皮靴踩住了落葉：「我給了你們時間，也給了你們機會。」

「那就不掃了。」謝培東將掃帚靠在一棵樹上，拍了拍兩手，「行長昨晚就出去了，所有的帳都在我這裡。查帳或是審問，我代表北平分行配合你。」

答完這句，謝培東一邊掏出鑰匙，一邊向洋樓大門走去。

謝培東開了大門的鎖，先行進了客廳。方孟敖那雙軍靴才動了，走向洋樓。

走進一樓客廳，方孟敖的那兩隻軍靴鐵鑄般又釘在了那道筆直的樓梯下。

一級一級空空的樓梯，沒有人的腳步，卻彷彿有軍靴登樓，在這間足以代表北平金融財力的洋樓大客廳裡，發出空若曠野的回響！

剛開了二樓方步亭辦公室門，謝培東聽見愈近愈響的登樓聲，驀地轉過了身，卻發現方孟敖依然站在樓梯下一動未動。

謝培東明白自己這是出現了幻聽，不到二十級的樓梯，在他的眼中，此時顯得如此撲朔遙遠！而方孟敖眼中，二樓辦公室門前的謝培東也彷彿遠在天邊。

「所有的帳都在裡面。」謝培東的聲音就像從飛機的耳機裡傳來。

方孟敖閉了一下眼，驅走了總是縈繞自己的天空：「我代表國防部調查組，需要調查中央銀行北平分行的行長方步亭。」

謝培東：「我代表中央銀行北平分行，接受國防部調查組的一切調查。」

「您代表不了北平分行。」方孟敖望著這個家裡自己唯一尊敬的長輩，喉結動了一下，嚥下了那份難受，「您也不需要代表北平分行。打電話，請你們行長回來吧。」

謝培東目光憂鬱地望著方孟敖有好幾秒鐘，才答道：「我也不知道行長現在在哪裡。」

方孟敖：「把帳撂給你，就躲出去了？」

「沒有什麼可躲的。」謝培東幽幽地回道，「昨晚他和夫人帶著東西去看崔副主任的家人了。」

方孟敖胸口像被重重地擊了一下，接著軍靴動了，這回樓梯是真的發出了「嗵嗵」的響聲。

「查帳吧！」方孟敖上樓了。

＊　＊　＊

燕南園大門外。

也許真的是在躲自己的大兒子，也許並不是為了躲自己的兒子，方步亭昨晚看了崔中石的家人就沒有回去，半夜時分叫司機將車開到了這裡，在車裡睡等天明。

天明了，車內卻由於隔著車窗玻璃依然昏暗。司機趴在方向盤上兀自酣睡。

後座左側的程小雲則一直未睡，因為方步亭的頭靠在她的肩上，她不能睡。

望著窗外，程小雲看見幾十米外燕南園的大門被校工開了，這才輕輕轉過頭。

方步亭像個孩子，還在沉睡。

「行長，開門了。」程小雲輕聲喚他。

司機猛地醒了，悄悄坐直了身子，沒有敢回頭，朝車內後視鏡瞟去。

後視鏡內，方步亭閉著眼依然靠在夫人肩頭。

司機連後視鏡也不敢看了，望向大門。

「去取水吧。」

是行長的聲音！

「是。」司機這才應著，開了車門，提起前座的一個小洋鐵桶下了車。

何宅二樓何其滄房間。

英文打字機的鍵盤仍在有節奏地敲擊。

隨著梁經綸嫺熟的手指敲擊，打字機上端的連軸紙還在上升，一行行英文疊在紙上，中文意為：因此，發行新的貨幣取代已經無法流通的舊法幣勢在必行；雖然用軍事管制的手段干預貨幣發行違背經濟規律！

打到這裡，這篇上書南京的「論立刻廢除舊法幣推行新幣制之可行性」的論證顯然已經完成，梁經綸的目光飛快地悄悄轉望向睡在躺椅上的何其滄。

何其滄身上蓋著一床薄毛巾毯，微閉的眼睛眨動了一下——無數個夜晚，他已習慣了在自己學生有節奏的打字機鍵敲擊聲中入睡。

梁經綸的兩手便不能停，緊接著指頭繼續機械地敲擊打字機的機鍵。

打字機吐出的另一頁空白的連軸紙，紙上出現的英文已是與正文毫無關係的重複的片語：經濟規律經濟規律經濟規律……

何其滄於是得以繼續安睡。

桌上的檯燈依然亮著，窗外的天光也越來越亮了……

司機用小洋鐵桶打來一桶乾淨的水，原來是給方步亭和程小雲在車內洗漱！

方步亭手裡用的是毛巾，程小雲手裡的卻是手絹，兩人侷促在後排車座洗著臉。

前排座上的司機今天有些為難了，因為刷牙水缸只有一個，牙刷也只有一把，他側轉身端在手裡，一隻手扶穩了小洋鐵桶，看著行長和夫人洗完了臉，將水缸和牙刷遞了過去：「行長先刷牙吧，您刷完我再給夫人去打水。」

「不用了。」方步亭接過水缸和牙刷，先遞給了程小雲，「你先刷吧，給我留半缸水就行。」這就是方步亭的溫柔體貼處！

程小雲沒有拒絕，接過水缸牙刷，對著下方的小洋鐵桶，極其小心地刷牙，手臂竟是如此不能伸展，她立刻想到了方步亭多少次就是這樣在車內洗漱，眼睛濕了……

何宅二樓何孝鈺房間。

昨夜沒有定鬧鐘，可何孝鈺還是醒了，向桌上的鐘望去。

小鐘的指針一分不差，已是早晨五點！

何孝鈺望了一眼依然側身睡在裡邊的謝木蘭，極輕地下了床，穿上衣服，又極輕地去開了門，聽見了對面父親房間隱約傳來的打字機機鍵敲擊聲。她連忙輕步出門，輕輕將門拉上。

假裝未醒的謝木蘭倏地睜開了眼，望著面前的牆，剛才還能隱約聽見的打字機機鍵敲擊聲消失了——機鍵聲在她的心裡卻依然響著，越敲越響！

她幻想著這時睡在床上的是何孝鈺，而起身下樓的是自己，取而代之為梁先生親身下廚，做他喜愛的早點……

何宅一樓客廳。

一如既往，麵是昨天晚上就醒好的，裝好生麵饅頭的鍋放在了蜂窩煤的灶上，何孝鈺便聽見了輕輕的敲門聲！

她驚了一下，下意識地望了一眼二樓，急步走向門口，輕聲問道：「誰呀？」

何宅二樓何其滄房間。

何其滄的眼睛開了。梁經綸敲擊機鍵的手也停了。

兩人都知道樓下來了訪客，梁經綸離開打字機，過來扶起躺椅上的先生。

「都列印完了吧？」何其滄並不提樓下來人的事。

梁經綸：「都打完了。先生審看一下，如需急交財政部王雲五部長，十點有一趟飛往南京的飛機……」

「十點的飛機只怕趕不上了。」何其滄被梁經綸扶著站了起來，望了一眼已經堆積在樓板上長長的連軸紙報告，「知道是誰來了嗎？」

梁經綸：「是方孟敖？」

何其滄搖了搖頭：「關心這個報告的是中央銀行。方步亭來了。」

梁經綸：「先生見不見他？如果不願見他，我去解釋。」

何其滄：「方步亭這是代表中央銀行摸底來了。鈔票是中央銀行印的，也只有他們才能發行。中央銀行不點頭，財政部想推行新幣制也不過一紙空文。你已經兩天兩夜沒睡了，去睡一覺。順便叫方行長在底下等等我，我看完方案再下來。」

「是。」梁經綸便又走到打字機前，扯下了還連接在打字機上的連軸紙，又拿起了桌上的裁紙刀，準備一頁頁裁下來。

「不要裁了。」何其滄止住了他，「我就這樣看吧。」

梁經綸依然拿著那把裁紙刀，站在桌邊：「關係到北平兩百萬民眾還有那麼多其他城市無數民眾的民生，這份方案最好能趕在十點前那趟飛機遞交南京。中央銀行如果掣肘，先生不妨叫財政部複製一份給司徒雷登大使……」

「我知道該怎麼辦。你吃點東西，先去睡吧。」

「好。」梁經綸不得不放下手裡的裁紙刀，「若要急送，先生隨時叫我。」

說著，梁經綸扶何其滄在桌前坐好，接著將地板上的連軸紙報告拾了起來，飛快地捲好了，擺到何其滄面前，這才走出門去。

何宅二樓何孝鈺房間。

穿著何孝鈺的睡裙，謝木蘭早已站在關著的門後。

對面的房門開得很輕，她卻心頭怦然大跳，倏地她拉開了門！

走廊對面，梁經綸剛關門轉身，一襲長衫，兩隻眼睛！

謝木蘭已無法控制自己的目光，直望向梁經綸的眼。

梁經綸開始也一愣，接著嘴角掠過難見的一笑。

謝木蘭穿著睡裙就要出來。

梁經綸的目光逼住了她，兩根指頭慢慢按在了眼角額邊。

這是大學者思考時典型的動作！可眼前這個動作卻是叫自己繼續去睡，謝木蘭更癡了。

梁經綸那襲長衫已向樓梯口「遠」去。謝木蘭還站在那裡，哪怕聽他發出的任何聲音也好。

「方行長早。」

——梁經綸這一聲問候卻嚇得她慌忙關了門。

她現在最不願意也最怕接觸的，就是那個曾經溫暖了自己這麼多年的家。包括深疼自己的父親，包括溺愛自己的大爸，更有一直呵護自己的小哥。

背靠著門，謝木蘭心中一片慌亂，眼中一片茫然！

＊　＊　＊

方邸二樓行長辦公室。

「姑父，木蘭也不在家嗎？」

謝培東正從靠牆的大鐵皮櫃裡從容地端出另一摞帳冊，這一問卻使他一愣，轉過了頭。

方孟敖依然站在大辦公桌邊翻看帳冊，並未抬頭。

「兩天了，跟我吵了嘴，搬到孝鈺家去了。」謝培東端著帳冊走向辦公桌，「時局變了，我們這些人都不會做父親了。」

方孟敖抬起了頭，望著這位北平分行襄理的姑父。

謝培東也站住了，沒有放下帳冊，望著方孟敖。

「是不配。」方孟敖又低頭看帳冊了，「配做父親的人已經死了。您剛才說你們昨晚去看了崔副主任的孩子，伯禽和平陽問起爸爸了吧？」

謝培東沒有回答，只放下帳冊，又準備去搬另外的帳冊。

「你們怎樣跟孩子說的？」方孟敖的語氣有些嚴厲了。

謝培東只好站住了，答道：「告訴他們，崔副主任去美國了，幫政府爭取美援。」

「無恥！」隨著啪的一聲，是方孟敖將一本帳冊狠狠摔在桌上的聲音。

謝培東猛地轉過身，望向方孟敖。

「每一筆帳上都簽著他的名字，人卻被你們燒成了骨灰！」方孟敖的手指敲擊著帳冊，「還要去騙人家孤兒寡婦……你們不覺得太無恥嗎？」

謝培東喉頭好久才嚥了一下，將那口湧上來的酸水嚥了下去，答道：「我無法回答你這個問題，我可以回答崔副主任留下的每一筆帳。」

方孟敖眼中那兩點精光倏地又化作了遼闊的天空，緊盯著的謝培東跟著消失了。他在竭力捕捉自己要擊落的飛機，眼前卻沒有一架飛機——謝培東實在不像自己應該開火擊落的對象。

望著方孟敖這種神態，謝培東感受到了撲面而來的緊迫氣息，不禁向辦公桌上的電話瞥去。

「我不要你回答。」方孟敖又從遼闊的天空中回來了，「打電話，把你們行長叫回來，讓他回答。」

「孟敖。」謝培東不再叫他方大隊長，「不管怎樣說，他畢竟是你的父親，何況很多事你並不知道內情。這件事，他們實在不應該叫兒子來逼自己的父親。」

「我代表國防部調查組。」方孟敖絲毫不為所動，「請你打電話，叫方步亭行長立刻回來，接受調查。」

謝培東望了望牆上的鐘，又望向方孟敖：「給我半個小時，容我先向你介紹一下大致情況，行長回來你也好知道怎樣問。」

方孟敖沉默了幾秒鐘，低頭望向桌上的帳冊：「給你半個小時。」

＊　＊　＊

何宅一樓客廳。

「小雲也來了？」

開放式的餐桌灶旁，程小雲正在幫何孝鈺張羅早餐，猛抬起頭，看見何其滄站在二樓的樓梯口：「何先生！」

「爸。」

「何伯伯！」

何孝鈺和謝木蘭也都抬起頭看向何其滄，見他站在那裡，卻並沒有拄拐杖。

何孝鈺連忙開了水龍頭洗手，準備去扶父親下樓。

何其滄：「我不下來。方行長呢？」

客廳裡，不見方步亭，也不見梁經綸。

只能是何孝鈺回答了：「聽說您在趕著看方案，方叔叔和梁先生到小屋說話去了。我去請他來？」

何其滄沉默了稍頃：「你們接著做吧。做完早餐再叫。」說著轉過身又慢慢回房去了。

何宅院內梁經綸書房。

方步亭果然坐在梁經綸這間小書房裡，正望著書桌上那幾本厚厚的英文書：「我可以看看嗎？」

站在旁邊的梁經綸：「方行長可以隨便看。」

方步亭拿過最上面那本硬殼精裝書：「哈佛出版的，最新的經濟學論文集？」

「是。」

方步亭翻開了書：「論起來，你我還是校友，先後同學。」

「是。」

方步亭抬起了頭，望向梁經綸：「庚子賠款以來，去美國留學的不少，人才不多。梁教授是難得的翹楚。」

梁經綸不能再說「是」了，答道：「比起我的先生和方行長，我們要學的太多了。」

方步亭笑了一下：「不要太謙虛。木蘭就多次說過，梁教授在經濟學方面強過我甚多。能做你的學生，木蘭她們很幸運。」

梁經綸不能再回話了，回以那種極有分寸的一笑，是不敢當，還是不願談這個話題，都在這一笑裡。

方步亭的直覺何等厲害，多次想正面接觸的這個人，今天一兩個回合便測出了水深。目光又望向了面前的書：「幾千年的帝制推翻了，卻很難推翻封建的落後思想。尤其是我們這一輩，光緒年間生人，青年時拖著辮子從農村走到城市；後來剪了辮子從中國走到國外，看到人家工業那麼發達，可回來後還是想過舊式的生活。中國必須發展工業，發展經濟，走向民主，靠我們是不行了，只能寄希望於我們後來的人。你們算一代，到了孝鈺和木蘭這一代就更好了，都是先進青年。梁教授，你不覺得她們這些女生都很可愛嗎？」

「是很可愛。」

「談個私人話題，梁教授，如果自由戀愛，你更喜歡孝鈺還是木蘭？」方步亭猛地甩出了這張牌！

梁經綸終於見識了這位在平津一帶呼風喚雨的北平分行行長的厲害了，楞在那裡。

方步亭又慢慢抬起了頭：「我是不是唐突了？」

梁經綸不能迴避他的目光了：「我不明白方行長為什麼會問這個問題。」

方步亭：「因為今天我跟何校長會談起這個問題。時局再亂，兒女婚嫁依然是大事。我們家木蘭傾慕你也不是一天兩天了，到了這個時候，梁先生應該給女孩一個明確的態度。我跟何校長也好有個商量。你覺得呢？」

回答長輩的問話，不能直接對視長輩的目光，這是中國無數代讀書人從小就被教育的基本禮數，剛才梁經綸就一直沒有跟方步亭對視。

面對如此直接的挑戰，梁經綸不需要再講禮數了，倏地望向了方步亭的眼，露出了他那以深邃著稱的目光。方步亭的眼中此時卻沒有深邃，虛虛的只露出幾分期待，便將梁經綸的目光籠罩了。

梁經綸目光中那點兒深邃在一點一點被方步亭虛虛的目光吸蝕。

時間彷彿在這一刻凝固了。這種對視，梁經綸不知道自己還能堅持多久！

「大爸！梁先生！何伯伯等你們吃早餐呢！」

屋外傳來了謝木蘭清脆的呼喚。

梁經綸的目光終於能夠轉望向門外了。

方步亭也慢慢站了起來：「我剛才的話是一個私人話題。還有一個更重要的話題，何校長在給政府論證幣制改革，你理解西方經濟觀念應該更透徹，提醒何校長按照經濟規律分析幣制改革到底可不可行，責無旁貸啊。」

梁經綸必須接招了：「方行長不恥下問，這麼早見我談了兩個話題，我現在還不明白，這兩個話題到底哪個與我有關。」

方步亭：「兩個話題其實是一個話題，真能救中國的是你們這些年輕人。等我們吃早餐呢，去吧。」

方步亭見梁經綸依然站在那裡，不再虛套，先走了出去。

梁經綸望著他的背影，等他走到了院子裡，才走出門去。

* * *

兩個學生裝的青年，就是每次騎著自行車護送曾可達去見梁經綸的其中兩個青年，靜靜地站在曾可達房門外的走廊上，在等著叫他們進去。

後園小徑，王副官端著玻璃罩盤的早點來了。兩個學生裝青年靜靜地望向了他。

王副官登上走廊，望著他們：「可達同志也是剛回來不久，等著吧。」走到門邊，輕輕敲了兩下門。

「進來。」

是曾可達的聲音。

沖了澡走到客廳，曾可達正在繫短袖軍服的衣釦，絲毫不見疲憊，能看出還在興奮中，又透著繼續整裝上陣的態勢。

「將軍，先吃點兒東西吧。」王副官將托盤放到茶几上，揭開了玻璃罩。

托盤裡也就是一大碗粥，一碟六必居的醬菜，四個大饅頭。

「他們來了嗎？」曾可達已繫好了衣服，沒有看早點，望著王副官。

「在外面。先吃點東西吧。」王副官答著，又從軍服下面的大口袋裡掏出兩本不厚不薄的書，「您要的《新月派詩集》，後面是剛抄好訂上去的《孔雀東南飛》詩。」遞了過去。

曾可達接過了書，盯著封面看了看，直接翻到最後面那首訂上去的手抄《孔雀東南飛》。

一行行長長短短的字，在曾可達的眼中也就是一行行長長短短的字。

「焦仲卿！」他耳邊彷彿又聽見了奉化口音在叫著這個名字。

又翻了一頁，還是一行行長長短短的字。

「劉蘭芝！」幻聽的那個奉化口音又在叫著這個名字。

曾可達將書啪地合上，放到桌上：「叫他們進來吧。」

王副官：「還是先吃……」

曾可達盯向王副官：「叫他們進來。」

「是。」王副官不敢再說，開了門，「進來吧。」

兩個青年軍學生特務悄悄走了進來，穿著學生裝還是行了個軍禮：「將軍！」

曾可達已經一手拿著一個饅頭遞了過去：「先吃點兒東西。」

兩個人雙腿一碰：「是。」接過了饅頭。

曾可達這才坐下，一手拿起一個饅頭嚼了起來，又端碗喝粥：「吃呀。」

「是。」兩個人這才也開始嚼饅頭。

「梁教授現在在哪裡？」曾可達一邊吃著，發問了。

兩個人對了一下眼神，決定由左邊那個回答。

左邊那人：「報告將軍，梁教授昨天一晚都在何副校長家，現在還在何副校長家。還有，方步亭天剛亮就去了何副校長家，現在都在何副校長家。」

曾可達手裡的碗停住了，手裡的饅頭也停住了。

兩個青年軍特務手裡剩下的那點兒饅頭也不敢嚼了，靜望著曾可達。

曾可達站了起來：「吃完。」說著一個人走到了門邊。

兩個人輕輕地接著嚼饅頭。

曾可達又回轉過身：「梁教授說沒說過什麼時候能出來？」

兩個人中右邊的那個答道：「報告將軍，遵照您的指示，我們不許與梁教授接觸……」

曾可達手一揮：「回去，告訴在那裡的人，繼續監視。」

「是。」兩個人嘴裡含著饅頭，轉身走出去了。

曾可達的目光望向了桌上的電話：「只有打電話了……是嗎？」

「……應該是。」那王副官才知道是在問他，含糊地答道。

＊　＊　＊

方邸二樓行長辦公室。鈴聲在電話機上響了。

聲音是那樣的小，比正常的電話鈴聲要小一半，像是也怕站在它面前的方孟敖。

謝培東望向了方孟敖：「我可以接嗎？」

方孟敖仍然低著頭，仍在看帳冊：「當然。」

謝培東一手捧起了電話，一手拉起了線，顯然是想走到離方孟敖遠一些的地方再接。
「就在這裡接。」方孟敖還是低著頭。
謝培東只好站住了，左手捧著電話，右手放下電話線，拿起了話筒：「中央銀行北平分行，請問哪位？」
方孟敖的眼瞥向了他。
一處陌生的房間。
張月印捧著話筒立刻警覺到了對方話語中的提示，目光閃了一下，低聲回道：「這麼早打攪了。我們是中國銀行北平分理處，有一筆帳想請問你們央行。請問您是方行長還是謝襄理，現在方不方便……」
方邸二樓行長辦公室。
「方便。」聲音低沉，竟是方孟敖說的。
雖仍然同在一張辦公桌旁，可一在東頭，一在西頭，方孟敖離謝培東也有約兩米的距離，竟能將緊貼自己耳邊話筒裡那麼小的聲音聽得如此清楚！
謝培東只能答道：「方便。」
對方卻沒有立刻接話。
方孟敖的目光射了過來，望著謝培東拿在臉邊的話筒。

謝培東：「請說吧。」

對方這才又說話了，方孟敖收回了目光，又望向帳冊。

那處陌生的房間。

張月印緊貼著話筒，斟酌著詞句，明確地向謝培東傳達指示：「我們董事會昨夜得到的消息，南京方面在查一筆呆帳，是一筆用古詩做代號的呆帳，我們必須立刻明白這是一筆什麼呆帳，然後立刻報告總行。請謝襄理立刻跟南京方面派來的那個人聯繫，請你向他問一問知不知道南京方面是怎樣處理這筆呆帳的，由誰來處理。並請你將關於他個人以前那些帳的來龍去脈對他說清楚，說徹底，不要再有任何隱瞞。要讓他相信，關於他的帳我們都承認。請他明白，帳要還，所有的帳都要還，現在是該向那些人算總帳的時候了。謝襄理，不知道我將董事會的意見傳達得準確不準確？」

方邸二樓行長辦公室。

「很準確。」謝培東回答這三個字時聲調十分果斷，十分清晰，而且不再有任何猶豫，望向了方孟敖。方孟敖已經不再看帳冊了，坐在了方步亭那張辦公椅上，回望著謝培東。

謝培東對著話筒繼續清晰地說道：「南京方面派來的那個人就在我身邊，現在辦公室只有我們兩個人，整棟樓也只有我們兩個人。我知道該怎麼跟他說，請問還有什麼要求，需要我向他了解。」

那處陌生的房間。

張月印神情更凝肅了：「很好。讓他相信了你，相信了我們，再請他將最近南京方面交給他的任務給我們露個底。今天上午我們必須向總行報告。」

方邸二樓行長辦公室。

方孟敖看著謝培東放下了電話，又看著他一步步走到了南面的陽臺。

謝培東的背影在陽臺上站了足足有一分鐘。

等他轉身再向辦公桌走來，方孟敖發現，那雙望著自己的目光是那樣熟悉，又是那樣陌生。

謝培東走到辦公桌前還是那樣望著方孟敖。方孟敖慢慢站了起來。

謝培東：「方大隊長，你要查的帳，這個辦公室裡沒有。我帶你去，所有的帳我都會明白告訴你。」

方孟敖：「去哪裡？」

謝培東：「院子裡，那片竹林。」

方孟敖的目光倏地望向謝培東剛才站的陽臺，只見一片強烈的日光從天空照了進來！

「好。走吧！」

＊　＊　＊

何宅一樓客廳。

餐桌前沒有何其滄。

除了坐在上首的方步亭面前小碟裡有一個饅頭，另外還有一玻璃杯喝了一半的牛奶，程小雲、何孝鈺、謝木蘭和梁經綸面前的碟都空了，每人一個饅頭都已吃到了最後。

誰都不說話，誰都在迴避著別人的目光。

何孝鈺說話了：「方叔叔，您的饅頭還沒吃呢。」

方步亭微笑了一下。

程小雲接言了：「吃了吧。何校長還在樓上等你呢。」

方步亭微笑的目光望向了梁經綸：「梁教授這樣的國家人才，竟然連一頓飽飯都不可得，我們這些人失職啊……木蘭，把這個饅頭端給梁教授。」

「嗯。」謝木蘭完全不假思索，立刻端起了大爸面前的饅頭。

可當她準備將手裡的碟放到梁經綸面前時，又愣在了那裡。

梁經綸的目光根本不看她，也不看任何人，而是虛望著前方。

那碟饅頭端在謝木蘭手裡成了眾目所視，不敢遞給梁經綸，也不好再放回大爸面前去。

程小雲的目光望向了何孝鈺。

何孝鈺從謝木蘭手裡接過了那碟饅頭：「梁先生，吃不吃您也應該先接著吧。」放到了梁經綸面前。

「哦？」梁經綸這才收回了虛望前方的目光，「對不起，我走神了，在想一個問題。方行長剛才說什麼？」

方步亭依然微笑著，端起面前那小半杯牛奶慢慢喝了，放下杯子，又拿起膝上的餐巾放到桌上，慢慢站了起來：「你們收拾吧，我該去樓上了。」

幾個沉默的人，望著方步亭向樓梯走去。

沙發茶几上，電話鈴聲響了！

方步亭的步伐絲毫未受電話鈴聲的影響，徐徐登樓。

何孝鈺準備去接電話。

「我去接吧。」梁經綸站了起來。

謝木蘭一直低垂的眼這才又倏地抬起，發現梁經綸說這句話時並沒有看何孝鈺，眼睛不禁亮了起來，趕緊又收了，望向桌面。

梁經綸已經走向電話。

「程姨、木蘭，我們去院子裡透透氣吧。」何孝鈺說道。

程小雲也站了起來。

曾可達住處客廳。

「還是關於我們那篇報告的可行性問題。」曾可達拿著話筒盡力使語氣果斷而又不失平和，「昨天半夜，我們校長定下了新的主題，明確了具體要求。電話裡是說不清的，現在我急需請你來當面看看報告。具體地點嘛，我會派學生來接你。」

何宅一樓客廳。

梁經綸也盡量用平和的語調：「可能要十點以後了。十點前我們何校長有一份重要的方案要趕送去南京的飛機。這個方案非常重要，我必須幫著處理好，直到九點接方案的汽車來。」

曾可達住處客廳。

曾可達看了一下手錶：「好。十一點前請你務必趕到，務必！」

何宅一樓客廳。

對方已擱了電話，梁經綸慢慢擱下電話，向二樓望去。

眼角的餘光敏銳地感覺到一個物件在擺動，梁經綸轉頭望去。

那座被處理得沒有聲音的座鐘，鐘擺動了——已是早晨八點了！

他站了起來，向樓梯走去，走了幾級，又停在那裡，望向二樓的走廊，回頭又望向窗外。

大玻璃窗外，院子裡，何孝鈺陪著程小雲慢慢走了過去，謝木蘭傻傻地跟著，走了過去。

梁經綸閉上了眼。

——真是進退躊躇！

＊　＊　＊

方邸院落竹林。

這裡是竹林最茂盛處，恰又是能夠一眼看見大門院落的地方，曾幾何時謝培東就是坐在面前這條石凳上跟何孝鈺交代了與方孟敖接頭的任務。

謝培東走到竹林石徑一條石凳前站住了：「一部二十四史真不知從何說起呀。」

方孟敖在他背後保持著約兩米的距離，也站住了。這句話讓他眉頭一蹙，眼睛又犀起來。昨夜，曾可達就跟他說了什麼二十四史裡的好些歷史，有些他能接受，更多讓他反感。

「您把我帶到這裡來不是也要說什麼歷史吧？」

「還有誰跟你說過歷史？」謝培東倏地轉過身，直望著他的眼睛。

方孟敖何等敏銳，同樣一份資訊，別人聽來，往往都要衰減。在他這裡，任何時候，都能接收到幾倍的感覺！何況面前這位自己的姑父、崔中石在北平分行的直接上司此刻露出的語氣神態是如此明顯，反常到根本不像一個正在接受調查的對象！

方孟敖預感到困擾自己長達幾年，又使自己一向日夜痛苦的謎底正在走近。

「我在代表國防部調查組向您調查北平分行的帳目。」越是這個時候，方孟敖知道越要沉著，「而不是您向我說什麼歷史。」

「任何事情都有前因後果，都有歷史。」

方孟敖對視著謝培東的目光，又過去了好幾秒鐘：「好。您坐下，我聽。」

謝培東坐下了，望著站在面前山一樣的方孟敖，感覺他身後層層疊疊的竹林就像山那邊紛紜如煙的往事。

「你現在最想知道什麼？」謝培東的目光又望向了方孟敖的眼睛。

「北平分行跟北平民調會的帳。還有，崔中石的死。」

「不是。」謝培東輕搖了搖頭，「你現在最想知道的不是這兩個問題。」

方孟敖緊盯著他！

謝培東：「你現在最想知道的是崔中石是不是共產黨……」

沉默，方孟敖給了謝培東幾秒鐘的沉默：「說下去。」

謝培東：「最想知道的是你自己是不是共產黨！」

這一次方孟敖給謝培東只有不到兩秒鐘的沉默，緊接著說道：「請你站起來。」

謝培東沒有站起來，依然抬頭望著他。

「站起來！」方孟敖的語調低沉嚴厲了。

謝培東只好慢慢站起來。

「站到我這裡。」

謝培東只好又走到了石徑上，方孟敖接著走過去，坐到了謝培東剛才坐的地方。

主客易勢，方孟敖坐在問話的位置，謝培東站在了答話的位置。

方孟敖：「接著說下去。」

「好。」謝培東站著與坐著並沒有神態上的變化，十多年來他站在方步亭面前這樣對話已經由習慣而成了自然。

「我明確地告訴你，崔中石是中共黨員。」

「說下去。」

「方孟敖也是中共黨員。」

接下來當然是眼對眼的沉默，是方孟敖目光逼出來的沉默。

「沉默什麼？說下去。」明明是他造成的沉默，方孟敖卻如是反問。

謝培東不看他了，抬眼望向了竹林的上方，語調低緩：「崔中石是我一九三八年在上海發展的中共黨員。」

方孟敖慢慢站起來，直望著謝培東。

謝培東依然沒有看他，接著說道：「我是一九二七年大革命失敗時加入的中國共產黨黨員。」

方孟敖的目光裡：謝培東的聲音就像剛剛從竹林那邊一層層漫來的風吹竹梢聲！

「還有你的姑媽，也是一九二七年加入的中國共產黨黨員。」

何宅一樓客廳。

謝木蘭顯得如此心神不寧！

只有程小雲一個人在沙發上默默地看著她。

她想掩飾，裝作輕鬆地在客廳裡來回走著，抬頭看了看樓上的走廊，故意踏上樓梯，極慢極輕地假裝上樓。

程小雲憐憫地望著她的背影，輕聲說道：「不要去干擾你大爸跟何校長。」

謝木蘭立刻站住了，轉身向程小雲露出極不自然的一笑，又輕步走下樓梯，輕步跳著，走到大門邊的窗前，定定地望著窗外——這外面梁經綸那間小房才是她揪心關注的地方！

程小雲：「梁先生和孝鈺也是在說正事，你坐下陪我說說話吧。」

「好吧。」謝木蘭仍然掩飾著，走回沙發邊，在單人沙發上坐下，「程姨，你說吧。」

程小雲望著她還在斟酌如何跟她說話，謝木蘭的目光又已經望向了院落方向的窗外。

方邸院落竹林。

竹林那條石徑接近院落處，邵元剛和郭晉陽專注地聽著。

方孟敖站在他們面前低聲說道：「把住這個院子，任何人不許進竹林。」

「明白。」

方孟敖轉身沿著石徑大步向竹林深處走去。走過剛才談話的地方，又轉了一個小彎，他看見謝培東在離石徑約五米深的竹林裡站著，走了進去。

謝培東向他遞過來一把竹篾刀。方孟敖沒有立刻就接，仍然審視著他。

謝培東：「平時修竹枝用的，你拿著，幫幫我。」

方孟敖這才接過了篾刀，依然看著他。

謝培東舉手摸向身旁一根八九米高的粗竹，是想去摸上邊一個竹節，接著說道：「才兩年多就長得我摸不到了。孟敖，看到上面那條痕跡了嗎？」

方孟敖抬眼望去，但見那個竹節上有一條長長的疤痕，雖已長得癒合，仍然清晰可見。

謝培東：「你個子高，挨著疤痕下面那個竹節幫我砍下來。」

方孟敖再不猶豫，一刀，兩刀，接著伸手一扳——那根竹子的上半截帶著茂盛的竹葉嘩地斷了，卻又架在旁邊幾根竹上。

謝培東去拽那一截竹竿，卻拉它不動。

「我來。」方孟敖一把便將架擱在其他竹子間的那截竹竿拖了下來，擺在地上。

謝培東慢慢蹲了下去，併緊手指，伸進斬斷的那截空竹筒裡，顯然是在凝神要夾住一樣東西。

方孟敖竭力鎮靜地望著他那隻似乎掏著了東西慢慢收回的手。

一筒包紮得很緊的長條油布包掏出來了。

謝培東費力地想去擰開紮著長條油布包的鋼絲，那鋼絲卻紋絲不動。

謝培東抬頭望向方孟敖，方孟敖蹲了下去，兩根指頭捏著鋼絲的紐結處，反方向很快就將那根鋼絲解下來了。接著同樣的動作解開了上邊另一根鋼絲。

謝培東兩手伸了過去，慢慢展開了包著的油布，裡面還微微捲著的是一個牛皮紙大封袋。

謝培東蹲望著方孟敖。方孟敖蹲望著謝培東。

謝培東：「守住了，不會有人過來？」

方孟敖：「放心吧。」

謝培東這才打開了封袋口，將手伸了進去，掏出來一本薄薄的雜誌，看了片刻，定了定神，將雜誌遞給方孟敖：「在裡面，你看吧。」

方孟敖下意識地雙手接過了雜誌，還是先看了看謝培東，才去翻雜誌。

中間夾著東西，一翻便是那一頁，方孟敖的目光愣在那裡！

——一張照片！

——正中間那個人經常出現在新聞報刊上——周恩來！

右邊那個人顯得比現在年輕，更比現在有神采，就是蹲在面前的姑父！

左邊那個人讓方孟敖的眼慢慢濕了，他低聲地像是在問：「姑媽？」

謝培東的眼也有些濕了，點了下頭。

這回是真的沉默，沉默了也不知有多久。

方孟敖用手掌擦了下左眼，接著用手指擦了下右眼，輕聲問道：「姑媽犧牲了，您就帶著木蘭來找我爸了？」

謝培東只眨了眨眼，老淚已乾，沒有回答，接著便要站起來。

方孟敖伸手攙他起來：「我記得您當時是說姑媽病死在路上……應該不是病死的，上級派你到我爸身邊來的吧？」

謝培東搖了搖頭：「當時不是。我們那個地下市委多數人都犧牲了，剩下的走散了，我一時跟組織也失去了聯繫，才帶著木蘭來的你家。一年後組織派人來了，傳達了上級的指示，決定讓我留在你爸身邊，了解國民黨內部的經濟情況。」

一個莫大的希望驀地湧上方孟敖心頭：「我爸知道您的身分？」

謝培東慢慢讓他失望了，他在慢慢搖頭。

方孟敖還是不甘心：「我爸那麼厲害，十多年都不知道您的身分？」

謝培東當然理解他此刻的心情，答道：「中央銀行的人是搞經濟的，和國民黨其他部門搞政治的人還是有所不同的。包括你爸，都不想太摻和國民黨的政治，可經濟和政治從來就分不開。好在中間經歷了八年抗戰，國共合作，我的工作更多是配合你爸為抗戰籌款。到國民黨發動內戰，我和崔中石同志才真正開始祕密工作，從他們的經濟了解他們的政治、軍事。這期間更多的工作是崔中石同志在做，他在前面替我擋著，我在背後替他把著。唉，最後懷疑還是落在了他一個人身上。」

「崔叔是奉你的指示到航校來發展我？」

「是。」

「利用孟韋對我的感情，他們倆商量，每次都讓孟韋叫崔叔到航校來看我？」

「是。」

「我明白了，我爸因此不會懷疑您。」

「……是。」

「為了使你不暴露，這樣說吧，是為了使組織不暴露，你們最後又決定讓崔叔去犧牲！」方孟敖語氣突然嚴厲了。

謝培東輕輕搖了搖頭：「不是。」

方孟敖不再看謝培東，只望著地面，望著那一竿斬斷的竹子：「可崔叔是你看著死的！他從被抓到被殺，你和我爸都知道，而且你們都去過警察局。你們一離開，崔叔就被殺了。我想知道實情，到底是你們沒有辦法救他，還是你們做了決定要讓他去死？」

謝培東：「都不是。」

方孟敖猛地又抬起了頭，望著謝培東。

謝培東：「組織擬定了詳細的救援方案，其中最重要的一個環節就是通過我勸你爸出面去救崔中石。那天你在家，你應該明白，你爸去警察局是真心想救崔中石，為了你，為了孟韋跟你們崔叔的感情，他也要救崔中石。你爸一手拿著錢，一手拿住徐鐵英的把柄跟他談判，徐鐵英答應了你爸，暫時不殺崔中石同志。可中石同志還是被他們殺害了……問題究竟出在哪個環節，這幾天你一直在追究，應該比我要清楚些。這也正是組織上想要了解的情況。」

方孟敖閉上了眼睛，微風又起了，竹葉沙沙。

他眼裡沒有出現天空，卻隱約聽見洋樓裡傳來的鋼琴聲！

——是巴赫—古諾的《聖母頌》。

——是《C大調前奏曲》那段彷彿黎明時春風流水般的行板。

——是父親那天從警察局回來心力交瘁勉為其難的彈奏……

眼睛猛地睜開，只有微風竹葉的沙沙聲撲面而來。

「他現在在哪裡？」方孟敖問道。

「在何副校長家裡。」

何宅二樓何其滄房間。

「說明白吧。」何其滄這時坐在他那把躺椅上，望著書桌打字機前坐著的方步亭，「你們中央銀行到底是希望我這個方案贊成廢除舊法幣推行金圓券，還是論證幣制改革不能推行？」

方步亭苦笑了一下：「中央銀行不是我們的，我們也沒有誰能夠左右中央銀行。其滄兄，你我都是學金融經濟的，不是辦商務印書館出身的王雲五，他不懂，你我應該懂。整個政府的財政赤字都已經達到四十萬億了。沒有儲備金，沒有物資，依靠印一些新紙幣能夠挽救業已崩潰的經濟？」

何其滄：「到現在還談什麼懂不懂經濟，中華民國的經濟有誰能懂？百分之九十以上的原始自耕農，不到百分之十的城市經濟卻有百分之九十掌握在少數官僚資本的手裡。這麼龐大的政府，這麼龐大的軍隊，還要打內戰，那些官僚資本誰願意掏出一分錢來養？沒有錢就拚命印鈔票，貨幣都貶值了四十七萬倍，你和我在美國學過這樣的經濟嗎？你當我願意寫這個什麼幣制改革方案？你管著平津地區的金融，不知道幾十萬月薪的教授都在天天挨餓，何況市井小民？昨天我向社會局又問了數字，北平每天餓死的人已經六百多了……我兼著國府的經濟顧問，通篇廢話，我也得寫呀。」

「這正是我來找你的本意。」方步亭站了起來，「所謂幣制改革，說白了就是軍事管制經濟，誰也攔不住。可南京方面最關心的還是上海。其滄兄，你能不能幫我們北平和天津多爭取一點兒美援，多爭取一些物資配給。畢竟這個國家的文化菁英多數在北平，學生鬧事最厲害的也是北平。『七五事件』你知道，南京方面下不了臺，新的一派就打壓老的一派，打不動，竟利用我的兒子來打我。我方步亭算個什麼，無非一個一等分行的經理罷了。我倒了，換個人來北平分行只會更亂。吃虧的還是北平和天津的民眾，包括那些大文化人和學生。」

何其滄沉默了，接著撐著椅子便要站起來，方步亭過來幫了他一把。

何其滄：「有一班十點飛南京的飛機，我這個方案本想今天送財政部。你既然來了，今天就不送了。乾脆，你也耽誤一天，幫我一起改改這個方案。」

方步亭這時已經完全不像北平分行的行長，而像老兄長面前的一個老兄弟，如此要強的人輕輕拍著何其滄的手臂，眼睛濕了。

何其滄也動了情，說道：「孟敖這孩子我見了幾次，還深談了一次。從小就落難，百戰生死的人，我知道你這個父親不好當。有機會我幫你開導開導他。」

方步亭捏緊了何其滄的手臂：「我們今天不談他，好好改這個方案吧。」

「好，好。」何其滄應著，提高了聲音叫道，「孝鈺！孝鈺！」

「行長，何校長是叫孝鈺嗎？」樓下傳來的是程小雲的聲音。

方步亭去開了門：「是。叫孝鈺來吧。」

「那就不要叫孝鈺了。」何其滄望著門口的方步亭，「叫梁經綸上來，我告訴他方案今天不送了。」

方步亭點了下頭，又對樓下大聲說道：「不要叫孝鈺了，請梁教授上來吧！」

「小媽，我去叫吧！」

這回傳來的是謝木蘭的聲音。

方步亭回頭時，何其滄的目光與他碰在了一起。

兩個老人突然同時迴避了對方的目光。

——這一層兒女的事，在兩個老人的心頭，真是「人有病，天知否」？

第三十章

燕大東門外文書店。

走進書店，梁經綸立刻看到，書架前寥寥無幾正在翻看書籍的學生中，兩個中正學社的學生暗中向他投來了目光。

「Morning！」梁經綸走向書櫃前的索菲亞女士。

「Morning！」索菲亞女士每次見到梁經綸都很高興，接著用流利的漢語告訴他，「清華的曾教授來了，說是跟您約好的，在樓上等您。」

「謝謝！」梁經綸微笑點頭，向裡間走去。

那兩個中正學社的學生仍在低頭翻書，目光已暗中將其他幾個看書的學生掃了一遍。

那幾個學生確實都在低頭看書，在當時北平的大學裡，這樣不參加學運的學生真是很少了。

外文書店二樓梁經綸房間。

在青年軍習慣了，任何改裝都使曾可達不舒服，坐在那裡，早已將涼禮帽和眼鏡取下來放在了桌上。

「曾教授等久了。」梁經綸輕輕關上了門。

曾可達在桌前站起來，難得一笑，仍是那樣嚴肅：「梁先生辛苦，快請坐吧。」

隔著桌子，兩人對面坐下了。

「建豐同志昨夜發來的行動指示。」曾可達將幾張電文紙遞了過來。

梁經綸雙手接過電文，飛快地看了起來。

關鍵字總是那樣醒目：

——「孔雀東南飛」！

——「方孟敖同志代號焦仲卿」！

——「梁經綸同志代號劉蘭芝」！

梁經綸抬頭詢望向曾可達。

＊　＊　＊

方邸院落竹林。

「是組織的決定。」謝培東在盡量用最簡明的語言解開方孟敖的心結，「不給你派任何任務，也不能讓你更深地理解什麼是共產主義，原因只有一個，讓他們不懷疑你。」

方孟敖：「那你們怎麼就知道我會同意加入？」

謝培東：「因為你愛中國。」

方孟敖：「國民黨裡就沒有人愛中國？」

謝培東：「有。可他們更多的是為了榮身肥家。你知道，國民黨救不了中國。」

方孟敖：「因此你們就派了崔叔這樣一個又清貧又忠厚的人來發展我？」

「共產黨都清貧。」說完這句，謝培東目光望向了竹梢間隙中那一點兒天空，稍頃才接道，

「你說的忠厚，也沒有錯。更準確的評價，中石同志在我們黨內，屬於毛主席說的那種純粹的人，高尚的人。」

方孟敖的眼卻是望著竹林地上斑斑點點的陽光：「我爸昨夜去崔叔家，提起他，怎麼說的？」

謝培東：「和你一樣的看法，忠厚。不只昨夜，那天聽到了他的死訊，好幾次都在跟我念叨遺憾。」

方孟敖：「遺憾他是共產黨？」

謝培東的目光收了回來：「你爸遺憾什麼已經無關緊要了……想不想知道你崔叔的遺憾？」說到這裡，謝培東將手裡捲著的照片慢慢打開了少許——只露出了中間的周恩來。

方孟敖似乎明白了什麼，緊望著謝培東。

謝培東慢慢說道：「他從來沒有見過周副主席，見過周副主席的，是我和你姑媽。」說著，從口袋裡掏出一盒火柴，遞給方孟敖：「點燃了，送給你崔叔吧。」

方孟敖不接火柴，也不再看謝培東和那張照片，只是望著幽深的竹林。

謝培東只好自己擦著了火柴，點燃了照片。

恰在這時，一陣無邊的風又漫過竹梢層層吹來——

方孟敖滿眼看見的卻是那晚吉普車疾馳的風，風裡飄忽著那晚崔中石的聲音：「真要騙你，就有必要。因為我本來就不是什麼中共地下黨員……因此，你也本來就不是什麼中共地下黨員……」

謝培東手中燃為灰燼的照片，白白的，被一陣風舉著，直朝竹梢上空扶搖飄去！

方孟敖看著那一縷升揚的白灰消失在竹林上空：「我當時就知道，崔叔為什麼說他不是共產黨……」

謝培東：「他知道自己死後，你會向那些人討要說法。否認了跟組織這層關係，你心裡剩下的就是和他個人純粹的感情關係，對那些人不依不饒，也才更像你的為人。從發展你那天，直到犧牲，中石同志都在履行保護你的職責。」

方孟敖這才又慢慢轉望向謝培東：「崔叔既然這樣用自己的命來保護我，為什麼組織又派孝鈺這麼一個什麼也不懂的女孩來跟我接頭？她背後怎麼有一個學聯，又有一個城工部？她到底是什麼身分，那個梁經綸又是什麼身分？」

外文書店二樓梁經綸房間。

「現在看來，建豐同志的用人之道我以前理解得太淺了。」曾可達雙手放在桌上，望著梁經綸的目光多了一些通透，也多了以前沒有的幾分誠懇，「他那一個『誠』字，足可以直追曾文正公。也只有這樣，才足以跟中共爭取人心。昨夜我跟方孟敖傳達了建豐同志的思想，效果就很好。方孟敖曾經是不是共產黨已經無關緊要了，他現在就是『焦仲卿』！」

梁經綸沉默了稍頃：「『劉蘭芝』跟『焦仲卿』是什麼關係，怎麼聯手工作。我想聽建豐同志的明確指示。」

曾可達：「建豐同志當然有明確指示。昨夜跟我通話，建豐同志要我先向你傳達他對你的評價，你想不想聽？」

梁經綸默默站了起來。

「坐下，都是同志，我們心裡有那份尊敬就行。」曾可達似乎已經得到了建豐同志做思想工作的幾分真傳，「請坐下吧。」

梁經綸又默默坐下了，等聽建豐同志對他的評價。

曾可達：「要充分理解梁經綸同志工作的艱巨和重要。他對『一次革命，兩面作戰』所負的重任所做的貢獻任何人都無法替代。我對他的評價是八個字：『才大心細，明善誠身』。」

梁經綸又站了起來。前一次站起是出於規矩，這一次站起是真正感動。

長期受困於建豐同志祕密組織成員和中共北平學委地下黨員兩重身分之間，信仰和理想已經虛無縹緲，最大的纏繞是到頭來兩邊都猜疑他，最後的結果是誰對他都不信任。現在聽到這八個字的評價，梁經綸心中真正感動了——一般人只知他長於經濟，建豐同志卻還知道他通曉古文，明白這八個字的出典。望著眼前這個橫亙在自己和建豐同志之間上傳下達的曾可達，他能夠理解建豐同志的評價嗎？

——眼前的曾可達變成了七月六日初到北平的曾可達：「建豐同志要我傳達他對你的評價，黨國如果有一百個梁經綸同志這樣的人才，戡亂救國有望……」

眼前的曾可達說話了：「為這八個字的評價，我請教了建豐同志。建豐同志說，你不只是優秀的經濟學家，還精通國文，知道出典。前四字是曾國藩向朝廷推薦李鴻章的評語，後四字是朱熹對儒家修身所作的最高評價。經綸同志，請坐吧。」

梁經綸心中震撼，也才一個多月，此刻的曾可達竟然已不是當日吳下阿蒙！建豐同志對下屬的培養真可以直追曾文正公！再望曾可達時，眼中多了好感，也多了推心置腹，他沒有坐下：「請可達同志報告建豐同志，對他的信任我十分感激，這次任務，既然代號為『孔雀東南飛』，結局當然是劉蘭芝『舉身赴清池』，焦仲卿『自掛東南枝』。只要有補於戡亂救國大局於萬一，經綸願死而後已。」

「恰恰相反。」曾可達見梁經綸依然站著，自己也站了起來，手一揮，堅定地答了這句，接著便開始踱步，斟酌下面的詞句。

可憐曾可達，為了向這兩個特別身分的人物傳達這次特別的任務，昨夜惡補了一回聞一多的《太陽吟》，似乎感動了方孟敖，也著實感動了自己一把。今天一早，便命人找來了一本《新月派詩集》，一首《孔雀東南飛》。見梁經綸的路上，先擱下了那本《新月派詩集》，將《孔雀東南飛》又強記了一番，對這首詩的大意有了幾分理解。現在見梁經綸深深感動，更加明白建豐同志精神力量之偉大，不由慷慨激昂：「建豐同志用這個行動代號，是決心讓歷史的悲劇不再重演。受命於危難之際，總統要在全國前方戰場跟共產黨決戰，後方整頓經濟的重任都委託給建豐同志了。『孔雀東南飛』就是兩面作戰重大部署中的關鍵行動。從平津撕開口子打擊貪腐，整肅經濟，震懾他們在上海和南京那些腐化的上層，為上海以及五大城市推行幣制改革掃清阻礙。這一次『舉身赴清池』、『自掛東南枝』的不是我們，而是他們！因此你和方孟敖的聯手尤為重要。方式仍然不變，通過何孝鈺，與他接觸。任務的性質調整了，不要再提你那個共產黨學委的背景，不要再去發展方孟敖加入共產黨。當然，更不能暴露你在我們組織的真實身分。」

說到這裡，曾可達望了一眼牆上的鐘，接著去開了門：「你不能久待了。還有幾句話，咱邊走邊談。」

＊　＊　＊

方邸院落竹林。

這裡，兩個人已回到了竹林的石徑旁，就坐在當時謝培東跟何孝鈺談話的那條石凳上。顯然為什麼派何孝鈺接頭，謝培東已經向方孟敖做了解釋。

風也停了，兩人一時無語，竹林便分外幽靜。

「最後一個問題，您還沒有告訴我。」方孟敖打破了沉默。

謝培東顯然是故意留下這個話題，等待方孟敖來問，此刻的神態便分外嚴肅，緊望著方孟敖，壓低了聲音：「這是我今天跟你交底最重要的內容，希望你有心理準備。」

方孟敖下意識地望了一眼石徑遠處的大院。

大院空空蕩蕩，邵元剛、郭晉陽顯然很好地把住了門戶。

方孟敖目光依然望著石徑那邊的大院：「您說吧。」

謝培東：「那個梁經綸，第一重身分是燕大的教授，第二重身分是我黨北平城工部學委的地下黨員。可這都不是他的真實身分。」說到這裡，他停住了。

方孟敖居然並不回頭，目光依然盯著石徑那邊的大院：「我在聽。」

謝培東有意將語氣放輕：「他是國民黨鐵血救國會的核心成員。」

謝培東這時是真有些意外了，方孟敖竟然還是靜靜地坐在那裡，一動沒動。

「何孝鈺知不知道他的真實身分？」過了稍頃，方孟敖終於有了反應，卻是這樣一問。

謝培東也沉默了稍頃，答道：「到目前為止，孝鈺還不知道他的真實身分。」

「是為了讓何孝鈺在感情上沒有負擔，還是為了使梁經綸不懷疑上何孝鈺？」方孟敖依然如此冷靜，冷靜得謝培東都暗自吃驚。

——幾十年潛伏，上至接受周副主席的教導和指示，下至同國民黨方方面面的人物周旋，他都從來沒有像今天跟方孟敖接頭這樣吃力。腦子裡瞬間冒出了好些人的形象——徐鐵英、曾可達、馬漢山……接著是方步亭，接著是崔中石……

他理解了那些跟方孟敖打交道的人是何等的棘手、頭疼。

同時，對崔中石這幾年發展方孟敖所做工作的艱難有了更貼切的感受。

更深一層的是警覺，鐵血救國會那個領袖人物竟能這樣不顧一切地起用他，這個組織，和掌握這個組織的人物，比組織所估計的更厲害，這一層必須向上級即時明確彙報！

這都是紛紜而過的念頭。眼下最重要的是從方孟敖這裡了解張月印所要向上級彙報的情況。而在向他了解情況前，更為重要的是，讓方孟敖放下長期背負的包袱，正視現實，堅定信念。

想到這裡，謝培東答道：「幹我們這個工作，最難做到的就是要將個人的感情埋在心底，這很難。對於經驗不足的同志，盡量不讓他們知道更多的真實情況，是對他們最好的保護。就像不讓你知道更多的情況一樣，組織不能讓何孝鈺同志知道梁經綸的真實身分。」

「崔叔都為我死了。」方孟敖再不掩飾激動，「是你派他來發展的我。這個時候你還躲在背後，卻派一個毫無經驗的何孝鈺來跟我接頭！」

謝培東望向方孟敖，方孟敖卻並不看他。

竹風拂面，淹沒了謝培東的那一聲輕嘆：「我在黨內的作用沒有那麼重要。只是國民黨那個用你的人太重要。」說到這裡，他又望向了仍然不看他的方孟敖。

「我在聽。」

謝培東：「他今年也不過三十八歲，可從同盟會的元老到黃埔一期的人都稱他經國先生，他的部下一律稱他建豐同志。在我們黨內，對他的看法也很複雜，十分重視，這當然有他是蔣介石長子的身分原因，可也不只是因為這個原因。」說到這裡，他又停頓了一下，加重了語氣，「如此重要的人在這個時候如此重用你。現在，你在黨內的作用比我重要。」

方孟敖終於正面望向了謝培東。

謝培東：「你在十七歲的時候參加空軍，投入抗戰，二十六歲才經崔中石同志介紹入黨。可國民黨重用你的這個人，在十五歲的時候，就經我黨的創始人之一李大釗先生介紹去了蘇聯。在那裡經歷了共產國際十二年複雜的鬥爭。一九三七年回國，又經歷了十一年國共兩黨合作抗戰和對立內戰。這個人對我們黨的性質和目標，政策和策略，認識之深刻，不只是你難以想像，甚至超過了我們黨內許多領導同志！今年四月，他成立鐵血救國會，已經認識到國民黨政權面臨全面崩潰的關頭。提出一手堅決反共，一手堅決反腐，一次革命，兩面作戰。對他成立的這個組織，和他採取的行動，國民黨內部震動，我們黨也在高度關注。但沒有想到，他會突然親自介入，大膽起用你，用我們黨的特別黨員來反對國民黨的貪腐。你率領飛行大隊來北平，不只是中石同志和我事先沒有預料，上級組織也沒有準備。這種『兩面作戰』，給我們出了一道大難題呀。」

方孟敖：「因此崔叔也不得不否認他是共產黨，我也是共產黨？」

「唉！」謝培東又長嘆了一聲，「告訴你一個事實，你要冷靜。」

方孟敖：「我不冷靜嗎？」

謝培東：「冷靜就好。告訴你吧，最早發現中石同志是共產黨，不是鐵血救國會的，是你爹！」

方孟敖倏地站起來：「是他向曾可達告發了崔叔！」

「不是。」謝培東明確地答道。

方孟敖緊盯著謝培東：「那天去警察局救崔叔，我爹已經知道他是共產黨了？」

「是。」

方孟敖：「為了我？」

謝培東：「至少那一次是為了你，為了你，還有孟韋跟你們崔叔的感情。你調好了鋼琴，讓你爹彈《聖母頌》。你懂音樂，應該聽得出，你爹當時確實動了真情。人可以說假話，音樂說不了假話。」

「可崔叔還是死了。」

謝培東望向竹梢間的天空：「其間太複雜，我現在不能一一跟你說明。可有一點是中石同志必死的原因，那就是鐵血救國會必須切斷你跟中石同志的單線聯繫，之後才好利用梁經綸在我黨學委的身分派何孝鈺來試探你，監視你。我們也才不得不派孝鈺同志冒險跟你接頭。」

方孟敖：「接下來組織還讓何孝鈺跟我接頭？」

謝培東：「現在是我跟你接頭了。」

方孟敖：「梁經綸呢，那個什麼學委呢？他們會不會讓何孝鈺繼續來發展我？」

謝培東：「會派孝鈺繼續來接觸你。好在孝鈺不知道梁經綸的真實身分，梁經綸也不知道何孝鈺特別黨員的身分，只知道她是學委的周邊進步青年。周邊青年沒有資格發展你入黨。目前梁經綸安排何孝鈺跟你接觸，只是試探和監視。真要發展你，必須由梁經綸先向學委請示，得到學委的同意，他才能正面跟你接觸。可據我們分析，鐵血救國會大膽起用你，是看中了你對國民黨貪腐的深惡痛絕，利用你跟你父親矛盾的特殊關係，從北平分行入手，逼中央銀行反對幣制改革的人就範，讓你為他們即將推行的幣制改革充當工具。要達到這個目的，他們要做的是切斷你跟我黨的組織關係，應該不會再讓梁經綸來發展你入黨，但仍然會派何孝鈺同志甚至是梁經綸親自來跟你接觸，時刻試探你的政治態度，監視組織是否祕密跟你接頭。今後，組織不會再讓孝鈺同志跟你接頭。更重要的是，你再跟孝鈺同志接觸時，不能絲毫流露出梁經綸的真實身分，否則孝鈺同志就會有暴露的危險。你的安全組織來保證，她的安全，更多要靠你來保證了。」

方孟敖這一次是真正沉默了。以往或動若脫兔，或靜若處子，可無論一言一行，無不真實，無不發自內心。而現在的沉默，意味著他今後可能要一反平生所為，不能再那樣真實地活著。他一生反感政治，也是為此。只因為追求理想，他接受了崔中石，選擇了共產黨，可從一開始他也就只是接受了到關鍵時候率領一支飛行大隊飛到解放區去。跟崔中石的約定就是不參加複雜的政治。現在複雜的政治還是纏上了自己，何況這種複雜最後又落在何孝鈺這樣一個女孩身上！

一種要保護何孝鈺的念頭油然而生：「好。我現在該做什麼？」

「查帳。代表國防部調查組查帳。」

「真查還是假查？」

「那是他們的事，有時候會叫你真查，有時候會叫你假查。」

「他們知道，我從來不幹弄虛作假的事。」

「他們還知道你不懂經濟。帳面上的假你查不出來，帳後面的假你更查不出來。」

「可是您知道什麼是真，什麼是假。」方孟敖真是較真了，「組織上的態度呢？是讓我真查，還是讓我假查？」

「組織上當然有態度，到一定的時候該怎樣配合，我會配合你。」謝培東答完這句，立刻切入了今天的核心主題，「這也是組織派我現在跟你接頭的重要原因。據我們在南京的情報，了解到他們已經策劃了一個行動方案。這個行動方案應該就牽涉到你目前的查案。組織上希望從你這裡了解情況，進一步分析他們下面的行動和目的。」

方孟敖十分認真地在聽。

可說到這裡，謝培東又停下了，沉默了稍頃，放緩了語氣：「幾年了，這也算組織第一次給你布置的工作任務吧。」

所謂適得其反。方孟敖剛才那種認真一下子又消失了。他是如此不習慣這種虛與委蛇的說話方式，立刻覺得這位自己的親姑父，更高的上級，怎麼也不如崔中石平實親近，便也淡淡答道：「只要我知道，告訴你就是。這也不算什麼任務。」

「那就不當任務吧。」謝培東也立刻悟到自己的舉重若輕反而成了舉輕若重，不再虛言，直接問道，「他們策劃的這個行動，是用一首古詩做的行動代號，你知不知道？」

方孟敖：「知道，叫『孔雀東南飛』。」

謝培東輕輕點了下頭，過了稍頃才接著問道：「執行者的代號和具體的執行人你知不知道？」

方孟敖：「代號是焦仲卿和劉蘭芝。昨天晚上曾可達告訴我了，焦仲卿就是我。」

謝培東：「劉蘭芝呢？」

方孟敖：「沒有告訴我。」

謝培東沉吟了片刻，斷然說道：「那你就千萬不要主動向曾可達打聽。焦仲卿的任務是什麼？」

方孟敖：「恢復北平青年航空服務隊的飛行編制，組成特別飛行大隊，配合新發行的貨幣，為北平運輸緊急物資。」

謝培東輕輕點了下頭，接下來又沉思。

「能不能告訴我，我要不要為他們的什麼幣制改革運輸物資？」方孟敖卻不容他沉思。

謝培東：「給我一天時間，我請示上級後明確告訴你。」

方孟敖：「哪個上級？」

謝培東一愣，只能望著方孟敖。

「我希望這個上級是周副主席。」方孟敖不再等他回答，說完這句，便向竹林外大步走去。

「孟敖！」謝培東試圖叫住他。

「沒有周的指示，別的話我都不想再聽。」方孟敖的身影如此之快，立刻出了竹林。

謝培東愣在那裡。

竹林外的院子裡，但見邵元剛和郭晉陽立刻走近了方孟敖，聽方孟敖說了幾句，一同點頭。

接著，這兩人留在那裡，方孟敖卻獨自走出了大門。

謝培東一驚，邵元剛和郭晉陽已經向這邊望來，顯然在等著他。

謝培東緩過神，疾步向他們走去。

那個郭晉陽：「我們繼續查帳吧。」

二人向洋樓走去。

「你們隊長呢，他不查了？」謝培東依然站在那裡。

「去何校長家了。」

「找我們行長？」

「找什麼你們行長？」郭晉陽回頭望向謝培東時，曖昧地一笑，「找何小姐去了。他沒告訴你？」

「哦……」謝培東嘴裡漫應著，腦子裡卻是轟的一聲。

＊　＊　＊

何宅二樓何其滄房間。

何其滄由於腰腿有疾，在躺椅上很少這樣坐直著身子，目不轉睛地盯著人打字。

除了梁經綸，這是他見過第二個能如此快速敲擊這臺老式英文打字機的人，而現在這雙手敲擊的節奏顯然比梁經綸還好。

望著全神貫注在打字的方步亭，何其滄突然問道：「還彈鋼琴嗎？」

「好多年不彈了。」方步亭的手仍然未停，「前些天孟敖和孟韋將我那臺鋼琴搬了出來，才又彈了一回。」

何其滄：「擱了那麼久，音也不準了，還能彈嗎？」

「孟敖調的音。」方步亭仍在快速打字，「十多年不見，也不知他在哪裡學的。」

「孟敖也會彈？」

「應該會。可那次是我彈，他唱。唱得真不錯。這孩子，是我耽誤了他。」

「國破家亡的時候，也不能全怪你。」何其滄滄桑地一嘆，「還彈的那首《月圓花好》嗎？」

方步亭的手瞬間停了一下，接著敲擊：「是古諾的《聖母頌》。」

何其滄沉默了。方步亭敲擊鍵盤的手這時像是在敲擊《聖母頌》的旋律。

何其滄：「他這是在懷念他媽了。」

方步亭：「應該是吧。」

何其滄：「孟敖、孟韋的媽和我們家孝鈺的媽都是好女人啊……」

「孝鈺很像她媽，難得的好孩子。」說完這句，方步亭的手慢慢停下了，悄悄望向何其滄。

何其滄卻沒看他，望著窗外的梧桐樹：「打了好幾個小時，你還是當年在哈佛那股勁頭啊。歇歇吧。」

「好。」方步亭答著，「打幾句閒話，英文翻譯的中國幾句古詞，考考你，還記不記得出處。」

「好哇。」

兩個老人彷佛又回到了恰同學少年的時期。

方步亭很快一陣敲擊。

「打完了？」

「就幾句話嘛。」

「念吧。」

方步亭用英文念了起來：「（英文大意）騎上馬我們追趕少年的時光，追到今天才發現我們已經變了模樣，春風吹綠了原野吹白了我們的鬍鬚。我們還能幹什麼呢，把那本一萬個字的理想，送給莊園主，讓他去種自己的樹吧。」

何其滄眼中也有了亮光：「讓我想想……是辛棄疾的《鷓鴣天》吧？」

「對了！原詞呢？」

何其滄閉上了眼，又想了一陣子，倏地睜開了眼，似窺破了他的伎倆：「你偷換了概念？」

方步亭笑了，不答，等他背詞。

何其滄慢慢念道：「『有客慨然談功名，因追念少年時事，戲作。』這就是這首詞的序文。你翻的那幾句還要我念嗎？」

方步亭：「當然。」

「聽好了。」何其滄提高了聲調，「『追往事，嘆今吾，春風不染白髭鬚。卻將萬字平戎策，換得東家種樹書。』」念完，緊盯著方步亭，「最後一句明明說的是換一本東家種樹的書，怎麼被你改成讓東家自己去種樹了？」

「你明白就好。」方步亭哈哈大笑起來。

何其滄也被他感染了，哈哈大笑起來。

兩雙老眼，很快都笑出了眼淚。

何宅一樓客廳。

這棟樓何時有過這樣的笑聲！

而且傳來的是師道尊嚴的何副校長和矜持風度的方大行長在這樣地大笑！

程小雲、謝木蘭都望向了何孝鈺。

何孝鈺望著二樓，也有些不敢置信。三個人互相望著，笑聲還在傳來。

「我去看看！」謝木蘭跳躍著就要上樓。

「別去！」程小雲低聲喊住了她。

戛然，笑聲停了。三個人都屏住了呼吸。

很安靜，便聽見另一個聲音從外面傳來。

從來安靜的燕南園，誰敢將汽車開得這麼快，發出這麼響的轟鳴！

何宅二樓何其滄房間。

眼裡還殘留著笑出的淚，方步亭在望著窗外猛然停住的車，望見從車上跳下來的大兒子。

「是孟敖來了？」何其滄猜著了。

「他這是找我來了，我下去吧。」方步亭站起來，「自己種的果子總得自己吃呀。」說著便向房門走去。

「讓他上來。」何其滄叫住了他。

方步亭：「方案要緊。不能讓他煩你。」

「方案有什麼要緊。」何其滄儼然當年學長的派頭，「我喜歡他煩。坐下，等他上來。」

點了點頭，方步亭回到了桌前，聽話地又坐下了。

一直坐著的何其滄這時躺了下去：「把腿架起來，像個父親的樣子。」

方步亭這才感覺到自己在正襟危坐，尷尬地笑了一下，放鬆了，移動椅子朝向房門，再坐下時，撩起長衫下襬，將右腿架到了左腿上。

何宅一樓客廳。

「小媽在這裡？我爸也在這裡？」客廳門是開著的，方孟敖站在門口，目光望著程小雲。

程小雲的心揪得更緊了，望了一眼何孝鈺和謝木蘭，再望向方孟敖：「你爸的車就停在門外，你應該看見的。」

「我看見了。」方孟敖目光轉向了何孝鈺，「我能進來嗎？」

何孝鈺：「如果是代表什麼國防部調查組，能不能換個時間再來。我家裡有客人。」

「我就代表我自己。」

「幹什麼弄得這麼緊張兮兮的。」謝木蘭解圍了，「大哥，快進來吧。」

方孟敖依然在等何孝鈺的回覆。

何孝鈺再不迴避他的目光：「不要上樓吵了我爸，他有病，也不喜歡你。」

方孟敖走進來了。

何宅二樓何其滄房間。

房門剛才被方步亭打開了，一樓說話，有些能聽見，有些能想見。兩個老的，一個躺在椅上，一個坐在桌前，相互都不再掩飾，目光對視，專注地聽著下面的動靜。

知道方孟敖進門了。

「壯歲旌旗擁萬夫，錦襜突騎渡江初。」何其滄突然念起詩來，聲調鏗鏘，將方步亭驚了一下。

何其滄嘴角一笑，接著說道：「剛才是你考我，現在我考考你。這是剛才那首詞的開頭兩句，接下來兩句是什麼？」

方步亭搖著頭，尷尬地笑了笑，沒有回答他的考問。

「答不出來了吧。那就我替你答。『燕兵夜娖銀胡簶，漢箭朝飛金僕姑。』」背完這兩句，何其滄的目光望了一眼門外，接著伸出一根指頭指向方步亭，點道，「當今的辛棄疾要來抓張安國了。」

方步亭只能苦笑了：「好啊，那就靠你來替我擋箭了。」

「還當真了。」何其滄手一揮，「你不是張安國，我更不是金軍。等他上來再說。」

何宅一樓客廳。

何孝鈺的背後就是樓梯口，前面站著方孟敖。

方孟敖一動沒動，目光卻從何孝鈺的頭頂望向二樓走廊，望著何其滄那間房門。站在一邊的程小雲和站在另一邊的謝木蘭更緊張了，她們知道方孟敖想上樓，隨時都能幾步登上樓去。

方孟敖卻突然笑了，問道：「你們聽見了嗎？」

一個女人、兩個女孩飛快地碰了一下眼神，又都望向方孟敖，沒人回話。

方孟敖：「我聽見了，何伯伯好像念的是辛棄疾的詞。小媽，你的古文好，告訴我們，何伯伯念的是哪首詞？」

「我沒聽見。」程小雲只好答道，「我真沒聽見。」

方孟敖：「小時候家裡逼著我背辛棄疾，後來全忘了，只記住了幾句。」說到這裡便望著何孝鈺，要她接言。

何孝鈺這時不會接言。

「大哥，哪幾句？」謝木蘭終於又能插嘴了，儘管知道今天自己起不了什麼作用，「背給我們聽聽。」

方孟敖把目光直望向何孝鈺背後的樓梯，念道：「少年不識愁滋味，愛上層樓，愛上層樓。」念到這裡戛然停住。這就有些故意製造緊張了，況且是針對女人和女孩。

何孝鈺還來不及反應自己的抵觸，發現方孟敖的目光直射了過來，緊盯著自己的眼睛。

何孝鈺這才感覺到，他這次突然闖來或許不是找他父親，而是要找自己，便也直望著他，與他對視。

方孟敖果然挑話題了：「後面一句記不起了，只記得是什麼『為賦新詩……』孝鈺應該記得。」

何孝鈺心裡驀地一緊：

——長城腳下。

——新月派。

——新詩！

方孟敖是願意來跟自己接頭了！可為什麼要用這種方式？

何孝鈺不知道怎麼接言。

「是『為賦新詞……』」謝木蘭哪知就裡，搶著接言為何孝鈺解圍。

「沒有問你。」方孟敖打斷了謝木蘭，依然緊盯著何孝鈺。

「是『為賦新詩強說愁』！」何孝鈺只有大聲接言了，「別人怎麼說都是錯的，只有你是對的，滿意了吧？」

程小雲和謝木蘭都感覺到了，何孝鈺和方孟敖是在說只有他們自己才明白的話，不禁對望了一眼。

方孟敖接下來的神態更讓人尋味了。

他瞇縫著眼，似笑非笑，閃出多數女孩都會敏感的那種男人的魅力挑逗。

程小雲的心猛地跳了一下，她從方孟敖的眼角突然看見了一種熟悉的目光，方步亭當年望自己時那種目光！

站在另一側的謝木蘭也莫名其妙地心跳起來，她突然想起的卻是《亂世佳人》中的白瑞德！何孝鈺當然就是「郝思嘉」了！

何孝鈺再也忍受不了這種慌亂，目光倏地轉向別處：「滿意了就請你出去。今後要調查什麼也請不要到我們家來。」

「好。」方孟敖兩腿挺立靠得如此之近，居然還能靴跟一碰發出響亮的聲音，「我出去。」

——就這樣走了？

三雙眼睛都在跟著方孟敖走出去的腳步。

方孟敖的腳步走到客廳門外又停住了，慢慢回過頭，望向何孝鈺：「送送我，總應該吧？」

程小雲和謝木蘭緩過神來，跟著望向何孝鈺。

程小雲遞過去一個眼神。謝木蘭則是將下巴直接擺向大哥那邊，示意何孝鈺趕緊去送。

何孝鈺確定他這是要找自己了，當著程小雲和謝木蘭不得不裝作勉強地走了過去。

走到方孟敖身前，何孝鈺望向一邊，低聲問道：「你到底要幹什麼？」

方孟敖也壓低了聲音：「跟我出去，我有話問你。」

何孝鈺只得望向他。

方孟敖聲音壓得更低了：「裝作不願意，跟我走就是。」說完，一把拉起何孝鈺的手，便向院門走去。

程小雲開始眼中還是一片迷茫，接著便亮了。

謝木蘭的眼睛早就亮了，門外的日光亮得像一片銀幕：

——白瑞德將郝思嘉扛在了肩上！

何宅二樓何其滄房間。

能聽見，窗外吉普車一聲轟鳴，飛快地走了。

「這個孽子！」方步亭收回目光，一拍桌子，倏地站起來，便向房門走去。

「幹什麼去！」何其滄也坐直了身子。

方步亭：「找我就找我，查帳就查帳，不能讓他把孝鈺也牽進去！」

何其滄：「你那個車追得上他嗎？」

方步亭站在房門口，顯得心亂如麻：「你不了解。他是跟著美國那些大兵混出來的，真幹了什麼對不起孝鈺的事，你我何以自處？」

何其滄：「什麼何以自處？啊？什麼意思，你說明白！」

「嘿！」方步亭轉過頭，「你不知道……」

何其滄：「你的兒子你不知道，我的女兒我還知道。方步亭，你一生誤就誤在太聰明上。我就不明白了，好多事情本來簡單，你們這些聰明人為什麼總要弄得那麼複雜。幾十年的同學，今天你來找我，我就告訴你一句話，不要再把事情弄得複雜了，應付了幣制改革這個事，趕緊從中央銀行出來。後輩的事，青年人的事，尤其不要去管。」

方步亭被何其滄這一番話說得愣在那裡。

一樓的電話偏在這時響了。

過了稍頃，傳來程小雲的聲音：「行長！姑父從家裡來的電話！」

方步亭望向何其滄。

何其滄：「去接呀。看著我幹什麼？」

＊　＊　＊

方邸二樓行長辦公室。

謝培東站在辦公桌前捧著電話，郭晉陽和邵元剛兩個人就在他身邊翻著帳冊，雖沒有盯著他監視，那神態也是在聽他怎麼說話。

「是的，行長。」謝培東答道，「現在是稽查隊的兩個長官在查帳，很多話我跟他們也說不清楚。孟敖要是在你那裡，就請他立刻過來……」
電話那邊方步亭的聲音顯然很低。
謝培東聽著，突然沉默了。
郭晉陽和邵元剛不禁乜了過去——他們發現謝培東愣在那裡。
「行長，這樣不行。」謝培東緩過神來，他一向處亂不驚，何時這般焦急過，「要查帳我們配合，怎麼能讓孟敖把孝鈺牽進來？您知道孝鈺是學聯的人，這個時候再鬧學潮就無法收拾了。行長，趕緊用你的車載著何副校長去找吧，怎麼也得把孝鈺找回來……」
郭晉陽和邵元剛都不翻帳冊了，停在那裡，看著謝培東。
都是飛行員，聽力都極好，都聽見了電話那邊哐的擱了。
謝培東還捧著電話，兀自不願放下。
郭晉陽和邵元剛對視了一眼，笑了一下，又開始翻帳冊。

* * *

北平城外西南郊公路關卡。
八月的天，又是午後，太陽流火。
公路左邊是一道望不到頭的戰壕、鐵網，公路右邊也是一道望不到頭的戰壕、鐵網；還有依然在挖著戰壕的士兵。公路欄杆兩邊則是兩圈堆得一人高的麻袋工事，鋼盔架著機槍。
欄杆邊方孟敖的吉普車旁，看證件的是一個少校營長。
「長官！」那個營長碰腿行禮，接著雙手將證件遞還駕駛座上的方孟敖，「再過去幾十公里就有共軍的部隊，很危險。請長官返回。」說到這裡忍不住望了一眼副駕駛座上的何孝鈺。

「我就是過去視察前沿陣地的。」方孟敖對他也還客氣，「打開欄杆。」

那個少校營長：「請問長官，這位小姐……」

「《中央日報》要報導前方戰事。」

又是國防部，又是《中央日報》，那個營長為難了：「長官，能不能等五分鐘，我向上面報告一下。」

方孟敖：「可以。不過五分鐘後，你的什麼上面同不同意我都要過去。」

「是。」那個營長這一聲答得有些勉強，向一旁哨所走去。

方孟敖拿起了車內的軍用水壺，遞向何孝鈺：「乾淨的。可以喝，也可以擦擦臉。」

何孝鈺髮際間都是汗，夏布單衣濕貼得身上凹凸畢現，哪能去接水壺，側著身子只望著右邊窗外出神。

方孟敖提著水壺上的繩，舉吊過去。

水壺在眼前晃著，何孝鈺只好接了。

「我下去抽支菸。」

方孟敖把軍帽留在車座上，下了車。

何孝鈺忍不住去望駕駛座上那頂空軍大蓋帽，發現帽檐也都汗濕了。望向駕駛窗外的後視鏡，心裡怦然一動，忽然想起了那首《斷章》——方孟敖點了雪茄，曬著太陽，在看遠處太陽下挖著戰壕的士兵——自己卻在後視鏡裡看方孟敖。

* * *

北平警察局徐鐵英辦公室。

電話就在身邊響著，徐鐵英靠在椅背上也不知是睡著了還是沒睡著，兩隻眼袋比平時大了一半，就讓電話響著。

電話還在響。

徐鐵英眼睛依然閉著，卻倏地伸過手去，提起話筒，同時按了機鍵，乾脆將話筒扔在一邊，又靠向椅背。

徐鐵英昨夜去抓馬漢山，自己的祕書反被抓了，鎩羽回來，便向南京黨通局郭局長訴苦，卻反被罵了一頓。接著，他便罵退了所有來報公事或來討好的人，打開衛生間的水龍頭沖到天亮，就坐在椅子上睡著，只想睡到這個黨國倒臺為止。

「局長，局長。」門外偏又有不怕挨罵的人在叫，叫聲很輕，顯然還是怕挨罵的。

徐鐵英聽出了是單福明，也懶得發怒，只是不理他。

居然又敲門了，徐鐵英還是讓他輕輕地敲著。

門從外面拉動把手被推開了，那個單副局長的聲音就在門邊：「局長……」

「出去。」徐鐵英依然不睜眼。

「局……」

「出去！」徐鐵英操起桌上的手槍指向聲音方向。

單福明立刻一閃，閃到了門外，躲在門外說道：「陳總司令打來的電話……說再不接他的電話就要改組北平警察局。」

徐鐵英放下了手槍，卻依然靠向椅背閉著眼睛：「你去回他的電話，北平警察局早就解散了。」

單福明門外的聲音：「局長，陳總司令要是罵我，我用什麼理由回他……」

這已經十分伏小了，徐鐵英想生氣也生不起來，只好教他：「就說我說的，北平已經由國防部預備幹部局全面接管了。有事情他陳總司令找曾可達去，或者乾脆叫那個方孟敖來當局長。」

「局長！」門外單福明的聲音突然大了，「陳總司令說，那個方孟敖開著車出了西南防線，往共軍方向去了。他打電話就是和你商量怎麼抓他的……」

徐鐵英的眼睛倏地睜開了，望向了桌上被他撂在一邊的話筒，接著立刻拿起話筒，又想起了門外還站著單福明：「去回話，說我昨晚吃了安眠藥，是你把我推醒的。我正在用冷水沖頭，請他把電話打過來。」

「是！」這一聲答得很響亮。

* * *

北平西北郊軍統祕密監獄機要室。

王蒲忱也正在接聽緊要電話，用的是大耳機話筒。

厚鐵門依然關著，風扇依然沒開，他站在機要桌前，望著那幅「北平戰區軍事要塞圖」，臉上也流汗了。細長的手指循著地圖上一條公路線滑了過去，對著話筒報告：「是西南方向，建豐同志。現在已經過了外城防線，過了盧溝橋再往前開就是涿州防線……對，與共軍的膠著地帶。……是，還有很遠的距離。……是，我也覺得方孟敖不可能到那裡去跟共產黨接什麼頭。我擔心的是車上那個何孝鈺，她背後是不是有共產黨學委的背景。需不需要我立刻通知涿州防線我們的人堵住他們，然後祕密調查……」

建豐同志立刻打斷了他的話，指示顯然很明確。

王蒲忱立刻答道：「是。我不插手這件事的調查。這就給可達同志打電話……是，給曾督察打電話，只告訴他是陳繼承在追問。讓他處理，隨時向你報告。」

＊　＊　＊

京石公路盧溝橋段。

方孟敖的車呼嘯而過，盧溝橋就在眼前了。

「七七事變」三周年紀念日剛過去一個月零四天，抗戰勝利三周年紀念還有五天，神聖的盧溝橋卻沉默著躺在前方！

戰事再緊張，國軍華北剿總還是沒有敢在橋頭設置工事，而是在距盧溝橋兩側約五百米處各設了沙包掩體，崗亭欄杆。

方孟敖那輛吉普飛馳而來。

顯然已經接到指示，盧溝橋東北方向的欄杆立刻拉起來。

車到橋頭，嘎地停了。

何孝鈺望向方孟敖。

方孟敖坐在車內望了片刻，接著推門下車。

何孝鈺在車內望向車外的方孟敖。

方孟敖走到車前，唰地向盧溝橋行了個肅穆的軍禮！

他又回來了，上車關門，用最慢的速度緩緩開過盧溝橋，就像在母親的身上緩緩爬過。

何孝鈺來盧溝橋也不知道多少次了，從來沒有像這次的感覺，一個個獅子都在出神地望著自己。

她偷偷地瞟向方孟敖，方孟敖卻一直目視前方，仔細看，才發現他的眼睛有些濕潤。

何孝鈺心裡驀地一酸。

終於緩慢地過了橋，車速猛地又快了。

盧溝橋西北方向的工事欄杆顯然也接到了指示，遠遠就拉起來了，一任方孟敖的吉普呼嘯而過。

盧溝橋連同那條永定河遠遠地被拋在車後。

*　*　*

曾可達房間裡。

「盧溝橋嗎？」曾可達的電話這時才追到了盧溝橋段崗亭。

對方答應是。

「有一輛國防部的吉普到你們那裡沒有？」曾可達急問，接著變了臉色，「誰叫你們放行的……」

「警備總司令部！」對方電話裡這幾個字倒是回答得十分清楚。

曾可達猛地按了機鍵，脫口迸道：「其心可誅！」

拿著話筒急劇思索片刻，他飛快地撥通了另外一個號碼：「北平警察局嗎？我是國防部調查組，請你們方孟韋副局長接電話。」

對方回答方副局長不在，曾可達：「立刻聯繫，找到了方副局長馬上告訴我他的具體位置……算了，過十分鐘我給你們打。」

* * *

方邸二樓行長辦公室。

「是方副局長嗎？請稍等。」郭晉陽也在這裡找方孟韋，竟然被他找到了，捂住話筒，望向身旁的謝培東，「替你找到了，你自己接吧。」

「謝謝！」謝培東立刻接過電話，「孟韋嗎？是我呀……是，剛才是你大哥稽查隊的長官在幫我打電話……是，他們正在查帳，是這麼一回事……」

謝培東剛說到這裡，那邊的方孟韋大聲打斷了他：「讓他們等著，我立刻過來！」

謝培東急道：「不要來，不要掛電話……」

郭晉陽和邵元剛都聽見：

謝培東手裡的話筒已經是長音！

北平警察局值班室。

值班的員警都站了起來。

單福明：「你們親自向局長報告吧！」

接電話的那個員警：「是！」

徐鐵英換了一副溫和的笑容：「不要緊張，慢慢說。」

「是，局座。」接電話的那個員警，「開始是國防部調查組找方副局長，後來是北平分行找方副局長。我們聯繫上了，方副局長在城外指揮埋餓死的人，估計已經跟北平分行通話了。」

徐鐵英：「國防部調查組呢？」

那個員警立刻看錶，接著答道：「他們說過十分鐘打來，還有兩分鐘……」

徐鐵英望向了單福明：「單局，你認為該怎樣給他們回話？」

單福明這時心裡比明鏡還亮：「什麼國防部調查組，局長就是國防部調查組的，有電話不給您打竟給我們值班室打，這是越權指揮嘛。」

徐鐵英嚴肅地輕輕點了下頭。

單福明立刻對接電話的員警下命令：「再打電話來就說找不到，聽見沒有？」問的是那個員警，眼睛卻望向了徐鐵英。

徐鐵英笑著向他點了點頭：「還是你親自在這裡坐鎮吧。你辦事，我放心。」

單福明：「您放心。去睡一覺吧，局長。」

徐鐵英又向其他的員警點了點頭，最後望向那個接電話的員警：「你那塊手錶不錯，注意時間。」

「是，局座……」那個員警剛抬起手，突然驚覺，這可是塊貴錶，立時心中忐忑起來。

徐鐵英已經轉身向門外走去：「準備接電話吧。」

望著徐鐵英的背影消失在門外，單福明低聲罵道：「是來逛窯子嗎？娘的，值班還帶著塊貴錶！手錶懷錶從今天統統收起來！」

「是，單局。」有一半以上的員警答道。

電話鈴這時響了。

那個接電話的員警立刻抄起了電話：「誰呀……國防部？這裡不是什麼國防部，打錯了。」電話一擱，望向單福明。

單福明笑罵道：「狗日的，夠你壞了！」

那員警笑答道：「什麼人沒見過，真是。單局，你也去睡一覺吧。」

眾員警：「是呀，你也去睡吧。」

單福明：「又想打牌了？」

說到這裡，那電話又響了起來。這回乾脆誰也不去接。

單福明：「該幹嘛幹嘛吧，老子可不管了。」聽那電話鈴響著，也走了出去。

兩副牌立刻拿了出來，兩桌牌立刻打了起來。

曾可達在這裡是再也問不到方孟韋的去向了。

方邸二樓行長辦公室。

門從外面啪地被推開，方孟韋到了，大步走了進來。

走到辦公室正中，他停在那裡，望向辦公桌前各捧著一本帳冊的邵元剛和郭晉陽。

邵元剛和郭晉陽帳冊停在手裡，也望向他。

方孟韋的目光慢慢找著了孤零零坐在陽臺邊椅子上的姑父，但見他從未像現在這樣無助。

頭猛地又轉了過來，方孟韋幾步跨到辦公桌前，一把奪下邵元剛手裡的帳冊摔在桌上，又奪下郭晉陽手裡的帳冊摔在桌上。

二人手裡沒有了帳冊，依然站在桌邊，望著方孟韋。

「誰給你們的權力，來抄我的家！」

「孟韋……」謝培東站起來。

「您不要插言。」方孟韋盯著邵元剛和郭晉陽，目光已沒有了剛才那般鋒利，「你們隊長呢？」

二人互望了一眼，沒有回答，也不知怎麼回答。

謝培東走了過來：「孟韋，配合他們查帳是行長吩咐的。你現在趕緊去找你大哥……」

方孟韋疑惑地再慢慢轉過去望謝培東時，桌上的電話鈴聲突然響了！

「應該是我們行長的電話。」謝培東望向邵元剛和郭晉陽，一副徵詢他們同意的樣子，接著望向了方孟韋，示意他接電話。

電話鈴還在響，方孟韋卻連電話也不看，憤然離家已經幾天，他這時不會接父親的電話。

謝培東更急了，再一次望向邵元剛和郭晉陽：「請問調查組，我們能接電話嗎？」

也沒有誰阻止他們接電話啊，邵元剛和郭晉陽納悶了，對望了一眼，沒有接言。

這一激將果然起了作用，方孟韋倏地抄起了話筒，顯然不願聽見對方父親的聲音：「北平分行，有話請跟謝襄理說。」

剛想把話筒轉給謝培東，對方說話了：「方副局長嗎？我是曾可達呀。」

——電話那邊竟不是父親，而是他最厭惡的另一個人！

「曾可達！」方孟韋壓抑在心中的無名火一下子全都發了出來，接下來說的話便十分不可理喻，「你有父親嗎？」

謝培東，還有邵元剛和郭晉陽，都有些意外，愣在那裡。

對方的曾可達也顯然被他問得默在那裡。

方孟韋不讓對方喘息：「有母親嗎？有沒有兄弟姊妹？回答我，先回答我這幾個問題，再跟我說下面的話！」

曾可達住處客廳。

「好。我回答你。」曾可達竟然有了幾分「猝然臨之而不驚，無故加之而不怒」的風範，拿著話筒答道，「我有父親，也有母親，他們現在都在贛南……沒有任何職位，他們都不識字，都是農民，種著家裡十幾畝田。有一個大哥，分了家，也種著十幾畝田……我每個月將一半的薪水寄給他們，貼補家用。」

回答到這裡，曾可達發現電話那邊的方孟韋沉默了，知道自己這種坦誠的態度又一次起了精神的力量：「方副局長，我們可以談下面的話題了嗎？」

方邸二樓行長辦公室。

方孟韋眼中的戾氣在慢慢散去，茫然浮了出來。

謝培東雖然聽不見對方說什麼，卻已經從方孟韋的問話和表情的變化洞察到了曾可達的回話將住了方孟韋。不能讓孟韋再在意氣之中，他輕咳了一聲，示意好好跟對方說話。

「可以談了，說吧。」方孟韋答這句話時聲音竟有些沙啞。

曾可達住處客廳。

曾可達：「方副局長，到央行北平分行查帳，不是個人行為，更不是針對哪一個人。關於這一點，從上次建豐同志送給方行長那一套范大生先生的茶具足表心志。我現在打這個電話找你，是聽說方大隊長帶著何小姐開車去了西南軍事防線，再往前就是共軍的防線了，這太危險。他的性格，我們都知道，誰也擋不住他。我本來應該自己去，為了尊重他，也為了尊重方行長和你，拜託你開車去一趟，沿著京石公路，將方大隊長找回來。我的意思，不知道方副局長能否理解。」

方邸二樓行長辦公室。

曾可達的要求和謝培東找他回來的目的竟完全一樣！

方孟韋的目光轉向了謝培東。

謝培東其實已經完全明白了這個電話，這時由曾可達讓方孟韋去找回方孟敖，比自己叫他去找，當然更好。這層意思卻還不能流露，只望著方孟韋。

可憐方孟韋，為了讓謝培東明白，只好又問：「請問，你剛才說我大哥去了哪個方向？」

謝培東，還有邵元剛和郭晉陽都在望著話筒。

對方複述的當間，方孟韋見謝培東依然只望著自己，似乎還沒明白，也不能徵詢他的同意了，只好答道：「找我大哥，是我該做的事，不必客氣。」擱下話筒，這才明白了謝培東急著找自己的原因，「大哥怎麼會突然開車帶著孝鈺出了城，而且出了西南防線，去了涿州方向？」

最令人擔心的情況果然出現了，謝培東哪裡還有時間解釋，當著邵元剛和郭晉陽，只好先對他們說道：「這太危險！你們稽查隊能不能去幾輛車，分頭找回你們隊長？查帳的事，最後也得他來。」

「不需要他們去找。」方孟韋接過話頭，轉對邵元剛和郭晉陽，「你們隊長不在，查什麼帳。回軍營去，告訴你們大隊的人，今後來這裡查帳，除非你們隊長本人。走吧。」

邵元剛和郭晉陽對望了一眼，同時答道：「是。」

離開時，倆人還不忘向方孟韋和謝培東行了個軍禮，然後走了出去。

「曾可達叫你去找你大哥？」謝培東必須弄清曾可達電話的詳細內容。

「是。真不願聽他的指使。」方孟韋露出了焦躁，「我大哥到底怎麼回事，是不是又牽扯到崔叔的事了？」

「不要猜想了。」謝培東既無法解釋，更害怕方孟韋深究，「趕緊將你大哥和何小姐找回來再說。曾可達還對你說了什麼？」

方孟韋：「說北平警備總司令部通知沿路放行，這擺明了是想讓我大哥往共軍那邊走，栽贓他是共產黨。叫我以警備司令部偵緝處的名義，去追回來。」

謝培東：「那就快去！找到你大哥時什麼也不要問，叫他先把何小姐送回去，然後過來，就說我在這裡等他，首先會配合他把明天的配給糧從天津運來，接著再配合他查帳。」

「知道了。」方孟韋輕嘆了一聲，大步走出了辦公室大門。

謝培東倏地拿起桌上的電話，撥號：「是我，小嫂……不用了，你告訴行長就是。孟韋親自去找孟敖和孝鈺了，請行長還有何校長放心。」

程小雲在電話那邊：「好，我這就去告訴他們。」

謝培東：「還有，告訴行長，我現在必須去催天津的糧食了，得一兩個小時才會回來。」想掛電話，另一重擔心又驀上心頭，「順便問一聲，木蘭在你身邊嗎？」

電話那邊沉默了稍頃，才答道：「剛出的門，好像是去找梁教授了……」

謝培東心頭又被猛地搗了一下！

——他愣愣地望向陽臺那邊，望向崔中石到這裡來常坐的那把椅子。此刻是如此希望看見生前坐在那裡微微笑著的崔中石。

「姑爹，姑爹！」話筒那邊，程小雲在呼喚。

「……我在聽。」呼叫聲使謝培東想念的崔中石消失了，只見落地窗外，一隻飛鳥掠過！

謝培東突然發現，今日天空如此晴好，一片湛藍！

程小雲在電話那邊感覺到了：「姑爹，要不要我去跟何校長說一聲，請他出面跟梁教授打招呼，讓木蘭回來。」

謝培東轉過了神：「不要了……趕緊去告訴行長，不要再負氣了，隨時跟孟韋聯繫。我也得趕緊去催糧了。」說到這裡他按了機鍵。

接著必須撥另外一個號碼了，謝培東感覺自己的手指在微微顫抖，已經撥不準號碼了。

他停住了，從筆筒裡拿出一支鉛筆，一下一下撥了這個號碼。

電話通了。

謝培東：「中國銀行分理處張先生嗎……」

「我是。」對方張月印的聲音非常清晰。

第三十一章

一家商行的二樓小房內，張月印見到了焦急的謝培東。

「怎麼會這樣？」張月印望著謝培東，從來沒有這樣焦慮過，「謝老，您親自跟他接頭，方孟敖怎麼會突然離開，還拉上何孝鈺同志出了西南防線？」

「是我的工作有問題。」謝培東心情十分沉重，這個時候任何客觀解釋都不能代替自我檢討，「我忽略了他突然知道我是崔中石同志的上級後，反感會如此強烈。崔中石同志犧牲，畢竟我有責任……」

「組織上現在沒有叫我們討論崔中石同志犧牲的責任，謝老！」一直在那裡來回焦躁走著的老劉，這時停住了腳步，「中央給華北城工部和我們北平城工部下了死命令，六點前必須上報國民黨『孔雀東南飛』的詳細行動計畫。這個時候只有方孟敖知道這個行動的內容，他卻跑了！還拉著何孝鈺，他到底要幹什麼！」

謝培東嘆了一聲：「問題可能是我將梁經綸鐵血救國會的真實身分告訴了他，卻忽略了他會因此擔心何孝鈺的安全。他突然把何孝鈺帶出去，應該是這個原因。」

「情況比想像的更嚴重了！」張月印站起來，「方孟敖如果把梁經綸的身分告訴了何孝鈺，我們下面的工作就完全被動了。要是方孟敖真的把何孝鈺往解放區送，後果更不堪設想……」

「只有等方孟韋將他們追回來了。」謝培東，「接下來的工作我想辦法彌補。」

「方孟韋能追上他們嗎？」老劉已經完全失去了平時對謝培東的那份敬重，「萬一追不上，陳繼承、徐鐵英那些人在涿州接合部抓住他們怎麼辦！」

謝培東：「鐵血救國會還要利用方孟敖執行他們的『孔雀東南飛』計畫。曾可達現在也應該通過蔣經國在向國民黨防線的中央軍打招呼了，應該會截住方孟敖……」

「真是敵我不分了！」老劉十分焦躁起來，「這個方孟敖到底是我黨發展的黨員，還是蔣經國發展的鐵血救國會成員！」

「老劉同志！」張月印阻止了老劉的激動情緒，「這是中央的部署，我們北平城工部不要妄下結論！馬上電報劉雲同志，上報中央吧。立刻去帽兒胡同發報，我先走，老劉過五分鐘走。謝老，您也不要坐汽車了，叫北平分行的汽車回去，改乘黃包車隨後趕來。」

＊　＊　＊

國民黨沒有想到，共產黨也沒有想到，方孟敖的車在開往涿州的途中突然又岔離了京石公路，從一條小路折到了永定河河邊一段人跡罕至的河堤上。

七八月正是永定河汛期，河水充沛，沿堤一棵棵柳樹，柳絲正長。車在樹蔭下，人在樹蔭下，暑氣頓時去了不少。

方孟敖：「這個地方不錯。」

何孝鈺一直沒有接言，也一直沒有看他。兩個人各自遠望。

東北望，已不見北平；西南望，遠處是莽莽蒼蒼的太行山脈。

「會游泳嗎？」方孟敖又問。

「你把我帶到這裡，就是來游泳？」何孝鈺終於接言了。

方孟敖回過頭，望向她：「你會不會吧？」

何孝鈺：「會，我不游。」

方孟敖：「我要是逼你下水呢？」

「你不會。」

「我會。」方孟敖面對河流坐下，「最後一次見崔叔，是在後海。他告訴我自己不會水，我還是把他逼了下去。直到見他沒了頂，好久沒出來，我才跳下去救了他。」

何孝鈺心一揪，呼吸都屏住了。

「知道我為什麼逼他下水嗎？」

何孝鈺望著他的背影，不敢接言了。

方孟敖依然坐著：「一九四六年九月十號，農曆八月十五，中秋節。崔中石在杭州筧橋航校發展方孟敖加入了中國共產黨。一九四八年八月一號，在北平後海，崔中石告訴方孟敖，他從來就不是什麼共產黨，因此方孟敖也不是什麼共產黨。」

說到這裡，方孟敖站了起來，猛地回頭望向何孝鈺：「現在知道我為什麼要逼他下水了嗎？」

何孝鈺只能望著他。

方孟敖：「你有錶嗎？」

何孝鈺：「沒有。」

方孟敖：「我的錶那天晚上也送給崔叔了。手腕給我，我數數你的脈搏。」

何孝鈺下意識地就想將手藏到背後，也就動了一下。

方孟敖一笑：「那就你自己數吧。我的脈跳一分鐘六十下，正常人一分鐘七十下。你也是正常人，按每分鐘七十下，幫我算時間。」

「你到底要幹什麼？」

方孟敖開始脫上衣，脫軍靴，脫長褲：「在昆明我跟美國飛虎隊比過憋水。他們最厲害的能憋兩分十秒，我堅持最久能憋兩分半鐘。你數一百七十五下，我要是還沒有上來，就是找崔叔去了。」

何孝鈺還在驚愕間，但見身影一躍！

河堤上已經不見了方孟敖，永定河河水泛起好大一圈漣漪！

呆呆地望著漣漪泛盡，何孝鈺這才突然想起了要數脈搏，手指搭上手腕卻完全找不到脈跳，趕緊將手放在胸口，去數心跳，亂數了一陣，全然沒有記住數字。

她不再數了，睜大眼，搜尋著河面。

上游，只有河水在流。下游，也只有河水在流。

「方孟敖！」何孝鈺對著河水大喊了一聲。

永定河毫無反應，只靜靜在流。

「方孟敖！你這個壞人……」

咬牙說了這聲，何孝鈺縱身跳進了河裡。

她還真會游泳，游到河心，便潛下去尋找方孟敖的身影，可惜河水不是太清，水下能見度也就在兩米開外。

何孝鈺從水裡躍出來，急換了一口氣，猛甩了一下濕髮上的水，才發現自己已經在那輛吉普車的下游十幾米處了。

堤上沒有方孟敖的身影，河面上也仍然沒有方孟敖的身影。

何孝鈺卻被水流推著，離下水處越來越遠。

她覺得自己越來越沒有力氣了，還是奮力一躍，向著上游處，發出了大聲哭喊：「方孟敖……」

喊了這一聲方孟敖，何孝鈺突然感到永定河水的力量比剛才大了，越來越大，自己的力氣比剛才小了，越來越小。

載沉載浮，她知道自己已經游不到岸邊了，也沒有想游到岸邊。

她開始下沉，任由自己下沉，剩下的最後一個念頭就是或許能在水下見到方孟敖。上身橫沉，下面的學生裙瞬間浮了上來，在接近水面處像一圓蓮葉。

那圓裙子也載不起何孝鈺了，沉了下去。

水面的陽光，越在水下，越見明亮。

——有一雙眼能透過水面這層陽光看見天空！

方孟敖竟然一直在水下跟著何孝鈺的身影潛泳，清楚地看見那圓裙影斜著沉了下來。

就像一條魚，他倏忽飆向裙影，兩手握住了裙下的雙腳，往上一送。

何孝鈺立刻穿水而出，身體升離水面足有一米高！

何孝鈺吐出一縷水，滿目日光，雲在青天。

突然一個閃念，她就想這樣停在水天之間。

可很快水下托舉著她的手又鬆了。

她的身子剛沉到水面，一隻手飛快地伸了過來，有力地挽住了她的手臂！

何孝鈺看見了方孟敖，扭動手臂就想掙脫他，可軟軟的，哪裡能夠掙脫。

方孟敖挽著她向岸邊游去，就像一條大船拉著一隻小船。

＊　＊　＊

帽兒胡同二號四合院北屋。

張月印從發報員手裡接過回電，才看了一眼就愣在了那裡。

「嚴厲批評了？」老劉猜道。

「批評什麼？」張月印心情更不好了，也不看他，只將那紙電文遞了過去，「劉雲同志去華野司令部開會了。」

老劉看了電文更焦急了：「能不能直接跟華野司令部通電？」

「不能。」張月印立刻否定了他，「北平城工部只能跟華北城工部直線通電。」

「那就不能等了。」老劉望向張月印，「中央六點前需要我們的情報。我提議，謝培東同志立刻坐北平分行的車沿京石公路去找。見到方孟敖馬上傳達上級指示，叫他去見曾可達，弄清楚『孔雀東南飛』的詳細行動計畫，還有那個劉蘭芝是誰。」

張月印望向了謝培東。

謝培東沉思片刻，答道：「我可以去找。能不能找到不說，就是找到了，也絕不能夠叫方孟敖去向曾可達打聽『孔雀東南飛』的詳細行動計畫，打聽劉蘭芝是誰。」

「中央的指示不執行了？」老劉緊盯著張月印。

張月印也只好望著謝培東。

謝培東：「敵工部門有原則，我請求向中央解釋。」

老劉：「解釋什麼，我們發展的黨員不聽黨的指揮了？」

謝培東也表現出了強硬的堅持，「敵工部在併入城工部以前，一直有一條鐵的紀律，任何特別黨員都有特別任務，在中央命令執行特別任務前，不能給他們派遣任何其他任務。方孟敖就是周副主席指示發展的特別黨員，鐵血救國會又正在不擇手段利用他，他的任何舉動都已經牽涉到中央的大局。我們現在派他去向曾可達探聽情報，立刻會引起曾可達懷疑，後果將十分嚴重。一定要我這樣做，除非周副主席同意。」

「無須請示了！」老劉立刻停止了腳步，態度十分強硬，「六點前向中央報告『孔雀東南飛』的詳細行動計畫，就是周副主席的指示，而且是毛主席在親自過問，這就是現在最大的大局！謝老，你們敵工部門可以拿特別黨員說事，我們北平城工部不能不執行毛主席的指示！」

謝培東立刻回道：「那就電告中央，說是我謝培東不執行毛主席的指示！」

「你說什麼！」老劉驚住了。

張月印也愣在那裡。

「我願意接受組織最嚴厲的處分！」謝培東閉上了眼睛。

空氣在這一刻凝固了。

＊　＊　＊

永定河河邊。

兩個特別黨員哪裡知道他們的上級組織正為他們陷入困局！

在吉普車後座，衣裙貼濕的何孝鈺，將手慢慢伸向一口大號美國空軍專用黃褐色紋皮箱。

按鈕彈開了。

皮箱的最上層赫然擺著一套疊得整整齊齊的美式空軍制服。

將制服放在一邊，露出了也是疊得整整齊齊洗得雪白的襯衣。

捧起襯衣，何孝鈺目光定住了——

兩幅精緻的鏡框並列擺在那裡！

左邊鏡框，兩個穿著美式空軍短袖襯衣的人，在燦爛地望著她笑：一個是笑得像中國人的陳納德，一個是笑得像美國人的方孟敖！

右邊鏡框，一個穿著西服戴著金絲眼鏡的人，一個穿著美式空軍制服戴著大檐帽的人，在溫情地望著她笑：穿西服的是笑得像大哥的崔中石，穿制服的是笑得像小弟的方孟敖！

何孝鈺愣愣地跟著笑了一下，接著心裡一酸，捧起兩幅鏡框，又看見了一只精緻的橡木酒盒，酒盒上印著「Chateau Lafite 1919」。

一瓶酒和一箱子衣服、兩幅照片裝在一起，隨身帶著，顯然不只是因為「1919」才珍貴。

她小心地放下鏡框，捧起酒盒，答案果然寫在背面的兩行文字上：

左邊一行是英文：「送給我最勇敢的中國朋友　陳納德　一九四二年昆明」！

右邊一行是中文：「送給我最敬愛的中石大哥　方孟敖　一九四六年杭州」！

——陳納德送給方孟敖的，方孟敖又送給崔中石的，這瓶酒卻依然靜靜地躺在皮箱裡！

何孝鈺倏地望向窗外。

沒有了陳納德，也沒有了崔中石，只有謎一樣獨自坐在河邊的方孟敖！

＊　＊　＊

帽兒胡同二號北屋。

這裡的沉默還在籠罩著張月印、老劉和謝培東，三個人仍然誰都沒有說話。

張月印萬萬沒有想到，謝培東會提出電告中央，說他不能執行主席的指示……任務沒有完成，城工部還能集體承擔工作責任；而這句話電告上去，則完全可能斷送一個老共產黨員的政治生命，還有方孟敖這個特別黨員的政治生命……

「老劉。」張月印不能再沉默了，慢慢望向老劉，目光好複雜，「謝老剛才說了什麼，我沒有聽清楚，你聽清楚了嗎？」

老劉當然明白，張月印這是想保護謝培東。他望向下方，沉默了兩三秒鐘，答道：「這牽涉到黨的立場問題。我是黨員，聽清楚了，不能說沒聽清楚。」

張月印這下真被老劉僵住了。

謝培東：「電告中央吧，我說的話，我負責任就是。」

「謝老！」老劉這時心裡其實又難受又焦灼，「幾十年的黨齡，七大的檔您也學了，全黨全軍，哪條戰線都必須執行主席的決定。您剛才的言論已經不是一個人能負責任了……」

謝培東：「你的意思，我個人的言行牽連了北平城工部？」

老劉：「只是北平城工部嗎？這樣的話電告上去，華北城工部也無法承擔責任，劉雲同志也承擔不起！」

「那還會有誰？」謝培東的態度突然激烈了，「中央城工部？周副主席？」

張月印霍然驚出了冷汗，望向老劉：「老劉同志剛才的話裡應該沒有這個意思……」

老劉剛才的話裡確有這層意思，只是不忍明言而已，現在被謝培東一語道破，已經沒有了退路，只好固執地答道：「有這個意思。」

張月印真的很無奈：「不能有這個意思。真有這個意思，我們也應該反省，應該修正……」

「修正什麼？有這個意思怎麼就不對了？」輪到老劉激動了，剛才還有所忌諱的想法，乾脆都攤牌了，「『孔雀東南飛』是誰謀劃的？蔣介石和蔣經國！主席親自過問，說明這個行動已經關係到毛主席用兵！謝老在周副主席身邊工作過，應該明白，敵後情報如果誤了主席指揮前方決戰，第一個檢討的就會是周副主席。為了周副主席，也應該立刻去找方孟敖，弄清這個計畫。怎麼能說出毛主席的指示也不執行的話來？」

「劉初五同志！」謝培東猛地拍了下桌子，「你見過周副主席和毛主席在一起工作嗎！你見過周副主席怎麼幫助毛主席用兵嗎！」

老劉震住了！

張月印也愣住了！

謝培東激憤地說道：「七大是確定了主席的領袖地位，可也同時明確了中央書記處的集體領導。主席的任何重大決策哪一次不是跟書記處集體商量的？周副主席就在毛主席身邊，什麼時候因為敵後情報失誤影響了毛主席前方用兵！劉初五同志今天的思想反映了黨內一種錯誤思潮，凡是毛主席親自過問的指示到了各級組織，有些人就誠惶誠恐，實際上辦不到也不敢反映？我強烈建議，把我的意見和劉初五同志的意見立刻上報華北城工部，上報中央！」

說到這裡，謝培東已經激動得微微顫抖了。

老劉開始還在發懵，接著又神情激動起來。

「謝老！」張月印嘴裡叫著謝培東，目光卻止住老劉，「我同意上報你的意見，你能不能把原因和困難說得更具體一些，供中央正確分析。」

謝培東站起來：「謝謝月印同志。」說著走到了窗邊。

＊　＊　＊

永定河河邊，何孝鈺已經換上了方孟敖的白襯衣，默默地站在方孟敖的背後。

「都看見了？」方孟敖依然坐著，沒有回頭。

「看見了。」何孝鈺，「那瓶酒為什麼沒有送給崔中石同志？」

方孟敖：「他叫我先留著，等新中國成立那天再打開，一起喝。」

謎底就這麼簡單，也這麼讓人揪心！

何孝鈺：「好好留著，等到那一天，我們一起拿著酒到崔叔的墳前敬他……」

「我們是誰？」方孟敖倏地站起來，轉對何孝鈺，「除了我和你，還有誰？」

何孝鈺深深望著他：「現在我只能告訴你，就是我和你。」

「謝培東同志呢？」方孟敖突然點出了謝培東，「他算不算？」

「謝叔叔親自跟你接頭了？」何孝鈺驚在那裡。

＊　＊　＊

帽兒胡同二號北屋。

「我不想強調困難。」謝培東望著窗外終於回話了，「請月印同志電告中央時說明一下，方孟敖是我和崔中石同志奉命發展的特別黨員，中央明確指示，不能讓他參加組織生活，不能讓他看黨的檔，不許給他派任何任務。他今天的任何行為都請組織予以理解，保留他特別黨員的身分。」

說到這裡，他終於回頭了，望向張月印和老劉。

張月印和老劉都直直地望著他。

謝培東：「原因很明確。在前方戰場，我們整天挨國民黨飛機的轟炸。前不久國民黨飛機轟炸阜平，炸彈都落在了主席的門口……我們比任何時候都需要方孟敖同志這樣的特別黨員，我們需要空軍……」

老劉這一刻終於也動了感情：「謝老……」

「都不要說了。」張月印打斷了他，「我這就親自去發報，請華北城工部急送劉雲同志，再請他將情況立刻上報中央。」

* * *

「戀人關係？」何孝鈺望向方孟敖的眼睛，「組織的決定？」

方孟敖笑了一下：「我自己的要求。」

何孝鈺也不知道心裡為什麼慌亂：「你怎麼能向組織提這樣的要求？」

方孟敖：「原來崔叔是代表我家裡跟我聯繫，你現在用什麼身分跟我聯繫？」

何孝鈺：「上次就跟你說了，我代表學聯……」

「學聯不能跟我聯繫。」方孟敖不笑了，「你們那個梁教授有問題。」

何孝鈺驚在那裡！

白日停在天空，永定河彷彿也不流了。

「什麼問題？」何孝鈺愣愣地問道。

「小資產階級狂熱。」

——崔中石這幾年跟方孟敖的交談起了作用，方孟敖此刻找到了最準確的謊言。

何孝鈺慢慢緩過了神，再望方孟敖時，心悸猶在。

方孟敖：「對不起，這是你謝叔叔說的。他的真實身分是我黨學委的人，卻經常利用學聯的身分過激行動，包括派你來爭取我，城工部並沒有給學委這個任務，學委也沒有叫他這樣做。」

何孝鈺：「上一次你不願意跟我接頭就是這個原因？」

方孟敖居然露出壞笑：「我又不是城工部，怎麼知道這麼多原因。」

何孝鈺：「那是什麼原因？」

方孟敖：「個人原因，想不想聽？」

有些明白了，何孝鈺也不知道自己是想聽，還是不想聽，只好答道：「你說吧。」

方孟敖：「我喜歡你。」

這四個字在何孝鈺耳邊彷彿空谷回響！

城工部派自己跟方孟敖單線聯繫，學聯也派自己爭取方孟敖的稽查大隊，這一切都源於無可替代的青梅竹馬，還有兩家特殊的關係。現在面對這個「郎騎竹馬來」的方孟敖，何孝鈺還沒有看見翱翔在新中國上空的飛機，卻已經嘗到了「青梅」的味道。

她想哭，又不願讓他看見自己哭，掉過頭向一邊走去。

陽光，河流，四野平曠。

前方看不見那座民不聊生的國統區北平城。

背後看不見綿延無際的太行山脈那邊心嚮往之的解放區。

剪不斷理還亂的竟是跟自己共同為新中國奮鬥的兩個男人。

揮之不去是梁經綸拂起的長衫。

生死難忘是方孟敖水中的一托！

「現在不要急於告訴我。」方孟敖不知何時來到了她身後，「喜歡你是我們兩個男人的事，跟我們的任務無關。梁教授那裡讓我去談。」

「不要！」何孝鈺轉過身來，眼中已經有淚。

方孟敖：「今天起，我們就要經常在一起了，我不但要跟梁教授談，還要去跟何伯伯談。」

「我都沒有答應你，你憑什麼去跟他們談！」

「你會答應的。」方孟敖，「那瓶酒你也看見了，等到崔叔說的那一天到來的時候，我會在上面再寫上一行字，祝孟敖和孝鈺白頭到老，崔中石！」

何孝鈺終於哭出聲來了。

方孟敖輕輕地貼在了她的背後，在她耳邊悄悄說道：「不要哭了，找我們的人來了。」

何孝鈺慢慢收住了哭聲，揩了揩眼淚：「你以後說話能不能正經些？」

「自己看吧。」方孟敖站開了，「西北方向，一輛吉普。」

何孝鈺猶疑地慢慢回頭，向西北方向望去。

極遠處，果然有一輛蟲子般大小的汽車向這邊慢慢移來。

「是孟韋的車。」方孟敖的敏銳總是讓人吃驚，「別讓他看見你穿著我的衣服，快去換吧。」

＊　＊　＊

沉默最靜，等人最久。

帽兒胡同二號北屋的門推開了，聲音很輕，在老劉和謝培東聽來卻很響。

兩人立刻站起來。
張月印走了進來。
「有指示了？」老劉望著張月印。
張月印點了下頭，走到了桌前。
「中央的，還是華北城工部的？」老劉又急問。
「聽傳達吧。」張月印沒有回答他這個問題，坐了下來，目示謝培東和老劉也坐下。
謝培東默默地坐下了。
老劉坐下時又問：「電文呢？」
張月印：「燒了。由我口頭傳達。」
——老劉和謝培東立刻明白了，這是特級加密不留底稿的指示！
接下來只能聽傳達人憑記憶口述了。
張月印開始口頭傳達：「隨著解放戰爭形勢的發展，我們將社會情報部和對敵工作部合併成立了城工部。近來一些問題暴露了我們城工部門還很不適應這種形式的發展。其中最突出最嚴重的問題，就是忽略了情報工作和統戰工作不能交叉的原則。」
「中央的？」老劉一驚，脫口插言，打斷了張月印。
張月印盯了他一眼，接著傳達：「今天，北平城工部提出讓有特別任務的特別黨員向國民黨某核心部門進行情報活動，就是極其錯誤的行為。對此，我們提出嚴厲批評，並以此為例通報各地城工部，嗣後，絕不容許同類錯誤發生。」
老劉倏地站起來：「通報批評誰？」
張月印：「北平城工部和華北城工部。給我們轉發電文的同時，劉雲同志已經在向中央檢討了。」

老劉這才真正懵住了，接著驚悟過來，接著神情激動：「這是中央哪個部門擬的電文？」

張月印本就難受，被他問得更加難受，緊皺了一下眉頭：「這很重要嗎？」

「當然重要！」老劉更激動了，「要求我們今天六點前必須上報『孔雀東南飛』的詳細行動計畫，弄清劉蘭芝的真實身分，是主席親自過問的。歷史的經驗已經證明，真理總是在主席一邊。對今天這個批評我們可以不做辯解。可今後再遇到執行主席指示和一般原則發生矛盾，我們該怎麼辦？對這個問題，中央在電文中有沒有解釋……」

「有。」張月印神態陡地嚴峻了，「我現在就傳達周副主席和毛主席的親自指示。」

老劉睜大了眼：「毛主席有親自指示？」

「謝老。」張月印這時卻轉望向一直默默站在那裡的謝培東，「周副主席、毛主席的第一段指示和你有關。請你認真聽取傳達。」

謝培東一凜：「是。」

張月印：「對謝培東同志堅持情報工作和統戰工作不能交叉，反對讓方孟敖同志執行情報工作，周副主席給予了充分肯定。同時，對謝老『不執行毛主席指示』的言論提出了嚴厲批評：此風不正，要堅決杜絕！」

謝培東：「我接受周副主席批評。」

張月印這時卻沉默了，那神態顯然動了感情，平復了一下情緒，才接著說道：「在周副主席這段指示後面，主席接著寫了批語……」

——這才是最重要的指示來了！

張月印竭力鎮定下來，說道：「第一句是『此風大正，應該提倡』；第二句是『將在外，君命有所不受』！」

謝培東心底驀地一酸，眼眶立刻濕了：他似又看見了周副主席在主席身邊工作，竭忠盡智用心良苦的身影，也看見了主席對周副主席工作那種信賴支持特有的態度。

老劉卻想不到這些，完全驚在那裡。

張月印：「老劉同志，主席接下來的批語和周副主席批評我們城工部的指示有關，聽完後還要不要請求處分，你自己決定。」

老劉腦子已經亂了：「好……」

張月印：「主席批語是『組織性強，原則性差，這次批評，下次處分』。」

輪到老劉的眼睛濕了，好一陣激動：「我依然請求處分……」

「不要再糾纏處分問題了！」張月印斷然止住了他，「現在傳達具體指示。」

「是！」

張月印：「原來要求我們六點前上報的情況，中央已經從南京方面弄清楚了。」

謝培東和老劉都屏住了呼吸。

張月印：「『孔雀東南飛』是國民黨幣制改革在北平的行動代號。『焦仲卿』是方孟敖同志，『劉蘭芝』就是梁經綸！」

「果然是他……」這次是謝培東失聲了。

張月印：「情況還在失控。劉雲同志告訴我們，方孟韋已經找到了方孟敖和何孝鈺，現在他們正在去燕京大學的路上。」

謝培東一驚：「去找梁經綸了？」

張月印：「完全可能。」

＊　＊　＊

往燕大東門的公路上，方孟敖那輛掛著國防部稽查大隊牌子的吉普果然在這裡出現了！

緊跟在後面的是方孟韋那輛掛著「北平 警002號」牌照的吉普。

路面凹凸，兩輛車依然速度不減，奔跳而來。

斜陽西照，燕大東門就在前頭，能看見好些學生在校門口晃蕩。

「吱」的一聲，方孟敖那輛車突然停住了。

後面的車緊跟著跳了一下，方孟韋只好也剎住了。

前面車裡，何孝鈺望向駕駛座的方孟敖。

方孟敖的目光越過燕大東門望向東門那邊的二樓小樓：「是不是那座樓？」

何孝鈺：「哪座樓？」

方孟敖：「梁教授常去讀書睡覺的那個地方。」

「你要幹什麼？」

方孟敖沒有回答，只緊緊地盯著那座小樓。

「大哥。」方孟韋敲了下車門，「送何小姐回家吧，又停住幹什麼？」

方孟敖：「看見那座樓了嗎？」

「哪座樓？」方孟韋看著他眼望的方向，心裡驟地一緊。

方孟敖：「外文書店。」

方孟韋的臉色陡地變了：「大哥！你把全天下的人都鬧騰夠了，現在又要來鬧騰我，有意思嗎？」

「什麼叫鬧騰，我這是在幫你。」方孟敖盯住他，「是男子漢，就到那座樓去，把木蘭帶出來。」

「那也應該是你上去！」方孟韋的聲音都顫抖了，「那個梁經綸愛的是孝鈺，並不是木蘭！」說罷，大步向自己的車走去。

方孟敖看著後視鏡，看著方孟韋上車，看著他那輛車瘋一般地掉了頭，瘋一般地開走了！

方孟敖很難發出這樣的長嘆，接著便推車門。

「你到底要幹什麼？」何孝鈺一把拉住了他。

「孟韋說得對。應該我去。」

何孝鈺哪裡拉得住他。

眼瞅著，方孟敖下了車。

愣怔間，但見他的背影倏地已離去了十米，倏地已遠去了百米，瞬間進了外文書店的大門！

好幾個在大門外游弋的學生，應該是學聯的同學，居然都沒有反應過來！

何孝鈺知道，自己必須跟著走進那座小樓了。

她居然也能跑得這樣快，方孟敖今天是第二次讓何孝鈺拾命地追他了！

＊　＊　＊

帽兒胡同二號北屋。

「我現在就去外文書店。」謝培東已經拿起了包，「必須立刻阻止方孟敖和梁經綸見面！」

「不行。」張月印立刻否定了他，「謝老，方孟敖同志今天一系列的反常行動，都是上午見了你以後發生的。劉雲同志明確指示，國民黨鐵血救國會很可能會懷疑上你。」

謝培東：「正因為這樣，我才不能夠迴避。請組織相信，我有理由去找方孟敖。對付那個梁經綸，我有辦法。」

「就是不能讓你去面對梁經綸！」張月印當即打斷，「劉雲同志命令我們在這裡靜觀其變，等候華北城工部和中央新的指示。」

謝培東知道不能去了，望向已經暮色蒼茫的窗外：「真不知道孟敖見了梁經綸會說出什麼樣的話，幹出什麼事呀……」

張月印只好說道：「謝老，我們就相信崔中石同志這幾年的工作吧。」

* * *

外文書店外，太陽已經落山。

書店內，光線在一寸一寸減弱。

何孝鈺站在一樓的樓梯口，扶著梯柱，喘氣過後是渾身無力，望著已站在二樓房間門外的方孟敖。

房門開著，從門框中透出黃昏，方孟敖像個受過紳士教育的大男孩，側身站在門邊，不看門內，接受著何孝鈺眼神中的無奈和欣賞。

何孝鈺這時也只能是無奈和不忍責備了，只希望他能夠更懂事一些，更聽話一些。

方孟敖向她飛過來一個「放心」的眼神，接著向屋裡問道：「對不起，我能進來嗎？」

「大哥！」

——樓下的何孝鈺聽出了，二樓房內的謝木蘭之前並沒有聽到方孟敖上樓的聲音，因此這一聲叫得好生慌張。

不能再站在樓梯口了，何孝鈺轉身向那邊的書架走去。

二樓房間門內，謝木蘭像受了驚的小鹿，躲開了大哥的目光，望向梁經綸，「他是我大哥……」

這是什麼話？

謝木蘭更慌張了：「對了，梁先生知道的，他是我大哥……」

「木蘭同學在我這裡借書。」梁經綸居然如此冷靜，如此鎮定，「方大隊長請進來吧。」

「梁先生有大學問。」方孟敖走進了房間，深掩著對這個人的厭惡，望著謝木蘭，「你和孝鈺都應該好好跟他學習。」

「是的，大哥……」謝木蘭聲音好輕，再不能不望大哥了，目光裡滿是希望大哥疼憐。

「謝公最小偏憐女。」方孟敖心裡難受間，脫口念出了這句詩。接著，他閃笑了一下，想起了這是「八一三」以前，在上海的家裡，父親在偏袒妹妹和謝木蘭時，對自己還有孟韋常念的一句詩。

這句詩在今天，在此刻，念出來竟如此恰當！他望向了梁經綸：「梁先生可能不知道，我那個當行長的父親，從小就偏愛我兩個妹妹。『八一三』，我的小妹在上海遇難了，我爸便更寵木蘭了。她任性的時候，還請梁先生多教育。」

「好孩子誰都喜歡。在學生裡面，我也有些偏愛她。」梁經綸真會回答！

方孟敖盯向了梁經綸的眼，帶著笑。

梁經綸沒有剛才那樣冷靜鎮定了，他看不出這種笑容後面的真實意思，卻又不能迴避，也只能笑著回應。

謝木蘭卻像被釘在那裡，不敢動，不敢說話，只感覺到腳底下是樓板。

「梁先生喜歡的學生不只木蘭吧？」方孟敖笑著說出了第一層意思，「我把何孝鈺也帶來了。」

「哦？」梁經綸的眼神不能再沒有反應，「怎麼沒有一起上來？」

「在樓下看書呢。」方孟敖要開始跟這個人較量了，轉向謝木蘭，「我跟梁先生有話要談，你也下去吧，孝鈺在等你。」

「嗯……」這個時候，謝木蘭居然還望向梁經綸，站在那裡沒動。

「去吧。」梁經綸說道，「正好和她談一談關於學聯明天組織領糧食的事。」

「嗯。」謝木蘭的腿這才能動了，走到門邊才突然想起應該跟大哥打招呼，倉忙回頭：「大哥，我去了。」

方孟敖最不願看到她這種慌亂的掩飾，便不看她。

謝木蘭邁門檻時被絆了，那本書、那支筆都從手中甩了出去，想去扶樓梯，還是跌倒在門外！

這回梁經綸被窘住了！

想過去攙她，卻有人家大哥在！

他飛快地望向方孟敖。

方孟敖也早已轉過頭來，站在那裡一動沒動，但見他笑對依然撐在門外的謝木蘭：「你看，又摔跤了吧。小時候摔跤大哥怎麼說的？」

大哥突然說出的這句話，居然這樣神奇！

謝木蘭立刻站起來，沒有了剛見大哥時的那種驚慌，也沒有了突然跌倒時不想起來的尷尬，回頭那一笑讓兩個男人都是心一碎！

「想起了沒有？」方孟敖的笑問穩穩地托住了站在那裡的小妹。

「想起了。」謝木蘭望著大哥，不掩飾眼眶裡還有淚星，答道，「『萬里赴戎機，關山度若飛』。」答完，用笑容回應著大哥的笑，卻沒有看梁經綸。

方孟敖大笑起來，望向梁經綸：「還有好些事梁先生不知道，我們家從小就把木蘭比作花木蘭。她自己也當了真，才幾歲就跟我約好了，長大要跟我一起去投軍打仗。抗戰那幾年，跟日本飛機交火，好幾次我都想像副手是她，可惜不是她。」說到這裡，他笑著等梁經綸的反應。

梁經綸只得做沉思狀。

——一天之內，清早跟當父親的方步亭過了一招，梁經綸已然十分難受。現在，跟這個身分經歷都十分傳奇的兒子又碰上了，沒想到會如此難受。他突然感覺到，自己最害怕的不是共產黨學委，不是共產黨城工部，也不是國民黨內那些容不了自己的人，而是這個將要緊密合作的方孟敖。再艱難應對也得執行好建豐同志的指示，走一步是一步吧。

拋開念頭，梁經綸終於找到了應該有的笑容，答道：「木蘭在學校裡也是有名的體育健將，搶籃球時摔了跤也不肯丟球。」

謝木蘭能夠望梁經綸了，那種剛才還只有大哥獨有的依賴，又出現在望梁經綸的眼神上。

輪到方孟敖笑得難受了，眼前這個小妹他說不上來是心疼還是生氣，身旁這個男人，他說不上來是憎惡還是可憐。

可憐的目光還是照射上了謝木蘭：「孝鈺還在等你呢。」
「嗯。」謝木蘭這一聲答得如此漫然，又望了一眼梁經綸，下樓時已經完全不像平時的木蘭。
方孟敖不再看下樓的謝木蘭，轉身從牆邊的書架上抽出一本書，隨手翻開。
梁經綸走到門邊，想去關門。
「不要關門。」方孟敖的背後彷彿也有眼睛。
梁經綸愣在那裡，看見了門邊垂著的電燈拉繩開關，掩飾道：「需要開燈嗎？」
「不用。」方孟敖依然背對著他，「我的視力很好。」
梁經綸無法再開口了，慢慢轉過了身子。
方孟敖在那裡看書，梁經綸只好看他的背影。

＊　＊　＊

曾可達住處內，曾可達對著話筒剛才還是警覺，現在已經聲色俱厲：
「住嘴！我叫你不要說了，沒聽見嗎？」
——方孟敖從西南防線突然折回，突然去見梁經綸，這時才報到曾可達這裡，曾可達也驚了。
聽對方停了聲，又急問道：「你是在哪裡打電話？外文書店嗎？」
「沒有……不會的，可達同志。」對方語速沒有剛才急迫了，因此非常清晰，「何孝鈺和謝木蘭就在外文書店一樓，我們不敢進去，現在是找了一處安全電話向您報告，因此耽誤了十幾分鐘……」
曾可達臉色緩和了些，眉頭接著皺起來：「什麼何孝鈺和謝木蘭在一樓？方孟敖是怎麼進的外文書店，不是還有方孟韋嗎？」

對方話筒裡的聲音：「是。開始是方孟敖和方孟韋兩輛車來的，在燕大東門外兩百米處就停下了。方孟韋好像跟方孟敖發生了爭執，生氣走了。接著方孟敖突然進了外文書店，何孝鈺也跟著跑進了外文書店……現在方孟敖和梁經綸在樓上，何孝鈺和謝木蘭在樓下。我們也不能進去，樓上說什麼不知道，樓下說什麼也聽不清。報告完畢，可達同志。」

真是一團亂麻！

——曾可達的目光陡地望向桌面上那本《孔雀東南飛》。

話筒猶在耳邊，曾可達已經走神了：「『孔雀東南飛，五里一徘徊……』為什麼挑這兩個人呢……」

話筒那邊當然不懂，只好急問：「可達同志，可達同志。請您把剛才的指示再說一遍，我沒有聽清楚……」

曾可達驀地從沉思中醒過來，說道：「沒有聽清就好。跟你們再重申一遍，我沒有那麼多指示，守在門外，有情況只許報告，沒有我的指示誰也不許進外文書店的門！這回聽清楚了沒有？」

「聽清楚了，可達同志！」

曾可達將這部電話擱了，目光立刻轉向旁邊那部直通南京的專線電話，想去拿話筒，又收了手，焦躁地走到門口，開門：「王副官！」

「在！」

暮靄中，走廊對面立刻傳來了王副官的應答。

曾可達：「立刻架電臺，接通二號專線。」

＊　＊　＊

外文書店一樓已經很暗了。

謝木蘭下樓後，何孝鈺跟她一直沒有說話，兩個人靜靜地坐在閱覽桌前，關注地聽著二樓的動靜。

謝木蘭終於忍不住了，輕聲說道：「怎麼一點兒聲音也沒有？」

何孝鈺站起來，開了燈。

外文書店也是燕京大學的線路，美國專供的柴油，發電不需節約，一百瓦的燈照得房間好亮，一直漫向樓梯，漫向二樓的房門。

何孝鈺回到桌前已經拿了兩本書，將一本輕輕地遞給謝木蘭，坐下後再不看她，開始看書。

一樓的燈光漫了些進來，方孟敖站在二樓房內書架前翻書的背影清晰了許多。

梁經綸已經坐在屋子中間那條長桌的對面了，必須說話了：「方大隊長有什麼事情找我，能否坦誠相告？」

方孟敖就在等他開口，捧著書慢慢回過了頭，像笑又不像笑：「一部二十四史從何說起呢？」

梁經綸不知怎麼答這句話，只望著他，眼中有意無意露著一絲茫然。

方孟敖：「對不起，我平時不這樣說話，這句話也是從我那個父親那裡學來的。」

「我理解。」梁經綸不能再「茫然」了，「歷史嘛，誰也不能忘記。」

方孟敖：「是呀，忘記歷史就意味著背叛嘛。」

梁經綸倏地盯住了方孟敖的眼：「方大隊長也知道這句名言？」

從樓下漫來的微弱光線中，方孟敖那雙眼偏如此的亮：「知道，列寧說的嘛。」

「你看過列寧的書？」梁經綸露出好奇的樣子。

「看過列寧的書很好奇嗎？」

梁經綸只望著他，等他說下去。

方孟敖見他不答，把書偏移向門口漫來的燈光，翻看著，又突然問道：「你這裡有這些人的書嗎？」

* * *

王副官房間的電臺前，「通了。」王副官戴著耳機已然滿頭大汗，望向曾可達。

曾可達站在電臺前點了下頭。

王副官便去拿桌上的文稿夾和鉛筆。

曾可達：「不要記了。」

「是。」王副官立刻收回手，握好了發報機鍵。

「加急　絕密。」曾可達開始口述。

王副官敲擊機鍵的嘀答聲同時響了起來。

曾可達的口述聲和王副官的機鍵聲：

「建豐同志，焦仲卿於下午六時許返抵北平，突然私見劉蘭芝，動機未知，詳情不明……」

念到這裡，曾可達突然沉吟了，王副官的機鍵也跟著停住了，等在那裡。

曾可達顯然在斟酌建議，急劇思索後猛然醒悟，這時任何建議都是負面的，接著口述：「盼即指示，未真北平，曾可達急呈。」

看著王副官敲完了最後一下，曾可達：「接到回電立刻報我。」說完再不停留，開了門，隱入暮色之中。

＊　＊　＊

外文書店二樓房內，方孟敖拿著書終於走到了梁經綸的對面。

「到圖書館去找就不必要了。」他將書在桌子上一放，坐下來，「你既然告訴了我，我也告訴你。在飛虎隊，陳納德那裡就有這些書，列寧的，馬克思的，還有毛澤東的。當時我們也好奇，問他，開飛機還要看這些書？他說得很實在，這些書不但影響了世界的歷史，而且正在影響中國的歷史，都應該看看。」

「你都看了？」

方孟敖：「沒有。航空委員會下了一道嚴令，這些書陳納德可以看，美軍飛行員可以看，我們這些國軍飛行員絕對不許看。譬如列寧剛才那句話，我就是聽陳納德說的。梁先生應該都看過這些人的書吧？」

梁經綸這時已深切感到，面前這個人行為粗放，心思卻極為細密，比自己估計的要更複雜，更厲害，只能坦然回答：「在國內，在美國，我學的都是經濟學，馬克思的《資本論》是必須選修的，還有蘇聯的計劃經濟學，也必須比較選讀。」

「這些我就不懂了。」方孟敖知道該撂開這個話題，切入主題了，「梁先生，你應該知道我現在來找你是為了什麼。」

梁經綸：「為什麼？」

方孟敖：「何孝鈺。」

梁經綸：「我叫她請你幫助學聯的事？」

方孟敖：「那不是我們的事。」

梁經綸又只好看著他了。

方孟敖：「我向她求婚了。」

這確是梁經綸沒有料到的，心裡一陣翻騰，表面還得保持平靜。

方孟敖卻不讓他平靜：「你是孝鈺的老師，又是何先生的學生。今天來，我是特地想聽聽你的建議。」

「這倒真有些為難我了……我想想，好嗎？」輪到梁經綸走到書架前去翻書了。

* * *

夜幕吞噬了暮靄，只剩下路燈的昏黃照著站在小樓前石徑上的曾可達。

——顧維鈞長期出使歐美，廣交博識，據說特地請了西方的植物學家在這處園子裡移種了好些北平從來沒有的植物。曾可達也不認識，只一棵棵移望過去，望向了那棵最高的樹，望向了那棵樹上最粗的樹枝，足以讓一個人雙腳離地可以環頸的樹枝，樹枝斜逸，下面就是一泓水池！

曾可達眼前一花。

似看見兩個人在樹下水旁錯身而過！

一個人像是方孟敖，一個人像是梁經綸！

曾可達有些神情恍惚，向水池旁那棵大樹走去。

哪裡有什麼人影，水池裡只有自己模糊的倒影！

他突然又想起了《孔雀東南飛》裡另外兩句詩：「舉身赴清池，自掛東南枝……」

一種不祥湧向心頭，他倏地轉過身，卻嚇了一跳。

「長官。」王副官不知何時悄悄站在了他身後約一米處，「二號回電了。」

「報告也不會說了嗎！」曾可達甩下這句遷怒，快步錯過王副官，上了走廊石階，向王副官房間走去。

「長官！」王副官緊跟著喊道。

曾可達停步後已經冷靜了下來，回頭望著王副官。

王副官低聲報告：「二號回電說，馬上給你打電話。」

這就是有詳細指示了，曾可達拍了一下王副官的肩，以示撫慰，放慢了腳步，向自己房間走去。

就在這時，他房間裡那部南京的專線響了！

慢步立刻換成了疾步，曾可達跨進了房間。

＊　＊　＊

梁經綸顯然一直沒有回答方孟敖提出的問題，還捧著書站在書架前，一樓漫來的那些光線顯然不能讓他看清書上的字。

「梁先生如果真想看書，就開燈吧。」方孟敖走到門邊，拉開了門邊的開關。

二十五瓦的燈，卻照得梁經綸晃眼。

他像被人脫了衣服，赤裸裸地暴露在燈下。

不回答方孟敖顯然是不行了，梁經綸放下書，踅回到書桌前，坐下：「我真不知道方大隊長為什麼要問我這個問題。」

「那我就換一種問法吧，願意就回答我。」方孟敖回到他的對面，坐下，「我們說話輕一點兒，最好不要讓她們聽見。」

「請說。」梁經綸的聲音從來就沒有大過。

方孟敖：「梁先生，你除了和孝鈺是師生關係，還有你和她父親的師生關係，你們有沒有戀人關係？」

梁經綸沉吟了片刻，說道：「方大隊長已經向何孝鈺求婚了，還有必要問我這個問題嗎？」

方孟敖：「當然有必要。你們有這層關係，我求婚就顯得不太道義，尤其在何副校長那裡。」

梁經綸一直在告誡自己要冷靜，現在也有些不能忍了：「那方大隊長認為我們有沒有這層關係？」

方孟敖要的就是這種短兵相接：「我看沒有。」

梁經綸：「請說下去。」

方孟敖：「你們如果有戀人關係，你就不會叫她來爭取我幫助什麼學聯。第一，這對她很危險。第二，這對你不利，因為她很可能愛上我，或者我愛上她。」

梁經綸：「方大隊長這種分析我倒真沒想過，請說下去吧。」

方孟敖：「還要再說下去嗎？再說下去，我問的話你能回答嗎？」

梁經綸：「沒有什麼不好回答的。」
方孟敖：「除非你是共產黨！」
一片沉寂，窗外草蟲的叫聲突然響亮起來。
方孟敖直盯著他：「你可以回答我，也可以不回答我。」
剛才看見二樓亮了燈，隱約能聽見兩個人在說話，現在突然又一片沉寂，坐在一樓的何孝鈺望向了謝木蘭，謝木蘭也望向了何孝鈺。
「不行。」何孝鈺站起來。
謝木蘭也跟著站了起來。
何孝鈺：「我們上去吧。」
謝木蘭卻一動沒動。
何孝鈺急了：「你怕什麼？」
謝木蘭一窘，跟著也急了：「我怕什麼了？」
何孝鈺：「問你他們剛才說了什麼你一個字也不願回答，現在又不願去見他們，到底什麼事，要這樣迴避我？」說到這裡，何孝鈺已經一個人向樓梯走去。
「我迴避你什麼了……」謝木蘭只能跟過去，「上去就上去。」
何孝鈺上樓的腳步是那樣的響亮，很快就走到了二樓的頂端！

第三十二章

何孝鈺剛走到書店二樓門外，方孟敖好快，已經擋在了門口。

「我們能進來嗎？」

何孝鈺責備的眼神，方孟敖哪裡不懂。

「不能。」他依然擋在那裡。

何孝鈺不理他，目光越過他的肩頭，望向裡面的梁經綸。

謝木蘭這時也已經悄悄上來，站在何孝鈺身後，去望裡面的梁經綸。

梁經綸靜坐在書桌旁，竟然一動不動。

「梁先生。」何孝鈺不知道他們已經談到什麼程度，卻不能問，只能問道，「我們能進來嗎？」

梁經綸卻答道：「聽方大隊長的。」

何孝鈺：「什麼意思？你們如果有重要的事談，就不要讓我們在下面等著。叫我們等著，又不告訴我們原因，我們成什麼人了？」

方孟敖接言了：「我們很快就會談完，你們再看半個小時書。」

「我們下去看書吧。」謝木蘭立刻配合，並在背後拉了何孝鈺一下。

何孝鈺從來沒有這樣過，掙掉身後謝木蘭的手，目光又轉望面前方孟敖的眼。

方孟敖眨了一下眼：「聽話吧，啊。」

何孝鈺：「聽什麼話？誰聽誰的話？」
方孟敖：「聽我的，當然，還有梁先生的。」
何孝鈺倏地別過了頭，接著猛地轉身，擦過謝木蘭，下樓去了。
謝木蘭還想從大哥的目光中探知些什麼，方孟敖已經將門關上了。

方孟敖又已坐到了梁經綸對面。
梁經綸：「方大隊長，我們似乎不應該把她們捲進來……」
「我從來沒有把誰捲進來。」方孟敖，「梁先生似乎應該回答我的問題了。」
梁經綸又沉思了，接著，望向門外：「方大隊長一定想知道我是不是共產黨，我不能說是，也不能說不是。真要知道，你可以去問一個人。」
方孟敖眼前唰地閃過剛才站在門口的何孝鈺：「這個人我認識還是不認識？」
「認識。」
「誰？」
「王蒲忱。」
「軍統北平站那個站長？」方孟敖倒沒想到他說出的是這個人。
梁經綸：「是。我是不是共產黨，他在西山監獄審過我。」
方孟敖站起來，從口袋裡拿出一支雪茄：「抽菸，梁先生不介意吧？」
「請抽。」

* * *

西山軍統祕密監獄電訊室裡，尖厲的電話鈴聲，引來了王蒲忱赫然的目光。

王蒲忱正在緊張地通另一個電話，眼望著桌子那邊不停響著的鈴聲，對話筒說道：「……是陳繼承的電話，建豐同志……是，好，我先接他的電話，再向您報告。」

外文書店二樓房內，方孟敖這回沒有用那只美式打火機，而是掏出了他特用的那盒超長的火柴，擦著了火，慢慢燃著雪茄：「可我記得，當時那個王蒲忱還沒來得及審你，我已經把你救出來了。」

「我能不能也問一聲方大隊長。」梁經綸必須抓住時機反問他了，「你當時都不知道我是不是共產黨，為什麼救我？」

方孟敖又坐下了，將剛點燃的雪茄，在鞋底上摁熄：「很簡單，是何副校長要救你。當時李副總統也在過問。」

「哦……」梁經綸只能漫然應答。

西山軍統祕密監獄電訊室的電話那邊，陳繼承的聲音很大語速很快，把個話筒震得嗡嗡直響。

王蒲忱將話筒下端夾在頸間，讓上端的聽筒離開了耳朵，從桌上拈起一支菸，點燃，吸了一口，接著報以一連串的咳嗽。

用咳嗽對付喊叫倒還真靈，對方不嚷了，王蒲忱便也慢慢停了咳嗽。

「你咳完了沒有！」話筒那邊這句話倒十分清楚。

王蒲忱可以答話了：「對不起，陳總司令。剛才正在接另一個重要電話。陳總司令批評完了，請直接指示。」

接下來對方的聲音沒有那麼吵了，王蒲忱便報以間歇的咳嗽，簡短地答道「嗯」、「是」，耐煩地聽電話那頭陳繼承說完。

「那我就可以去跟何校長談了。」方孟敖頓了頓，「不過現在不能去，我那個父親還在那裡。我在梁先生這裡看看書，沒問題吧？」

梁經綸：「方大隊長應該知道，北平市政府和民調會發了通告，明天要在這裡給各大院校的師生，包括東北的學生補發配給糧。學聯的同學們都在燕大圖書館等我呢。方大隊長不是也需要回去準備嗎？」

方孟敖翻開了書：「國民黨的話你也聽？糧食還在天津呢。」

「哦？」梁經綸又只得漫然應答。

方孟敖：「放心吧，天津那邊往北平發糧了，我會即時得到報告。你們學聯不是希望我支持嗎？你就不想從我這裡得到真實的報告？」

梁經綸只好陪他：「好。」

電話那邊嚷完最後一句，在等王蒲忱回答。

王蒲忱肩上夾著話筒，細長的手指拈起另一支菸，用前一個菸蒂對燃，又咳嗽了幾聲，這才答道：「上次方孟敖把梁經綸帶走，事後我們有詳細報告。陳總司令也知道，國防部保密局打了招呼，牽涉到何其滄，牽涉到司徒雷登大使，這個人不能隨便抓……我知道明天要大面積發放配給糧，如果梁經綸真在煽動學生對抗政府，有證據我們會抓人。陳總司令現在要我們去抓人，牽涉到方大隊長也在那裡，這我得跟南京方面請示……」

說到這裡，也不知道對方陳繼承說了一句什麼，王蒲忱的臉色變了，咳嗽也停止了：「什麼國防部預備幹部局？陳總司令怎麼能把我們保密局北平站往經國先生身上扯……如果是猜測，那就請陳總司令今後不要再猜測。我們垂直受國防部保密局領導，這種猜測不利於我們工作……好，是。請示保密局後，是抓人還是監控，我會向您報告。」啪地掛了電話，王蒲忱大聲咳了起來，望向那臺直通南京二號專線的電話。

摁熄了菸火，他提起南京二號專線電話的話筒，也不再咳嗽了：「請接建豐同志……」

接電話的就是建豐本人，他原來一直在等著。

王蒲忱站直了身子：「建豐同志久等了。不出您的預料，陳繼承叫我們現在就去抓人……是，去抓梁經綸。還有，他突然問我是不是直接聽命於國防部預備幹部局……是，我想也是中統方面，是徐鐵英跟他透露的……是，他們已經沆瀣一氣了……我現在聽建豐同志指示……」

指示很簡潔。王蒲忱聽了還是有些吃驚，鎮定了一下情緒，答道：「是，我不問原因……不需再給陳繼承回話……下面我將行動指示複述一遍：『立刻派人監控外文書店，叫中正學社的人把何孝鈺和謝木蘭請出來，掩護曾可達同志進去。』是，絕不會讓任何人看到。」

輕輕放下話筒，王蒲忱兩眼閃出沉鬱的光來。儘管不許自己問原因，王蒲忱還是深刻地理解到，建豐同志突然派曾可達去見方孟敖和梁經綸，這是一步險棋！不到萬不得已，建豐同志也不會這樣攤牌。想到這裡，他的目光又望向了南京二號那部專機，「一次革命，兩面作戰」，建豐同志在鐵血救國會成立那天說的這句話，今天算是有了切身的體會！
理解之後便是執行。王蒲忱抄起了另一部電話：「行動一組嗎？你們現在是不是在燕大東門……好，聽清楚，執行任務。」
王蒲忱瘦長的身影越來越遠了，但能清晰地看見，他在嚴厲地下達命令。

＊　＊　＊

北平警察局徐鐵英辦公室的燈光大亮。
徐鐵英站在桌前貼著話筒，一失常態：「王蒲忱這是在搪塞你，陳總司令。我們黨通局的情報絕對無誤，王蒲忱就是鐵血救國會的人……您太厚道了，保密局毛人鳳就是總統的一條狗，牽涉到經國先生他早就裝聾作啞了……我們這樣做不是對著經國先生來的，是對著共產黨。陳總司令，上一回方孟敖擅自從西山監獄帶走了梁經綸，這一次他先是帶著何孝鈺出了西南防線，一回來又去見梁經綸。國防部稽查大隊跟一個有重大共黨嫌疑的人如此密切，對總統負責，對經國先生負責，您也必須立刻向總統報告……這樣的事怎麼還能指望曾可達，我的陳總司令，為了討好那個何其滄，讓他在司徒雷登那裡說話，讓美國同意他們推行什麼幣制改革，梁經綸就是共產黨，他們也不會抓。只要總統同意，王蒲忱那邊不抓人，我們就可以去抓人！」
陳繼承在話筒那邊沉默了兩三秒，終於大嗓子回話了：「我現在就向一號專線打電話，可我一個人說話不夠，你那邊還能配合做些什麼？」
徐鐵英：「敲打方步亭！什麼一手反腐，方步亭和他背後那兩大家族總不能老讓我們在前面擋著。我這就給方步亭打電話，讓他明白，要救他兒子，就立刻想辦法讓宋家、孔家也到總統那裡去說話……嗯，嗯，我立刻就打。」
聽到對方掛了話筒，徐鐵英放下這部電話，拿起了另一部電話的話筒，開始撥號。

＊　＊　＊

一百米外的燕大東門有燈，照到外文書店門外已經很弱。這時突然冒出好些人，全都是學生模樣，隱約互不相干，三三兩兩向這邊門外的路段靠近，然後分散站在各自的位置。
都是王蒲忱北平軍統站的人，接到指令，立刻到位，分別佈控。
站在門口的那兩個學生立刻警覺起來。
有一人裝作閒散正向他們走來。這人便是軍統北平站行動一組的頭。
站在門口的學生，就是向曾可達報告情況的那撥青年軍的人，身分特別複雜，公開是北平學生聯合會的進步青年，真實編制在青年軍，卻又歸不穿軍服的青年軍核心組織中正學社直接領導。平時他們跟著梁經綸潛在學聯，關鍵時刻卻又能甩開梁經綸，直接向曾可達報告情況，接受任務。
審視著走到面前這個人，中正學社的兩個人毫不掩飾滿眼的敵意。
「借個火。」軍統行動組那個頭掏出一支菸。
一個中正學社：「我們是學生，不抽菸。」
軍統行動組那個頭接著從口袋裡掏出打火機，自己點燃了，吸了一口，突然低聲說道：「曾督察馬上要到了。」
中正學社的兩個人一詫，飛快地對望了一眼，其中一人望向軍統那人：「請問您是……」
軍統那個頭：「國防部預備幹部局的統一行動，不要問了。我們的任務是在外面監控，請你們以學聯的身分立刻將裡面的何孝鈺和謝木蘭請出來。曾督察來的時候，不能讓任何人看見。」說完，轉身向馬路對面走去。

又望了望遠遠近近、明處暗處站著的那些人，兩個中正學社的人再無懷疑，一人警覺地掃視著四周，一人轉身去敲外文書店的大門。

門開了。

何孝鈺滿臉警覺，謝木蘭滿臉驚詫，望著那個學聯的同學，聽他急促而低聲地把話說完了。

何孝鈺立刻質疑：「為什麼不先上去向梁先生彙報？」

中正學社那人：「梁先生和方隊長在一起。外面都是軍統的人，方隊長知道了一定會引起衝突，你們在這裡便會捲進去。因此學聯指示，叫你們先離開……」

「我們在這裡談的是明天給各校師生發糧的事，有什麼說不清楚的？」謝木蘭聲音好大，顯然是有意讓樓上的方孟敖和梁經綸聽見。

那人立刻變了臉色，望向二樓，緊接著低聲對何孝鈺說道：「孝鈺同學，請你聽學聯的安排，立刻帶謝木蘭同學離開。」

謝木蘭嗓門更大了：「梁先生就在樓上，你們叫我們聽哪個學聯的安排？」

那人急了：「會把軍統的人引進來的！何孝鈺同學，請你立刻制止謝木蘭同學，趕快離開！」

謝木蘭最生氣的就是他們一直將自己排除在學聯之外的這種態度，更大聲了：「那就讓軍統的人進來，趁我大哥在，跟他們鬥爭……」

「木蘭！」何孝鈺還真出面制止了，「你不是一直追求加入學聯嗎……」

「我已經加入了！」謝木蘭負氣嚷道，「梁先生今天批准的！」

不只何孝鈺，那個中正學社的人也僵在那裡。

一樓謝木蘭的聲音如此響亮，二樓房間當然都聽見了。

梁經綸望向對面的方孟敖，只見他依然在埋頭看書，心中一陣翻湧。

因為雙重身分，梁經綸時刻要面對共產黨城工部、學委的考驗，還要不時受到來自鐵血救國會內部的猜疑，好在每一次他都挺過來了。唯有這一次，面對這個方孟敖，他不知道該如何應對。此時聽到樓下中正學社的學生在叫何孝鈺、謝木蘭離開，他一時也分不清是城工部學委的行動，還是鐵血救國會的指示……

「那讓我上去！」一樓又傳來了謝木蘭的聲音，「叫我大哥下來，對付他們！」

梁經綸又望向方孟敖。方孟敖依然沒有反應。不能再這樣被動了，梁經綸徑直走到二樓門邊，開了門，站在樓梯口：「孝鈺同學，你帶木蘭同學先回去。」

樓下的何孝鈺竟沒有回話。

梁經綸語氣嚴厲了：「歐陽同學！」

——樓下那個中正學社的學生原來複姓歐陽。

梁經綸：「你組織幾個學聯的同學用自行車送她們，路上遇到情況，立刻回來報信。方大隊長在這裡。」

「好！」樓下傳來那個歐陽同學的聲音。

接著是開門聲。

接著又是那個歐陽同學的聲音：「叫幾個同學，找幾輛自行車！」

* * *

離燕京大學不遠的公路旁，幾輛自行車放倒在斜坡上。

四個學生模樣的人靜靜地坐在自行車旁。

突然四個人同時站起來。

一輛疾馳而來的吉普，竟沒開燈，開始只能隱約聽見聲音，月光下逐漸已能看見車影。

這等在公路邊的學生正是青年軍中正學社的人。看見越來越近的那輛吉普，他們迅即扶起各自躺放在斜坡上的自行車，推到了公路邊。

其中兩個架好了自己的自行車，又去斜坡，推過來另外兩輛自行車。

四個人，六輛自行車，候在公路邊。

吉普「吱」的一聲，在他們面前停住了。

先跳下來的是換了便服的王副官，立即去開後座的門。

後座門已經從裡面推開了，換了便服的曾可達走了下來。

沒有言語，兩個青年軍已經將自行車推到了曾可達和王副官面前。

曾可達翻身上車，向燕大方向騎去。

「跟上！」王副官急忙上車，同時低聲喝道。

四個青年軍立刻推車跑起來，快跑中跳上車，猛踏車輪，向曾可達那輛車追去。

很快，兩個青年軍的車在前，兩個青年軍的車在後，將曾可達護在中間。

王副官在最後趕著。

月色空濛，樹影婆娑，車行如水。

曾可達是南人，此時夜行在北地，見公路兩旁無邊麥茬，戰亂棄耕。政在農工，各級政府不能安民，自己卻要為北平城兩百萬人募糧。這才領悟到建豐同志剛才電話裡布置完任務後，為什麼要感傷地給自己吟誦那首《詩經．王風》了……

——濃重的奉化口音立刻又在耳邊響起：

彼黍離離，彼稷之苗。
行邁靡靡，中心搖搖。
知我者謂我心憂，不知我者謂我何求……

「王命在身」，心中鼓蕩，曾可達倏地挺直身子離開車座，猛踏腳蹬，超過了前面兩個青年軍，一任夜風撲面。被拋在後面的青年軍都慌忙離開了車座，腳下猛蹬，向他追去。

苦了王副官，卯足了勁，畢竟是文職，還是跟不上，一個人被落在了後面。

* * *

那家商行二樓那間房內，荷葉邊的煤油燈不知何時點亮了，吊在桌子上方閃爍。

張月印那個位置不知何時空了，燈下只坐著謝培東和老劉。

兩個人都在等張月印，沉默都凝固在頭頂那一點兒燈火上。

突然，樓下傳來了踩樓梯的聲響。兩個人都站了起來。

張月印匆匆進來了，這回沒有叫二人坐下，自己也站著：「劉雲同志急電，中央新的指示。」

謝培東和老劉都望著他。

張月印：「『孔雀東南飛』只是國民黨推行整個幣制改革在平津的行動，核心在上海，平津的行動是配合的重點。為了爭取美國援助，接下來他們會在國統區五大城市推行幣制改革，發行金圓券。為了堅挺新發行的金圓券，他們會把大量的糧食和物資調到五大城市，平抑物價。這些糧食和物資在調運途中，我各軍部隊以及黨的地下組織不得襲擾，一律放行。」

「我想問一下，為什麼要配合他們？」老劉忍不住問道。

「為了五大城市的人民。」

張月印回答得很簡明，接著傳達：「在北平和天津，我黨隱蔽在國民黨各部門之同志，凡參與幣制改革調運物資者，均不得抵觸，給予積極配合。望你們立刻貫徹該指示精神，傳達到每個有關人員。」

中央的指示提綱挈領，接下來就應該北平城工部具體商量落實了。

張月印果然望向了謝培東：「劉雲同志指出，在平津，任務最艱巨、處境最困難的是謝培東同志。謝老，天津方面運糧的火車已經發出，三小時後您代表北平分行去接收糧食，親自押運送到稽查大隊軍營。見到方孟敖同志，先了解他與梁經綸見面的詳細情況。難點在於怎樣讓他明確黨的指示，今後按黨的指示行動，又不讓鐵血救國會懷疑他已經和我們接上了關係。這一點，中央和華北城工部授權，由謝老自己把握，絕對單線聯繫。」

「請組織放心，我知道怎麼做。」謝培東提起了椅子上的包。

「您稍等一下。」張月印留住他，接著轉望向老劉，「國民黨這個時候出臺這個政策，也挽救不了民心向背，還會加劇他們內部的鬥爭。上級分析，他們內部這場鬥爭，很快會波及我們地下黨的同志，包括周邊進步學生。當務之急，我們需要將一部分人祕密轉移到解放區。這個任務由老劉同志具體負責，離開這裡以後，你立刻找到嚴春明同志，讓他今晚就走。其他轉移的人，這幾天分批安排。劉雲同志還特別指示了學委，讓他們想辦法叫梁經綸提出來，將謝木蘭同學轉移！」

「我明白。」老劉這一聲答得特別會意。

謝培東儘管久經波瀾，這一刻還是難掩感動：「我感謝組織……」

「應該的。」張月印深深地望著謝培東，「謝老，天津的糧食三小時後才到，你先回北平分行。方步亭這個時候也應該在等你了，怎樣控制孟敖同志下面的行動，他也在急著等你商量。」

謝培東隔著桌子慢慢向他伸過手，兩人會意一握。

謝培東再跟老劉握手，發現老劉的手十分有力，卻沒有十分用力，只是握緊了，將握手的時間延長了。顯然，他是在用這種方式向自己表達歉意，重申敬重，同時傳遞一個更重要的資訊，請自己放心謝木蘭的安全。

謝培東眼留謝意，轉身走出。

張月印和老劉都跟著送出了房門。

張月印的判斷十分準確，方步亭這時已經回到行長辦公室來了，在等著謝培東。

跟往常不一樣，方步亭回到辦公室後沒有開燈，借著南面落地玻璃窗灑進來的月光，在打電話，形單影隻，聲音沙啞：「繼續找。打鏡春園徐老闆的電話，問謝襄理是不是跟徐老闆在一起，現在去了哪裡？」

放下電話，方步亭的身影到了南面落地玻璃窗的陽臺邊，坐了下來，望向只有月光的院落。

原來，不只辦公室內沒有開燈，整棟樓都沒有開燈，樓外的院子裡也沒有開燈。天上的月便分外地亮，方步亭望著涼涼的院落愣愣地出神。

大兒子今天帶何孝鈺出西南防線的反常舉動，已讓方步亭心亂如麻；而小兒子找到了大哥和何孝鈺竟不告訴自己，更讓他心灰意冷。方孟敖又去見了梁經綸，竟然是徐鐵英打來電話才知道，並叫自己回來，說是做了工作，已讓方孟韋回家。親疏否隔，內外交攻，唯一可以商量的謝培東偏也不在。他只能等，把所有的下人都趕回了房間，把所有的燈都關了等。

誰會先回來呢？

突然，他一凜！

大院門外傳來了汽車開進的聲音。

無須分辨，是聽慣了的北平警察局那輛002號吉普的聲音。

方孟韋回來了。

方邸大院虛掩的大門是從外面推開的，方孟韋踏進大門，便站在那裡。

以往也經常感受到父親的高深莫測，這回他卻對父親這種膚淺的高深莫測頓生反感。

——北平城雖經常停電，但是這座院子拉的是專線，從不停電。此刻院子裡沒有燈光，那座等著他的樓也沒有一絲亮光。他知道這都是父親故意關的。

幾天未回，望著這個本只屬於父親沉沉如夜的家，心裡明白，父親那雙眼顯然就藏在黑暗中，在盯著自己。

對付從小就依順的兒子，也如此用心，何苦來哉！

他真不願意再往前踏進一步，卻還是踏著月色，走向了那棟藏著父親眼睛的洋樓。

又推開了客廳的大門，方孟韋在黑暗裡站了好幾秒鐘，終於伸手按向了牆邊的開關。

大廳那盞吊燈亮了，整個樓都亮了，方孟韋卻意外地一愣。

偌大的客廳。沙發上孤零零坐著程小雲，望著方孟韋慢慢站了起來。

——活在這個家裡，孤獨的也不只是自己。

方孟韋突然覺得眼前這個比自己大不了多少的後媽今天比往常親近。

四目相對，方孟韋的嘴動了，沒有發出聲音，卻能看出叫的是：「媽。」

程小雲輕步走了過來，在他面前站住了，輕聲地：「不好叫就不要叫了……」

方孟韋畢竟仍不自然這樣與她近距離對視，瞥向了二樓父親的辦公室，卻依然沒有走向樓梯的意思。

程小雲：「問你一件事，願意你就告訴我。」

方孟韋只好又望向她，點了下頭。

程小雲：「你大哥還有孝鈺、木蘭是不是都在梁先生那裡……」

一片陰雲掠過，方孟韋實在不願回答，卻還是輕點了一下頭。

程小雲：「這個時候，大家的心情都一樣。你爸正在樓上等你，你也看到了，燈也不讓開……」

方孟韋這回卻沒有點頭，反而露出一絲不以為然，向那道筆直的樓梯走去。

程小雲揣著忐忑將他送到樓梯口。

方孟韋突然轉過身，問道：「我也想問一件事，願意就告訴我。」

程小雲點了點頭。

方孟韋：「當初，你是怎麼愛上我爹的？」

程小雲沉默了片刻，只能答道：「過後，找個時間我慢慢告訴你，好嗎？」

「好。」方孟韋不再使她為難，轉身上樓。

「不好叫就不要叫了。」方步亭這句話從二樓辦公室陽臺那邊幽幽地傳來，竟和剛才樓下程小雲的話一樣。

一樓大廳的吊燈很亮，照射進二樓辦公室的門。

果然如自己所料，父親的眼睛一直藏在陽臺上俯視著整個院落。

這時，自己站在門口被坐在陽臺上的父親看得清清楚楚，而父親的身影卻和他剛才說的那句話一樣，撲朔迷離，反感以外，心裡不禁又湧出一絲別樣的酸楚。

——記得每次走進這道門，自己都要叫一聲爹。

——多少年來自己一直只叫父親不叫後媽，今天進這個家卻想叫後媽，反倒叫不出那個「爹」字。

方步亭也不知這個最親近聽話的兒子為什麼會突然跟自己疏離，乃至顯出叛逆：「知道，你也不想再見我，就不要開燈了。可有些話要問你，總不能老站在門口吧。」

方孟韋此時真有些邁不動腿，可還是走了過去，除了沉默，還保持著距離，站在離父親約兩米的身側。

「在哪裡找到你大哥的？」方步亭也仍然望著窗外。

「盧溝橋往西，永定河邊。」方孟韋回話了。

「他跟孝鈺都談了些什麼，告訴你了嗎？」

方孟韋沒有回這句話。

方步亭轉過頭，望向小兒子。

方孟韋卻望向了窗外的月亮，像是在對月亮說話：「他說要娶何小姐。」

方步亭站起來：「那為什麼不直接去找何伯伯，卻去見梁經綸？」

方孟韋依然望著窗外：「您可以去問他自己。」

方步亭被小兒子頂在那裡，站了一陣子，又慢慢坐下，嘆了一聲：「我承認，這輩子我不是個好丈夫，也不是個好父親……可這個時候我還是父親。國民黨一直懷疑你大哥是共產黨，卻又在利用他。還有，那個梁經綸到底是不是共產黨？我總覺得這個人遲早會將你大哥害了……孟韋，崔中石死你是親眼看見的，不能看著你大哥和你崔叔落得一樣的下場。」

方孟韋心內煎熬，卻依然不願意接他的話。

方步亭：「等你姑爹回來吧，現在你們也只聽他的話了……」

＊　＊　＊

外文書店二樓房間響起兩下敲門聲，不疾不徐，顯然不是送何孝鈺和謝木蘭回來的同學。梁經綸悚然驚覺，該來的人來了！

他望向對面的方孟敖。方孟敖卻毫無反應，依然在那裡翻書。

「應該是送她們的同學。」梁經綸站起來，對著房門：「是歐陽同學嗎？」

竟沒有回答！

「請問是誰？」他又望向方孟敖。

回應他們的依然是兩下敲門聲，不疾不徐。

方孟敖這才說話：「沒有主人怕客人的，開門吧。」

梁經綸步向房門。他的長衫下襬又飄拂了起來，步伐露出了踟躕。

思問卻在他的眉眼間飛快運轉：

保密局北平站的人？

——有方孟敖在，不會。

陳繼承或徐鐵英方面的人？

——有方孟敖在，也不會。

難道是共產黨學委，是嚴春明！

眼前已是房門，梁經綸伸向門閂的手竟如他剛才的腳步一般猶豫。

門閂在慢慢拉開，門在慢慢拉開。

——梁經綸懵在那裡。

——站在門口的竟是曾可達！

梁經綸從未這樣滿臉驚疑，曾可達的手已經伸了過來。

梁經綸在感覺著背後方孟敖射過來的目光，卻不得不將手也伸了過去。

「這是梁經綸同志。」曾可達握著梁經綸的手，目光卻越過梁經綸的肩，對他背後的方孟敖說出了這句話。

梁經綸愣愣地站在那裡，不能想像，身後的方孟敖是何反應！

方孟敖的目光似有驚異，似無驚異。

儘管早從謝培東那裡知道了梁經綸鐵血救國會的身分，可現在曾可達的突然出現，直接暴露梁經綸的真實身分，依然出他意料之外。因此，他此刻的神情，在曾可達看來完全合理，完全真實。

「進去談吧。」曾可達自然地撫了一下梁經綸的肩，梁經綸側轉了身子，曾可達先進了門。

徑直走到對門的桌前，曾可達站住了。

他發現梁經綸依然站在門口。

方孟敖在犀望著梁經綸。

梁經綸無法迴避，只能也望著方孟敖。

「進來，進來談。」曾可達示意梁經綸不要僵持，「問題很快會跟你們都講清楚。」

梁經綸向自己的座位走去，一切掩飾都已毫無意義，他那件長衫的下襬又飄拂了起來，沒有了去開門時那種猶豫，完全是一任自然。

方孟敖的眼轉盯住了他那竟然還能如此飄拂的長衫，一直盯到那長衫隱進對面的桌下。

「請都坐吧。」曾可達望向梁經綸。

梁經綸默默坐下了。

曾可達再望向方孟敖。

方孟敖坐下時，一條腿高高地翹在了另一條腿上。

曾可達臉上立刻掠過一絲不快——他想起了一個多月前在軍事法庭，方孟敖就是這個做派！

不快必須忘記，今天必須耐心。

曾可達穩穩地坐下，吐出了三個字：「軍、公、教。」

用這三個字開場，語調不高昂，也不失抑揚頓挫，曾可達對今天的見面頗下了心思。

兩人都望向了他。

收到了效果，他接著說道：「方大隊長是國軍在編人員，梁教授是大學在編人員。根據中華民國憲法，你們都是民國政府的公職人員。我們先認同這個身分吧。」

梁經綸沒有接言，只望著方孟敖。

曾可達其實也在望著方孟敖，方孟敖的態度才至關重要。

「我當然要認可。」方孟敖很快就回答了，用的卻是「認可」，沒有接受曾可達的「認同」，接著說道，「原來在空軍服役，現在頂著個國防部預備幹部局上校的頭銜，不認可也不行。梁教授。」

梁經綸屏住了呼吸，曾可達也在等方孟敖下面的話。

方孟敖：「燕京大學是美國人辦的私立大學，你現在領的是美國人的薪水，似乎還算不上國民政府的公職人員。」

梁經綸怎好回答，只好不答。

「也算。」曾可達代他答道，「燕大的教授教員，國民政府教育部都登記在冊，視為公職人員。」

方孟敖：「那就算吧。」

曾可達和梁經綸都望向他，等下面的話。

方孟敖卻不說了，將桌上那支點燃了又掐滅的雪茄拿了起來，再從口袋裡掏出的就不是那盒長長的火柴了，而是那只美式打火機，鐺地一聲彈開，點燃了菸。這才又望向曾可達，別人在等他，他倒裝作詫異：「怎麼不說了，我們都在聽。」

梁經綸望向了曾可達，看他如何應答。

曾可達十分明白，跟方孟敖做這種跳躍性的對話，無異於和這個王牌飛行員在玩空中作戰。好在來之前，建豐同志的指示已十分明確——不要顧忌，直接攤牌！

曾可達單刀直入道：「我想，我來之前，你們一定在討論一個問題，對方是不是共產黨。」說完這句，他望了一眼方孟敖，又望了一眼梁經綸。

方孟敖沒有接言。

梁經綸也沒有接言。

曾可達：「其實，是不是共產黨都無關緊要。方大隊長知道，一個多月前我就堅持認為你是共產黨，可我們國防部預備幹部局，建豐同志，依然在重用你。原因很簡單，真理只有一個，共產黨在跟我們爭天下，天下是什麼，就是國家。國家是什麼，建豐同志說，國家就是土地加人民。我們必須承認，由於國民黨內部腐敗，在許多地方失去了人民，因此失去了土地。兩黨的軍隊在前方爭城略地，勝負已不在軍事，而在政治。我，還有你們，現在做的，就是在國統區反貪腐，讓人民有飯吃。拋開兩黨之爭，我們這樣做，就算你是共產黨，也不會反對。」

「那你們認為，我到底是不是共產黨還是不是共產黨？」方孟敖知道，自己等待的這一刻終於來了，必須反問。

這恰恰是曾可達不能糾纏的問題，只能迴避：「我已經說了，是不是共產黨都無關緊要。」

方孟敖：「我是還是不是？」

曾可達必須回答了：「黨通局和保密局一個多月前就做了調查，沒有發現你有共黨嫌疑。到現在為止，我也沒有發現你和共產黨有任何聯繫。」

「梁教授呢？」方孟敖突然話鋒一轉，「他是不是共產黨？」

直接攤牌之後，就是直接面對。

曾可達望向了梁經綸，遞過去一個「無須顧忌」的眼神。

梁經綸慢慢站起來，此前一直無法回答方孟敖的問題，現在可以回答了：「我是。」

「說真話就好。」方孟敖盯著他，突然又問，「何孝鈺呢？她是不是？」

梁經綸突然明白了，方孟敖這一問，才是他今天來此的要害——方孟敖要保護何孝鈺！

沒有立刻回答，他反而慢慢坐下了，跟何孝鈺這麼多年的感情，畢竟心中難受。

曾可達也感覺到了，何孝鈺是不是共產黨，直接關係到鐵血救國會能不能用好方孟敖，望著梁經綸：「實話實說吧。」

「她不是。」梁經綸這才輕聲說道。

方孟敖：「那你為什麼幾次叫她來爭取我？」

梁經綸：「我沒有叫她爭取你加入共產黨。她只是學聯的進步青年，沒有資格爭取你加入共產黨。她爭取你，是叫你支持學聯，追查貪腐。」

方孟敖從謝培東那裡知道了梁經綸鐵血救國會的真實身分，最擔心的就是梁經綸會知道何孝鈺祕密黨員的身分。崔中石死，已讓他痛感萬身莫贖。偏偏又是何孝鈺踏著崔中石的腳印來跟自己接頭。八年百戰，睹盡生死，都未像這些日子揪心！那天拒不跟何孝鈺接頭，今天帶何孝鈺出去求婚，又帶何孝鈺回來見梁經綸，都像駕著飛機帶她在空中翻滾，躲避炮火。

現在，曾可達居然會來向自己公開梁經綸的身分，而梁經綸又斷然否定了何孝鈺是共產黨。方孟敖眼前，這兩人都不像敵機了。

「那就好。」方孟敖再望梁經綸時，終於捕捉到了一個準確的形象——當年的駝峰！

現在第一座山峰飛過去了，可前面還有一座座看不見的山峰。眼下接著要越過的就是曾可達了，依然望著梁經綸：「想再問一句，叫何孝鈺來爭取我，是不是曾督察的安排？」

梁經綸沒有回答。

方孟敖也不需他回答，倏地轉向曾可達：「曾督察，你用了我一個多月，也懷疑了我一個多月。我現在懷疑你一下行不行？」

曾可達：「當然行。」

方孟敖：「梁教授是共產黨，你是不是共產黨？」

曾可達：「我當然不是，也不可能是。」

方孟敖又望向了梁經綸：「他怎麼可能是？」

「我這就回答你。請二位起立。」說著曾可達先站起來，順勢扯了一下衣服的下襬，以軍人的姿態挺立，望等著方孟敖和梁經綸站起。

梁經綸先站起來。

方孟敖也站起來。

曾可達：「半小時前，建豐同志最新指示：『曾可達同志，望即向方孟敖同志告知梁經綸同志之真實身分，傳達二同志肩負之任務。梁經綸，原燕京大學經濟系高材生，民國三十一年，由經國輾轉委託美國盟友，經何其滄先生出面推薦，保送至美國哈佛大學經濟系深造；民國三十五年抗戰勝利回國，為戰後建國效力。今年四月，加入鐵血救國會，係本黨先進青年，忠誠同志。即將執行之『孔雀東南飛』行動，方孟敖同志代號為『焦仲卿』，梁經綸同志代號為『劉蘭芝』。望二同志精誠合作，推行平津地區之幣制改革，挽救瀕臨崩潰之經濟，打擊惡劣之貪腐，救我苦難之同胞！蔣經國。』」

傳達至此，曾可達把自己也感動了，慢慢閉上眼，平息了一下心緒，再睜眼時，不再看二人，低聲說道：「至於梁經綸同志的共產黨身分，就由經綸同志自己向方孟敖同志簡要說明。都請坐吧。」

＊　＊　＊

燈開了，方邸二樓行長辦公室大亮。

原來是謝培東回來了。

「那天木蘭就是你送出去的！」謝培東對方孟韋還從來沒有這樣生氣過，「你可以跟天賭氣，跟地賭氣，可我只有這一個女兒。她現在到底在哪裡，有沒有危險，對我你總應該說吧！」

「應該都在外文書店。」方孟韋低著頭悶聲答道。

謝培東：「誰跟誰都在外文書店？」

方孟韋：「大哥、孝鈺、木蘭。」

謝培東：「都跟那個梁經綸在一起！現在還在一起？」

「我沒有進去。接到徐鐵英的電話說家裡有急事找我，就回來了。」方孟韋這時也已經有了負疚。

「不能讓他們再待在那裡了。」謝培東轉對方步亭，「行長，給何副校長打電話吧，讓他出面，叫梁經綸立刻離開外文書店，回去幫他整理那個論證報告。」

方孟韋望向姑父，眼睛一亮。

——這個主意如此簡單實用，自己是因為負氣沒有往這方面想，一直足智多謀的父親莫非也是因為負氣，失了主意？

方步亭卻嘆了一聲：「何副校長如果管這樣的事就不是何副校長了。在這個世上真敢教訓我的人也就是他了……離開他家前，就聽了他好一通書生之見。能打這個電話我還用得著你提醒？」

「那就叫小嫂打。」謝培東緊望著方步亭。

方孟韋這時也望向了門外，對父親的負氣頓時消釋了好些。

方步亭把他們的情緒都看在眼裡，又輕嘆了一聲：「那就叫她打個電話試試。老夫子喜歡她，說不定會給她些面子。」

謝培東立刻轉身出門，喊道：「小嫂！」

一樓客廳裡，程小雲撥通了電話。

「孝鈺呀！」程小雲立刻捂住了話筒，對站在一旁的謝培東，「是孝鈺，她回家了。」

「是她一個人，還是都回家了？」謝培東急問。

程小雲又對著話筒：「你們什麼時候回的，木蘭跟你在一起嗎？她大哥呢？」

謝培東緊緊地望著話筒。

程小雲聽完對方回話：「知道了。你和木蘭就好好在家待著……我這就告訴你方叔叔，當然還有謝叔叔，叫他們放心……對了，你們也跟你爸說說，聽聽他的意見……好，有事再通電話。」

放下電話，程小雲再看謝培東時，發現方步亭也已經站在二樓辦公室的門外了。

程小雲：「孝鈺和木蘭剛剛回的家，說是學聯的同學用自行車送的。孟敖還在外文書店，跟梁先生在一起。」

樓下的謝培東，樓上的方步亭遙遙對望著。

「培東，你上來吧。」方步亭轉身已進了辦公室大門。

「不要再分析了，這個梁經綸不是共產黨。」方步亭從陽臺的座椅上站起來，「他是太子黨！」

謝培東睜大了眼。

方孟韋也是一震。

方步亭又像那個一等分行的行長、老謀深算的父親了：「崔中石是共產黨，死了。他們卻派一個假共產黨來試探孟敖，還把孝鈺也牽了進來，加上木蘭，我們家有三個人要壞在他的手裡。」

謝培東的額頭上滲出了汗珠，幾十年的祕密工作，早已波瀾不驚，但此刻聽到方步亭這番判斷還是十分吃驚——這位內兄倘若不搞經濟，去幹特工，國民黨也無此人才。自己這十幾年是怎樣瞞過他的？不敢再想。

方孟韋也已經完全像原來那個兒子了，眼前的父親又是原來那棵大樹了。大哥要他保護，自己要他保護，木蘭如何從那個梁經綸身邊離開，這一切看起來還得靠父親安排。

兩雙眼都在望等著方步亭。

方步亭：「一個哈佛大學回國的博士，學的經濟專業，不可能去相信共產黨那一套。一面帶著那些不懂事的學生鬧學潮，一面又幫國府的經濟顧問起草幣制改革的論證報告。那個報告我看了，完全不可能是共產黨的觀點，共產黨也不會有這些觀點。」

「共產黨也可能正好利用他的這個長處，掌握南京政府的核心經濟機密。」方孟韋終於跟父親正面對話了。

方步亭：「南京政府的經濟有什麼核心機密？大官大貪，小官小貪，盡人皆知。央行北平分行的帳就在你姑爹手裡，現在要查帳的不是共產黨，是太子黨。培東。」

「行長。」謝培東立刻應道。

方步亭：「拖欠北平師生的配給糧今晚能不能運到？」

謝培東：「應該能。」

方步亭：「應該能？」

謝培東：「通過徐老闆跟上海和天津在協調，今晚他們再不把糧食運來，查他們的恐怕就是美國人了。」

方步亭點了下頭：「該給上海美國商行的三百萬撥過去了嗎？」

謝培東：「他們幾家在湊，明天也會匯過去。」

方步亭一聲長嘆：「為了我那個大兒子，我們北平分行盡力配合國防部調查組吧。明天是個坎，糧食發下去了，我向曾可達表態，幣制改革我來配合。只一個條件，讓孟敖出國，不要再拿他當槍使了。孟韋。」

方孟韋終於又輕聲答了一個「爹」字。

方步亭：「爹這樣做是不是有些偏心？」

方孟韋：「兒子從來沒有這樣認為。」

方步亭：「那爹今天就給你交底。什麼幣制改革救不了中華民國，蔣總統那幾百萬軍隊也未必打得過共產黨。你哥、孝鈺，還有木蘭，爹都會想辦法把他們送出去。最後送你。」

方孟韋：「送我們走，您和小媽，還有姑爹呢？」

方步亭：「『八一三』我拋下你們，自己去了重慶。這一次，我還債。你們小的都走，我們幾個長的留下來。培東，你看如何？」

「行長的心我們都知道了。」謝培東不忍看方步亭此時的眼，望向方孟韋，「關鍵是眼下，行長既然認定那個梁經綸背景複雜，怎麼讓孟敖還有孝鈺和木蘭不要被他利用？」

方步亭：「孟敖既然提出了要娶孝鈺，我們就好辦。今晚就讓小雲到何副校長那裡去提親。難辦的是木蘭，她被那個姓梁的迷住了，現在叫她也不會回來。你們不要管了，我心裡有數。哪天有直接飛美國的飛機，綁也把她綁上去。先送她走。」

謝培東不能接話了，只能閉上了眼。

方孟韋有好多話要說，也不知從何說起。

方步亭望向了兒子：「回局裡去吧。跟徐鐵英說，明天發糧，你帶隊。」

方孟韋：「這一向他都在叫我管內勤，不一定會答應。」

方步亭：「告訴他，就說是我的意見，你必須去。明天到了現場，一定要管好北平警察局的人，不能再跟學生起衝突。記住，把我剛才分析梁經綸的話忘了，這個人，還有鐵血救國會，我去對付，你不要再惹他們。」

方孟韋一陣心血潮湧，想看父親，卻閉上了眼睛。

謝培東立刻說道：「記住你爹的話。快去吧。」

方孟韋睜開眼時不忍再看他們，轉身就走。

「叫你小媽上來。」方步亭追著兒子的背影喊道，這一聲完全是慈父的聲音。

「知道了。」方孟韋沒有回頭。

＊　＊　＊

何宅一樓客廳的沙發上，何其滄正在聽電話，平時見不到的笑容這一刻在眉眼間在嘴角旁都顯了出來，說話也帶著平時聽不到的調侃：「看一看現在幾點了……是呀，九點都過了，也只有你這個程大青衣敢把我從床上叫下來接電話。說吧，叫我幹什麼？」

何孝鈺和謝木蘭都站在離他幾米的地方，這是規矩，不能偷聽對方的說話，又十分想知道對方在說什麼。

對方的話只能從何其滄的回話和表情中猜測了。

何其滄臉上的笑容減了：「現在過來？就你一個人？」

何孝鈺和謝木蘭都屏住了呼吸。

對方的回答顯然是肯定的。

何其滄臉上的笑容沒了，沉默了稍頃，顯然是顧及對方的感受，還要顧及兩個站在不遠處女孩的感受，嘴角勉強地又露出了一絲笑紋：「小雲哪，我平時喜歡你不只是想聽你的程派，更看重你從來不摻和方步亭的事……告訴他，這麼晚叫自己的妻子一個人來看我這個老頭兒不合適！……不要再說什麼理由了，就告訴他一個理由，我今晚不會見你，男女授受不親。」

何孝鈺和謝木蘭都懵在那裡，互相想看對方的反應，又都忍住了。

何其滄對程小雲還真是很好，儘管笑得不很自然，仍然笑道：「好了……你先掛電話吧。」

放下電話時，何其滄一臉肅容，按住沙發扶手慢慢站起來。

何孝鈺此刻也不敢過去攙扶他了。

何其滄望了她們一眼，對何孝鈺：「到我房間來。」獨自拄著手杖上樓了。

何孝鈺沒有立刻跟去，一直不看謝木蘭，現在必須望向她了，低聲說道：「你要願意就到我房間等我。不願意就去外文書店。」

「我現在能去外文書店嗎？」謝木蘭的反問，已經不是負氣，而是帶有挑戰了。

「那你想怎麼樣？」何孝鈺面前的謝木蘭是如此陌生。

謝木蘭：「你要願意，就把梁先生房間的鑰匙給我。我去那裡等他。」

「我怎麼會有梁先生房間的鑰匙！」何孝鈺的臉唰地白了，咬著下唇，好不容易把堵在胸口的氣嚥了下去，「謝木蘭，你剛才也聽到我爸跟你程姨說話了。那就是我爸！我是他女兒，梁先生是他學生，何家是有家規的！」

「那自由呢？進步呢？革命呢？」謝木蘭一連幾句反問。

何孝鈺倏地轉身，快步向樓梯走去。

謝木蘭一個人被撂在那裡。

何家的客廳比方家的客廳小，平時便覺得更加溫馨，今天卻顯得如此荒漠。

謝木蘭毅然向門口走去。

何宅院落的月光倒比遠處的路燈亮些，照著西邊院子裡梁經綸那兩間廂房。

謝木蘭被月光引著，走到廂房門前，就在石階上坐下了。

這裡能看到何伯伯房間的燈光，可謝木蘭也就瞥了一眼，立刻轉望向院門。

她突然十分不喜歡那棟曾經給了自己許多關懷和溫情的小洋樓。

她不喜歡何家的家規。

梁先生也許一夜不會回來，她也會坐等到天明。

「自由萬歲！」她在心裡吶喊。

「新中國萬歲！」她望向了天空中的月亮。

第三十三章

何宅二樓何其滄房間。

「女兒。」

這一聲，讓一直低頭站在父親躺椅邊的何孝鈺猛地抬起了頭，望向了父親。

這個稱呼是如此遙遠，小學的時候聽到過。中學以後，父親一直叫自己名字。

「嚇著我女兒了。」父親重複著這個稱呼，「把凳子搬過來，搬到爸的膝前。」

這又是從來沒有的事。平時伺候父親，也曾給他捏肩捶背，那是在身後；也曾給他泡腳捶腿，那是在身側；也曾陪父親說話，卻總是隔著一段距離。

何孝鈺端起凳子站到了父親身前，還是隔著一段距離。

坐在躺椅上的何其滄抬頭望著女兒，從來沒有這樣笑過：「席前教子，膝前弄孫。中國人啊……這個位置爸一直是給未來的外孫留的，今天不留了。搬過來……對，就是這裡。來，坐下。」

凳子擺在父親膝前，何孝鈺卻依然站在凳子那邊，從來沒有這樣不敢望向父親，何況坐下。

父親一隻手伸過來了，何孝鈺的手也伸過去了。

女兒的手被父親緊緊地攥住了。

何孝鈺的心也被父親緊緊地揪住了，她知道父親在等著自己看他。

不忍看，也不得不看了。

父親的嘴角掛著笑容，眼中卻充滿了蒼涼！

「爸！」

何孝鈺立刻坐了下去，女兒的膝跟父親的膝緊緊地挨在一起了。

接下來卻是沉默。

這時父親的目光反而移開了，虛虛地望著上方。

「爸。想問什麼，您問就是。」

「那爸就問了。」

「嗯。」

「記不記得那一次爸問你，如果方孟敖和梁經綸都被抓了，而爸呢只能救一個，你希望爸救哪一個……你沒有回答。後來，你爸後悔了，不該這樣問你。這個世界上，有好些問題永遠沒有答案，根本就不應該問。」

「爸。」何孝鈺攥緊了父親的手，「您應該問，女兒也應該回答您。」

「有答案嗎？」何其滄望向了女兒。

「有。我現在就可以回答您。」

何其滄驚詫地望著女兒，接著毫不掩飾臉上的怯意：「不要，不好回答，就不要回答。」

「好回答。」

何其滄望著女兒。

何孝鈺：「我希望您救梁經綸。」

「為什麼？」

何孝鈺：「因為爸爸離不開梁經綸。」

何其滄：「那方孟敖呢？」

何孝鈺：「我去給他送飯。」

父親笑了，像是在點頭，又像是在搖頭，愣愣地望著女兒。

＊　＊　＊

外文書店二樓房間裡，曾可達愣愣地望著方孟敖：

「沒有必要了吧，梁經綸同志已經把他在共產黨內的身分說得很清楚了。」

「我想聽。」方孟敖十分固執，「請梁教授把加入共產黨的誓言念一遍。」

曾可達只好望向了梁經綸。

梁經綸有些不能忍受了，緊望著方孟敖：「我可以念一遍。方大隊長可不可以告訴我，你的真實意圖？」

方孟敖：「你念完了，我會告訴你。」

「好。」梁經綸站起來，望向前方，念道，「『我志願加入中國共產黨，做如下宣誓：一、終身為共產主義事業奮鬥。二、黨的利益高於一切。三、遵守黨的紀律。四、不怕困難，永遠為黨工作。五、要做群眾的模範。六、要保守黨的祕密。七、對黨有信心。八、百折不撓永不叛黨。』」

「完了？」方孟敖盯著梁經綸。

「完了。」梁經綸也望著方孟敖。

曾可達這時兩個人都不想看了。

「梁先生請坐。」方孟敖望著梁經綸坐下，自己站起來，「我請梁先生念這段誓言，真實意圖就是，我這個人從來只幹不說，希望你們不要叫我宣任何誓言。曾督察，你可以談我和梁先生接下來該怎麼合作了。」說完，又立刻坐下。

「我喜歡務實。」曾可達只得站起來，「現在，我就傳達『孔雀東南飛』行動的詳細計畫和步驟。」

＊　＊　＊

何宅院落裡，謝木蘭抱膝坐在石階上。

「『西江月、井岡山、毛澤東。』」望著天空的月亮，謝木蘭想起了梁先生不久前教她的毛主席詩詞，「『山下旌旗在望，山頭鼓角相聞。敵軍圍困萬千重，我自巋然不動……』」

突然又停住了，她敏銳地聽見了一樓客廳門輕輕推開的聲音。

是何孝鈺出來了！

她立刻將頭趴在膝上，雙手抱著，假裝睡著。

月光照著何孝鈺出了客廳大門，照著她一步步走向梁經綸住的房間，走向坐在石階上假裝睡著的謝木蘭。

「別睡了。」何孝鈺盡量裝著不知道她在假睡，「起來吧。」

「你知道我沒睡，何必假裝憐憫。」謝木蘭反倒不裝了，負氣地答道，依然埋著頭。

何孝鈺輕嘆了一聲：「上樓去吧，我爸在等你。」

「何伯伯等我……」謝木蘭倏地抬起了頭，「談梁先生的事？」

「好像是吧。」

謝木蘭立刻站起來，月光下很難從何孝鈺的臉上看出表情，一陣怯意，忍不住問道：「你說我是上去還是不上去？」

「你是自由的，你自己決定。」

「你走前面吧，別像押著我似的。」

「那你押著我好了。」何孝鈺抬步便走。

「還是一起走吧。」謝木蘭一把拉住了她的手。

何孝鈺讓她拉著，也不知是自己牽著謝木蘭，還是謝木蘭拽著自己，兩人向小樓的門走去。

月亮照著她們。何其滄的眼在窗前看著她們。

兩個人走到二樓何其滄房間在門口站住了，看到老人站在窗前，都有些尷尬。

何其滄慢慢回過了頭，笑著：「你們這兩個人啊。」

接著慢慢走回躺椅前：「看見你們月下的身影，我想起了一首打油詩。想不想聽？」

何孝鈺在前，謝木蘭跟著，走到了躺椅前。

何其滄還在笑著：「還沒回答我呢？」

「爸，您就念吧。」何孝鈺知道父親的用意。

何其滄：「不能白念，念完了要告訴我這首詩是誰寫的，寫給誰的。木蘭回答。」

謝木蘭還是聰明的，也猜著了他要念詩的用意，點了下頭。

「我念了啊。」何其滄是江蘇人，這時卻模仿著安徽人的口音念了起來，「『天上風吹雲破，月照我們兩個。想起去年事，為何閉門深躲。誰躲，誰躲，那是去年的我。』」念完，望著謝木蘭。

「這誰不知道，胡適先生寫給他夫人的詩。」謝木蘭明白了何伯伯的意思，膽子也就大了起來，「典型的老臣子，舊文章。沒有意思。」

「哦？」何其滄來了興致，「我倒想聽聽，怎麼就是老臣子、舊文章，怎麼就沒有意思？」

謝木蘭：「不就說的父母之命，媒妁之言嘛。何伯伯，你們哈佛留學的博士，都這麼傳統嗎？」

何其滄哈哈大笑起來：「回答得好，批評得也好。」

兩個女孩被他笑得只好跟著笑。

何其滄笑畢，接著說道：「胡適博士在文化上宣導反傳統，可自己骨子裡的傳統文化卻根深蒂固。其實何伯伯這一輩人大多這樣，跟留不留學，是不是博士，都沒有關係。可我們真不希望你們再傳統。下面我引用一段更能說明問題的話考考你們。這可是一個赫赫有名的英國人講的。答出來了，你們反什麼傳統，我都堅決支持。」

「您考吧，我們一定能回答。」謝木蘭立刻激動了。

「好。」何其滄坐直了身子，滿臉肅容，朗誦了起來，「『我們的前面可能是一片黑暗，但是我們會堅持做我們認為對的事情，我們對神喊出我們的呼聲，只要我們去追求，我們就會勝利。我，永遠跟你們站在一起。』」

如此慷慨激昂！

謝木蘭震在那裡。

何孝鈺也震在那裡。

何其滄：「誰講的？什麼意思？」

謝木蘭真是恨死了自己，她居然答不出來，只能悄悄地望向何孝鈺。

何孝鈺輕聲答道：「英國國王喬治六世的二戰宣言……」

「答對了。」何其滄又笑了，這時笑得如此年輕，「木蘭呀，你剛才批評何伯伯，現在何伯伯要批評你了。這麼著名的演講，你卻答不出。下面再問你，必須答出來，要不，何伯伯就不幫你了。」

「您問吧……」謝木蘭聲音輕了。

何其滄：「喬治六世是怎樣當上英國國王的？」

「我知道！」謝木蘭立刻又激動了，還舉起了手。

何其滄真笑了：「不要舉手，回答就是。」

謝木蘭放下了手，站得筆直，飛快地答道：「是因為他哥哥喬治五世愛上了一個女人，放棄了王位。」

何其滄：「這個人是誰，他為什麼這樣做？」

謝木蘭：「溫莎公爵！不愛江山愛美人！」

何其滄：「俗！換一種說法。」

「是……」謝木蘭著急地在想著更好的說法，似乎有了，念道，「『生命誠可貴，愛情價更高。若為自由故……』」

念到這裡，她又覺得不對了，窘在那裡：「我說不好了，何伯伯，您教我們吧……」

「好。孝鈺，你也聽著。」何其滄收斂了笑容，肅穆地望著她們，「當時，第一次世界大戰過去不久，歐洲還處在暫時的和平時期。喬治五世為了追求愛情和自由，毅然放棄了王位，這很了不起。但是，他如果在二戰爆發時期這樣做，就肯定不對了。因為他是國王，除了生命、愛情、自由，他還有對自己國家應該承擔的責任。一個民族，一個國家，是不是富強，它的人民是不是幸福，首先要看領導這個國家的人，尤其是男人，能不能讓他們的女人和孩子們幸福。我們這個民族啊……怎麼能讓自己的女人和孩子去承擔那麼多責任，失去自己的幸福呢？還是我的老鄉顧炎武說得好，『天下興亡，匹夫有責』！我們國家經歷了那麼多苦難，要救亡圖強，應該是男人們的事。你們現在得不到別的幸福，最起碼也應該去追求愛情的幸福。木蘭上來前，孝鈺的話我都聽懂了。孝鈺，你如果愛方孟敖，就不要管別的事，真心去愛！木蘭，你如果愛梁經綸，也就不要管別的事，真心去愛！我支持你們，跟你們站在一起。」

＊　＊　＊

「亂點鴛鴦譜！」方步亭急了，大聲嚷道。

客廳裡，程小雲的手還按在剛擱下的電話筒上，望了望方步亭，又望向謝培東。

「備車，我這就過去。」方步亭說著就往客廳門走去。

「步亭！」程小雲急得直呼他的名字。

方步亭站住了。

程小雲：「何校長說這是兩個孩子自己的意願，是自由戀愛，他不干涉，也希望我們不要干涉……」

「他一個書呆子，你也聽！」方步亭憤憤地轉身，看著程小雲，這才知道自己不冷靜了，把目光轉向了謝培東，「自己的得意門生在身邊搞間諜玩政治，一點兒都不知道，整天民主自由，還什麼自由戀愛，把木蘭往火坑裡推嘛……」

謝培東心裡比他還急，此時卻一句話也不能接，只望著方步亭拿主意。

方步亭：「這樣。小雲去見他，好好談孟敖和孝鈺的事。我去見梁經綸。」

「行長。」謝培東必須問了，「你見梁經綸怎麼說？」

方步亭：「他是太子黨的人，我就問他，還要不要在北平搞幣制改革了。想要我這個行長配合，就離我們家木蘭遠點兒！」

「這應該管用。」謝培東的感動完全是真的，「只是梁經綸現在是跟孟敖在一起，行長也不好去……」

方步亭：「你也是個呆子。打電話，叫孟敖去何家，就說何副校長要見他。打呀。」他望向了程小雲。

程小雲拿起了電話，又問：「哪個號碼？」

方步亭生氣的力氣都沒有了：「燕京大學外文書店，問電話局。」

「知道了。」程小雲立刻撥號。

方步亭又對謝培東：「你還待著？叫小李備車，我和小雲一起走。我在外文書店下，小雲去何家！」

「好。」謝培東疾步走了出去。

* * *

外文書店二樓房間的電話並不猝然，竟是自己的先生將方孟敖叫去了，梁經綸便有被猝然拋在這裡的感覺。

曾可達也要走了，既不問何其滄為什麼將方孟敖叫走，也不說方步亭來見自己該說些什麼，只是伸出手握別。

梁經綸連抬手的意思都沒有：「可達同志，你也要走了？」

曾可達臉上掠過一絲尷尬，接著又嚴肅了：「經綸同志，時局維艱，組織永遠在你背後！接受考驗，好好跟方步亭談吧。」手還是伸在那裡。

梁經綸依然不握：「我當然要接受考驗。現在，我只希望可達同志也留下來，一起跟方步亭談。」

「什麼？我能跟方步亭談嗎？」曾可達的手收回去了。

「那就請可達同志指示，我怎麼跟方步亭談。」

「代表何副校長，跟他論證幣制改革的方案。」

梁經綸滿目蕭然：「到現在，我還能代表何副校長？」

「什麼意思？」

梁經綸：「何副校長是民主人士，我可是鐵血救國會的同志。」

曾可達望向地面，又抬起了眼：「方步亭現在知道你的真實身分嗎？」

梁經綸：「我不知道。我只知道他這個時候突然來見我，絕不是跟我談什麼幣制改革。」

「不管他談什麼，你只跟他談幣制改革。」曾可達當然知道梁經綸此刻內心的糾纏，可自己不能陷入這種糾纏，說完這句立刻向門外走去。

走出門，曾可達又突然停住了，慢慢轉回身。

站在門外，他發現梁經綸不知何時也轉了身，在望著窗外。

「經綸同志。」

梁經綸又慢慢轉過了身，只望著他。

曾可達：「我剛才說了，組織永遠和你在一起。現在，我代表鐵血救國會，重申一下建豐同志今年三月的指示：『目前國民黨已經徹底腐化，毫無戰鬥能力，失去全國人民的擁護，而共產黨赤化不適宜中國。中國的未來應該屬於我們有志氣有犧牲精神的青年們，這些青年一旦組織行動起來，就可以灑熱血、拋頭顱！』團結好方孟敖，執行『孔雀東南飛』行動。」

「方孟敖如果真有共產黨的背景呢？」

「不能再糾纏這個問題了！」曾可達的手短促地劈了一下，「建豐同志的指示已經很明確，『用人要疑，疑人也要用，關鍵是用好』。」

「怎麼用好？」梁經綸此刻竟也如此固執。

「學習建豐同志，不要兒女情長！」曾可達必須點破梁經綸心裡那一層隱衷了。

梁經綸被震在那裡。

曾可達的目光柔和了許多：「天降大任哪……作為同志，只代表個人，我也贈你一句話吧。」

梁經綸只得望著他。

「匈奴不滅，何以家為！」停頓了片刻，曾可達又加了一句，「大丈夫何患無妻！」

這可是兩句話了。

說完這兩句話，曾可達毅然轉身，這次是真的下樓了。

一樓樓梯口旁，那兩個中正學社的學生站在那裡，顯然不只是守衛，看神態是有急事向梁經綸彙報。看見曾可達下樓，同時肅正，行青年軍禮！

快步中曾可達擺了擺手：「辛苦了，注意梁經綸同志的安全。」

「可達同志！」是那個叫歐陽的中正學社，「學聯的人都聚集在燕大圖書館，等梁教授去安排明天的事。」

曾可達停住了腳步：「你們安排一些人先去，注意有沒有共產黨學委的人在操縱。梁經綸同志暫時還去不了。」

「明白！」

＊　＊　＊

不止在北平，在全中國所有的大學裡，燕京大學圖書館都是建築規模最大、藏書最為豐富的圖書館，僅這個閱覽大廳就能同時容納數百人查閱圖書資料。

一九四八年的暑期，儘管戰亂，儘管經濟困難，由於美國方面保證了教學經費，燕大應期畢業的還是拿到了畢業證，已經離校，尚未畢業的也不急著趕論文，晚九點了，圖書館不應該有這麼多學生。

圖書館的管理員、助理管理員也都趕來了，登記借書。有登記借了書坐到桌前看的，有不登記借書的，只是坐在那裡。有站在架前翻書的，有不翻書的，只在書架前徜徉。

好在都很安靜，這是美國大學圖書館的規矩，已經形成傳統。同學間只是「道路以目」，大家都在等，也都在互相觀察。

誰也不知道有哪些人是共產黨學生。誰也不知道有哪些人是國民黨學生。

共同的名義是學聯的學生。

許多人更不知道的是，共產黨學委發展的黨員學生是在等梁經綸，國民黨中正學社發展的學生也是在等梁經綸。

梁經綸這時卻困在外文書店樓上，來不了。

「嚴主任，您回來了？」一個管理員輕輕的一句話，立刻打破了寂靜。

幾雙眼睛驚詫地望向圖書館大門口。

另幾雙眼睛也驚詫地望向圖書館大門口。

——前幾天接到校方通知，圖書館主任嚴春明教授已經辭去燕大的教職，說是回了天津南開，這時卻突然出現了！

驚詫望他的有共產黨學生，三五人。

驚詫望他的有國民黨學生，二三人。

那三五人都是共產黨學委燕京大學支部的骨幹。

那二三人都是中正學社燕京大學的骨幹。

還有好些共產黨學生和國民黨學生並不知道嚴春明的身分。

「還有些善後工作要移交。你們忙吧。」嚴春明回答得很簡短。

和往日一樣，他提著那只在法國留學時用獎學金買的，據說是十九世紀手工製作的路易威登公文皮包，反著古舊的皮光，靜靜地從書架間、書桌前走過。

他並不理會，其實是看不見那雙雙詫望他的眼睛，只是隔著高度近視的厚玻璃眼鏡向身邊的學生輕輕點頭。

他走到了閱覽室大廳的盡頭，走進了過道。

背影，他從包裡掏出了一大串鑰匙。

過道盡頭的門，便是善本書庫，也是他辦公睡覺的地方。

鏡春園那間北屋的電話突然響起。

骨節崚嶒的一隻手拿起了話筒，是劉初五。

他顯然剛到這裡不久：「我是，張老闆。」

也就聽了兩句，老劉好生吃驚：「一刻鐘前他才從我這裡離開的，都安排了，讓他去那邊……我以黨……膽量和人格保證，絕沒有叫他回學校……我這就查明，然後向老闆報告！」

放下電話，老劉在那裡發愣，突然叫道：「小張！」

「在。」門從外面推開，一個精壯青年低聲應道。

老劉的目光好不瘮人：「你把嚴教授交給接應的人了嗎？」

那小張：「交給了。」

老劉：「交給誰了！他現在在燕大圖書館！」

那小張也立刻緊張了：「不會吧……」

老劉：「什麼不會？嚴教授如果出了事，我處理你！先出去！」

老劉又想了片刻，終於提起了話筒，撥號。

嚴春明坐在燕大圖書館善本室裡，像是有意要冷落那電話，讓它響著，捧起一摞書，疊在另一摞書上，拿起白濕毛巾在擦著自己的書桌。

那電話比他還要固執，第一遍響完，第二遍又響了起來。

嚴春明一隻手依然在擦著桌子，另一隻手輕輕地拿起了話筒：「我是嚴春明，正在收拾善本書，有話請簡短些。」

老劉像是被椿油的大木錘在胸口狠狠撞了一下，猛吸了口氣，才使自己鎮靜下來：「嚴教授，我這裡剛給你找到了一本漢朝的善本書，叫什麼《玉臺新詠》，立刻過來拿。聽明白沒有？」

嚴春明出奇的平靜：「劉老闆，漢朝沒有善本書。我不過來了，這裡離不開……」

接著，他還是驚了一下，對方的話筒擱得好響！

嚴春明看著手中的話筒，出了一會兒神，輕輕擱下。

該來的都要來，唯有坦然面對。

＊　＊　＊

燕大圖書館閱覽大廳內又多了好些學生，還有人從門外陸續進來。

若有意，若無意，共產黨那幾個學生骨幹，國民黨那幾個學生骨幹都在暗中觀察進來的人。

這幾雙眼睛同時警覺了，同時盯上了一個人。

這人身上挎著一個帆布工包，手上提著一個插滿電工用具的提包，一邊讓著蜂擁而進的學生，一邊穿過書桌，走了進來。

是校工老劉。

那個管理員遠遠地望見，走過來。

但見那個老劉已經走向一個就近的學生——國民黨中正學社的一個學生，問道：「請問嚴教授是哪個房間？」

那個學生望了望他，然後向最裡邊的通道一指：「走到頭，最裡邊正對著的房間就是。」

「謝謝了。」老劉便向裡邊走去。

「什麼事？誰叫你來的？」那個管理員叫住了他。

老劉又站住了：「嚴教授打電話說他的燈壞了，庶務處叫我來修。」

「哦，去吧。」那個管理員接著又叮囑了一句，「那是善本室，不要把書弄壞了。」

「知道了。」老劉走進了過道。

一雙眼睛在召喚剛才那個被問話的國民黨學生，這個學生悠悠地走了過去。

問話了。

「他說是嚴春明房間的燈壞了，庶務處通知他來修燈。」那個被問的學生低聲答道。

問話：「他是校工嗎？」

「是校工，到我們宿舍修過燈。」那個被問的學生回道。

燕大圖書館善本室的門關上了，立刻加了閂，老劉也不搭理嚴春明，徑直走向裡邊一排書架，爬了上去，擰卸天花板上一個並未亮開的燈泡。

嚴春明：「那個燈沒壞。」

老劉：「壞沒壞我還不知道，你過來看。」

嚴春明只得走了過去，站在書架旁，也不仰望書架上的老劉。

老劉在書架上蹲了下來，將換下的那只好燈泡在書架上輕輕磕了一下，那只燈泡裡的鎢絲立刻斷了，接著從工包裡拿出一個新燈泡，低聲說道：「公然違背指示，你要幹什麼！」

嚴春明：「我要負責任。」

老劉：「負什麼責任！」
嚴春明：「負全部責任。」
老劉：「什麼全部責任？」
嚴春明：「燕大學委是我負責，梁經綸直接受我領導，我卻絲毫沒有察覺他的國民黨特務身分，一切嚴重後果都應該由我來面對。」
「就憑你！」老劉站起來飛快地換了新燈泡，跳了下來，「我現在代表華北城工部和北平城工部命令你立刻離開，這裡的屁股組織上來揩。」
嚴春明沒有接言，當然更沒有離開的意思。
老劉也不再搭理他，從工包裡抽出一根一尺多長的鐵撬杆，望向了裝有鐵護欄的一面窗戶：「我離開以後，你立刻從那個窗戶裡出去，外面有人接應。」說著便向那面窗戶走去。
「不要撬了。」嚴春明聲音低沉卻很堅定，「我不會走的。」
老劉停在那裡，轉臉盯著他：「你說什麼？」
嚴春明：「在這裡我就是組織，明天給各大院校發配給糧，局面只有我能控制，黨員學生、進步青年的安全我要負責。明天過去以後，我再聽從組織安排。」
老劉：「明天你就會被捕，知道嗎？還怎麼聽從組織安排？」
嚴春明：「那我就面對被捕。」
老劉咬了一下牙：「國民黨的嚴刑你也能面對嗎？」
「我不知道。」嚴春明分外平靜，「我不讓他們抓住就是。」
老劉盯著他：「你能跑掉？」
嚴春明：「不能。我會『舉身赴清池』。」

「跟我繞《玉臺新詠》?有文化是嗎?」老劉居然記得這是《玉臺新詠》裡的詞。

嚴春明很難看地笑了一下:「這跟文化沒有什麼關係。毛主席說過,這是暴動,是一個階級對另一個階級的暴烈行動。」

老劉露出了驚詫:「什麼暴烈行動,你怎麼暴烈行動,誰叫你暴烈行動了?」

嚴春明:「我自己。請老劉同志、張月印同志原諒我,也請你們向上級報告我的思想。明天,如果能夠安全處理好局面,我接受組織安排轉移。如果出現被捕的局面,我會立刻結束自己的生命,國民黨的牢我不會去坐。」

老劉側著頭將嚴春明好一陣打量,只發現他那副高度近視的眼鏡片出奇的厚,幾乎看不見他的眼睛。

嚴春明:「我還犯了一個錯誤,現在也向組織交代吧。剛才在你那裡,趁你出去,我拿了你的槍。」

老劉的第一反應是飛快地去摸腰間,第二反應才是感覺到自己也失態了,接著一把抓住了嚴春明的手腕:「槍在哪裡?立刻交出來!」

嚴春明被他抓住手腕,十分平靜:「我不會交的……」

「你敢!」

嚴春明:「為了不被捕,不供出組織的祕密,那把槍是我黨性的保證。沒有什麼敢不敢。」

老劉的手慢慢鬆開了,口氣也軟了:「嚴春明同志,下級服從上級,請你立刻把槍還給我。」

嚴春明搖了搖頭:「個人服從大局。老劉同志,不要說了,你離開吧。」

老劉望向了桌上嚴春明那只公事包。

嚴春明:「槍鎖在保險櫃裡了,很安全。除了我,誰也拿不走。」

老劉倏地轉眼望去。這個鬼善本室，大大小小竟有這麼多保險櫃！

老劉知道，除了嚴春明，自己確實拿不走那把槍了。

他只好又望向嚴春明：「春明同志，這樣做知道黨會怎樣給你下結論嗎？」

嚴春明：「理解的話，就給我發個烈士證；不理解，就在我檔案政治身分那一欄裡填上教授好了。」

「好！」老劉何時如此不能指揮一個下級，「我指揮不了你，叫張月印同志來好了。不把組織毀了，你不會回頭。」說著，挎著那個工包，提著那個電工工具的插袋，向門口走去。

「老劉同志。」嚴春明跟在他身後，「你如果叫張月印同志來，我現在就出去，向所有學生公布梁經綸的真實身分！」

「你要破壞中央的整體部署！」老劉猛地轉身。

嚴春明：「我不想。我不理解，也願意服從。因此，我必須留在這裡，看住梁經綸。」

老劉站在那裡，真不願再看嚴春明了，望著手裡那個斷了鎢絲的燈泡。

嚴春明這時突然向他伸出了手。

「幹什麼？握什麼手？」

嚴春明雙手伸過去捏住了老劉那只握著燈泡的手：「老劉同志，我從來沒有用過槍，請教教我，扳哪個機關子彈才能打出來？」

老劉手一抖，抽了回來，甩了一句：「書呆子！」向門口走去。

「你真想我被捕嗎？」嚴春明在背後低聲說道。

「燕大的書不是多嗎？」老劉的手停在門閂上，「自己查書去。西點軍校、保定軍校和黃埔軍校的步兵教科書上都有。」

＊　＊　＊

何宅一樓客廳裡，方孟敖竟在連接客廳的敞開式廚房裡揉麵。

何其滄坐在自己的沙發上看著他。

程小雲坐在他旁邊的沙發上看著他。

何孝鈺和謝木蘭則坐在長沙發上看著他。

四個人都在看方孟敖揉麵。

一邊撒著蘇打粉，一邊飛快地揉麵，方孟敖腳旁那一袋麵粉已經空了一半，揉在麵板上的麵團已經像一座小山了。

「剩下的還揉不揉？」方孟敖望向何其滄。

何其滄轉望向何孝鈺：「送那幾家應該夠了吧？」

何孝鈺：「夠了。再揉今晚我們也蒸不出了。」

何其滄這才望向方孟敖：「醒十五分鐘就行了？」

方孟敖：「是。」

何其滄：「洗了手，過來。」

方孟敖洗手也很快，立刻過來了。謝木蘭立刻站起來，給大哥讓座。

何孝鈺跟著站起來，讓座：「坐我這兒吧，我去做饅頭。」

「還要醒十五分鐘呢。」何其滄接話了，「你們都坐下。」

何孝鈺和謝木蘭只好又坐下，方孟敖便站在那裡。

何其滄讓他站著：「聽你爸說，你的美聲唱得很好……」

「爸！」何孝鈺脫口叫道，這個時候實在不應該又叫人家唱歌。

「不要打斷我。」何其滄擺了一下手，接著說道，「西方和中國，傳統和現代，都有好的東西，也都有不好的東西。在英國我就常去看莎士比亞，在美國我也看過百老匯，都很好。可我還是喜歡中國的京戲。木蘭。」

「在。」謝木蘭立刻站起來。

「不用站起來。」何其滄揮手讓她坐下，「知不知道中國也有個喬治五世？」

謝木蘭直接搖頭：「不知道。」

何其滄：「我這個比喻可能不恰當，中國也不可能有什麼喬治五世，這個人只是在追求愛情上有些像喬治五世。小雲，你應該能猜出來，你告訴他們。」

程小雲：「您說的不是明朝的正德皇帝吧？」

「正是。」何其滄笑了，望了一眼兩個女孩，「這就是我喜歡你們程姨的地方，我想些什麼，她總能猜出來。小雲，孟敖剛才幫我幹了那麼多活，我們對唱一段正德皇帝的愛情戲給他聽吧。」

程小雲雖在電話裡就知道了何其滄的態度，但這時還是被他願意用這種方法向方孟敖表明態度而感動。老人用心良苦，方孟敖能否接受？

程小雲：「老夫子，你喜歡京戲，孟敖平時可不喜歡京戲。」

「不喜歡嗎？」何其滄望向了方孟敖。

何孝鈺、謝木蘭也望向了方孟敖。

方孟敖其實也已被老人的態度感動了：「我只是平時聽得少。」

何其滄轉望向程小雲：「人家沒說不喜歡嘛。」

程小雲站起來：「整段的？您還能唱嗎？」

「整段是唱不下來了。」何其滄這回沒有扶沙發，雄健地站起來，「從『月兒彎彎』開始吧。」

程小雲：「好吧。」

果然是名票，沒有伴奏，但見她的腳輕點了兩下起板，便入了「流水」：

月兒彎彎照天下，問聲軍爺你哪裡有家？

——何孝鈺、謝木蘭立刻被吸引了。

——方孟敖也被吸引了。

更吸引他們的是，何其滄緊跟著唱了：

大姐不必盤問咱，為軍的住在這天底下。

程小雲：

軍爺做事理太差，不該調戲我們好人家。

何其滄：

好人家歹人家，不該私插著海棠花。
扭扭捏，捏扭扭，十分俊雅，風流就在這朵海棠花。
程小雲：
海棠花來海棠花，倒被軍爺取笑咱。
我這裡將花丟地下，從今後不戴這朵海棠花。
何其滄：
李鳳姐做事差，不該將花丟在地下。
為軍的將花急忙拾起，李鳳姐來，來，來，
我與你插啊，插啊，插上這朵海棠花。
程小雲：
軍爺百般來戲咱，去到後面我躲避了他。
何其滄：

任你上天入地下，為軍趕你到天涯……

唱完了，一片寂靜。禁不住，幾雙眼都悄悄瞥向了方孟敖。

方孟敖身上那套空軍服此時如此醒目！

方孟敖當然聽出了，剛才唱的「軍爺」暗喻的便是自己，毫不掩飾眼中的濕潤！

謝木蘭有些被嚇著了，何孝鈺則是被父親感動得懵在那裡。

程小雲何等懂事，攙著何其滄，岔開話題：「校長，不比馬連良差。您歇一下吧。」

何其滄依然站著：「這就是假話了，比方步亭好些倒是真的，他一走板就踏人家的腳後跟。打電話吧，他去跟梁經綸談什麼？莫名其妙。叫他們都過來。」

程小雲愣在那裡。三個小輩也是一愣，都默在那裡。

何其滄自己拿起了話筒。

「我打吧。」程小雲從他手中拿過了話筒。

「何伯伯。」方孟敖說話了，「我要回軍營了，安排明天發糧。」

何其滄立刻明白了，他這是不願在這個場合見方步亭，也不願在這個場合見梁經綸，望著他，想了想：「去吧。孝鈺，你送送孟敖。」

方孟敖走到小院門外站住了，回頭望著何孝鈺：「我特地給你揉了那麼多麵，今晚你和木蘭都在家蒸饅頭，不要出去，明天也不要去領糧。」

何孝鈺：「你跟梁先生都談了什麼，還一個字都沒跟我說呢。」

方孟敖：「我跟他還能說什麼。問他是不是共產黨，他不肯承認，這就好。還有，我告訴他，你跟木蘭，一個是我的未婚妻，一個是我的表妹，今後學聯的事都不能參加。」

「你說什麼？」何孝鈺失了聲，又趕忙壓低了聲音，「誰給你的權力？」

「崔中石同志。」方孟敖望著天上的月，眼睛比月亮還亮。

何孝鈺心裡一顫，隨著他的目光，怯怯地望向了天上的月。

「回去吧，看好自己，看好木蘭。」方孟敖不看月了，向吉普車走去。

何孝鈺愣愣地看著方孟敖上了車，又看著車發動。

車卻倒了回來，在她身邊停住。

方孟敖招了下手，何孝鈺只好走過去。

方孟敖笑道：「忘記說了，替我告訴何伯伯，我喜歡他唱的京戲，尤其是那兩句。」

「哪兩句？」

方孟敖：「『任你上天入地下，為軍趕你到天涯』。」

把何孝鈺窘在那裡，車向前開了。

這一次車開得很老實，不到平時車速的一半。

＊　＊　＊

外文書店二樓房間。

不知哪裡來的電話，把梁經綸叫了下去。

方步亭篤定地坐在桌旁等著。

樓梯響了，梁經綸又回來了。

「坐吧，接著談完。」方步亭依然不看梁經綸。

梁經綸：「我不能坐了，您說的那些問題我無法回答，現在也沒有時間回答了。」

方步亭倏地抬眼望向他：「是共產黨叫你去，還是曾可達叫你去？」

「您不要猜了。」梁經綸淡淡地答道，「是何副校長的電話，您夫人打的，叫您還有我立刻過去。」

「好。」方步亭站起來，「你既然不願意正面回答我的問題，我也不需要你承認自己是共產黨還是國民黨，只讓你明白，我已經盯上你了。只要不牽涉我的家人，你幹什麼都不關我的事。到了何家，當著木蘭，希望你明確表態，除了師生關係，你和她不可能有任何別的關係。不知這個要求梁教授能不能做到？」

「現在還不能。」梁經綸淡淡地答道。

方步亭的目光陡地嚴厲了：「嗯？」

梁經綸：「因為我現在不能去何先生家。明天給北平各大院校師生發糧，組織不好，就很可能發生新的學潮。那時候第一個為難的就是方大隊長，您的兒子。現在學聯的人都在等我，您覺得我是否應該去防患未然？」

這是在揭方步亭最深的那層傷疤了！

方步亭望著這個如此年輕又如此陰沉的留美博士雙重政工，一陣寒意從心底湧了出來，目光卻不能顯露，依然嚴厲：「提到這裡，我附帶告訴你，我那個兒子可能不是你的對手，但他背後還有我這個父親。不信，你可以試試。我方步亭是不屑於涉足政治，才幹了金融經濟。你也是學經濟的，應該明白，經濟才是基礎，可以決定政治。記住我這句話，對你有好處，對你們接下來搞的幣制改革也有好處。」

方步亭拿起桌上的提包和帽子，撂出了最後一句最重要的話：「告訴你的上級，不要跟我的家人過不去，我會配合你們在北平發行金圓券，協助你們推行幣制改革。去吧。」

自己先出門了，卻叫人家「去吧」，這就是方步亭。

一日之間，一室之內，先是曾可達向方孟敖暴露了自己隱蔽的身分，接著方步亭又突然道出了自己隱蔽的身分。梁經綸望著方步亭的背影在門外樓梯上逐漸矮下去，逐漸消失，又一次覺得自己像被剝光了衣服，那盞只有二十五瓦的燈竟如光天化日！

偏在這個時候，樓梯又響了，而且響得很急，是中正學社那個歐陽跑上來了。

梁經綸：「方步亭走了？」

那個歐陽：「出門就上了專車。」

梁經綸：「是不是又有新的情況？」

那個歐陽：「是。嚴春明回來了。」

「誰？回哪裡了？」

那個歐陽：「嚴春明，就在剛才，回圖書館了。」

「找我了嗎？」梁經綸問完這句，才察覺自己有些失態，「把你知道的情況都說完。」

那個歐陽：「是。他進了圖書館就直接去了善本室，跟誰都沒有打招呼。」

梁經綸：「你們立刻去圖書館，觀察他的一舉一動。」

那個歐陽：「梁先生，我們奉命要保護你。」

「我不需要什麼保護！」梁經綸很少有這樣低聲吼叫的時候，「立刻去！」

「是。」那個歐陽輕聲答著，向門外樓梯走去。

梁經綸愣在那裡想了一陣子，走到門口，立刻將門關了起來，應該說是把自己關了起來。

＊　＊　＊

顧維鈞宅邸的後門，路燈控制在恰好能照見路面石徑，進來的曾可達和王副官便身影隱綽，在這裡把門的那個青年軍營長緊跟在他們身後，也身影隱綽。

「曾督察，徐鐵英和王蒲忱來了。」那營長在曾可達背影後輕聲報告。

曾可達的腳停下了，回頭：「什麼時候？是同時來的，還是先後來的？」

那個營長：「九點一刻，兩個人同時來的。」

曾可達：「一輛車來的，還是兩輛車來的？」

那個營長：「一輛車，徐鐵英的車。」

曾可達慢慢望向了王副官：「陳繼承又有動作了。守著電臺，我隨時可能向建豐同志報告。」

王副官：「是。」

曾可達踏著石徑快步走了進去。

王副官對那個青年軍營長：「明天發糧，我們的人都準備好了嗎？」

那個營長：「準備好了。一個連在現場，一個連在外圍，還有一個連是機動。」

王副官點了下頭，又低聲叮囑：「一定要記住，首先是保護好方大隊長稽查隊的安全，不管是警備司令部的還是第四兵團、第十一兵團的人，發現他們有任何對稽查隊不利的舉動，以國防部的名義，一律當場逮捕。對共黨分子，發現了，在現場不要抓，到了周邊，聽曾督察的命令，叫抓誰，再抓誰。」

「明白。」

王副官這才也向那個方向走去。

曾可達站在住處的燈下看那紙北平警備總司令部的藍頭軍令。

徐鐵英坐在靠裡邊的單人沙發上喝茶。

王蒲忱坐在靠外邊的單人沙發上照例抽菸。這裡沒有菸缸，他便拿著自己的那個茶杯蓋，權當菸缸，彈著菸灰，間歇咳嗽。

曾可達將那紙軍令輕輕放在桌上。

「看完了？」徐鐵英問得好生冷漠。

曾可達轉過身，沒有去坐留給他的中間那個長排沙發，而是順手提起桌邊的椅子，在茶几這邊坐下。看似禮貌，顯著隨意，卻比他們坐得高，說話便有優勢。

徐鐵英便不看他：「我們都簽了字，曾督察如果沒有別的意見，也請簽了字，陳總司令那邊在等我們的回執。」

「我就不簽字了吧。」

「統一行動，曾督察不簽字恐怕不合適吧。」徐鐵英必須抬頭望他了。

「很合適。」曾可達望了他一眼，又望了王蒲忱一眼，「徐局長兼著警備司令部的偵緝處長，王站長塊塊也歸警備司令部管，你們應該簽字。我代表國防部，國防部不歸北平警備司令部管。」

徐鐵英：「剛才開會的時候，你不在。陳總司令這個軍令是報告過南京的。」

「哪個南京？」曾可達一句反問，立刻站起身，踅回靠牆的辦公桌，給自己倒水。

「沏好了，這杯茶就是你的。」王蒲忱望著他的背影，緩和氣氛。

「我們什麼時候才能統一貫徹領袖的思想？」曾可達一手拿著杯子，一手提著熱水瓶，乜向王蒲忱手中那個茶杯蓋，「王站長，同屬國防部，保密局也應該給你們發過新生活運動的手冊，不抽菸做不到，喝白開水也做不到嗎？」

這就不只是不近人情，簡直有些不可理喻了。徐鐵英的臉本就一直陰沉著，聽曾可達夾槍弄棒，乾脆端起茶杯，一邊吹著茶葉，一邊大口喝了起來。

曾可達冷笑著倒水。

王蒲忱見緩和無效，大聲咳嗽起來，在茶杯蓋裡摁滅了手中的菸，接著站起，準備出門，倒掉茶杯蓋裡的菸蒂菸灰。

「王站長。」曾可達叫住了他，「對不起，我剛才說的話也不是指你。你們該喝茶還是喝茶，該抽菸還是抽菸。」

王蒲忱好性子，又坐下了。

曾可達端著白開水回頭也又坐下，瞄著徐鐵英：「茶裡還要不要加水？」

徐鐵英：「談簽字的事吧。」

曾可達：「我剛才說了，我沒有接到南京方面關於明天要抓人的指令。如能顧全大局，我希望你們也不要按北平警備總司令部這個軍令去做。當下最要緊的是穩定。」

徐鐵英：「我們當然希望穩定，可共產黨不讓我們穩定。剛才接到的情報，共產黨明天就會在領糧的現場鼓動新的學潮。王站長，情報是你們那條線掌握的，你說吧。」

曾可達必須嚴肅了，望向王蒲忱。

王蒲忱忍不住又咳嗽了。這個時候咳嗽，還是為了緩和氣氛，便緩緩咳著，咳完，又端起茶杯喝了一口，壓了壓嗓子，才慢慢說道：「燕大失蹤的那個嚴春明今晚又回校了，這時就在圖書館，好些學聯的學生陸續進了他那個善本室。各方面的情報分析，這個嚴春明基本可以斷定就是共產黨學委燕京大學的負責人。」

曾可達聽到這裡有些吃驚了。

嚴春明在共產黨學委是梁經綸的上級他當然早就知道。從梁經綸那裡得到的情報，嚴春明祕密去了天津，其實很可能是去了解放區，而且指示燕大學委的工作由梁經綸暫時負責，怎麼突然又回來了？

曾可達想了想：「有情報斷定他是回來鼓動學潮的嗎？」

王蒲忱：「沒有。但共產黨這個時候派他回來，一定有動作。」

曾可達：「什麼動作？我們要準確的情報。」

「準確的情報應該就是鼓動學潮。」徐鐵英接言道，「七五事件現在已經弄得我們十分被動，明天再來一次，就不只是北平扛不住，南京方面也會扛不住。曾督察，國防部調查組的任務是反貪腐，可根本目的還是對付共產黨在北平鬧事。反貪腐總不能反到被共黨利用，親痛仇快吧。」

曾可達：「徐局長的話我沒聽明白，我們反貪腐怎麼被共產黨利用了，怎麼親痛仇快了？」

徐鐵英：「我說得還不夠明白嗎？」

曾可達不看他了，轉向王蒲忱：「王站長，共產黨彭真七月六號講話的檔你們破獲後上報了嗎？」

王蒲忱：「第一時間就上報了保密局，毛局長也立刻呈遞了總統。」

曾可達：「保密局有分析指示嗎？」

王蒲忱：「應該有分析，還沒有具體指示。」

曾可達：「那我就向你們傳達國防部預備幹部局的具體指示。共產黨在國統區點燃了火已經要撤了，現在他們是在隔岸觀火，反而是我們有些人要把火越燒越大。」

「我希望曾督察把話說得更明白一些。」輪到徐鐵英反問了。

曾可達：「彭真那個檔說得已經很明白，他們要『隱蔽精幹，積蓄力量』，把他們的黨員都陸續安全轉移到解放區去，這個時候會再鼓動學潮嗎？而我們有些人卻唯恐學潮不起，為什麼？說輕一點兒是為淵驅魚，說重一點兒是藉反共之名掩蓋他們貪腐的罪行。建豐同志一再指示，我們在各大城市的重要任務就是爭取民心，安定後方，以利國軍在全國戰場與共軍決戰。堅決反腐是這個目的，明天安全把糧食發下去，也是這個目的。希望你們按建豐同志的指示辦，不要激化局面，不要抓人。徐局長，我現在說明白沒有？」

「非常明白了。」徐鐵英站起來，卻望向王蒲忱，「我的祕書，你審問得怎麼樣了？」

王蒲忱又要咳嗽了，端起茶杯，喝了一口，答道：「我沒有接到審問孫祕書的指示。」

徐鐵英：「那現在還關著他？」

王蒲忱只能望著曾可達了。

徐鐵英：「孫朝忠同志，我們全國黨員通訊局培養的優秀青年幹部，他沒有任何貪腐問題吧？只不過執行戡亂救國的方針，殺了個共黨分子崔中石，被你們和馬漢山一起關在西山監獄。現在，真正的共黨分子又出現了，曾督察卻斷言他們不會鼓動學潮，還不能抓人。國防部預備幹部局真有這樣的具體指示，就請曾督察立刻請示經國先生，讓他親自給我們下一道不抓人的指令。或者，曾督察在這個軍令上代表經國先生批示，落上你的大名。否則，我們明天必須按華北剿總的軍令辦。」

曾可達一陣反感湧了上來，偏在這個時候電話鈴響了。

曾可達起身走到桌前拿起電話。

「曾教授嗎？」竟是梁經綸從外文書店打來的電話！

曾可達不知道梁經綸現在是要彙報與方步亭談話的結果，還是因為嚴春明回來要請示對策，這時偏又不能說話，只貼緊了話筒：「開會，十分鐘以後打來。」

他放下了話筒，轉回身，不再坐下，望向王蒲忱：「王站長，徐局長剛才已經說明白了他的意見，你也是這個意見嗎？」

王蒲忱又咳嗽了，一邊咳著，一邊又習慣地掏出一支菸，在嘴上含了一下，止住了咳嗽，答道：「我的意見是和為貴。」

曾可達：「這是什麼意見？」

王蒲忱：「請曾督察請示一下經國局長，那個孫祕書是不是可以先放了。還有，共產黨學委那個嚴春明，明天在發糧的現場不要抓，等他離開時，祕密抓捕。」

曾可達冷靜了，望向徐鐵英：「王站長這個意見，徐局長同意嗎？」

徐鐵英：「抓我的祕書沒有徵求我的意見，放我的祕書需要我同意嗎？」

曾可達：「那就各自請示吧。我請示建豐同志，也請你立刻向陳總司令進言，明天最好不要鬧出學潮。」

徐鐵英倏地站起來。

王蒲忱也慢慢站起來。

徐鐵英徑直向門口走去。

王蒲忱還是跟曾可達握了一下手。

也就送到門口，曾可達：「王副官，送一下。」

王副官一直在門外走廊上站著，答道：「是。」

看著王副官送二人沒入花徑，曾可達立刻關門，走向電話。

＊　＊　＊

張月印接到老劉的電話，得知嚴春明沒有轉移，竟回了燕大，十分震驚，立刻趕到了鏡春園。

「我擬的電報。」老劉遞給他一張紙條，「檢討、請示都在上面，請月印同志簽署，立刻發給劉雲同志吧！」

張月印冷冷地接過那張紙條——

我沒有完成讓嚴春明同志轉移的指示，致其擅自返校，並拿走了我的槍支，明天恐因此導致流血犧牲，請求組織處分，並請求指示善後。劉

「火。」張月印望向老劉，卻冷冷地吐出了這個字。

老劉先是一愣，接著明白了：「我要求立刻電報上級，請月印同志簽名。」

「北平城工部現在是我負責，我就是你的上級。」張月印對老劉從未如此嚴厲，「如此嚴重失職的事件，把我叫來，就是叫我在你寫的電文上簽名嗎？」

老劉還想解釋。

「我不想聽你的解釋。」張月印從來沒有這樣不讓同志說話，特別是像老劉這樣的同志，「老劉同志，你這種只認個人，不尊重組織程序，直接越級的行為已經不止一次了。還口口聲聲嚴春明

同志目無組織，目無紀律。」說到這裡，他舉起了手裡的電文，「不要解釋了，拿火柴來。」

老劉被張月印這一番狠批震在那裡，當然不能解釋了，只能去找火柴。可自己平時不抽菸，這個鏡春園點的又都是電燈，一時還真不知道哪裡有火柴。拉了一個抽屜，又拉了一個抽屜，都沒有找著火柴。

老劉拉開半扇門，對門外嗡聲叫道：「小張，找盒火柴來！」

「是，我這裡有。」門外應聲答著，一盒火柴立刻從門縫裡遞了進來。

老劉竟忘了這個小張是抽菸的。腦子確實有些亂了，關了門，徑直將火柴遞給張月印。

「自己點吧。」

老劉只好推開火柴盒，抽出一根，擦燃了火，伸了過去。

張月印手中那張電文點燃了，化為灰燼，才扔到地上。

「不要說什麼檢討了，直接說你的意見吧。」張月印坐了下來。

老劉想了想，也不好看張月印：「嚴春明已經知道了梁經綸的身分，他是個不會掩飾的人，見了面，必然會讓梁經綸察覺。梁經綸一旦察覺我們知道了他的真實身分，上級的整個部署就都毀了，明天還很可能發生流血事件。現在必須採取緊急措施，讓嚴春明同志離開，不能讓他跟梁經綸見面。」

張月印：「現在？你不覺得已經晚了？」

「是有點兒晚了！」老劉恨恨地說道，「實在不行，就採取非常措施吧。」

「什麼非常措施？」張月印態度又嚴厲了，「對敵人，還是對自己的同志？」老劉被張月印一針見血地戳破了自己武裝行動的念頭，默在那裡。

張月印不再說話，從包裡拿出了筆，又拿出了紙。

老劉只好站在那裡看著，接著，他睜大了眼睛。

張月印在用左手寫字，而且寫得很快。

那張紙遞過來，張月印接著寫信封。

捧著那張紙，老劉看得眼睛更大了——

梁經綸同志，嚴春明同志公然違反組織決定，擅自返校，並攜有手槍。我們認為這是極端個人英雄主義作祟，嚴重違背了中央「七六指示」精神。特指示你代理燕大學委負責工作，穩定學聯，避免任何無謂犧牲。見文即向嚴春明同志出示，命他交出槍支，控制他的行動，保證他的安全。城工部總學委！

老劉還在驚詫地琢磨這封信的作用，張月印已經從他手裡拿了過去，裝進信封，封口：「前方戰場的決戰即將全面展開，接下來就是接管城市，百廢待興，我們需要多少人才呀。崔中石同志已經犧牲了，我們失去了一個懂經濟的優秀人才，嚴春明同志不能再出事。現在最正確的措施，就是讓梁經綸認為我們沒有懷疑上他。鐵血救國會為了讓梁經綸繼續潛伏，讓他兩面作戰，就不會抓捕嚴春明。」

信封鄭重地遞到了老劉手中。

老劉接過那個信封，莫名其妙地想起了戲裡的諸葛亮，想起了戲文裡諸葛亮交給趙子龍的錦囊！

張月印：「不能耽誤了，叫小張立刻去燕大圖書館，看準了機會，讓學聯的學生轉交梁經綸，然後馬上離開。」

「是！」老劉大聲應道，大步開門，「小張！」

第三十四章

已是夜晚十點，天上有月，路旁有燈。

跟曾可達通完電話，梁經綸嚴厲拒絕了中正學社守在外文書店門外的人跟隨，一個人來到了燕大圖書館外。腳下就是通往圖書館中式大樓的那條大道，他停住了，望向兩邊的草坪。

梁經綸平時喜歡宅伏，唯獨這裡讓他流連。這處草坪引進的是哈佛的草種，修剪後茵如綠毯，可以軟踏，可以躺臥，可以沐浴日光，也可以在樹蔭下看書；口渴時，澆草的清水就可以直接飲用。每到此處，梁經綸便勾起在哈佛留學的時光，心中憧憬，未來的中國何時能這樣。

今晚默默站在這裡，他卻心情大變。

曾可達電話裡的聲音又響起了，揮之不去：「讓方孟敖知道你的身分，讓你們聯手執行『孔雀東南飛』行動，是建豐同志的重要部署。要相信組織，相信建豐同志。方步亭如何知道你的身分，我們會立刻展開調查，讓他閉嘴。至於共產黨是否知道你的身分，你立刻去見嚴春明，觀察他的反應，就能做出判斷。必要時，我們會採取斷然措施。」

梁經綸踏上了草坪中間那條大道，向那座圖書館中式大樓走去。

好些學生影影綽綽從兩邊草坪的樹後冒出來，向他走來。

有共產黨北平學委的黨員，他們平時都不知道梁經綸鐵血救國會的身分。

有國民黨中正學社的骨幹，他們平時都不知道梁經綸共產黨學委的身分。

而梁經綸這時卻懷疑幾乎所有人都知道自己的雙重身分！

他誰也不看，只向大門走去。那些人便都停住了腳步，望著他走向大門。

「梁先生！」

所有停在草坪上的人都覺得這個女生的叫聲，比高音喇叭的音量還大！

梁經綸更是一震，停住了腳，眉頭立刻緊蹙。

方孟敖打了招呼，方步亭直接威脅，又在這個時候，謝木蘭竟如此高調地找來了！

一陣風，謝木蘭飛快地跑到了梁經綸身旁。

「誰叫你來的？」梁經綸聲音低沉，也不看她。

「何伯伯！」謝木蘭也壓低了聲音，卻難掩興奮。

梁經綸轉眼望向她。謝木蘭微低下頭，避開他的目光，低聲飛快地說道：「我大爸來了，不許我見你。何伯伯生了氣，叫我來找你就是。」

梁經綸好一陣揪心，只好答道：「那就跟學聯的同學待在一起，不要跟著我。」

謝木蘭竟一把拉住了他的衣袖。

梁經綸再回頭時，目光已經毫不掩飾嚴厲了。

謝木蘭這回卻是理直氣壯地迎向他的目光，梁經綸感覺到她把一個信封偷偷塞到自己的手裡。

謝木蘭湊到了他的耳邊：「總學委給你的信！」

梁經綸這一驚非同小可：「什麼總學委？什麼信？」

謝木蘭儼然像上級派來的通訊員：「你看就是，立刻看。」

這裡已經接近大門的牌樓，燈光可以看信。

梁經綸望了望四周，謝木蘭也已經在幫他觀察四周了，沒有人走近。

梁經綸已經沒有心思去關注謝木蘭這時的神態了，撕開封口，飛快地看那封信——張月印寫的那紙命令！

「人呢？」梁經綸從來沒有這樣看過謝木蘭。

「走了。」

「你認識？」

謝木蘭沒有剛才那麼興奮了，輕搖了下頭：「不認識……」

梁經綸的態度反而溫和些了，低聲問道：「他怎麼說的？」

謝木蘭：「就說了總學委的信，叫我立刻交給你。」

梁經綸淡笑了一下，把那封信塞進了長衫內的口袋：「不是什麼總學委的信。你進去看書吧，少說話。」

梁經綸徐步走進了大門。

謝木蘭從怔忡間緩過神來，牌樓上的燈照著她的眼，好亮。她堅信，這一定是總學委的信！

她快步跟著走進了大門。

她的身後、兩旁，那些停在草坪上的學生都望著她的身影，跟著走向大門。

謝木蘭感覺到了身後那些目光，心裡湧出了從未有過的自豪！

「報告。」小張漂亮地完成了任務，回到鏡春園北屋房間，報告時難免有些興奮，「信件交給了一個學聯的女學生。打聽了，她是北平分行行長方步亭的外甥女，國民黨北平稽查大隊那個方大隊長的表妹。信件交給了她，又看著她交給了梁經綸。萬無一失……」

「我槍斃你！」老劉突然一聲暴吼。

小張被吼得一顫，惶恐地望著老劉。

「老劉同志！」張月印緊蹙眉頭，「不要往下說了。」

老劉狠狠地吞下一口唾沫，有些冷靜了：「到南院去，把槍交給小崔，自己關禁閉，在屋裡等我。」

那小張還在發懵。

「去！」

「是！」小張發著懵，走了出去。

「小張是最近調來的吧？」張月印望著兀自在那裡自責焦躁的老劉。

「是。掩護轉移的任務太重，特地從華野抽調來的精幹，都能打，就是不懂怎麼跟文化人打交道。他娘的，一來就給我捅了兩個簍子。」老劉望向張月印，「向劉雲同志報告吧，請求檢討處分，主動些。」

張月印拿起了桌上的包：「報告檢討是我的事，你不要管了。組織華野調來的同志學習，向他們介紹當前北平工作的複雜性，不要再派別的任務。」

「好吧。」老劉無奈地應道，送張月印走到門邊。

張月印：「注意工作方法，我們沒有槍斃華野同志的權力。」

老劉窘笑了一下：「知道。說的是氣話。」

張月印：「這樣的氣話是會寫進檔案裡的。」

老劉：「我接受你的批評。」

張月印：「我這不是批評。」走了出去。

＊＊＊

燕大圖書館善本室裡，嚴春明將幾本善本書歸置到一個檔案櫃，「我批評你了嗎？」轉過頭來望著坐在那裡的梁經綸。

梁經綸也深望著他。

每次這樣地看嚴春明，梁經綸都很失望。嚴春明那副一千多度的近視眼鏡厚得像玻璃，根本看不到他的眼神；那張臉也像玻璃，總是沒有表情。

「那就請您明確地說出意見吧。」梁經綸一直沒有出示那張總學委的指示，他仍然在試探。

嚴春明：「北大、清華、北師大還有其他院校都有自己的發糧站，明天全都到這一個地方來，怎麼組織，怎麼控制？」

梁經綸：「這是國民黨的安排，組織上應該知道。組織有具體指示嗎？」

嚴春明當然明白，梁經綸這是在刺探組織的部署，可組織對其他院校學委的指示自己也不知道，他現在給自己的任務就是控制好梁經綸。

嚴春明：「組織的指示就是派我回來，和你一起，利用燕大美國人的背景，一旦發生衝突，讓我們出面，跟國民黨當局對抗。不要把其他院校牽連進來。」

梁經綸：「怎麼對抗？整個燕大學聯的同學？」

「我說了要犧牲整個燕大學聯的同學嗎？聽好了。」嚴春明回到了桌前自己的座位上，望著桌子對面的梁經綸，「我說的跟國民黨當局對抗，不包括任何一個學生，是我和你，再由你聯繫幾個美籍的教師，一旦出現衝突，我們擋在前面，要流血，第一個是我，第二個是你。我們的流血，能夠讓所有的人都不流血。梁經綸同志，我們共產黨領導的民族獨立解放的革命已經到了決戰的階段。前方戰場每天都有無數的革命同志在流血犧牲。人固有一死，或重於泰山，或輕於鴻毛。我們地下戰線知識份子黨員也該接受同樣的考驗了。」

梁經綸耳邊突然響起了一個陌生的聲音：「這是極端的個人英雄主義在作祟……」他有些相信總學委那封信了。

梁經綸依然不動聲色：「這要是組織的決定，我服從。」

「那就做好準備吧。你現在就出去，分別跟學委的同學和學聯那些骨幹傳達。注意，是分別傳達，不要交叉。明天出現任何情況，他們中間的每一個人都不能暴露自己。」說著，嚴春明站起來，隔著桌子伸出了手。

兩隻手握住了，嚴春明卻一愣。

梁經綸握住他的手竟不鬆開。

嚴春明：「嗯？」

梁經綸依然緊握住他的手：「春明同志，你想沒想過，我和你真出現了流血的情況，所有的同學還會理智冷靜，不發生激烈對抗嗎？」

嚴春明這時被他握著，也不知哪來的勁，反過來也握緊了他的手：「你我都是燕大的教授，那時候美國人就會出面，再激烈的場面，國民黨也不敢抓人殺人。明白嗎？去吧。」

梁經綸終於把手鬆開了，卻沒走，反而坐了下來：「嚴春明同志，請你把槍交出來。」

「什麼？」嚴春明這一驚非同小可。

梁經綸緊盯著他：「我代表上級組織，要求你立刻把那把槍交出來。」

嚴春明愣在那裡。

梁經綸這才慢慢掏出了那封信，遞了過去。

嚴春明接信時依然緊望著梁經綸。

梁經綸：「嚴春明同志，請趕快看。」

嚴春明取下了那副厚厚的近視眼鏡，把信湊到眼前。

梁經綸看到他的臉在變色，十分正常的變色，接著是愣在那裡，十分正常的愣在那裡。

這封信的字跡雖然陌生，但嚴春明知道確是總學委的指示。因為那把槍只有他和老劉才知道。他知道自己的行為已經驚動了北平城工部、華北城工部，卻沒想到上級會用這種方法來阻止自己。那把槍老劉同志都沒能拿去，現在卻要交給梁經綸。嚴春明的心裡在翻江倒海。

「我要去向上級解釋。」嚴春明站了起來，儘管他知道自己這時絕不能去向上級解釋。

梁經綸也站了起來：「春明同志，你應該知道，我們現在必須服從上級的決定。先把槍交給我，就待在這裡。上級有了新的指示我會向你傳達。」

但見嚴春明的手在微微發抖，戴上了那副厚厚的近視眼鏡，慢慢解開桌上那只包，從裡面掏出那一大串鑰匙。

梁經綸靜靜地望著他向一排保險櫃走去。

一把鑰匙打開了其中一個保險櫃，嚴春明從裡面慢慢拿出了那把槍。

梁經綸這才走了過去，接過了那把槍，看了看，說道：「還是放在這裡吧。」接著把槍又放了回去：「鑰匙。」

嚴春明只好將鑰匙遞給他。

梁經綸鎖好那只保險櫃，接著將那把鑰匙解了下來，把那一串鑰匙又還給了嚴春明：「春明同志，我會盡全力執行上級的指示，控制好明天的局面。只要明天不出事，我會代表燕大學委支部寫一份報告，由你轉交上級。我們燕大學委在你的領導下，有為革命犧牲的精神，沒有個人英雄主義。」

這次，是梁經綸向嚴春明伸出了手。

嚴春明跟他握手時，手在微微發抖。

這也很正常，梁經綸盡力往好處想，緊握了一下：「相信組織，相信我。注意自己的安全。」

揣好那把鑰匙，轉身向善本室大門走去。

善本室的大門從外面關上了，嚴春明立刻望向桌上的電話。

他激動地走了過去，拿起話筒，開始撥號。

話筒緊貼在耳邊，那邊卻是一連串的忙音！

* * *

國防部稽查大隊軍營裡，只有門衛室的燈亮著。

今晚隊長回來後就叫把高牆上的碘鎢燈都關了，整個軍營便沉沉地都在月色中。

陳長武領著九個飛行大隊的人站在大門的左邊，邵元剛領著九個飛行大隊的人站在大門的右邊。大門外，車隊的燈照了過來，分外耀眼，青年軍那個警衛班都挎著槍站在門外。

陳長武向身邊的郭晉陽：「糧車來了，我去報告隊長。」

郭晉陽：「好。」

陳長武出列向院內營房跑去。

「敬禮！」大門外警衛班長一聲口令。

警衛班一起整槍，碰腿。

第一輛開道的軍用大卡上坐滿了荷槍實彈的青年軍，駕駛室裡坐著青年軍那個營長，向他們舉手還禮。

沒有減速，第一輛車直接開進了軍營大門。

大門內，郭晉陽、邵元剛那十九個飛行隊的稽查隊員也都向車隊行著軍禮，青年軍營長的手便一直在帽檐邊還禮。

第二輛糧車接著進來了，郭晉陽一愣，接著氣笑了。

但見那個李科長站在駕駛座外的踏板上，一手緊緊地扣住車內的把手，一臉為黨國風塵僕僕的樣子！

第三輛糧車進來了，那個王科長也站在駕駛座外的踏板上，苦了他，身子太胖，顯然站不穩，兩隻手都扣在駕駛座內，便風塵僕僕不起來。

一輛車接著一輛車，都裝滿了糧食，陸續開進了軍營大坪。

最後一輛也是坐滿了青年軍的押運軍車，駕駛室裡卻坐著謝培東。

車燈照著，方孟敖已經站在營房的大門口。

第一輛押運車立刻停下了，青年軍那個營長推開車門跳了下來，一揮手，那輛車接著向裡面開去。

青年軍營長快步走到方孟敖面前，行禮：「報告方大隊長，第一批糧食運到！」

「辛苦。」方孟敖沒有還禮，向他伸過手來。

握手比還軍禮更親熱，那個青年軍營長趕緊將手伸了過去，握手間卻發現方孟敖的眉頭皺起來，望向自己背後。

青年軍營長回頭一望，才發現第二輛車停在那裡，把後面的車都堵住了。

那個李科長依然站在踏板上，見方孟敖看見了自己，這才跳將下來，辛苦地笑著向方孟敖走來：「方大隊長……」

「你堵車了。」方孟敖立刻打斷了他。

「嗯？」那李科長一詫，回頭一望，「哦。」立刻又奔回去，大聲對車內的司機，「混帳王八蛋，誰叫你堵車的？開進去！開進去！」

明明是他叫停車的，現在卻罵人，那司機是民調會的，知道他的德行，懶得回嘴，一推檔，車動了。

第三輛車跟著也要動了，踏板上的王科長識相，立刻悄悄地下來，沒有過去，站在一邊。

車隊這才得以一輛輛向裡面開去，那李科長兀自不消停，在那裡大聲地指揮停車。這倒是他的強項，車子一輛挨著一輛，有序地停好了。

李科長又大步向這邊走來，經過王科長身邊時，低聲斥道：「還不過去彙報？」辛苦地笑著又向方孟敖走來，那王科長拉開距離，慢慢跟來。

陳長武、郭晉陽他們知道這個李科長又要討苦頭吃了，笑了一下。

陳長武大聲向門衛室那邊喊道：「開燈！」

高牆四角的碘鎢燈同時開了，把個軍營大坪照得如同白晝。

兩輛押運車上的青年軍這才都跳了下來，向圍牆四周跑去，站好。

二十個稽查隊員分別走向糧車，跟那些民調會的科員對號查糧。

「向方大隊長報告。」碘鎢燈照得那個李科長嘴臉畢露，站在方孟敖的面前，「調來了一千噸糧，這一批是一百噸，先請國防部稽查大隊檢查，再運往發糧站。請示方大隊長，後面還要運九趟，是不是都要先運到這兒來檢查？」

「這一千噸糧是你們調來的？」方孟敖已經看見了從最後一輛車裡下來的謝培東。

那個李科長兀自不省：「是。是我們民調會從天津連夜調來的。」

方孟敖：「調糧單呢？」

李科長下意識一摸口袋，這才懵住了，回頭找那個王科長，見他還遠遠地站著，便嚷道：「調糧單呢？」

王科長這才接言道：「人家北平分行調的糧，我們哪有調糧單。」

李科長在心裡又罵了一句王科長的娘，接著一拍腦袋：「是我弄混了，謝襄理呢？」藉這句話趕忙轉身，向謝培東走去，「謝襄理，方大隊長要看調糧單！」

謝培東徐徐向這邊走來。

方孟敖對身旁的那個青年軍營長：「你去負責警衛吧，不用陪著我。」

「是。」青年軍那個營長又行了個禮，向車隊那邊走去。

謝培東已經走近了。

方孟敖這時卻轉身進了營房大門。

謝培東徐徐跟了進去。

外面的碘鎢燈光從兩邊的窗戶閃照進方孟敖房間來，亮度恰好能看見對方，更能清楚地看見外面，方孟敖便沒有開燈，手一伸：「請坐。」

謝培東是第一次到這裡，向四周望了望，坐下後才望向方孟敖。

方孟敖順手將椅子提到正對房門的位置，坐下了，這裡可以一眼看見營房的大門，也能看見兩邊的窗戶。

「這是調糧單，一共一千噸。」謝培東將一張單子遞了過去。

方孟敖接過單子，看著：「怎麼發放？」

謝培東：「北平各大院校包括東北一萬五千名學生每人十五市斤，各院校的教授每人三十市斤，家屬每人也是十五市斤。」

「市民呢？」方孟敖將那張單子往身側的桌子上一放，「一百多萬北平的老百姓就不管了？」

謝培東：「市民上個月的十五斤都發放了，這個月要到十五號發放。」

方孟敖：「那就只有三天了，三天能弄來這麼多糧食？」

謝培東：「這就是他們著急的地方。美國援助的糧船還停在公海上，南京政府正在逼著中央銀行湊錢，三百五十萬美元大約明天就能補償給美國的駐華商行。」

方孟敖很少有這樣一聲長嘆，站了起來，走到窗邊。他看到這一排營房接近操場的地方，碘鎢燈照著郭晉陽站在那裡，這就保證了不會有人在窗外偷聽房內說話。

方孟敖又走了回來，坐下後望向了謝培東：「你和我，兩個共產黨員這時候就為國民黨幹些這樣的事？」

「是呀。」謝培東輕嘆了一聲，「原來是我和中石同志在幹這樣的事，他也說過同樣的話。」

方孟敖將臉掉了過去，又望向了窗外。

謝培東：「崔中石同志去年底還向組織提出，希望到我們自己的邊區銀行去工作。我真後悔當時沒有向上級爭取。不過後悔也沒用，他在北平分行的作用比在哪裡都重要，無人替代。」

方孟敖轉過臉來：「其中包括要跟我單線聯繫？」

謝培東：「是。他如果走了，就只有我跟你單線聯繫了。他出頭露面要幹的那些工作也只有我接替了。為了保住我，我當然不會讓他走。我需要他在前面擋子彈嘛。」

方孟敖緊緊地盯著謝培東。

謝培東愣愣地坐在那裡，讓他盯著。

方孟敖終於吐出了一句話：「我沒有這個意思。」

謝培東：「你有沒有這個意思不要緊，客觀上就是這樣。很多人都認為，共產黨跟國民黨就是打仗，爭天下。又有誰真正想過，爭到了這個天下該怎麼做。組織上把我看得太重了。周副主席就曾經說過，建立了新中國，我應該去人民銀行當個副行長。那可是比你爹現在還高的位置啊。」

「我沒有這樣看你。」方孟敖知道眼前這個姑爹、黨內這個上級一直在拿反話擠對自己，「要是為了當官，你就不會在一九二七年還幹共產黨。」

謝培東眼中終於有了光亮，有了欣慰，把椅子向前拖了拖：「今天見梁經綸都說了什麼？」

方孟敖：「我問他是不是共產黨。」

謝培東：「他怎麼說？」

方孟敖：「他承認了。」

謝培東一驚：「他承認了！」

方孟敖：「不是他自己承認的，曾可達來了，把他共產黨學委的身分，還有鐵血救國會的身分都跟我攤了牌。告訴我，他就是劉蘭芝。」

謝培東急劇地思索了片刻，脫口說道：「他們要提前發行金圓券了……你知道自己現在的處境嗎？」

方孟敖：「知道一點兒，焦仲卿和劉蘭芝還能有什麼處境，我和那個梁經綸都是推出來擋槍眼的。」

謝培東對他能這樣見解有些意外，眼露讚許，接著是更深的憂患：「想知道黨希望你怎麼做嗎？」

方孟敖：「崔叔都已經犧牲了，接下來可能是我，也可能是你。見了崔叔有個交代就行。」

「這不是黨的希望！」謝培東神情嚴肅了，「你不是想聽到周副主席的親自指示嗎？」

方孟敖一震，慢慢站了起來。

「我傳達主要精神吧。」謝培東也站了起來，「對於國民黨內部這次所謂的反腐敗和即將推行的幣制改革，其意圖是想挽救他們在國統區全面崩潰的經濟，挽回他們在國統區日益喪失的民心，以此在全國戰場與我軍展開決戰。中央認為，這挽救不了國民黨政權行將滅亡的命運，也阻擋不了新中國即將誕生的步伐。今天國統區的各大城市都是明天建立新中國民族工業的重心，國統區各大城市人民都是新中國的建設者。為了保護各大城市民族工業的基礎和人民的生存，凡隱蔽在國民黨內，參與這次所謂幣制改革的我黨同志，均不要抵觸，給予配合，拭目以待，靜候中央新的指示。」

方孟敖：「我能夠為他們推行幣制改革運輸民生物資？」

謝培東：「當然。」

「運輸軍用物資呢？」

這一問倒是謝培東沒有想到的。

方孟敖接著說道：「中央現在同意我率領飛行大隊為他們運輸民生物資，可大戰一起，他們就會命令我們為傅作義五十萬軍隊運送軍用物資。那個時候周副主席還有毛主席會同意我運嗎？」

「這個我還真沒有接到指示……」謝培東對方孟敖能提出這個問題露出了激賞，「不過以我個人對周副主席還有毛主席的理解，他們應該早就在考慮你提的問題了。把你的想法、看法都說出來，我爭取直接向周副主席彙報。」

方孟敖：「什麼都能說？」

謝培東：「入黨誓言裡就有一條，對黨忠誠。」

方孟敖：「那我就先給你們包括周副主席提一條意見。崔叔這個人對黨忠誠，為人厚道，這兩點讓我敬重。可發展了我兩年，竟瞞著你的身分，臨死前還說他不是共產黨，我也不是共產黨。我知道這是在保護我，可你們保護我就為了讓我開幾架飛機到解放區去？」

謝培東睜大了眼。

方孟敖：「抗戰第一年，國軍就沒有飛機了，八路軍和新四軍更是從來沒有飛機，照樣在跟日本人打。後來陳納德組成了飛虎隊，再後來太平洋戰爭爆發，我們又有了飛機，我們打得很漂亮，那是因為我們知道為什麼打，為了救我們這個民族。可抗戰勝利了，許多人都迷失了航向。就像我來北平前那個代號老鷹的飛行員，好幾年他都當過我的僚機，跟日本飛機作戰，包括飛越駝峰死亡航線，從來沒有含糊過。後來卻參與了國民黨空軍的走私，最後一刻我都還想救他，可就算救了他，他也已經廢了。我說這些是想讓你跟周副主席報告，光有飛機沒用，關鍵是開飛機的人。蔣經國都看到了這一點，冒著險在用我，我們黨能不能對我更信任一點兒？」

謝培東：「我代表組織，也代表周副主席明確告訴你，黨一直信任你。」

方孟敖：「未必。你們也許會信任我的為人，卻從來沒有真正信任我的能力和判斷。您是黨內很重要的負責人，我能不能問問您，接下來我們黨和國民黨進行決戰會在哪幾個戰場？」

謝培東已經強烈感覺到方孟敖的氣場了，十分誠懇：「組織希望聽聽你的判斷。」

方孟敖：「在筧橋航校，我是主任教官，國民黨空軍司令部的教程裡有一個科目，就是分析國共決戰將在哪個戰場。航校的校長包括教務主任在一九四六年上呈的教學大綱裡都說是在西北，在延安。只有我給學員上課，分析共產黨跟國民黨決戰不是在延安，不是在西北，而是在另外三個戰場。」

「哪三個戰場？」

方孟敖：「東南戰場、東北戰場，還有就是華北戰場。附帶聲明一句，當時崔叔還沒有發展我。我的這個分析一出，航校那些長官立刻取消了我這個課程，認為我是胡說八道。到了今年六月我不願轟炸開封，他們要軍法制裁我，蔣經國調閱我的檔案，也許就是這個時候，他看到了我的這些分析，才起了重用我的念頭。絕不僅僅因為我爹是北平分行的經理，利用我來打他。國民黨內能跟我黨爭青年，爭人才的，也就剩下一個蔣經國了。」

謝培東被他說得默在那裡好一陣子，緩過神來低聲問道：「把你對三大戰場的分析重點說一下，尤其是華北戰場。這牽涉到中央部署你的行動，我得立刻上報。」

方孟敖：「東北戰場的決戰應該在遼瀋，華南戰場的決戰應該在徐蚌，華北就不要說了，在平津。最關鍵是華北的位置，出關可以配合遼瀋，南下可以會合徐蚌。如果我黨先在東北或者華南開戰，周副主席和毛主席就會同意我幫傅作義運送軍用物資，好把傅作義五十萬大軍穩在平津，既不讓他們出關，也不讓他們南下。」

謝培東的眼中閃過一絲驚愕，接著浮出了笑意，還嘆了一聲：「看來組織，不對，不是組織，是我對你的認識太不夠了……這些話你為什麼從不對崔中石同志說？」

方孟敖：「崔叔除了給我談我們黨的信仰，叫我隱蔽，從不跟我談具體任務，我怎麼說？」

謝培東：「這是我的責任。接下來，我一定盡快把你的話報告上去，周副主席一定會給我們明確指示，給你明確答覆。」說到這裡他站了起來，長吁了一口氣，「別的指示我都不需要傳達了，從今天起你就按蔣經國說的去做。我們黨少不了你，鐵血救國會也少不了你。」

「不想談談孝鈺和木蘭的事嗎？」方孟敖突然覺得這個姑爹也和崔叔一樣的可憐。

謝培東又慢慢望向他：「孝鈺我會找機會和她談，讓她聽你的。至於木蘭，她不是黨員，組織不能跟她發生關係，我也管不了她。」

「想不想我來管？」

「唉。」謝培東嘆了一聲，「你爹已經去管了。」

方孟敖：「他？怎麼管？」

謝培東：「這也是我必須告訴你的。我來之前，你爹已經去找梁經綸了。他居然分析出了梁經綸在我黨的身分是偽裝，高度懷疑他是蔣經國安插在何副校長身邊的人。」

方孟敖心裡這一驚非同小可，望向了窗外，下意識地掏出一支菸和那個打火機，掀開了打火機的蓋子，打燃了火，卻又關了打火機的蓋子，把叼在嘴上的菸也拿了下來：「我爹這個人確實精明，厲害。可真幹起來，他鬥不過國民黨那些人。上次救崔叔，連個徐鐵英的祕書也沒有鬥過。他不是梁經綸的對手，更不是鐵血救國會的對手。」

謝培東苦笑了一下：「你理解他，比別人都深。」

方孟敖轉過身來，把打火機和菸裝進口袋，拿起了桌上運糧的單子：「您把運糧的單子交給民調會，糧食讓他們運去，趕緊回去見我爹吧。跟梁經綸攤牌以後，他一定在等著跟您商量呢。告訴他，不要管我的事，也不要管木蘭和孟韋的事，不要跟鐵血救國會鬥。他管不了，也鬥不過。現在他也就相信您一個人了。」

方孟敖這句由衷的話，讓謝培東突然冒出一陣莫名的感慨：「是啊，快二十年了，他對我一直深信不疑。說句心裡話，要問我這一生常感到對不起哪個人，這個人也就是你爹了。這可是違背組織原則的話，不要再對第三個人講。」

方孟敖想回給他安慰的一笑，卻笑不出來，說道：「不要這樣想，姑爹。您是個了不起的共產黨。以前我聽崔叔的，以後我會聽您的。」

「聽黨的。」謝培東低聲說這三個字時沒在看方孟敖，「我走了。」

「曾可達應該來了。」方孟敖望向了門外，「我送您。」

跟在謝培東身後，方孟敖心裡不知為何，突然想起了朱自清那篇著名的散文《背影》！

——這個背影到底是共產黨，還是父親，此時已經跟血緣沒有多大的關係了。

＊　＊　＊

曾可達果然來了，青年軍營長陪著，站在營房門口，看車隊卸糧食。

「曾督察來了為什麼不告訴我？」方孟敖盯向那個青年軍營長。

曾可達向他們一笑：「是我不叫他告訴的。謝襄理辛苦了。」

謝培東：「應該的。」

曾可達：「還有九百噸今晚能都運來嗎？」

謝培東：「最好能從哪個兵營調個汽車連來。」

曾可達：「那就不要調了，哪個兵營裝了糧食都會拉到他們那裡去。調車、運糧謝襄理都不用管了。畢竟上年紀的人了，回去休息，順便代我向方行長致意，就說我代表國防部調查組感謝他。」

「聽曾督察的吧。」方孟敖望向謝培東。

曾可達的意思竟和剛才方孟敖的意思一樣，謝培東益發感覺到方孟敖有一種旁人不及的第六感，點了下頭：「那運糧的事就交給你們了，曾督察的話我一定帶到。」

曾可達轉對那個青年軍營長：「用我的車送謝襄理。」

青年軍營長：「是。」

曾可達的吉普就停在營房門口，青年軍營長拉開了車門，謝培東上了車，又向曾可達和方孟敖揮了揮手。

吉普送他走了。

曾可達這才對方孟敖：「有個事要和你商量。」

兩個人走進了營房。

「開了個碰頭會。」曾可達望著方孟敖，「明天發糧，陳繼承和徐鐵英他們要在現場抓共產黨。」

方孟敖也望向他：「是不是要我配合，進一步證實我不是共產黨？」

「不是這個意思。」曾可達手一揮，「剛接到的消息，共產黨北平城工部叫梁經綸負責明天的行動，控制局面。陳繼承、徐鐵英他們要抓人，第一個抓的就會是梁經綸。」

方孟敖：「共產黨懷疑上梁經綸了？」

曾可達：「無法判斷。也有可能是因為梁經綸有何其滄的背景，有司徒雷登的背景。北平城工部直接歸周恩來管，周恩來布的局從來就是你中有我，我中有你。黨國內除了一個建豐同志，沒有人能望其項背。可偏偏還有那麼多人掣建豐同志的肘。立刻就要推行幣制改革了，我們求穩，他們偏要求亂。」

方孟敖：「經國先生的意見是同意他們抓，還是不同意他們抓？」

曾可達苦笑了一聲：「誰能不同意抓共產黨？關鍵是明天不是抓人時。」

方孟敖：「那要怎樣才能不讓他們抓人？」

曾可達：「除非學生不鬧事。還有，徐鐵英通過黨通局向總統提出了質疑，抓了他的祕書，卻不抓共產黨，他不理解。」

方孟敖冷笑了一下：「這就是針對我來了。他們殺崔叔的時候，說他是共產黨。後來對質，徐鐵英又說不是共產黨。那就是為了掩蓋他們的貪腐殺人滅口。真相現在只有那個孫祕書和馬漢山知道。放了他的祕書，放不放馬漢山？兩個人都放了，崔中石的死怎麼結案？」

曾可達：「不要再糾纏崔中石的事了。這件事畢竟還牽涉到你的父親，背後還牽涉到宋、孔，牽涉到黨產。再糾纏就會嚴重影響幣制改革。這是建豐同志的意見，他委託我向你說清楚。」

方孟敖：「那堅決反腐就是一句口號了。」

曾可達：「不會是口號。當務之急是讓他們收斂，配合我們推行幣制改革。到時候帳還是要算的。」

方孟敖：「要我幹什麼，直說吧。」

曾可達：「今晚把那個孫祕書放出來，明天讓徐鐵英他們不要抓梁經綸。」

「放也可以。」方孟敖閃過一絲壞笑，「馬漢山一起放。」

曾可達：「抓馬漢山可是國防部下的文，南京方面不好交代。」

方孟敖：「那個文就是陳繼承、徐鐵英和南京方面的人串通搞的。崔中石死了，過去陳繼承他們貪了多少，後來徐鐵英怎麼想分侯俊堂的股份，這些事都攥在馬漢山手裡。明天發糧，他們只要發現馬漢山出來了，還真可能不敢鬧事。要鬧事，我就叫馬漢山對付他們。」

曾可達沉吟了片刻，下了決心：「好。離發糧只有幾個小時了，你立刻去西山監獄放人，王蒲忱那裡我打電話。」

方孟敖：「不要先向經國先生報告嗎？」

曾可達：「我去報告，我負責任。」

方孟敖唰地一下兩靴一碰，向曾可達敬了個標準的軍禮，接著從桌上拿起了車鑰匙，拿起了雪茄和火機：「我去了。」

曾可達被他這個軍禮敬得還沒緩過神來，方孟敖已經大步走了出去。

曾可達還在琢磨剛才這個軍禮，立刻有一種感覺，自己的人格魅力上升了，抻了一下軍服的下襬，也大步走了出去。

＊　＊　＊

軍統西山祕密監獄王蒲忱臥室裡，一屋子的菸味，麻將還在桌上，顯然是剛撤的牌局。

馬漢山一杯酒，一碗飯，一大碗蟲草蒸的鴨子，正在吃宵夜，吃了一半。

王蒲忱陪著，方孟敖站到門口就笑了。

馬漢山比以前胖了，還白了些，看到方孟敖便站了起來，也笑。

方孟敖：「吃飯是第一件大事，吃完了再說。」

馬漢山：「蒲忱好，兩盒上等的蟲草，本是給他補身子的，他卻給我吃，好讓我有精神熬夜打牌。現在用不著了，蒲忱，叫他們都端出去吧。」

王蒲忱：「老站長，方大隊長是來接你的。你跟他走，我叫人替你收拾東西。」

「好。」馬漢山居然一句也不再多問，向方孟敖走來。

方孟敖：「也不想知道我接你去哪裡？」

馬漢山笑道：「方方面面都想我死，還能去哪裡？方大隊長，看得起，你給我一槍，就當還了我打老崔的那一槍，我也痛快。」

方孟敖：「七九的步槍，夠不夠痛快？」

馬漢山：「七九的好，一顆子彈就夠。老子一生也耗費了太多東西。」

方孟敖繃起了臉：「誰的老子？」

馬漢山：「又多心了不是？方大隊長，跟我的幾個女人都先後跑了，就剩下一個兒子，偏又像我，整天在外面混。你是個好人，要是願意，幫我管管他。」

「沒有誰要槍斃你，還是你自己管吧。」方孟敖望向了王蒲忱，「明天一早就要發糧，時間很緊，我帶馬局長先去糧站，他的東西你隨後派人送來。」

「別介！」馬漢山好像早在等著他翻到這一篇，立刻伸出一隻手掌堵向王蒲忱，接著一屁股坐下，抬頭望著方孟敖，「方大隊長，我剛才說了，方方面面都想我死。要是拉出去一槍，我跟你走。要是還讓我替他們去發什麼糧，就請你轉告那些人，馬漢山已經自裁了。」

王蒲忱的臉沉了下來。

方孟敖倒像是天生就喜歡馬漢山這個勁，反倒笑了：「不願意背黑鍋了？」

馬漢山：「背黑鍋算個鳥。方大隊長，軍營一別，這幾天曾可達什麼也沒有告訴你？」

方孟敖：「告訴我什麼？」

馬漢山：「看樣子你還真不知道。聽兄弟一句勸，那個糧我不會去發，你也別去發。要發，讓曾可達、徐鐵英還有陳繼承、許惠東他們去發。」

方孟敖看了一眼王蒲忱，王蒲忱也有些驚詫。於是，方孟敖又望向了馬漢山。

馬漢山：「我下面說的話與蒲忱一點兒關係都沒有。蒲忱，你聽了也不要去追查，查了也沒用。」

王蒲忱冷靜了：「我不查，老站長請說吧。」

馬漢山：「我這裡有幾個最新的數字。現在是中華民國三十七年八月十二日，在三個小時前，也就是中華民國三十七年八月十一日十二點截止，跟中華民國三十七年七月底的統計對比，才十一天，國統區城市的物價總指數又已經上漲了百分之九十。細算一下吧，上個月底比抗戰前食物上漲是二百零五萬倍，這十一天突然漲到了三百九十萬倍；上個月底住房上漲是四十點五萬倍，這十一天已經漲到了七十七萬倍；衣服帽子鞋子包括短褲襪子上個月上漲是三百四十三萬倍，這十一天已經上漲到六百五十二萬倍……不算了。方大隊長，我說的這幾個數字，你應該聽明白了。」

方孟敖先是一驚，臉色立刻凝重了，刮目望著馬漢山，又望向王蒲忱。

王蒲忱不得不接言了：「老站長，你能不能告訴我，這些數字誰告訴你的？」

馬漢山又笑了：「蒲忱哪，你以為這些人爭著跟我打牌是認我這個老站長？他們是認我口袋裡剩下的這點兒美元。我每天叫他們拿美元去買東西，只要算一下跟法幣的匯率，就能算出來。」

方孟敖：「看來他們讓你當這個民調會主任還是選對了人。」

馬漢山：「選對個屁。也就知道老子家裡的女人都跑了，一個混帳兒子也不管了，不會跟他們爭著攢遺產罷了。方隊，你是個乾淨人，聽我一句勸，靠美國人施捨那些東西發不了幾天。何況好多雙賊眼在盯著美國人那些援助。明天發了學生和老師的糧，接下來拿什麼發市民的糧？不要記你父親的仇了。他有辦法，跟美國人說一聲，你也趕緊走吧。」

方孟敖望著眼前這個人，心裡竟莫名地有些感動了，當然更多是可憐，沉默了一會兒，問道：「你當時為什麼不送兒子去上學？」

馬漢山愣了一下，接著露出苦笑：「還不都是抗戰勝利害的。當了個北平肅奸委員會的主任，每天金山銀山的在手裡過，幾個賤人先是背著我在後面天天打，天天撈，撈夠了一個個都跑了。去年給了一筆錢讓那小子到香港上大學，兩個月就回來了，錢花了個精光，一堂課也沒上。還找我要錢，說是談了一個北大的女學生。我呸，原來是在前門飯店開了個總統套，天天從八大胡同叫人，還專門有人送大煙。三月份我登了個報，宣布脫離了父子關係。因為四月份要我當這個民調會的主任，我不要臉，黨國還要形象哪……我應該都說清楚了，方大隊長。」

方孟敖：「都清楚了。我們走吧。」

馬漢山：「你還要我去？」

方孟敖：「把以前的事都忘了。就當明天領糧的那些學生都是你的孩子。」

馬漢山心裡怦地一動：「我哪裡生得出那麼多好孩子？」

方孟敖：「只要去幫他們，就都是你的孩子。」

「我去！」馬漢山倏地站起來，「方大隊長，哪一天你還記得起我這個人，就也幫我救救我那個混帳兒子。」說著竟搶著先出了門。

方孟敖沒有急著出去，而是望向王蒲忱。

王蒲忱：「方大隊長先去吧。那個孫祕書交給我，我親自送他去警察局。」

方孟敖：「再幫我幹件事吧。」

王蒲忱：「方大隊長請說。」

方孟敖：「派幾個兄弟去找到馬漢山的兒子，送到南京去，戒毒。」

王蒲忱：「沒問題。」

方孟敖伸出了手。

王蒲忱伸出了手，卻沒有握：「我先送你們。」

「好。」方孟敖讓王蒲忱跟著，大步走了出去。

西山祕密監獄大門院內。

揮著手，目送方孟敖的吉普出了大門，王蒲忱轉過身來，向左邊的監押區走去。

四名行動組的人跟著他。

王蒲忱停住了，問道：「這幾天都是誰在陪老站長打牌？」

行動組長：「每天兩撥，都是看押組的人，輪班陪著打。」

王蒲忱：「替老站長進城買東西也是看押組的人？」

行動組長：「好像也是吧。」

「看押組不能離開監獄，沒人管嗎？」王蒲忱轉過頭盯住那個行動組長。

行動組長：「這就要問總務處了。站長，我把總務主任叫來？」

「不用了。你們在這裡等著。」王蒲忱一個人向監押區走去。

王蒲忱緩緩走到一道大鋼槽推拉的鐵門前站住了。

好深的一道走廊！

走廊頂上約五十米一盞十五瓦的綠罩燈，不知有多少盞，昏黃地照著，左邊是用整面花崗岩砌成的死牆，只右邊是一溜鐵柵欄牢房。

王蒲忱站在鐵門外，也不抽菸，也不咳嗽，向右邊看押房大玻璃窗內望去。

看押房內，一個看守在床上打鼾，另一個看守也趴在窗前的桌子上睡覺。

最可恨的是，王蒲忱走了進去，兩個人依然毫無知覺。

王蒲忱望向趴在桌上那個看守，發現這個人手裡竟然還攥著幾張美鈔！

再望向仰面睡在鐵床上的看守，上衣口袋裡也露著美鈔！不用說，這就是剛陪馬漢山打牌的兩個，贏了錢，打累了，值班倒成了睡覺。

王蒲忱不再看他們，望向了掛在牆上的那一大串牢房鑰匙，徑直過去取了下來，出了門。

開了大鐵門的鎖，王蒲忱雙手往上一抬，鐵閘門竟然沒有發出什麼聲響，便推開了。

王蒲忱慢慢地向走廊那頭走去。

兩個看守沒有知覺，右邊牢房裡也一片沉寂。

到了走廊盡頭，王蒲忱在一間單人牢房外站住了。

那間單人牢房內，一雙眼睛在看著他。

王蒲忱無聲地開了牢房門，做了個手勢。

那雙眼睛站起來，是孫祕書，無聲地走出了牢門。

兩個人一前一後向大鐵閘門走來。

出了門，孫祕書站在一邊，王蒲忱向看押房望去，兩個看守兀自在死睡。

王蒲忱抬起鐵門關上，又鎖了。

孫祕書看著王蒲忱走進值班室，將那一大串鑰匙掛到牆上，走了出來。

孫祕書望著王蒲忱，王蒲忱望著孫祕書，兩個人都搖了搖頭。

接著，兩個人向外面走去。

走進西山監獄密室，偌大的電訊臺前，王蒲忱伸了下手，示意孫祕書坐下。

孫祕書依然筆直地站在那裡。

王蒲忱不再招呼他坐，拿起了那部直通南京的電話話筒：「二號專線嗎……建豐同志好！」

站在一旁的孫祕書下意識地雙腿輕輕一碰，身子挺得更直了，緊望著王蒲忱手中的話筒。

王蒲忱：「是。方孟敖已經把馬漢山領走了，朝忠同志就在這裡……是。」他捂住了話筒，對孫祕書：「建豐同志要跟你說話。」緊接著將話筒遞了過去。

那孫祕書雙手伸了過去，激動地接過話筒：「是我。報告建豐同志，我是孫朝忠。」

王蒲忱終於能夠抽菸了，掏出菸，向密室那頭走去。

孫朝忠的真實身分竟是鐵血救國會潛伏在國民黨全國黨員通訊局核心的人。這個身分，除了蔣經國，在鐵血救國會內部，也只有王蒲忱一個人知道。

王蒲忱走到密室盡頭，開了地上那臺小型的美式風扇，用風扇的聲音掩蓋那邊通話的聲音。

孫朝忠殺崔中石，係執行建豐同志的絕密預案，黑鍋扣在了徐鐵英頭上，竟然瞞過了所有的人。被關到這裡，王蒲忱除了保護他的安全，也沒有跟他多說過一句話。鐵血紀律，孫朝忠和建豐同志通話，王蒲忱當然要迴避……

接聽電話的孫朝忠：「是。建豐同志放心，朝忠明白。」

王蒲忱面壁吸菸，一動不動，在等著他們通完電話。

「是。」那孫祕書雙腿一碰，又等了片刻，聽到對方掛了電話，這才將話筒輕輕擱下，轉向王蒲忱，「蒲忱同志。」

王蒲忱居然沒有聽見孫祕書這聲叫喚。

「蒲忱同志！」孫祕書提高了聲音。

「嗯。」王蒲忱這聲聽到了，這才轉過身來，走到電訊臺前，將菸蒂摁熄了，「車在外面準備好了，我送你回警察局。」

孫祕書：「建豐同志指示，為了保證幣制改革順利推出，明天在發糧現場嚴密監視共產黨，北平站這邊你負責，警察局那邊我負責。」

王蒲忱靜靜地聽著下文。

孫祕書：「走吧。」

「好。」王蒲忱明白沒有下文了，便一個字也不多說，去開了門。

剛走出門，王蒲忱臉色立刻變了。

密室門外居然悄悄站著三個人。

有兩個就是剛才還在值班室睡覺的看守，一個是他們的頭，看押組組長。

三人本是一臉的惶恐，待看到孫祕書從密室走出來，立刻鬆了口氣。

「在站長這裡就好。」其中一個看守脫口說道。

「好嗎？」王蒲忱望向那個看押組組長，眼中露出從未見過的瘮人目光。

看押組組長立刻答道：「我立刻按條例處分，記大過一次。」

派人陪馬漢山打牌，原是王蒲忱的安排，沒想到看押組的人連這個空子也鑽，公然私離監獄，拿馬漢山的美元套購緊俏物資，以致馬漢山足不出獄便知道了物價動盪。自己親自掌管的核心部門都爛成了這樣，王蒲忱也不知道該如何整頓了。原來還在琢磨如何睜眼閉眼不再追究，可這三個人公然闖了禁區，悄悄地站在任何人都不許挨近的密室門外，發現了他和孫祕書從裡面出來。這就犯了大忌。

但見他沒再回話，只領著孫祕書向前走去。

看押組組長心裡沒了底，領著那兩個看守跟著走去。

兩輛車，四個行動組的人已經在監獄院內靜候。

見王蒲忱領著孫祕書出來，行動組長立刻開了前面那輛車的後座車門。

「孫祕書請上車吧。」王蒲忱讓孫祕書上了車。

那個行動組長跟著也要上去。

「你們不要去了。」王蒲忱站在那裡，對這四個人，「把他們三個人關到孫祕書剛才那間牢房去，任何人不得接觸。」

行動組長知道看押組的人要倒楣，卻不知道站長會把他們投入監獄，這就不是處分，而是清理門戶了，一時便愣在那裡。

另三個行動組員也面面相覷，愣在那裡。

「執行！」王蒲忱喝道，接著打開了前面那輛車的駕駛車門，上車，發動了油門。

「站長！」看押組組長驚恐地嘶叫，立刻被兩個行動組扭住了手臂。

兩個看守懵在那裡，一動也不敢動，另兩個行動組的人也就沒有扭他們。

王蒲忱將車很快推到了三檔，飛快地出了院門。

第三十五章

北平警備總司令部裡，徐鐵英已經站起來了，陳繼承依然端坐在大辦公桌前，等著門口那聲「報告」，聽到的卻是門外王蒲忱好一陣咳嗽，把兩個人醞釀的氣氛都咳沒了，才等來王蒲忱咳定後的聲音：「報告。」

徐鐵英腳動了一下準備迎上去，卻發現陳繼承並沒有回那聲「進來」，便沒有動步，只望向陳繼承。

陳繼承一條眉毛高一條眉毛低，已然是老大不耐煩，見徐鐵英望著自己，才揮了一下手：「叫他們進來吧。」

徐鐵英點著頭走了過去，拉開了辦公室門，難得露出真情。

孫祕書還是牢裡那副模樣站在門前，王蒲忱站在他身後。

看到徐鐵英滿目慈光，孫祕書碰腿敬禮：「主任！」

中統的作風沒有拉手拍肩那一套，徐鐵英只能以少有的溫柔語氣撫慰道：「進來吧。」

「是。」

還是讓孫祕書在前，王蒲忱跟在後面，兩人進來了。

陳繼承居然也站了起來，眼前這個人畢竟是因為自己打了敗仗被抓進去的，他倒可以顯一顯黃埔的做派，望著孫祕書問道：「挨打了沒有？餓不餓？怎麼也不洗個澡再來？」

這三通亂問，把王蒲忱還有徐鐵英尷尬在那裡。如果挨了打，顯然是王蒲忱的責任，馬上要排兵布陣了，也沒時間讓孫祕書去吃飯洗澡。王蒲忱和徐鐵英飛快地碰了一下眼神。

徐鐵英嘴角擠出一絲笑，望著陳繼承答道：「感謝司令關心。在蒲忱那裡怎麼會挨打。」

陳繼承這才知道自己安慰了一方卻忽略了另一方，揮了一下手，坐下了：「也是。」

徐鐵英：「也沒有時間洗澡了，先安排任務吧？」

陳繼承：「好，開會。」

兩個人在自己的位子上坐下了。

徐鐵英也回到了沙發上望著陳繼承：「我說？」

陳繼承：「你說。」

徐鐵英：「接到情報，北平幾個大學又被共產黨煽動了，明天要拒領糧食。在前面穿針引線的是民盟的人，讓一百多個教授簽了拒領救濟糧的聲明。明天這個糧食看樣子是發不出去了，他們要打黨國的臉。布置一下，盯準了抓一批人。民主黨派的盡量不要動，抓幾個真正的共產黨，還有鬧得凶的學生。」

王蒲忱只是聽著，還必須點頭。

陳繼承立刻不耐煩了：「你只點頭什麼意思？你們北平站掌握的共產黨名單都盯住人沒有？」

王蒲忱：「有一條魚自己撞網上了，就是燕大圖書館那個嚴春明，現在就在圖書館裡，各校的學生代表也都在往那裡集中。要麼，我現在就去抓他。」

徐鐵英：「現在抓什麼，明天。只要他在，他背後的大魚就會露面，還有那個抓了又放的梁經綸，等他們鬧事一起抓。」

王蒲忱：「好。我去布置。」

陳繼承發聲了：「你能布置什麼？打電話把北平站的人都叫來，偵緝處、第四兵團特務營，還有你們，明天統一行動。老徐，你布置行動方案吧。」也不等徐鐵英答話，他立刻抄起了電話，「把第四兵團特務營那個營長叫上來！還有，做五碗麵條上來！」

＊　＊　＊

一九四八年八月十一日晚到八月十二日凌晨，註定是一個濤之將起的夜晚。

這一夜跨著兩個日子，可在中國農曆裡整夜都是七夕。燕大圖書館外草坪的上空一片寥廓，銀河畢見。月亮正好半圓，一任人們忽視，亮的一半在蘊釀著潮，暗的一半在蘊釀著汐。

北大的學聯代表到了。

清華的學聯代表到了。

北師大的學聯代表到了。

梁經綸迎向了他們，一一握手、低語。

到了一九四八年八月，沒有誰比梁經綸更知道北平學運的複雜性。歷史在這個拐點上，國民黨不希望學生鬧學潮，共產黨也不希望學生鬧學潮，而此時決定鬧不鬧學潮，國民黨政府控制不了，共產黨學委實際上也控制不了，能夠控制的是北平各大院校組成的學生聯合會，簡稱「學聯」。它的章程裡沒有明確擁護中國共產黨，也沒有明確推翻現行國民政府，代表的卻是當時「憲法」賦予的爭民生、爭民主的權力，因此實際能夠出面領導學聯的是一些民主黨派和著名民主人士。共產黨有許多祕密黨員隱蔽在學聯，國民黨也有許多特工隱蔽在學聯。這就出現了學聯中有大量的「進步青年」，也有少數的「反動學生」的複雜局面。

既是共產黨祕密黨員，又是國民黨鐵血救國會成員，還是民主教授，三位一體的身分在學聯中取得領導地位的，恐怕只有梁經綸一個人。

北大學聯的代表：「我們北大學生會的態度很明確，追隨一百零五個民主教授，拒領美國救濟糧。」

梁經綸沉吟了稍頃，望向另一個學聯代表：「你們清華呢？」

清華學聯的代表：「絕不去國民黨當局指定的地方領糧，如果他們把糧食送到學校來，我們也不阻止願意領糧的學生。」

梁經綸：「北師大呢？」

北師大學聯的代表：「我們的決定和清華差不多。只有一點不同，支持東北的流亡學生領糧，但是有前提，必須釋放被捕的學生，承認東北流亡學生的學籍。」

梁經綸真正沉吟了，他望向了夜空，沒有看今夜分外燦爛的銀河，而是望向那半圓的月亮。

「梁先生。」北大那個學聯代表，「燕大是美國人辦的學校，這一次我們的行動是拒領美國救濟糧，學聯特別需要燕大的支援，統一行動。」

梁經綸望了望他們：「必須統一行動。怎麼統一行動，請你們給我半個小時。」

北大學聯那個學生代表微微點頭的同時，掏出了一塊懷錶。

清華和北師大的學生代表居然都有錶，一人也是懷錶，一人竟是手錶。

三個學生同時看錶，同時用目光統一了意見。

北大的那個學生代表：「快四點了，四點半我們等您的決定。」

梁經綸向稍遠處守候的幾個同學招了下手，三個學生走了過來。

梁經綸對其中兩個學生：「你們陪三個同學到小閱覽室休息。」

北大那個學生立刻說道：「不了，我們就在這裡等您。」

「也好。」梁經綸對那兩個學生，「務必保證他們的安全。」

「梁先生放心。」

梁經綸對另外一個學生：「你跟我來。」

徐步踏上圖書館大門的石階，梁經綸目不斜視，只低聲說道：「立刻將三個大學的情況報告可達同志。」

「是。」跟在他身後的那個中正學社的學生低聲答道。

梁經綸走進了圖書館大門。

那個學生背朝大門站住了，像是在守望，只站了片刻，接著做巡視狀，向左邊走廊走去。

燕大圖書館善本室裡，嚴春明還是一如以往坐在堆滿了書的桌前，梁經綸還是坐在平時彙報工作的桌子對面。

梁經綸很快便將北大、清華、北師大的意見告訴了嚴春明，靜靜地望著他。

那副一千多度的厚厚的眼鏡片，還有那雙一千多度的近視眼這時在保護著嚴春明。

「你希望我幹什麼？」嚴春明這時的語氣也恰如對總學委那份指示的不滿，讓梁經綸聽不出有何破綻。

梁經綸：「黨的指示很明確，不希望學生們再有任何無謂的犧牲。春明同志，請你立刻將情況向上級彙報。」

「總學委讓你接替我的工作，沒有告訴你跟上級的聯絡方式？」嚴春明當然知道張月印和老劉同志絕不會告訴梁經綸聯絡方式，難為了這位老實人，這句話卻問得如此順理成章。

這正是梁經綸的猜疑處，可從嚴春明的反問中又看不出絲毫的不自然，他於是希望是下面這種原因：「您知道，這是上級在突發情況下做的決定，我也只是暫時代替您負責燕大學委的工作。這說明上級對您還是信任的。」說到這裡，他將目光望向了書桌上那部電話。

嚴春明撥了幾次電話都是停機，知道上級斷了這條線路的聯絡，這時既不能說，也不能不說：「梁經綸同志，你真的認為上級還會信任我？」

梁經綸：「您撥通聯繫電話，情況我來彙報。」

又沉默了稍頃，嚴春明答道：「我試試吧。」這才開始撥電話號碼。

梁經綸非常自覺地將目光移開，不看他撥的號碼。

號碼撥完了，嚴春明隨即將話筒遞了過去。

梁經綸聽到了話筒裡電話撥通的信號！

可隨即，他便失望了。

話筒那邊是北平電話局電話員的女聲：「你撥的電話因欠費，已申請掛停……你撥的電話因欠費，已申請……」

梁經綸將話筒慢慢擱下，絲毫不掩飾失望的神態：「看來只能等待上級跟我們聯繫了……可幾大學聯的代表都在等我們的意見，春明同志，只有我們自己做決定了。」

嚴春明：「現在你是上級。只要你還信任我，你做決定，我談意見。」

嚴春明的嚴謹讓梁經綸覺得這一切都如此符合共產黨的組織程序和行動風格，他不再試探了：「那我們就根據彭真同志『七六指示』的精神做決定吧。」

嚴春明：「我同意。」

梁經綸：「我去安排我所掌握的學生黨員以學聯的名義分別做各個大學的工作，你去找你所掌握的學生黨員，讓他們也去做工作。告訴各校學聯，明天發糧，都不要與國民黨正面衝突，避免任何一個學生做無謂的犧牲，隱蔽我們的精幹，領了糧食後等待上級的指示，按部署轉移去解放區。」

嚴春明：「我同意你的決定，可無法執行你的任務。」

「嗯？」梁經綸本能地盯住了嚴春明。

嚴春明：「我已經被停職審查。任何一個黨內同志在停職審查期間絕不許再跟別的黨內同志聯繫，這條紀律我可不能再犯。」

梁經綸試圖掌握他尚不知道的其他黨員又被嚴春明天衣無縫地擋了回去，想了想，只好說道：「是我忽略了黨的紀律。這樣吧，春明同志，您被停職審查的事目前只有我一個人知道，別的黨內同志都還把您當作領導。因此明天發糧您必須在現場，我們倆配合，才能夠控制局面。這一點您應該沒有意見吧？」

嚴春明：「你知道，我受處分正是因為想留下來配合你控制局面。」

梁經綸站起來，將手誠懇地伸了過去，跟嚴春明緊緊一握：「春明同志，不管明天發生什麼情況，發生什麼危險，不管上級怎麼認為，我們都併肩戰鬥。」

嚴春明：「謝謝你還願意跟我併肩戰鬥。」

嚴春明的態度如此天衣無縫地印證著總學委那封信的決定，梁經綸沒有任何理由不相信了，心中莫名地感動了一下，那隻手下意識地握得更緊了：「我不會忘記，您是我的入黨介紹人，永遠都是。」

儘管隔著厚厚的近視眼鏡片，梁經綸也看到了嚴春明眼中有淚花湧出——只是看不到嚴春明這個時候的心潮翻湧。

嚴春明禁受著巨大的考驗，憋出一句話：「注意安全。」

「是。」梁經綸答了這個字，鬆開了手，不再看嚴春明，轉身向門口走去。

嚴春明將他送到門口，望著他的背影消失，接著飛快地關了門，飛快地將幾道鎖都鎖上了，向一排書架走去。

取下那副厚厚的近視眼鏡，將臉貼近了書架，很快便從書架上找到了一本書。

嚴春明高度近視的眼睛幾乎貼到了那本書的封面：《黃埔軍校步科教材》！

翻書時，嚴春明就不用眼睛了，再把書湊到眼前時，幾把手槍撲面而來！

看到老劉那把手槍的圖片，嚴春明這麼近視的眼竟然也閃出光來，臉貼著書，他一邊看，一邊走到了書桌旁。

放下書，他在默記。

記住了，他戴上了眼鏡，掏出身上的鑰匙，開了最底一層抽屜，竟從裡面又掏出了另一大把鑰匙——備用的鑰匙。

接著便走到了鐵皮書櫃前，用備用鑰匙很快打開了那個書櫃，掏出了那把和圖片上一樣的槍，老劉同志那把槍！

他開始按照書上的步驟，準備去拉滑膛的把手，立刻又停住了。想了想，找到了手槍把柄上那個圓點按鈕，指頭一按，彈匣果然掉下來一截。嚴春明笑了，拉出彈匣，發現裡面果然裝滿了澄黃的子彈！

他坐到了桌前，像個孩子，把彈匣的子彈，推出了一顆，又推出了一顆。

一共六顆子彈，被他整齊地擺在桌上，比書擺得都齊，他又欣賞了好一陣這幾顆子彈，再看了看彈匣，確定裡面沒有子彈了，才又裝進槍膛。

他站了起來，雙手舉著空槍，在找一個地方瞄準。

找了好一陣子，他笑了，笨拙地把槍瞄向了老劉換了燈泡的那盞燈！

＊　＊　＊

鏡春園外通往燕大校園的路旁樹林。

一根塗滿柏油的電線杆，半個月亮彷彿就在電線杆頭，照著一個人雙腳夾在電線杆上，是老劉。

肩上又斜挎著那個工包，電工刀飛快地刮掉了電線杆上的一根電線的皮，兩個夾子夾住了電線的芯，老劉向下面舉了一下手。

樹林裡遠遠近近好幾個華野派來的武裝人員在高度警戒。

電線杆下張月印捧著一部電話機，拿起話筒貼到耳邊，話筒裡傳來了長音，電話搭上了，便向老劉也舉了一下手。

老劉從電線杆頭嗖地滑了下來，走近了張月印，雙手從他手裡捧過電話機。

張月印開始搖電話，通了，裡面傳來接線員軟綿綿的女聲：「電話局總機，請問您要哪兒？」

張月印：「我是燕京大學六號樓，請接燕大二號樓圖書館辦公室。」

話筒裡的女聲：「請稍候。」

總機在接號，張月印凝重地聽著話筒，老劉捧著電話望著張月印。

嚴春明厚厚的眼鏡片外，那把槍的準星，準星的那頭，燈泡非常清晰。

嚴春明右手食指卻扣不動扳機，他將左手食指也搭了上去，兩根手指使勁一扣，撞針響了，嚴春明還沒來得及笑，刺耳的電話鈴聲嚇了他一跳！

他回頭望向電話機，立刻走了過去，先拉開了桌子的抽屜，把槍放了進去，又將擺在桌面的子彈掃了進去，關了抽屜才拿起了話筒：「燕大圖書館，請問哪位？」

老劉的眼睛睜大了。

張月印總是那樣平靜：「嚴教授嚴主任嗎？」

張月印的聲音在嚴春明的耳邊卻不啻春雷滾來，一陣激動，很快調整了：「我是嚴春明，請問你是哪裡？」

張月印：「我是哲學系張教授，這麼晚了打擾你，非常不好意思。有這麼一個請求，明天一早我們課題組要做熊十力先生《新唯識論》研究的總結，學生們一致要求，請您給我們做個講座，專題闡述一下體用不二、心物不二、能質不二、天人不二，也就是生命的意義和人生的價值問題。望您務必答應我們這個請求。」

老劉的眼睛被半個月亮照得入了神，他聽不懂張月印此刻的問題，也聽不見嚴春明此刻的回答，一時被黨內這兩個同志這麼大的學問迷住了，再看張月印時，便覺著月亮在他身上映著一暈光環，似乎也看到了遠在善本室裡的嚴春明被月亮映著一身的光環。

「您要去領糧？」張月印的聲音把老劉又引到了電話上。

張月印：「糧食我們負責幫您去領……」

老劉見張月印的話被打斷，明白嚴春明又拒絕了組織對他的營救，立刻既生氣又激動地劈了一下手，盯著張月印。

張月印伸出一隻手虛阻了老劉一下，對電話說道：「那我們就派人到領糧現場來，等您領了糧，接您過來。」

嚴春明顯然是簡短地回了一句話，顯然是已經在那邊把話筒擱了，張月印也無奈地擱了話筒，望著老劉。

「見過不怕犧牲的，沒見過這麼喜歡犧牲的。張部長。」

老劉這一聲稱呼倒讓張月印跟著嚴肅了。

老劉：「請示劉部長已經來不及了，請你代表城工部同意我啟動緊急方案。」

張月印：「什麼緊急方案？」

老劉：「這個方案是劉雲同志和我祕密設定的，只在最緊急的時候才能啟動。我去幹，你到帽兒胡同報告劉雲同志就是。他會詳細告訴你。」

張月印這才知道，自己作為北平城工部的二號領導，竟也有沒有掌握的祕密：「劉雲同志會同意嗎？」

老劉：「這個任務是中央城工部的死命令，必須執行，他會同意。」

張月印：「會不會有危險？」

老劉有些急了：「緊急預案哪有不危險的。這個危險是為了阻止更大的危險。」

張月印沒有選擇了：「我去向劉雲同志報告吧。」

老劉拍了一下手掌，遠遠近近警戒的那些人都聚攏了過來。

老劉低聲對他們說道：「各自隱蔽，一切聽張部長的指示，保衛張部長的安全。」

所有警戒人員：「是！」

老劉獨自向一棵大樹走去，拉過來一輛靠在樹幹上的自行車，腳一點，有路沒路地騎走了！

＊　＊　＊

「怎麼這個時候才到？」曾可達親自來到宅邸後園接方孟敖和馬漢山。

方孟敖帶著馬漢山緊隨曾可達的步子：「陪馬局長去調了一路人馬，他還回家拿了一件重要的東西，說是要送給經國先生。」

「什麼重要東西，送給誰？」曾可達停了腳步。

馬漢山腋下挾著一個卷軸：「進房間去，進房間去我跟你慢慢說。」

天上半個月亮，路邊地燈昏黃，隱約可見曾可達皺著眉頭，又快步走了：「好好配合行動，跟我們不要搞江湖上那一套。」

方孟敖像是在笑，馬漢山跟在後面說道：「曾督察，你這話有些對不起經國先生。」

曾可達腳步又頓了一下，這回卻沒停，也沒再搭理他，已經走到住處的院子外面了。

走進住處，曾可達伸了一下手，「方大隊長請坐吧。」和方孟敖一同坐下了，然後望著還挾著卷軸站在那裡的馬漢山，「方大隊長剛才說你調人馬去了，什麼人馬？」

馬漢山：「都是過去跟過我的，眼下在各個部門任職，難得他們都能從各部門調些人來，都還聽我的。」

曾可達望向了方孟敖。

方孟敖：「我看對付那些人應該用得上。」

曾可達：「魚龍混雜，不要給建豐同志添麻煩。」

「經國先生會高興的。」馬漢山早就等著插言了，也不再管曾可達拉下了臉，已經將那幅卷軸展開了，「麻煩把杯子拿開。」

曾可達：「什麼？」

卻是方孟敖拿起了大茶几上的杯子，放到了沙發旁的小茶几上。

馬漢山立刻用臂袖飛快地擦乾淨了茶几上的殘水，將那幅卷軸攤了上去。

曾可達將信將疑地望去，眼睛慢慢亮了，顯然他是被那幅字上的落款吸引了：「湘鄉曾滌生集句」！

曾可達下意識地湊近了些，去看條幅上面那兩行半帶館閣體半帶山林氣的字：「倚天照海花無數　流水高山心自知」！

——曾國藩親筆墨寶！

「曾文正公的親筆？」曾可達望向馬漢山的眼神變了。

「當然。」馬漢山蹲了下去，輕柔地拂了拂卷軸，「民國三十五年從王克敏家裡沒收的。老不死的漢奸，他也配收藏曾文正公這一片正氣！我託人請王世襄先生鑑定過，確實是曾文正公當年為了安撫湘軍那些人，在大帳親筆寫的。意思是他跟大家都是高山流水，一條心都應該忠於朝廷，不要貪圖什麼爵位功名。」

曾可達下意識地也蹲了下去，竟忘了必須安排的任務，被卷軸上的字吸住了眼！

馬漢山就蹲在他身旁，聲音從來沒有這麼好聽：「得到這個寶貝可著實讓我過了好幾坎。陳部長派人來要過，戴局長派人來要過，都想送給委員長。我當時就想，這些人拍馬屁也不看看自己是誰，委員長是朝廷，他們可不是曾文正公。這幅字只有一個人受得，就是經國先生。」

曾可達慢慢轉過頭來再看馬漢山時，竟覺得這個人不像是剛才那個人，語氣已經很平和了：「你的意思是託我轉送給經國先生？」

「可不能這樣說。」馬漢山立刻打斷他，「我馬漢山什麼人，我送的東西經國先生怎麼會要？剛才跟方大隊長已經說了，就說是他抄我的家抄出來的，上交了你。曾督察，回南京找個合適的機會你悄悄地放在經國先生的桌子上就是。什麼話也不要說。」

曾可達慢慢站起來，望向方孟敖。

方孟敖：「我們談明天發糧的事吧。」

「好。」曾可達不再猶豫，小心地捲好了那幅字，放到了辦公桌上，再轉身時對馬漢山，「不能讓你久坐了。」

馬漢山：「是。」

曾可達對門外喊了一聲：「王副官！」

王副官很快出現在門口。

曾可達：「調一個班保護馬局長，跟他的人馬會合，去發糧現場。」

王副官：「是。」

這應該是曾可達來北平後第一次主動跟馬漢山握手。

馬漢山立刻將手伸了過去。

曾可達：「人總是要犯錯誤的，關鍵是改了就好。馬局長，好好配合方大隊長，配合我們，不要再跟陳繼承那些人跑了。我保證不讓你上軍事法庭。」

馬漢山倒沒有曾可達想像的那份激動：「有你這句話就夠了。曾督察，我馬漢山是個大大的渾蛋，別的不明白，還是能看出哪些人是真心為黨國，哪些人是比我更黑的渾蛋的。方大隊長都跟我說了，平時對付學生我心裡也不好受，明天對付陳繼承、徐鐵英那些人，你們看我的表現就是。」

曾可達：「好。我跟方大隊長還有事情商量，你先去布置吧。」

馬漢山鬆了手，跟方孟敖卻只點了下頭，走出門，跟王副官去了。

曾可達關了門，凝重地對方孟敖：「有個情況來得很突然，必須跟你通個氣。」

方孟敖在認真聽。

曾可達：「梁經綸同志突然接到了中共北平總學委的指示，讓他負責明天北平各大學領糧的協調工作。原因很奇怪，是中共燕大學委原負責人不聽中共上級的指示，讓梁經綸同志取代他。情況已經報告了建豐同志，我們尚不知道這是中共在考驗他，還是藉陳繼承、徐鐵英的手犧牲他……」

方孟敖：「共產黨已經知道了梁經綸的真實身分？」

曾可達：「還沒有情報。可是另外有個人知道了他的真實身分。這個人就是你父親方行長。」

方孟敖早已從謝培東那裡知道了這個情況，曾可達此時向自己透露這個消息顯然是有所行動了，只是問道：「他怎麼會知道梁經綸的身分？」

曾可達：「應該是因為你。」

方孟敖不能接言了，只是聽著。

曾可達：「建豐同志用你是破格，也是冒了風險的。因為那個一直跟你交往的崔中石確實是共產黨。最早懷疑崔中石是共產黨的就是你爹。崔中石被徐鐵英他們殺了，你爹就一直在擔心還有共產黨來跟你接頭，於是懷疑上了梁經綸。結果是你並沒有跟共產黨接頭，你的懷疑已經完全消除。可是你爹也不知道通過什麼管道知道了梁經綸同志的真實身分。」

方孟敖：「他知道了梁經綸的身分又能怎樣？」

曾可達：「何其滄就會知道，緊接著司徒雷登就會知道，梁經綸失去了何其滄的信任，『孔雀東南飛』行動也就無法執行了。建豐同志分析，你爹今天單獨約見梁經綸，一定是希望我們去跟他談。為此，建豐同志已經通知北平各有關部門，把發糧的時間改在了明天上午十點。讓我去見方行長，跟他好好談。同時要我先徵求一下你的意見。」
方孟敖站起來：「我沒有什麼意見。」
「那好。」曾可達跟著站起來，看了一眼牆上的鐘，「快五點了。明天是一場惡戰，我們分頭行動吧。」

曾可達趕到方邸。
「曾督察請吧，我們行長在辦公室等候。」謝培東見曾可達在樓梯前站住了，提醒道。
曾可達上次造訪方家只在客廳，現在望著那道長長的樓梯，望著二樓辦公室洞開的大門，卻不見方步亭的身影，這是連站在門口迎候的禮節也不給了。心中倒並無不快，只是知道，這次談話比想像的更難，立刻想到，眼前這位謝襄理應該是能夠調和氣氛的人，十分禮貌地說道：「謝襄理調了一晚的糧，這個時候也不能休息，真是辛苦。」
謝培東：「曾督察太客氣了。我們家孟敖一直蒙你關照，有什麼需要我做的，吩咐就是。」
曾可達很少對人這般熱絡，也不顧年齡差距了，竟拍了一下謝培東的肩：「請謝襄理引見吧，您先走。」
謝培東斜著身子，高他一級樓梯，二人向辦公室大門登去。
恰在這時，客廳裡的大座鐘響了——八月十二日五點整了。

* * *

北平警備總司令部大樓外。

軍號的喇叭衝著已經大亮的天空吹得好響，是集結號！

地面都在顫動的跑步聲！

憲兵團長領著警備司令部憲兵方陣鋼盔鋼槍皮帶皮靴整齊地跑來了。

特務營長領著第四兵團特務營方陣船形帽卡賓槍大皮鞋整齊地跑來了。

方孟韋領著北平警察局方陣手提警棍整齊地跑來了。

唯獨保密局北平軍統站的人由那個執行組長領著，是排著隊走來的。

很快，各個方陣便在自己的地盤上站好了。

各方陣的領隊都望向了警備司令部的大門。

只有方孟韋在看被小號吹得漫天飛舞的烏鴉。

警備司令部陳繼承辦公室內，徐鐵英、王蒲忱、孫祕書都站在門邊了，等著陳繼承先出門。

偏偏電話響了，陳繼承順手拿起了話筒，那張臉立刻黑了：「誰改的？為什麼要改在十點？」

徐、王、孫都望向了他。

電話那邊答話的也不知是誰，但見陳繼承聽著有些氣急敗壞了：「你們要是這樣子干擾，北平的仗你們來打！我會立刻向侍從室求證。」

那邊也不知回了什麼，陳繼承愣了片刻，將話筒掛了：「娘希匹！」接著坐了回去。

徐鐵英問了：「陳總，哪裡的電話？」

陳繼承：「國防部。」

徐鐵英：「是不是向侍從室問一聲，直接請示總統？」

陳繼承：「總統飛瀋陽了。等吧，十點老子也照樣抓人殺人。」

「還有五個小時呢。」王蒲忱搭言了，「外面的弟兄們可都集合了。」

陳繼承：「一個也不許散。打開倉庫，發罐頭，發壓縮餅乾。」

＊　＊　＊

方邸二樓行長辦公室靠陽臺的玻璃窗前，這裡已經在沏茶，關鍵是沏茶的是方步亭本人，茶具就是蔣經國送的那個紫砂壺和三個紫砂杯。

這就使得曾可達更應端坐了，還有謝培東，不能插手，只好也坐在桌前，看著方步亭細細地沏茶。

澆壺，燙杯，開始倒茶了，一杯，兩杯，三杯。

極好的茶葉，茶水淡於金黃，卻更澄澈，能聞見香氣。

方步亭端起一杯遞給曾可達，又端起一杯遞給謝培東。

二人雙手捧著茶，在等方步亭一起舉茶。

方步亭卻用一隻手端起自己那杯茶，直接倒進了茶海裡。

曾可達有備而來，倒也不驚，只下意識地望了一眼謝培東。

謝培東顯著忠厚，輕聲叫了一聲：「行長。」

方步亭不看他們，握著茶壺，又開始朝自己的空杯裡倒茶，壺嘴裡最後一滴倒完，杯子裡恰好倒滿，也不去端茶，擺在那裡。

謝培東知道他要說話了，率先將手裡的茶杯也擱下，示了下意，曾可達便也將手裡的杯子放下了。

方步亭這時望向了曾可達：「今天我只問一個事，請曾督察如實告訴我。」

曾可達：「方行長請問。」

方步亭：「經國先生送我的茶杯明明是四個，不知為什麼曾督察說是三個。」

曾可達這回驚了，竟不知如何回答。

方步亭：「范大生先生做的茶器有一點是極講究的，四杯壺便是四杯茶，六杯壺便是六杯茶。這個壺沏滿了是四杯茶，怎麼可能是三個杯子呢？曾督察，如果送個禮都要說謊話，別的話我怎麼相信你？」

曾可達不得不站起來。

方步亭卻伸過一隻手掌，掌心直朝著他：「我就問到這裡，曾督察也用不著解釋。培東，下面有什麼話，你們說，我聽就是。」

＊　＊　＊

從稽查大隊軍營大門外到整個外牆，青年軍那個營都進入了一級警衛狀態，任務十分明確，保衛方大隊，負責方大隊安全發糧。

大門外，青年軍營長親自把守，高叫了一聲：「開門，敬禮！」

大路上，方孟敖那輛吉普飛快地跳躍著馳來了。

吉普後面，跟著好幾輛北平民調會的大卡車，卡車上都站滿了扛著槍拿著鐵棍的人！

方孟敖的車在大門外剎住了，青年軍營長這才看清，馬漢山竟坐在方孟敖的身旁，放下敬禮的手，向方孟敖的駕駛座旁走去，低聲問道：「方大隊長，他怎麼來了？後面車裡都是什麼人？」

方孟敖在車內答道：「曾督察的統一安排，馬局長配合我們發糧，後面都是來幫助你們維持秩序的，一個陣營，要統一行動。」

青年軍營長：「這些人誰管？我們怎麼統一行動？」

方孟敖：「都由馬局長管。三輛車一共一百五十人，手臂上都戴著袖箍，每輛車都有一個頭，第一輛車配合一連，第二輛車配合二連，第三輛車配合三連。告訴弟兄們，他們跟著馬局長在發糧現場維持秩序，我們的人在外圍擋住來搗亂的人。發生混亂局面，各連跟他們各隊配合行動。」

青年軍營長皺了一下眉：「這些人都靠得住嗎？」這話是望著馬漢山問的。

馬漢山在車裡對方孟敖：「方大隊，你先進去，我跟李營長配合一下？」

方孟敖：「好吧。你們好好配合。」

馬漢山開了車門跳了下去。

方孟敖的車開進了軍營。

馬漢山向後面的車揮手：「開進來！都開進來！」

三輛卡車咬著尾巴開進了大門。果然是魚龍混雜，車上有戴禮帽穿西服的，有剃著板寸穿中山服的，竟還有戴著藤帽穿工裝的。有些空著手，顯然是腰裡別了槍；有些顯然沒有槍，手裡拿著粗粗的螺紋鋼或又寬又厚的鋼尺！

那個青年軍營長看得兩條眉毛都併成一條眉毛了，最後一輛車開過他面前時，竟還有人舞著鋼條向他揮手招呼，其中一個還衝著他笑——這個人竟是老劉！

方邸二樓行長辦公室。

「曾督察認為是共產黨給我們行長透的消息嗎？」謝培東沒有看曾可達，也沒有看面向玻璃窗外的方步亭，只是問道。

曾可達：「我從來沒有這樣認為。」

謝培東：「那曾督察認為是誰給我們行長透的消息？」

曾可達：「誰透的消息都不重要，我只想知道方行長為什麼突然在這個時候直接去找梁經綸，說他是我們的人。」

謝培東必須看方步亭了，希望他接言，至少給自己什麼暗示。

方步亭依然端坐不動，只望著窗外。

謝培東只好自己接著對話：「曾督察實言相告吧，梁經綸到底是不是你們的人？」

曾可達來就是為了攤牌的，攤了牌也才能談判，不再遲疑：「梁經綸是我們的人。」

謝培東向方步亭說道：「行長，曾督察既然坦誠相告了，還是您來說吧。」

方步亭慢慢轉過了半個身子，卻是端起了茶海上那杯茶，向曾可達一舉：「請喝茶。」

曾可達連忙端起了杯子。

方步亭又瞟了謝培東一眼：「喝茶。」

三個人都喝了一口。

方步亭：「你們接著談。」放下茶杯，沒有再看窗外，面對著二人。

謝培東：「行長，北平分行的難處一直是你在擔著，委屈也一直是你在受。都這個時候了，你就不要再憋在心裡了。你不說，我也說不到位。」

曾可達立刻接言道：「謝襄理說得很對。來的時候，經國先生也是這樣指示我的。有什麼難處，有什麼委屈，請方行長都說出來。凡是他能解決的，一定幫忙解決。」

方步亭虛虛地望向曾可達：「曾督察能不能先回答我開始問的那個問題？」

曾可達：「哪個問題？」

方步亭：「為什麼是三個杯子？」

曾可達的臉有些紅了，尷尬了片刻，站了起來：「我先向方行長道歉，回去再向經國先生檢討。經國先生送給您的本來是四個杯子，我不小心摔碎了一個。」

方步亭：「那怎麼變成三個杯子代表我們三父子了呢？」

曾可達的臉通紅了：「是我的臨場發揮……」

方步亭：「經國先生並沒有這個意思？」

曾可達：「沒有這個意思。」

「好。」方步亭態度立刻和緩了不少，站了起來，手一伸，「曾督察請坐。」

曾可達再坐下時，連端坐也不自然了。

方步亭卻沒有再坐下，轉望向謝培東：「把紙筆拿給曾督察。」

謝培東站起來，趕忙走到辦公桌前，拿起一疊公文紙，兩支削好的鉛筆，踅了回來，放在曾可達的茶几前。

方步亭：「既然是經國先生派你來的，請你把我的話記下。最好照我的原話記錄，不要加上你的理解。曾督察同意嗎？」

曾可達嚴肅了，拿起了筆。

方步亭站在那裡，聲調鏗鏘，漸轉高亢：「民國十七年，我方步亭在美國，雖然適逢經濟蕭條，可作為耶魯大學的教授，莫說與中國人比，跟一般的美國人比，生活也是可以的。你們的宋子文先生，又寫信又派人請我回國，說是國家有難學人有責，要建中央銀行，建立金融秩序，恢復國民經濟，有厚望焉。」

曾可達開始記得有些滴汗了：「請方行長說慢些。」飛快地寫著後面幾句話。

方步亭只等了他稍頃，接著還是那個語速：「我放棄了在美國的洋房花園，放棄了高薪待遇，帶著妻子和兩兒一女回了國。沒有向政府提任何要求，一心為蔣先生的民國政府搞金融，賺了多少錢，你們可以去翻翻中央銀行的檔案，民國政府又給了我多少錢，你們也可以去查查我的收入。八一三上海淪陷前，政府十萬火急要我將中央銀行金庫的黃金、白銀、外匯盡快盡量運往後方，連船都是我向民生公司盧作孚先生要的。說來沒有人相信，為了載重量，我把夫人和孩子都撇在了上海……後來的事你們都知道的……我的妻子女兒被日本人炸死了，過了兩年才把小兒子接到了重慶。大兒子呢，正被你們派來報應我。」

曾可達停下筆，抬起頭，發現方步亭並沒有叫他回答的意思，只好又趕著把後面的話記完。

方步亭接著說道：「我那個小兒子惦記他大哥，請我的一個下屬不時去看看他，捎點兒東西，兄弟之情而已，硬被你們辦成了一個共產黨的案子。現在崔中石不明不白死了，又弄出個假共產黨梁經綸來套我那個傻兒子。曾督察，你剛才問我為什麼突然在這個時候去找那個梁經綸，點出他的身分。我也請你幫我問問經國先生，哪個父親眼看著自己的兒子被人安個共產黨的罪名，殺了一個又弄出一個，最後誰都可以用這條罪名來殺他，卻不管不問？如果經國先生不好回答，我可以直接寫信託人轉給蔣中正先生。他是總統，也是父親，請他教教我，遇到同樣的問題，他會怎麼辦，我該怎麼辦？」

曾可達在他說到蔣經國那幾句時已經停了筆：「方行長，我能不能做些解釋？」說到這裡他望向了謝培東，意思請他迴避。

謝培東慢慢站起來。

方步亭立刻瞪著謝培東厲聲說道：「你是他姑爹，也是父輩，晚輩的事，自己不管，倒讓旁人去管！」

謝培東只好又慢慢坐下了。

方步亭轉望向曾可達：「曾督察，你是受經國先生的委託來找我，還是代表你自己來找我？」

曾可達愣了一下：「是受經國先生的委託。」

方步亭：「那就不要解釋。我現在是在給經國先生表達我的意見。要麼你把我的話完整記下，要麼我們結束談話。」

曾可達只能又拿起了筆：「明白了。方行長請接著說。」費神記憶剛才沒寫的那幾句話，開始補寫。那份好不容易修來的淡定此時在筆頭竟又艱澀了。

＊　＊　＊

天空已經大白了。稽查大隊營房的大門洞開，方孟敖和他的飛行大隊都進了營房內。只讓那個青年軍營長和馬漢山整頓人馬。

三車魚龍混雜的人馬，顯然來自三個不同的路數，一車人一個方陣，站在大坪上，每個方陣都有一個頭，站在隊伍前。

李科長和王科長心裡又打鼓了。馬局長被抓走，他們頓覺群龍無首。馬漢山突然回來，他們又覺有的罪受了。二人閉著嘴站在他和那個營長身後，只望馬漢山把事情一肩扛了，最好是完全忘記他們。

馬漢山哪裡會忘記他們，也不回頭，只舉了一下手，往前一揮：「你們過來。」

李科長望著王科長，王科長望著李科長，還指望馬漢山不是叫他們。

馬漢山不吭聲了，李、王二科長但見前面那百多號人都齊刷刷地望著他們，這才知道賴不過了。王科長輕聲問李科長：「是叫我們？」

李科長也就只會欺負王科長：「都什麼時候了，你還裝聾作啞！」繃著勁自己先走了過去，走到馬漢山身邊大聲喝著王科長：「還要馬局請你嗎？」

那個王科長真是慢得不止半拍，這時才急忙走了過來。

「我不在，你們辛苦了。」馬漢山竟然十分和藹。

李、王二科長一時還沒反應過來，又對望了一眼。

馬漢山：「還得你們辛苦，犒勞都準備了嗎？」

王科長不敢接言，李科長敏捷些，立刻低聲問道：「馬局，發美元還是發銀元，每人多少，讓王科長立刻回去取。」

馬漢山終於盯上他了：「美元能吃還是銀元能吃？餓兵能打仗嗎？」

原來是要給這一百多號人開餐，大清早的在這個兵營哪裡弄去？李、王二人真愣住了。

馬漢山居然還是沒有罵他們：「立刻打電話，把三號倉庫裡的罐頭餅乾拉一卡車過來。」

李科長是社會局借調的，這回倒是真不知情了，望向王科長。

王科長輕聲答道：「局長，三號倉庫是您親自管的，只您有鑰匙。」

馬漢山：「打電話給周麻子，傳我的命令，把鎖砸開，立刻運一卡車過來。」

王科長這回真明白了：「是。」立刻向大門崗房走去。

＊＊＊

方邸二樓行長辦公室裡，曾可達將前面記的話雙手遞給方步亭：「方行長請過目，我記的話有沒有不準確的地方。」

方步亭沒有接：「培東，你眼睛好些，你看看。」

謝培東接過那一頁紙，飛快地看了：「都是原話。曾督察，耶魯大學的耶字，是耶穌的耶字，右邊不是禾字，是個耳刀旁。」說著遞了回去。

曾可達接過記錄紙：「我馬上改。」

「不用改了。」方步亭終於笑了，「可見這次曾督察是帶著真誠來的，那就彼此都真誠吧。請接著記錄。」

曾可達又認真記錄了。

方步亭：「幣制改革，發行新的貨幣是山窮水盡的舉措。可當下的中華民國，幣制不改革是等死，改革了也未必能活。我方步亭既然在二十年前就選擇了幫這個民國政府，現在還願意不改初衷。別人怎麼幹我管不了，在平津我願意配合，還能夠調動我的資源，請美國的朋友多給些援助。」

曾可達記得又快又有力了。

方步亭：「我只有一個要求，請經國先生將方孟敖派到美國去。最好在幣制改革前就讓他去。」

曾可達的筆稍停了一下，還是把這幾句話記下了，接著抬起了頭：「這個問題，經國先生有指示，我能不能現在就轉告給方行長？」

方步亭：「請說。」

曾可達：「方孟敖是國軍最優秀的人才，最有戰鬥力，而且在民眾中有最好的形象。希望在推行幣制改革最艱難的前三個月，他能在北平執行任務。三個月後，預備幹部局一定特簡他出任中華民國駐美大使館武官。經國言出必行，請方行長信任理解。」

方步亭一下愣在那裡，舉眼望著上面想了好一陣子，接著望向謝培東。

謝培東也只能跟他對望。

方步亭轉望向曾可達：「三個月？」

曾可達：「經國先生親口說的，就三個月。」

方步亭又望向了謝培東：「孟敖的命硬，三個月應該能挺過去吧？」

謝培東點了下頭。

方步亭下了決心：「我無法跟經國先生討價還價了。提另外一個小小的要求，這件事曾督察就能幫忙。」

曾可達立刻站起來：「方行長請說，可達但能效力，一定效力。」

方步亭：「要說在這幾個孩子裡我最疼的不是孟敖也不是孟韋，是我這個妹夫的女兒，木蘭。現在你們那個梁經綸把她拉在身邊，說不準哪天就毀了這孩子的一生。請曾督察轉告梁經綸，即日起離開我們家木蘭，不管用什麼手段，最好是找個理由把她開除出學聯。然後我們用飛機把她先送到香港，再送去法國。」

曾可達：「這件事我立刻去辦。一個星期內你們安排將謝木蘭送走。」

方步亭的手伸了過來。

曾可達還沒做好準備，看著那隻手，看到有幾點老人斑。不禁心中一熱，雙手握了上去。

方步亭：「聽說曾督察每個月還給家鄉的父母寄錢，你是個孝子。請代我向令尊令堂問好。」

曾可達：「不敢，好的。」

方步亭：「培東，馬上要發糧了，弄不好又是一場大學潮。你去送送曾督察。」

謝培東直將曾可達送到大門邊，曾可達的車也已經開到大門外。

謝培東在門內握住了曾可達的手：「當著我們行長，我不方便說話，想私下裡跟曾督察說幾句。」

曾可達對謝培東頗有好感，當即答道：「謝襄理請說。」

謝培東：「就是關於我那個女兒的事。曾督察千萬不要聽我們行長的，讓梁教授將她開除出學聯。」

曾可達：「為什麼？我可是答應方行長了。」

謝培東：「十幾萬學生都參加了華北學聯，單單將她開除，梁教授沒有理由，我們家木蘭也會知道一定是我們在干預。這個辦法不好。如有可能，就請梁教授疏遠她，不要讓她多參加活動就是。」

「沒問題。」曾可達準備鬆手。

謝培東依然握著他：「誰家的孩子都是孩子。聽孟韋說今天北平統一行動，很可能又要對學生們不利。曾督察是國防部派來的人，盡力保護學生吧。」

曾可達對謝培東更有好感了，一時竟說出了知心話：「經國先生說過，因為黨國上下的腐敗，使我們失去了全國人民的擁護，我們到北平來就是爭民心的。我和方大隊長今天都會全力保護學生。謝襄理如果信任我們，今後在方行長那裡，還請多支持我和孟敖執行經國先生的任務。」

謝培東點了下頭，鬆開了手，向門外一讓：「曾督察趕緊上車吧。」

曾可達準備出門，又突然站住了，向謝培東敬了個禮。

謝培東趕緊雙手抱揖。

曾可達這才轉身向門外的汽車走去。

＊　＊　＊

稽查大隊軍營大坪上，一輛帆蓬罩得嚴嚴實實的大卡車，車尾的擋板放下了，露出了車廂內堆得像山一樣的罐頭箱子和餅乾箱子。

為了顯示規格，王科長在車廂上遞箱子，李科長在車下接箱子，馬漢山拿著一根撬棍，親自將箱蓋撬開。

箱子裡是一罐罐包裝精美的美國罐頭，有豬肉的，也有牛肉的。

那個青年軍營長站在一旁都看得有些眼饞了，何況三個方陣那一百多雙眼睛。

撬了有十來箱，馬漢山拿起一罐豬肉的，又拿起一罐牛肉的，雙手遞給了那個青年軍營長：「李營長，帶個頭嘗嘗，鼓舞一下士氣。」

青年軍營長接在手裡，還沒反應過來，但見馬漢山喊道：「幾個老大過來幫忙！」站在三個方陣前面的三個頭走了過來。

馬漢山：「你們端著，我親自發。」

這三個頭像是特別熟悉馬漢山的做派，一句話也沒有，各人都捧起了兩個箱子，一個豬肉的，一個牛肉的。

馬漢山向第一方陣走去，從第一排第一個人開始，雙手拿出兩盒罐頭遞去：「多辛苦。回去時再帶兩罐。」

營房內，方孟敖被郭晉陽他們叫到了門口，都在看著馬漢山發罐頭。

郭晉陽噓了一口口水，對方孟敖笑道：「隊長，抄了好幾次倉庫，怎麼就沒發現這些洋玩意？」

方孟敖也笑了：「馬漢山藏的東西如果那麼容易就能抄出來，他也就不是馬漢山了。怎麼，看著嘴饞了？」

陳長武接言道：「隊長，跟這樣的人一起執行任務，我們是不是有點兒掉份兒？」

方孟敖：「你以為國軍裡這樣的人還少嗎？怕掉份兒，等一會兒馬漢山送罐頭來都不要接。」

好幾個隊員同時說道：「罐頭還是要接！」

方孟敖：「聽好了，今天就要靠這些人對付陳繼承和徐鐵英他們。他們有他們的招，不要干預。聽到沒有？」

「是！」

方孟敖一個人又轉身向裡邊走去。

軍營大坪上的第三方陣裡有雙眼睛在看著方孟敖的背影，就是劉初五。

這時，馬漢山帶著這個方陣的頭來發罐頭了。

兩盒罐頭伸到了老劉面前，馬漢山：「多辛苦。」說到這裡突然盯著老劉那雙手，又望向老劉的臉，一愣，發現這雙眼賊亮！

馬漢山轉臉問這個方陣的頭：「這位兄弟面生，在哪個隊伍打過仗？」

協力廠商陣那個頭：「老大好眼力，這位兄弟在西北軍幹過，一次跟日本人遭遇，整個隊伍都打光了，趴在死人堆裡逃出來的，不願再從軍，便到了北平。我們的好幾家工廠和貨棧都想請他當工頭，人家只願當零工，青幫的兄弟都服他。」

馬漢山立刻重重地在老劉肩上拍了一掌：「好漢子！帶槍沒有？」

老劉：「都不在隊伍了，沒有再摸過槍。」

馬漢山對那個頭：「調一把二十響給這位兄弟。打亂了，徐鐵英就交給你了。願不願幹？」

老劉：「誰是徐鐵英？」

馬漢山：「北平警察局新調來那個局長。等一下我指給你看。」

老劉望向了協力廠商陣那個頭。

那個頭心裡沒底了：「事情不會鬧那麼大吧？」

馬漢山：「幹掉一個狗屁警察局長算什麼大事。已經告訴你們了，今天我們的後臺是國防部調查組，太子派來的。到時候該打誰只管打，打好了國防部給你們授獎！」

那個頭只好問老劉：「五哥，幹不幹？」

老劉：「我們聽馬局長的。」

馬漢山：「好。幹完了願意走路給你一萬美元。調槍給他。」

說著，繼續發罐頭。

第三十六章

曾可達在住處聽著話筒，「謝謝建豐同志的鼓勵。」曾可達顯然受到了電話那邊的充分肯定，此時卻沒有絲毫喜色，將方步亭那紙記錄塞進口袋時，望了一眼牆上的壁鐘，已經是八點二十五分了，接著說道，「離發糧還有一小時三十五分鐘。還有兩件事，屬於我個人的思想問題，希望建豐同志給我幾分鐘時間，我想向您報告。」

電話那邊建豐同志的聲音：「很重要嗎？」

曾可達：「思想問題是根本問題，可達認為很重要。」

電話那邊沉默了約兩秒鐘：「很好，請說。」

曾可達：「上個月我代您給方行長送去范大生先生的茶壺和茶杯，摔碎了一個……」

電話那邊：「這很重要嗎？」

曾可達：「有兩點很重要。第一，我沒有向您彙報；第二，我當時送去的時候欺騙了方步亭，說是您的意思，三個茶杯代表他們父子三個人。」

接著是兩邊都沉默了。

也就幾秒鐘，電話那邊建豐同志的聲音果然嚴厲了，可說出的話卻又出乎曾可達意料之外：「組織早已做了決定，同志之間一律稱呼『你』。你剛才連續稱呼了四個『您』字，希望立刻改正。」

很快，曾可達有所領悟，大聲答道：「是。建豐同志。」

「談剛才那個問題吧。」電話那邊的聲音立轉平和，「是不是你說的謊言被方行長戳破了，給工作帶來了被動？」

「是，建豐同志。」

「你怎麼解釋的？」

曾可達：「我向他承認了，你送的是四個杯子，把三個杯子說成代表他們父子三人是我文過飾非，臨場發揮。」

「他於是就給我說了剛才那番話？」

曾可達：「是，建豐同志。」

「很好。說第二件事情吧。」

曾可達：「馬漢山給你送了一件禮物。根據紀律，我是絕不能接受馬漢山任何禮物的，更不能接受他送給你的禮物……」

「說下去。」

曾可達：「是。可這件禮物意義實在重大，我接受了。擔心損害組織和你的形象，我又犯了欺心的毛病。想回南京時先悄悄送給你，等你過問，再解釋是從他家裡抄出來的。剛才受到給方行長送茶壺的教訓，回來又反覆看了那件禮物，可達很受震撼……」

「什麼禮物，讓你很受震撼？」

曾可達的目光轉向了辦公桌，曾國藩那幅手跡早已恭恭敬敬地展開在那裡，也不知道哪兒弄來的兩方鎮紙，穩穩地壓在卷軸的兩端。

曾可達竭力平靜地答道：「是曾文正公剿平太平軍後，在大帳寫給湘軍屬下的那幅集句聯。」

電話那邊這次的沉默，讓曾可達感覺到了呼吸聲，身子挺得更直了。

「是『倚天照海花無數，流水高山心自知』那幅集句聯嗎？」這句話問得十分肅然。

「是，建豐同志。馬漢山說，他已經請王世襄先生鑑定過了，確實是曾文正的手跡。」曾可達回答完這句話，呼吸都屏住了。

電話那邊的聲調這時卻分外響亮了：「查查這兩天飛南京的飛機，交給妥當的人盡快帶來，我需要立刻送給總統。」

「是……」

電話那邊的聲音從來沒有如此清朗：「曾可達同志，針對你剛才說的兩件事，我說兩句話彼此共勉。『人孰無過，過則無憚改。』『見賢思齊，雖不能至，心嚮往之。』這一個多月來，尤其是今天，你的思想進步很大，我向你致敬。」

曾可達完全不知如何回話了。

電話那邊也沒有再要求他回話，接著說道：「你現在可以去發糧現場了。出了西直門，王蒲忱在那裡等你，他有話跟你談。」

「是。建豐同志。」曾可達才回過神，立刻又覺得不對，「請問建豐同志，是保密局的安排嗎？」

「跟保密局無關。我掛了，你去吧。」

「是。」曾可達這個字剛答完，那邊電話立刻掛了。

曾可達的小吉普駛在西直門外通往燕大清華的路上，青年軍警衛班的中吉普緊隨其後。

馳出西直門一公里多，曾可達才看見王蒲忱一個人高高地站在他那輛車旁抽菸。

「像是王站長。」王副官顯然毫不知情，望了一眼副駕駛座上的曾可達。
「停車。」曾可達沒有看他。
「是。」王副官鳴了一聲喇叭，示意後面的中吉普，接著靠著路邊停下了。
中吉普保持著距離跟著停下了，一車人都跳了下來，走向路邊警戒。
曾可達下了車，向後邊那些青年軍揮了下手：「都上車。」
那些人也不知道聽清沒聽清，意思還是明白的，很整齊地又都上了車。
王蒲忱像一隻鶴已經徜徉而來。
「你們的隊伍呢？」曾可達望著王蒲忱。
「跟著警備司令部的隊伍已經開過去了。」王蒲忱沒有讓曾可達繼續問，轉望向王副官，將手中的車鑰匙遞了過去，「請王副官開我的車，我開你的車。」
王副官望向曾可達。
曾可達：「去吧。」
「是。」王副官接過車鑰匙，向王蒲忱的車走去。
王蒲忱：「可達同志，上車說吧。」
曾可達驚疑地直望向王蒲忱的眼，王蒲忱微微一笑，目光望向自己的腳。
曾可達這才發現，王蒲忱今天穿的是一雙黑色布鞋，如此眼熟！
——南京國防部，預備幹部局，撲面閃過！
——門廳換衣處，撲面而來！
——曾可達看見了那兩排整齊的衣架，看見了上面掛著一件件沒有軍銜的便服，看見了衣架下整齊擺放著的一雙雙黑色布鞋！

黑色布鞋動了，南京國防部預備幹部局不見了，眼前是西直門外的路面。

曾可達倏地抬起頭，王蒲忱已經走到車邊，拉開了車門。

曾可達大步走向副駕駛座那邊，也開了車門。

二人同時上車。

王蒲忱先鳴了一聲喇叭，前面王副官的車開動了。王蒲忱推上檔，悠悠地跟了上去。

曾可達今天突然感到身邊這個王蒲忱有如此之高，高到自己不想看他，便望向車外的後視鏡，看著跟來的中吉普，等他先說話。

「南京黃埔路勵志中學成立大會我在北平，沒有參加。」王蒲忱眼望前方，「我的書面誓詞在建豐同志那裡，『為了三民主義的革命事業，永遠忠於校長，矢志不渝』。」念完這幾句誓詞，他將右手伸了過來。

曾可達望向伸在面前又細又長的手指，不知為何總覺得不自在，也只能伸手握住，說道：「忠於校長，矢志不渝。」

王蒲忱很自覺地先鬆開了，換這隻手掌著方向盤，接著說道：「今天的行動關係到即將推行的幣制改革，也關係到全國戡亂救國的大局。堅決反腐，還要堅決反共。建豐同志給你們調查組的指示是穩定北平的民心，給我的指示是抓捕北平的共黨。可共產黨現在已經不再鼓動學潮，也不發動工運，全都隱蔽了起來。建豐同志分析，他們這是在等待，前方決戰時一定會有大動作。因此我們不能再等待，務必撕開口子，先抓到一個重要人物。這個人負責中共北平城工部的武裝，真名叫劉初五，外號五爺。你那裡昨晚也應該接到了情報，共產黨學委那個嚴春明不聽他們上級的安排，突然返回了燕大，這很可能打亂共黨的部署。為了控制局面，那個劉初五今天很可能會出現。建豐同志指示，可達同志負責穩住方大隊將糧食發下去，盡量不要引起學潮。我負責找到這個劉初五，立刻逮捕。」

＊　＊　＊

魚龍混雜的車隊從稽查大隊軍營駛向燕大清華。

方孟敖的小吉普一馬當先。青年航空服務隊的中吉普緊跟在後面。馬漢山舊部那三輛十輪大卡則是五花八門的人頭。

方孟敖的小吉普上只坐著兩個人，方孟敖依舊自己開車，馬漢山緊坐身旁。

方孟敖：「你剛才鬼鬼祟祟給了一個人一把槍，好像還給了一張支票。那個人是誰，你想幹什麼？」

馬漢山竟不答話。

方孟敖猛踩了一下剎車，馬漢山剛往前栽，方孟敖緊接著踩向油門，馬漢山又往後一倒。

方孟敖在等他回話。

馬漢山先是笑了一下，接著嘆道：「方大隊不要問了。你可是答應過我的，我那個兒子還要你照看。」

方孟敖：「什麼意思？」

馬漢山：「你是上過軍事法庭的人，接下來該輪到我了。你知道的越少越好。」

方孟敖向他望去：「曾督察當著我面答應你的，好好配合，不會讓你上軍事法庭。」

馬漢山：「我想叫你一聲老弟，行不行？」

方孟敖沉默了片刻：「叫幾聲都行。」

馬漢山：「老弟，聽老哥一句話，信誰的話，也千萬不要信國民黨的話。老哥在國民黨混了幾十年，能活到今天，就是從來沒有把他們的話當過真。」

方孟敖：「你是不是國民黨？」

馬漢山：「所以，我說的話你也別當真。我要告訴你，我給那個人一把槍是叫他去崩了徐鐵英，你相信嗎？」

方孟敖想了想，笑了：「相信。」

馬漢山跟著笑了：「今天是個好日子，我馬漢山說的話也有人相信了。」

方孟敖收了笑容：「不要亂來，好好配合，我會保你。」

馬漢山又沒有回話。

方孟敖側眼望去，但見馬漢山靠在椅背上，閉著眼：「不說了，讓我打個盹。」

「嘿？」方孟敖再瞟望時，馬漢山像真的睡著了，臉上一片平靜。

心裡突然五味雜陳，方孟敖輕輕放慢了車速，車子這時像個搖籃。

後面的車都跟著減了速。

最後一輛十輪大卡上。

顯然有命令，五十個人都擁擠著蹲著，車速一慢，有些人便站了起來，向前張望。

「都蹲下！」這輛車帶頭那個人喝道。張望的人立刻又蹲下了。

帶頭那人蹲在車廂中間，對面便是老劉。

顯然早就想問話了，只因剛才車開得太快，這時帶頭那人終於可以問老劉了：「五哥，真不要命了，殺徐鐵英的活也接？」

周圍好多雙眼都望了過來，老劉只是笑了一下。

帶頭那人：「家裡真那麼缺錢？」

好多雙眼睛，老劉還是笑著。

帶頭那人嘆了一聲：「馬局這個人平時對弟兄們確實不錯，可我知道他那些家底早就敗光了，擔心給你的是空頭支票。」

老劉回話了：「我看了，天津花旗銀行的，前面是個一，後面好幾個零。」說著，老劉從口袋裡掏出了那張摺著的支票遞給帶頭那人。

帶頭那人打開支票，眼睛立刻亮了。附近的腦袋湊了過來，遠些的聲音嚷了起來。

「幾個零？」

「是不是真的。」

「不會是法幣吧？」

「花旗的，自然是美元！」

一陣擠，帶頭那人蹲不住了，喝道：「扶著我行不行！」

身旁立刻伸出來好些手扶住了他。

「多少？」

「是不是十萬？」

帶頭那人大聲喝道：「搶銀行哪！能不能閉嘴？」

安靜了，幾十雙眼睛依然瞪得溜圓！

帶頭那人：「是一萬美元，到天津花旗銀行立馬可以兌現。」

「可以去香港了……」一個穿著大兩號舊西服的人脫口嚷道。

帶頭那人立刻盯向那人，喝道：「給你，你去幹！」

幾十雙眼同時盯向那人。那人嚥了口唾沫，閉上了嘴。

帶頭那人轉望向老劉：「五哥，家裡真要這筆錢救人我替你送去。不為救人就退給馬局，賣這個命不值。」將那張支票伸了過去。

老劉沒有接言，也沒有接回那張支票，依然笑著。

挨近的人都聽到了，都望著老劉。

遠處的人沒有聽到，都望向那張支票。

「這個錢是不能要，要了也沒命花。」身旁一個人插言道。

「是啊，五哥，你跟馬局素無交情，不能幹這個事……」另一個人也跟著插言道。

這兩句話大家似乎都聽見了，瞬間沉默了。

「我來幹！」不遠處一個穿工裝的大漢突然喊道，「幹完了我立刻給自己一槍，只要把錢送到我綏遠老家就行……」

「誰也不能幹！」帶頭那人喝住了那條漢子，掃了一眼眾人，「說好了我們是來幫著發糧的，誰幹了這個事都會牽連大家。」又望向老劉，「五哥，把槍給我，連同支票待會我就退給馬局。」

「我能不能說幾句？」老劉嗓門真大。

大家都望向了他。

老劉：「這一萬美元每人兩百，都能夠拿。」

嘈雜聲立刻又起。

帶頭那人倏地站起來：「能不能聽人把話說完……」車一晃，眼見要摔倒。

老劉一把拽住了他。

帶頭那人又蹲下了：「五哥，你接著說，站起來說。扶著點兒！」

老劉站了起來，身旁好幾雙手撐著他。

老劉：「告訴大家，馬局長沒有叫我們去幹誰。這一萬美元是叫我們去保護幾個國防部調查組要保護的人。只要我們把這幾個人掩護走了，國防部擔責任，錢我們分。」

所有的人都亢奮了，齊刷刷地望著老劉，老劉卻望著帶頭那人。

帶頭那人一把拽住老劉的手：「拉我一把。」

老劉拽起了他，穩穩地扶著他的手臂。

帶頭那人：「一共幾個人，都是誰？」

老劉：「三個。人我也不認識，只知道都是燕大的，兩個教授，一個叫梁經綸，一個叫嚴春明；一個學生，女的，叫謝木蘭。」

「那就是美國人的背景了。」帶頭那人掃視眾人，「這個活兒我們可以接！不分什麼工了，認準了人，趁亂一哄而上，救走人明天去天津取錢，後天分！」

* * *

據說是燕京大學一九四六年出資三萬大洋買下來準備擴充校園所用的好大一片空坪，剛平整了地基，搭了一排工棚，內戰爆發，只得停止了施工，荒置兩年，這次正好派上用場，選為各大院校臨時發糧處。

靠東地基邊沿那一排工棚剛好可以放糧食，卻又只夠堆麵粉，大米就全都堆在了工棚外邊。

一百公斤一袋的大米，靠工棚正中方方正正碼得像一個大講臺，兩邊堆得像掩體。於是講話的地方有了，坐在掩體後發糧的地方也相對安全了。

八月中旬，早上九點的太陽已經開始曬人了。大坪地上，靜靜地坐著也不知多少學生，都是推出的學聯代表，當然也有一些老師。糧食就在他們的前方，無一人前去騷擾，無一人發出聲響，這是在靜坐。用北平人的話講，這是「鬧學生」的一種，靜坐以後鬧成怎樣，那就誰也說不準了。

擺成掩體的米袋後也有好些人在「靜坐」，便是民調會那一干人。

左邊靠著米袋躲坐著李科長一溜科員，右邊靠著米袋躲坐著王科長一溜科員。後半夜督著工人將糧食運來已經累得半死，現在工人走了，國防部稽查大隊和他們那個馬局又沒有來，背後大坪上那麼多人偏又不發出一點兒聲響，真是難熬。

多數人認命了，以王科長為首，乾脆靠在糧袋上睡覺；也有人睡不著，譬如那個李科長，不斷張望通往大坪的那條公路。

遠處似有汽車開來的聲音，李科長猛地睜大了眼。

緊接著，好些人都聽見了遠處的汽車聲。

大坪上靜坐的學生們顯然也聽見了，卻依然人人端坐，一動不動。

偏有一個學生動了，探起身向前方第一排望去，是謝木蘭。

身旁一個男生拽了她一把，謝木蘭只好又坐下了。

原來，第一排正中坐著梁經綸。他兩邊坐著的都是北大、清華、北師大各大學的學聯頭頭。他身後全是混進學聯的中正學社的學生。

梁經綸當然也聽見了開過來的車隊聲，輕輕側頭向右後方望去。

嚴春明被好些學生團團護著坐在那裡，太陽照得他厚厚的眼鏡片在反光。

梁經綸沒有得到嚴春明的反應，卻被身旁北大學聯那個學生代表輕輕碰了一下。

梁經綸回頭望他，那個學生示意他聽。

——剛才還越來越近的車隊聲突然消失了。

通往發糧處的公路上，警備司令部的車隊居然被幾個農民攔住了，其實也不是攔住，而是他們停下後被幾個農民糾纏上了。

一輛輛軍車上，警備司令部的憲兵，第四兵團特務營的士兵，還有北平警察局的員警正在烏壓壓地跳下，往公路兩旁的高粱地裡漫去。

城裡在鬧饑荒，城外在打仗，村外在鬧學生，這個緊鄰燕大、清華的中關村兩百多戶農家還得種莊稼。八月中高粱已經黃了，任他天翻地覆，再有一兩個月也得指著這些高粱活下去。一些農民正在地裡拔草，卻突然被這麼多軍隊軋進了高粱地裡，真是不叫人活了。這裡的農民是跟燕大清華打過交道的，知道已經立憲了，可以找政府說理，便跑到了公路上，圍住一輛吉普，找到了最大那個官，便是徐鐵英。

「我們一不欠糧，二不欠草，政府為什麼還要踩我們莊稼！」一個年長的農民用城裡話跟徐鐵英講理。

徐鐵英將頭轉向一邊，看著大片的高粱地一直連接到發糧處那一排工棚，說道：「位置不錯。」

「是。」身邊的孫祕書和那個特務營長答道。

「長官！」那個年長的農民急了，「你的兵毀了我們的莊稼，我們找誰賠去？」

另外幾個青壯年農民也走了過來，都望著徐鐵英。

特務營長：「站住！」

那幾個青壯年農民站住了。

特務營長盯著那個年長的農民，準備把他嚇走。

徐鐵英抬手止住了他，望向站在幾步開外的方孟韋：「方副局長你過來一下。」

方孟韋沒有表情地走了過來。

徐鐵英對方孟韋說道：「踩壞了多少莊稼事後你估算一下，叫民政局理賠。」

方孟韋沒有表示，徑直走向那個年長的農民：「老伯，我是北平警察局的副局長，姓方。軍隊踩壞了你們的莊稼，過後你到警察局找我，我負責給你們賠償糧食。這裡很亂，你們走吧。」

年長那個農民：「你得給我開張條。」

「我怎麼給你開條！」方孟韋突然發火了，「不相信，把我的槍留下好不好！」拔出腰間的手槍遞了過去。

那個老農懵了。

徐鐵英、孫祕書和那個特務營長也是一愣，一齊望向方孟韋。

「槍我們怎麼敢要……」那個老農緩過神來，「你長官說話算數就行。」

方孟韋也緩過了神，知道自己這個火不應該對他發，把槍插回腰間：「我說話算數。帶你的人趕快離開吧。」

那個老農果然囉唆：「敢問長官臺甫？」

方孟韋輕嘆了口氣，從上衣口袋抽出了鋼筆：「把您的手伸過來。」

那個老農猶疑了一下，伸過了滿是老繭的大手。

方孟韋在他手心上寫下了自己的名字——方孟韋！

這時，又有好些車開了過來。徐鐵英他們立刻望去。

方孟韋也望了一眼，知是大哥的車隊，對那老農：「快走吧。」

那個老農這才向另外幾個農民走去，兀自嘟噥：「我這隻手好些天不能洗了。」

徐鐵英的臉色陡然變了。

——他看見方孟敖吉普車內副駕駛座上馬漢山在那裡睡覺！

徐鐵英倏地望向一直站在一旁抽菸的王蒲忱：「馬漢山怎麼放出來了？怎麼回事！」

王蒲忱：「國防部打的電話，方大隊長親自領走的。徐局長不知道？」

「國防部！」徐鐵英鐵青了臉，「哪個國防部，還不就是那個預備幹部局！」說到這裡突然又轉望向孫祕書，「他們保密局要保密，你也對我保密？」

王蒲忱：「徐局，我們也很難做，先放的馬漢山，後放的孫祕書。」

一遷怒又錯怪了孫祕書，徐鐵英將臉倏地扭過去。

方孟敖的吉普開到離徐鐵英不遠處，猛地剎車。

馬漢山醒了，睜開眼便看見了一臉鐵青的徐鐵英！

馬漢山惺忪地笑了，對方孟敖：「讓我先會會他？」

方孟敖也一笑：「給他留點兒面子。」

「就怕他不要。」馬漢山一推車門跳了下去。

「怎麼回事？」馬漢山故作驚詫地張望公路兩邊那些在莊稼地裡布陣的士兵，然後望向王蒲忱，「軍事委員會有條令，行兵打仗不許糟蹋老百姓的莊稼。你們缺德，我民政局可不給你們揩屁股賠錢。」

王蒲忱當然知道他這是向誰叫板來了，既不能回話，也不能有表情，只能虛虛地望著他。

「王站長！」徐鐵英大聲喝道，「這個人可是國防部下了明令抓的，怎麼放出來了，拿明令我看！」

「有也不給他看。」馬漢山故意替王蒲忱接了招，盯向徐鐵英，「姓徐的，鐵英兄，想不想知道我現在幹嘛來了？」

徐鐵英哪想看他，可目光一移，偏又看見了方孟敖在車裡笑著，想起了自己全國黨通局的背景，嚥著這口氣，轉直了身子，去看高粱地裡的兵陣。

馬漢山偏不放過他，走到他身後：「不想聽我也告訴你，民以食為天。你們家老婆孩子一大堆在臺北吃安穩飯，卻不管百姓的死活。我們來發糧，你卻來抓人，還糟蹋農民的莊稼。我馬漢山以前缺了德，這才女人都跑了，兒子也不見了。前車之鑑，你徐鐵英可不要學我。」

「曾可達呢？」徐鐵英大聲問王蒲忱，「你們保密局和預備幹部局到底執行哪個國防部的命令？」

王蒲忱剛換了一支菸，還沒對燃，拿了下來，臉色也不好看了：「曾督察回城了。徐主任這個問題我無法回答。一定要問，請直接打電話去問我們毛局長，或者經國局長。」

「這才像北平站的站長！」馬漢山大聲誇了一句王蒲忱，走過去還拍了他一下，走回吉普車，開車門給徐鐵英撂話，「最好不要干擾老子今天發糧。真鬧出了人命，大不了南京特種法庭見！」

方孟敖笑載著馬漢山呼地一下開過去了。

中吉普航空服務隊呼地開過去了。

三輛十輪大卡開過去時，有人在上面大聲吆喝，有人揮著鋼棒鋼條向徐鐵英他們打招呼。

徐鐵英面對高粱地陰沉了好一陣子：「孫祕書！」

孫祕書走了過去。

徐鐵英低聲地：「不能留了，亂槍打死他。」

孫祕書：「主任，您不能下這個命令，貽人口實……」

「那就你幹。」徐鐵英望向孫祕書，「這個人送到南京什麼話都會說。明白嗎？」

孫祕書只是望著他。

清華燕大結合部臨時發糧處。

「發糧了！」李科長從掩體後冒出，大聲吆喝，「都起來！睡覺的回家睡去！」

其實已沒人睡覺了，民調會一干科員看見馬漢山陪著方孟敖大步走來，早就紛紛站起來了。

「起什麼起，蹲下！」馬漢山喝道。

原來方孟敖在掩體內大步前行，正在向大坪上坐著的師生敬禮！

單列跟在後面的二十個飛行員也都整齊地敬禮！

梁經綸的眼跟方孟敖行進中的眼碰了一下。

謝木蘭興奮緊張又複雜的眼，遠遠地望著大哥，又向第一排梁經綸的背影望去。

大坪上黑壓壓的師生們都只是望著方孟敖和跟在他身後的大隊，一片沉寂。

進入糧袋掩體的公路上的三輛大卡車，這時跳下來一百多號不倫不類的人，握著鐵棒鋼尺，有些腰間顯然還掖著槍，師生們更沉默了。

方孟敖行至糧袋堆成的講臺邊站住了，放下了敬禮的手。

十名隊員在掩體左側一排站住了，整齊地放下了手。

另十名隊員依然敬著禮，繞過糧袋講臺向掩體右側走去。

「弟兄們辛苦了！」馬漢山這才彎腰走進掩體蹲下，打招呼。

「不辛苦。」蹲在掩體左邊民調會這撥人有氣無力地答道。

馬漢山望著李科長：「叫王科長過來。」

李科長半站直著身子，向掩體那邊的王科長招手。

王科長和他那邊一干民調會科員，還蹲在那裡，望著正敬禮過來列成一排的那十個青年航空服務隊隊員。

郭晉陽剛好站在王科長對面，低聲對面前蹲著的王科長：「叫你。」

王科長探起身子，這才看見李科長在那邊死命地招手，立刻彎著腰繞過中間的糧袋講臺走去。

見王科長喘著氣過來了，馬漢山又向卡車上跳下的那堆人招手：「你們三個也過來！」

每輛車帶頭的人，一共三個，包括老劉車上那個，都奔過來了。

「今天發糧。」馬漢山望了一眼站在那裡的方孟敖，「方大隊長他們監督，民調會管名單，哪個學校共有多少人要發多少糧，一粒也不能錯。體力活由我帶來的弟兄幹，一包一包地發，然後給各校派車送去。我說清楚沒有？」

李、王二科還有三個帶頭的齊聲答道：「說清楚了！」

馬漢山：「還有最重要的一條，打不還手，罵不還口，明白沒有？」

「明白。」

馬漢山：「明白什麼？」

五個人面面相覷。

「我指的是領糧的學生。」馬漢山瞭了一眼工棚背後，「要是高粱地裡那些人，就跟他們幹。」

「是。」這次只有卡車上三個帶頭的回道。

馬漢山也不指望李、王二科長有這個膽子，蔑了他們一眼：「各自安排去吧。」

「是。」五個人都答了，各自離去。

民調會那些科員也都跟著李科長和王科長走進了工棚。

掩體的左邊只剩下整齊的十個青年航空服務隊隊員。

掩體的右邊也只剩下整齊的十個青年航空服務隊隊員。

望著碼得像講臺的米袋，馬漢山站起來，撣了撣衣襟，走近方孟敖：「方大隊，該我過坎了，你押著我上，還是我自己上？」

方孟敖依然目視前方：「你自己上。」

「是！」馬漢山有意大聲應道，爬上了糧堆。

大坪上無數雙眼睛都望向孤零零爬上糧堆的馬漢山。

「先生們，同學們！」馬漢山聲音很大，叫了這一聲停在那裡，等著石頭或者別的什麼東西扔上來。

好幾秒鐘過去了，沒有任何東西扔上來，所有人都只安靜地望著他。

馬漢山有些感動了：「謝謝！謝謝了！先生們，同學們，下面我將說些沒有資格說的話，可都是真心話，先生們和同學們要是允許，請讓我把話說完。」

底下依然安靜。

馬漢山清了一下嗓子，開始說了：「民國元年，先總理孫中山先生發布了第一道臨時大總統令，其中有一條，就是廢除了下跪。因此我今天不能給你們下跪了，鞠三個躬吧！」說完深深地鞠了三躬。

也沒有期待底下會有反應，馬漢山像是一個人在空谷裡說話：「大家或許知道，或許不知道，本人幾天前就被國防部調查組逮捕了，關在西山監獄。為什麼逮捕我，因為我是北平民調會的常務主任，管著北平兩百萬人每人每月十五斤的配給糧，我卻沒能夠都發到大家手裡。作為北平市的民政局長，每天的報表我也都看到了，從四月十三日民調會成立到今天八月十二日，北平最少一天要餓死兩百多人，最多一天餓死了六百多人。一百二十多天下來，餓死了多少人，我都不敢算了。餓死一個人打我一槍，子彈恐怕得用卡車來拉。」說到這裡，他又停住了，這回是在等學生們激烈的反應，他好將犯忌諱的話說下去。

顯然是梁經綸和嚴春明工作做到了家，大坪上所有的人依然一聲不發。

台下沒有反應，臺上的馬漢山還在等著，一時出現了尷尬的沉寂。

坐在第一排正中的梁經綸望向了方孟敖。

方孟敖就站在他對面，這時卻誰也不看，只望著前方。

梁經綸又悄悄側頭向右後側嚴春明那個方向望去。

目光掃去，他看見嚴春明那副高度近視的眼鏡依然閃著太陽光。

回過頭，梁經綸低聲對身邊北大學聯那個學生：「問他，為什麼不接著說。」

北大學聯那個學生大聲問道：「為什麼不說了？」

馬漢山望向那位學生：「請問這位同學是不是北大學聯負責的？」

「是。」北大學聯那個學生站起來，「想抓人嗎？」

「請坐，請坐下。」馬漢山看著那個學生坐下，接著十分嚴肅地望著滿坪的師生，「剛才北大學聯這位同學問對了，就在這工棚背後，高粱地裡，藏著想抓你們的人！」

工棚後的高粱地裡，第四兵團那個特務營長首先有了反應，低聲罵道：「這個黨國叛逆！」罵著，回頭尋覓徐鐵英。

只有隱約可見埋伏的兵，還有望不到頭的高粱，卻看不見徐鐵英。

徐鐵英的身分不好鑽高粱地，此刻坐在高粱地邊的土坎上，但也能聽見馬漢山的聲音，望向坐在他身側的王蒲忱和方孟韋：「你們都聽見了？」

王蒲忱點了下頭。

方孟韋連頭都沒點。

這時馬漢山的聲音又從那邊傳來：「七月五號，北平參議會做出了對不起東北同學的決議，大家圍了許議長的宅子，傷了好些同學，也抓了好些同學，南京派來了國防部調查組。可今天帶兵想抓你們的人，就是調查組的成員，新任北平警察局的局長，此人姓徐名鐵英！」

「立刻抓這個人！」徐鐵英倏地站起來，盯住王蒲忱和方孟韋。

王蒲忱站起來，方孟韋也站了起來。

王蒲忱：「他是國防部稽查大隊安排發糧的，現在抓人會跟方大隊長他們發生衝突。」

徐鐵英望向高粱地：「報話機！」

一個警備司令部的報務員背著報話機竄了過來。

徐鐵英：「接通陳總司令。」

報務員：「喂！喂！這裡是偵緝處，請接陳總司令！」

大坪前方右側另一片高粱地裡也有一部電臺悄悄地支在那裡。

電臺旁竟坐著曾可達和王副官！

李營長帶著青年軍在周圍警戒，離徐鐵英的部隊也就不到兩百米。

曾可達低聲問道：「頻道調好了嗎？」

王副官一邊點頭，一邊握著發報機鍵。

曾可達：「現在不發。」轉臉仔細去聽那邊馬漢山的聲音。

王副官鬆開了手。

馬漢山在臺上也不知在說些什麼，大坪裡的學生和老師都有了反應：

驚愕！

憤慨！

激昂！

馬漢山知道現在不只是北平，連南京都在看著自己。一輩子跟著戴笠幹軍統，黑白兩道頗有些仗義疏財的名聲，於是抗戰勝利後被指派做了華北肅奸委員會主任，沒收的財產牽涉多少人得了好處，誰都不知道誰都不敢問。美援來了，上面又派自己當民政局長，今年還兼了個民調會常務主任，奪民口中之食，報應終於來了。國防部調查組第一個就盯上了自己，背後卻沒有說話的人。遇到了方孟敖，答應管自己那個兒子，自己也就豁出去幫他了。把今天的糧食發給這些窮學生，若能激怒躲在背後的徐鐵英之流，站在這個臺上背後吃上一槍，也算死得其所了。

「反貪腐！」

「反饑餓！」

「反內戰！」

台下終於爆發出雷鳴般的口號。

王蒲忱和方孟韋已經帶著人往高粱地工棚那邊的吼聲走去。

孫祕書卻被徐鐵英叫來站在身邊。

徐鐵英手裡拿著報話機，等著那邊的決斷。

報話機裡傳來了陳繼承的聲音：「就地槍斃！」

「是。」徐鐵英關了報話機，望向孫祕書，「去執行吧。」

孫祕書：「主任，陳總司令不會擔擔子。是不是直接請示一下葉局長？」

「槍斃一個敗類，我的命令還不夠嗎！」徐鐵英怒了。

「是。」孫祕書抽出了槍，向高粱地大步走去。

另一塊高粱地裡，曾可達滿臉是汗，緊盯著王副官面前的電臺。

電文火急發來了。

曾可達：「來不及翻譯了，你直接念。」

王副官也是一臉的汗，望著電文紙上的數字，業務真好，直接念道：「命方大隊保護馬漢山，青年軍保護方大隊，馬漢山著即日押解南京。蔣經國。」

曾可達：「李營長！」

李營長奔了過來。

曾可達：「通知方大隊保護馬漢山，你們在外圍保護方大隊。」

「是！」李營長揮了下手，好些青年軍跟他從高粱地裡跑了過去。

無須通知，方孟敖已經跳上了糧袋高臺：「都上來，保護他！」

左邊十名青年航空服務隊隊員，右邊十名青年航空服務隊隊員立刻都登上了糧袋，呈半圓形整齊地站在馬漢山身後和兩側，背對著馬漢山和方孟敖，面朝著工棚和兩側！

方孟敖講話了：「先生們，同學們。和你們一樣，我現在心裡也很難受。號稱世界四強之一的國家，卻要靠另一個國家施捨援助才能不餓死人，只因為我們貧窮落後。至於我們的政府在幹什麼，剛才馬漢山已經說了一些，我就不說了。現在，美國援助的糧食就踩在我的腳下。看著『Made in USA（美國製造）』幾個字，我的感受可能比你們更深一些。從一九三九年我參加空軍，就跟美國的飛虎隊在一起抗日。前兩年只是一群美國的退役空軍在幫助我們，美國政府卻不願拿出一點兒武器物資援助我們。直到日本偷襲珍珠港，太平洋戰爭爆發，美國成了我們的盟友，才開始給我們援助。記得第一次看到『美國製造』的援助物資，我還有我的戰友大哭了一場……」說到這裡，方孟敖停住了。

太陽照著，方孟敖望向日光，眼中有幾點晶瑩。

剛才還爆發出口號的大坪，分外寂靜。

方孟敖吞嚥下剛才冒出的那股辛酸，目光又收了回來，繼續說道：「一樣是美國援助的物資，我今天從心裡也不願接受，更不知道該不該把這些糧食發給你們。此刻我心裡想起一個人說的話，就是我們清華著名導師梁啟超先生說的話，少年強則中國強！我們今天到底領不領這些糧食？如果領了，我們這些中國的青年，能不能在五年十年以後加倍還給美國？如果能，我希望大家領。為了那些東北來的一萬五千多流浪同學，我們今天也應該把糧食領了。我向大家保證，凡是由我負責發下的糧食，我都會給美國援華物資委員會寫一個欠條，以後我們這些青年一起還給他們。如果你們同意，就請學聯的同學在這張欠條後共同署名。我們今天拿的不是美國援助，而是借他們的糧食。我們有借有還！」

一片寂靜。

一個人帶頭鼓起掌來！

梁經綸望著方孟敖，一下一下地鼓掌，節奏不快，卻分外有力。

緊接著，他身旁各校學聯的學生代表跟著鼓起掌來。

像陣風吹開波浪，掌聲從第一排向後面，向整個大坪蔓延開去，大家都鼓掌了！

鼓得最熱烈的是謝木蘭。

趁著掌聲，梁經綸身後幾個中正學社的學生齊聲喊了起來：

「借糧！借糧！」

鼓動感染了全場，喊聲立刻有了節奏，掌聲也立刻有了節奏：

「借糧！借糧！」

「敬禮！」方孟敖站在糧袋上向全場敬禮。

緊接著二十名青年航空服務隊隊員集體向全場敬禮！

馬漢山望著方孟敖，又望向大坪，滿臉的良心發現。

躲在工棚裡的李科長、王科長帶著民調會的科員們也走了出來，一個個突然感覺自己像是真正的公務人員了。

三輛大卡車前那一百多個人也都湊著熱鬧，按著節奏，拍起掌來。

老劉也在一邊鼓著掌，那雙眼卻在看梁經綸，接著望向嚴春明。

嚴春明一下一下在輕輕鼓掌，卻沒有跟著喊口號。

老劉對身邊的幾個人說道：「那個戴眼鏡沒喊口號的先生就是嚴教授。」

左右兩個人：「知道了。」

老劉：「第一排中間帶頭鼓掌的那個就是梁教授。」

身邊回答的人多了：「知道了。」

老劉：「最後一排喊得最響的是那個女同學。」

「知道了。」

老劉：「傳下去，救的就是這三個人。」

老劉的話被一個一個傳了下去。

工棚後高粱地。徐鐵英帶著報話員穿過來了。

手裡拿著槍的孫祕書站了起來。

徐鐵英：「收起槍吧。立刻把馬漢山和方孟敖說的話整理成電文，報葉局長，並報陳祕書長和陳部長，請他們立刻上呈總統。」

孫祕書還真是文武雙全，插了槍，立刻抽出上衣口袋的鋼筆，掏出下面口袋的筆記本，蹲在高粱地裡飛快地寫了起來。

另一片高粱地裡。曾可達在口述，王副官在發電。

曾可達：「焦仲卿表現很好，劉蘭芝配合默契，現場已被控制。可達。」

王副官敲完最後一下機鍵，抬頭望向曾可達：「發了。」

曾可達手裡竟然還拿著一個望遠鏡，這個地方選得也好，有個小土堆，站上去剛好能夠越過層層高粱，從斜面看見糧袋高臺上的方孟敖，和大坪裡的梁經綸，還有嚴春明。

「回電了。」王副官對二號這次回電之快感到吃驚，戴著耳機，一邊用鉛筆飛快地記下密碼數字，立刻報告土堆上的曾可達。

曾可達立刻跳了下來，望著王副官把回電密碼寫完最後一個字：「完了？」

王副官：「完了。」

曾可達蹲了下來：「直譯吧。」

王副官捧著密碼電文：「將焦仲卿原話報我，密切關注共黨動向，徐鐵英反應也即時報我。建豐。」

曾可達愣了一下，直望著王副官：「方孟敖剛才說的話你記下了嗎？」

王副官耳機還掛在脖子上，兩眼茫然：「督察，我一直戴著耳機在發報……」

曾可達揮了一下手：「記錄。」

筆和紙就在手中，王副官等他說話。

曾可達閉上了眼，竭力回憶方孟敖剛才的話：「先生們，同學們……和你們一樣……我現在心裡也不好受……不對，改過來，我現在心裡也很難受……」

王副官劃掉前面那句，飛快地重新記錄。

李營長偏在這個時候穿過來了：「報告將軍，開始發糧了……」

曾可達被他打斷，眉頭一皺：「這也要報告嗎？過去，執行你的任務。」
李營長：「報告將軍，王站長有情報叫我向你報告。」
曾可達這才站了起來，直望著李營長。
李營長：「剛接到協和醫院那邊的報告，清華的朱自清先生死了，城裡很多老師學生開始鬧事，消息可能很快就會傳到這裡。」
曾可達開始還有些沒有反應過來，緊接著臉色凝重了：「朱自清死了，他們鬧什麼事？」
李營長：「王站長說，可能有共黨鼓動，說朱自清是餓死的。」
「不好！」曾可達臉色變了，「要出大事。快去轉告王站長，盯著徐鐵英，現場如果發生變故，不許開槍，等南京的命令！」
「是！」李營長轉身從高粱中間飛穿了過去。
曾可達倏地轉向王副官：「立刻發電！」

＊　＊　＊

何宅客廳的電話尖厲地響了起來。何孝鈺從父親的房間出來，快步走下樓梯，拿起話筒。
才聽了幾句，何孝鈺的臉色也變了，定了定神，對電話那邊用英語回道：「請稍等，我叫何副校長來接電話！」
把話筒輕輕擱到茶几上，何孝鈺快步向樓上走去。
何宅二樓房間裡，何其滄已經坐直在躺椅上，望著進來的何孝鈺。
何孝鈺盡量鎮定情緒：「北平美國領事館的電話，請您去接。」

何其滄被何孝鈺攙著站起來：「領事館給我打什麼電話？說了什麼事嗎？」

何孝鈺攙著他向門外走去：「朱先生在協和醫院去世了。」

何其滄站住了：「哪個朱先生？」

何孝鈺低聲地：「朱自清先生。」

何其滄懵住了：「不是說病情有好轉嗎！」

何孝鈺：「不知道，您不要著急，先接電話吧。」

何其滄的腳步比剛才沉重了，何孝鈺費力地攙著他：「您慢點兒走。」

何其滄來到客廳，坐在沙發上，話筒卻是何孝鈺捧著貼在他的耳邊。

「用中國話跟我說。」何其滄打斷了對方的英語。

話筒裡傳來了不算生硬的中國話：「這種反美的情緒十分不利於美方對中國的援助。目前在北平只有燕京大學的老師和學生能夠起到緩和的作用，請何先生召集校務會議，至少要穩定燕大師生的情緒。」

何其滄：「你們為什麼不向司徒雷登先生報告？」

對方的回話：「已經向司徒雷登大使報告了，這個電話就是他叫我們打的。」

何其滄沉默了稍頃：「請你對司徒雷登大使說，讓他立刻知會南京政府，北平如果發生學運，當局不許開槍，不許鎮壓。否則我也會去遊行！」說完轉對何孝鈺，「掛了。」

何孝鈺把電話輕輕掛了。

何其滄撐著沙發站起來：「扶我去發糧現場。」

「您不能去……」

何其滄從來沒有用這樣的眼神，瞪了女兒一眼，撐著拐杖，已經向門外走去。

何孝鈺剛想趕過去，又停住了，拿起話筒飛快地撥號：「校務處嗎……何副校長要去發糧現場，請你們立刻派人派車到燕南園來！」

對方顯然立刻答應了。

何其滄已經走出了大門。

何孝鈺望著父親的背影又飛快地撥另外一個號碼，好在也立刻通了，她眼睛一亮：「是謝襄理嗎？謝襄理好，朱自清先生去世的消息您聽到了嗎……知道了……我爸接到了美國領事館的電話，現在正趕去發糧現場……我不能多說了，您趕緊想辦法吧。」

打完這個電話，放下話筒，何孝鈺喘了一口氣，這才奔向門外，去追父親。

＊　＊　＊

臨時發糧處傳來朱自清先生的死訊，領糧突然中斷！

民調會從李科長、王科長到一干科員又都蹲坐到掩體下面了。

方孟敖和二十名青年航空服務隊隊員都愣在臺上。

大坪裡所有的人都站了起來。

這麼多人，竟在集體朗誦朱自清先生的《荷塘月色》：

這幾天心裡頗不寧靜。今晚在院子裡坐著乘涼，忽然想起日日走過的荷塘，在這滿月的月光裡，總該另有一番樣子吧……

工棚邊的公路上，軍靴在徐鐵英面前跑過，發著藍光的刺刀在徐鐵英面前閃過。

徐鐵英臉上沒有表情，眼中卻閃爍著亢奮。

王蒲忱也失去了往日的優雅，低聲對身邊保密局北平站行動組的人：「盯住那個嚴春明，發現有任何中年人靠近立刻逮捕！」

「是！」保密局行動組也跟著隊伍跑過去了！

* * *

嚴春明的嘴，他周圍很多學生的嘴。

梁經綸的嘴，他周圍很多學生的嘴。

所有的嘴還在集體朗誦：

……曲曲折折的荷塘上面，彌望的是田田的葉子。

警備司令部偵緝處的隊伍跑到了大坪的左邊。

大坪上的朗誦：

葉子出水很高，像亭亭的舞女的裙。

第四兵團特務營的隊伍跑到了大坪的後邊。

大坪上的朗誦：

層層的葉子中間，零星地點綴著些白花，有婀娜地開著的，又羞澀地打著朵兒的……

方孟韋帶著北平警察局的隊伍站到了大坪的右邊。

大坪上的朗誦：

正如一粒粒的明珠，又如碧天裡的星星，又如剛出浴的美人……

謝木蘭眼中閃著淚花。

她身旁好些女生眼中都閃著淚花。

大卡車旁馬漢山黑著臉來到了他那一百多個兄弟裡面，找到了老劉：「兄弟，徐鐵英在哪裡？」

老劉：「一直沒看見。」

馬漢山恨了一聲，四處望去。

大坪上還在朗誦：

……薄薄的青霧浮起在荷塘裡。葉子和花彷彿在牛乳中洗過一樣；又像籠著輕紗的夢……

馬漢山回頭望向老劉：「不為難你了，把槍給我。」

老劉猶豫了一下，抽出了槍，又掏出那張支票，遞了過去。

馬漢山一把抓過槍：「錢你們分了！」頭也不回地向高粱地那邊走去。

工棚側邊的公路上，王蒲忱閉著眼在抽菸，聽著大坪那邊傳來的朗誦聲。

……高處叢生的灌木，落下參差的斑駁的黑影，峭楞楞如鬼一般……

「去告訴孫祕書。」王蒲忱突然睜開了眼，對身旁一個軍統，「馬漢山要殺徐鐵英。」

那個軍統愣了一下，果然看見馬漢山提著槍向高粱地那邊走去，立刻應道：「是！」飛快地從這邊奔進了高粱地。

王蒲忱又對身旁的行動組長：「共黨的那個紅旗老五就在馬漢山帶來的那群人裡，盯準了！」

「是。」行動組長應道。

立刻好多雙眼睛掃向了卡車那邊！

清華燕大結合部臨時發糧處。

老劉用眼角的餘光便感覺到了北平站那些軍統掃視的眼光。

他向站在大坪上的嚴春明望去。

嚴春明的眼鏡反著光，跟著大家在輕輕朗誦：

……忽然想起採蓮的事情來了。採蓮是江南的舊俗，似乎很早就有，而六朝時為盛……

老劉向身邊一個工友：「把你的棒子給我。」

那個工友遞給他一根鋼棍，和老劉昨天晚上去撬圖書館窗戶那根鋼棍一模一樣。

老劉不經意地舉起鋼棍，輕輕晃著。

大坪上在朗誦，嚴春明在跟著朗誦：

……可見當時嬉遊的光景了。這真是有趣的事，可惜我們現在早已無福消受了……

朗誦聲在嚴春明耳邊消失了，他其實早就看見了老劉，這下不能不有所回應了，他的頭慢慢轉對老劉。

嚴春明搖了搖頭。

老劉慢慢放下了鋼棍。

王蒲忱的眼像黑夜的貓，日光下只見一條線：「嚴春明在跟他的人聯絡，搜索那群人。」

行動組長還有好幾雙眼望向了嚴春明。

嚴春明卻摘下了眼鏡，用手絹輕輕擦著，跟著朗誦最後一段：

……這樣想著，猛一抬頭，不覺已是自己的門前；輕輕地推門進去，什麼聲息也沒有，妻已睡熟好久了……

又回歸到一片死一般的寂靜，所有的人都默默低下了頭，這是在默哀！

嚴春明毅然戴上眼鏡，右手掖在長衫的側邊，握著那把槍，一個人向中間的糧袋高臺走去！

卡車旁人群裡，老劉的臉色變了！

大坪上的梁經綸臉色也變了！

臺上的方孟敖也看見了這個走過來的先生！

慢慢地，所有人都看見了走到臺口的嚴春明！

嚴春明站在糧袋下，仰望著臺上的方孟敖：「方大隊長，我是燕京大學的教授。有幾句話想給同學們說說，請你保護我。」

說著，嚴春明就費勁地攀著糧袋想爬上高臺。

方孟敖只得伸出了手。

一拉，嚴春明上去了！

另一片高粱地裡的曾可達臉白得連汗也不流了，「失控了！」拿下望遠鏡，「共產黨上臺演講了……」

王副官坐在電臺前還握著機鍵：「立刻向建豐同志報告？」

「報告也來不及了……」曾可達話音未落，突然聽見一聲槍響！

「立刻報告。」曾可達大步穿過高粱，向槍聲走去，對身邊的一個青年軍，「叫李營長！」

一聲槍響，三面圍著大坪的軍隊全都端起了槍，對著大坪上的師生！

方孟敖對所有的青年航空服務隊隊員：「去，保護學生！」

二十名青年航空服務隊隊員迅速行動，一個方向幾個人，快步跑向大坪周邊。

方孟敖抽出了自己的手槍，對端起槍的軍隊：「放下槍！都放下槍！」

大坪右側的方孟韋立刻反應：「放下槍！」

北平警察局的隊員放下了槍。

方孟敖目光射向大坪後的警備司令部憲兵隊那個軍官。

憲兵隊的軍官：「放下槍。」

憲兵們的槍也放下了。

只有大坪左側第四兵團特務營的槍還端著指向大坪的師生。

方孟敖的槍舉起來，直接瞄著那個特務營長！

那個特務營長的目光跟方孟敖對視了片刻，自己恨恨地先插回了手槍：「都放下！」

方孟敖向帶隊站在大坪右側的陳長武：「去看看是誰開槍。再有擅自開槍的立刻抓捕！」

陳長武大聲應道：「是！」向工棚後槍響處快步跑去。

方孟敖立刻轉過身，對站在身邊的嚴春明：「先生，不要講話了，下去吧。」

嚴春明：「我要講的話很重要，請你保護我。」

方孟敖瞥見了台下梁經綸投來的目光。

梁經綸的眼神如此難以捉摸，是同意嚴春明講話還是不同意嚴春明講話？

方孟敖眉頭一皺，又轉頭向陳長武跑去的方向望去。

陳長武跑到工棚後的高粱地，但見孫祕書的右肩不斷往外冒著血，一個憲兵正在給他包紮。

馬漢山被兩個憲兵按在地上，仍然倔強地抬起頭：「徐鐵英，打不死你，到南京老子照樣告發你！」

「堵住他的嘴！」徐鐵英走向孫祕書，「傷到骨頭了嗎？」

孫祕書的傷口還沒有包紮完，用左手和嘴扯咬著繃帶一緊：「不知道，沒有關係。」

徐鐵英：「還能打槍嗎？」

孫祕書一愣，答道：「主任知道，我左手也能打。」

「公忠體國！」徐鐵英大聲讚了一句，「今天我就向南京報告，升你中校副處長。」

孫祕書：「不用了，主任……」

徐鐵英望了一眼不遠處的陳長武，又望了一眼工棚方向，嘴角笑了一下：「你害怕方孟敖？」

孫祕書：「主任，我們黨通局沒有怕過誰。」

「那就好！」徐鐵英顯然是有意要讓陳長武聽見，「上了膛，瞄準臺上那個共產黨，煽動學潮就立刻開槍！」

「是！」

（第三卷完）

新人間 243
北平無戰事（第三卷：荷塘月色）
作者—劉和平
主編—李筱婷
執行編輯—劉綺文（特約）、鍾岳明
美術設計—賴佳韋
行銷企劃—劉凱瑛
董事長—趙政岷
總經理
總編輯—余宜芳
出版者—時報文化出版企業股份有限公司
10803台北市和平西路三段二四〇號四樓
發行專線—（〇二）二三〇六六八四二
讀者服務專線—〇八〇〇二三一七〇五
（〇二）二三〇四七一〇三
讀者服務傳真—（〇二）二三〇四六八五八
郵撥—一九三四四七二四時報文化出版公司
信箱—臺北郵政七九～九九信箱
時報悅讀網—http://www.readingtimes.com.tw
電子郵箱—history@readingtimes.com.tw
法律顧問—理律法律事務所 陳長文律師、李念祖律師
印刷—勁達印刷有限公司
初版一刷—二〇一四年十一月十四日
定價—新台幣三五〇元
行政院新聞局局版北市業字第八〇號
版權所有 翻印必究
（缺頁或破損的書，請寄回更換）

國家圖書館出版品預行編目資料

北平無戰事（第三卷：荷塘月色）/ 劉和平著. -- 初版.
-- 臺北市：時報文化, 2014.11
冊； 公分

ISBN 978-957-13-6120-8（平裝）

857.7 103021688

ISBN 978-957-13-6120-8
Printed in Taiwan